EMILY LITTLEJOHN

Die Totensucherin

atb aufbau taschenbuch

EMILY LITTLEJOHN wurde in Southern California geboren und wohnt nun in Colorado. Sie lebt dort mit ihrem Mann und ihrem betagten Hund.

Mit Gemma Monroe ist im Aufbau Taschenbuch bereits erschienen: »Die Totenflüsterin«.

Gemma Monroe ist frischgebackene Mutter und muss sich auf einmal mit ganz neuen Ängsten auseinandersetzen. Schon an ihrem ersten Arbeitstag werden sie und ihr Partner Finn zu einem Tatort gerufen, wo sie eine eigenartig inszenierte Leiche vorfinden: Delaware Fuente, berühmter Autor, grausam ermordet. Die Botschaft, die der Mörder hinterlassen hat, lässt Schreckliches vermuten: Fuente wird nicht das einzige Opfer bleiben. Doch wer könnte einen Grund gehabt haben, den beliebten Autor zu töten? Warum ist er unter falschem Namen in das idyllische Cedar Valley gereist? Und dann scheint der Mörder seine Drohung wahrzumachen – ein weiterer Mensch verschwindet spurlos.

EMILY LITTLEJOHN

DIE TOTENSUCHERIN

KRIMINALROMAN

Aus dem Amerikanischen
von Kathrin Bielfeldt

atb aufbau taschenbuch

Die Originalausgabe unter dem Titel
A Season To Lie
erschien 2017 bei Minotaur Books, New York.

MIX
Papier aus verantwortungsvollen Quellen
FSC® C083411

ISBN 978-3-7466-3462-3

Aufbau Taschenbuch ist eine Marke
der Aufbau Verlag GmbH & Co. KG

1. Auflage 2018

Umschlaggestaltung www.buerosued.de, München
unter Verwendung eines Bildes von
© Mauritius Images/Tom Arne Hanslien/Alamy
Gesetzt aus der Whitman durch die LVD GmbH, Berlin
Druck und Binden CPI books GmbH, Leck, Germany
Printed in Germany

www.aufbau-verlag.de

Für die Lieben meines Lebens,
Chris und Claire

PROLOG

In einer bitterkalten Nacht im Februar, zwölf Wochen nach der Geburt meiner Tochter, kehrte ich zu dem zurück, was ich am besten kenne: dem Tod.

Ich folge dem Tod in dunkle Wälder. Ich jage ihm über einsame Wiesen hinterher. Ich suche den Tod in den Gesichtern von Fremden.

Der Tod ist ein mieses Stück Dreck, und ich erforsche seine ausgeklügelten Methoden und seine Hinterlist, die Art, wie er sich hereinschleicht und zuschlägt, wenn man es am wenigsten erwartet. Als Polizistin sage ich mir, dass ich die Jägerin bin und der Tod meine Beute.

Doch langsam glaube ich, das ist eine Lüge.

Die Wahrheit ist, dass der Tod mir folgt.

Er verfolgt mich schon mein ganzes Leben.

Der Tod hat mir nachgestellt wie ein Sommergewitter in Colorado – am Nachmittag, immer präsent, hinter dem Horizont, noch eine Stunde außer Sichtweite. Ich kann die bleiernen Wolken noch nicht sehen, die sich hinter den Bergen auftürmen, oder den Regen in der Luft riechen, und doch gewittert es.

Der Tod kommt, und es gibt nichts, was ich dagegen tun kann.

1. Kapitel

Ich betrat den Mannschaftsraum des Polizeireviers von Cedar Valley, blieb einen Augenblick stehen und genoss den vertrauten Anblick und die Gerüche. Im Gegensatz zu draußen, wo ein heftiger, eisiger Sturm wütete, war es in diesem Raum warm und ruhig.

Weihnachten war seit einem Monat vorbei, und trotzdem hingen an den Wänden noch Lametta und künstliche Tannenzweige. Ich habe schon lange genug bei verschiedenen Polizeibehörden gearbeitet, um zu wissen, dass das normal ist. Wenn es um den Kampf gegen das Verbrechen geht, zieht das Aufräumen nach den Feiertagen immer den Kürzeren.

Der Raum duftete so, wie ich ihn in Erinnerung hatte: nach frischem Kaffee, verbranntem Mikrowellenessen und Papier, bergeweise Papier. Auf den Schreibtischen stapelten sich Mappen und Aktenordner. Post-it-Zettel in allen Farben des Regenbogens klebten an den Ecken der Computerbildschirme, an den Telefonhörern und überall auf der Pinnwand, die die komplette hintere Wand einnahm. Ein Großteil der täglichen Arbeit wurde inzwischen auf elektronischem Weg erledigt, doch von alten Gewohnheiten trennt man sich schwer.

Von derselben Pinnwand starrten gesuchte und heimgesuchte Männer und Frauen auf mich herunter. Irgendwann einmal mag ihre Geschichte einzigartig gewesen sein, doch in dem Augenblick, in dem ihr Bild auf dieser Pinnwand landete, waren sie alle nur noch eines: Kriminelle, Verbrecher, Gesuchte.

Vor mir hing die Puppe eines Weihnachtselfen von der Decke, aufgeknüpft an einem Strick aus einem dreckigen Schnürsenkel, die kleinen Arme nach oben gedreht, als wäre sie über ihr Schicksal in Schockstarre verfallen. Ich gab ihrem Fuß einen kleinen Stups, und sie schaukelte in der Luft hin und her, das kokette Grinsen selbst im Tod unverändert.

Im Radio in der Ecke lief ein Oldies-Sender. Elvis Presley sang leise über einen Jungen, der während eines Schneesturms geboren wurde, von einer Mutter, die sich nur allzu bewusst darüber war, dass sein Leben in den Ghettos von Chicago hart und kurz sein würde. Jedes Mal, wenn ich dieses Lied höre, bricht es mir das Herz.

»Well, the world turns«, stimmte eine tiefe Stimme in den Gesang des Kings ein. Ich drehte mich um und sah Finn Nowlin, meistens ein feiner Cop, aber manchmal eine echte Nervensäge, wie er eine klassische Elvis-Pose einnahm. Er kreiste die Hüften, schwang dann seinen Arm hoch und hielt in der Bewegung inne.

Ich verdrehte die Augen und wandte mich ab, bevor er mich schmunzeln sah.

Ich war wieder zu Hause.

Mit einem Grinsen im Gesicht ging ich zu meinem Schreibtisch, wo ich eine leere Arbeitsplatte erwartete. Bevor ich in den Mutterschutz gegangen war, hatte ich gründlich aufgeräumt. Verfärbte Becher und ein paar längst vergessene Löffel hatte ich mit nach Hause genommen, wo sie einer Tiefenreinigung unterzogen worden waren. Akten waren zurück ins Archiv gewandert, offene Fälle hatte ich an meine Kollegen weitergereicht, und alle Stifte sollten in meiner Schublade überwintern.

Zu meiner Überraschung wartete auf dem Schreibtisch ein ordentlich gestapelter Haufen Aktenmappen auf mich. Auf der obersten Mappe klebte ein lilafarbener Notizzettel mit den Worten: *Frag Finn*. Die Akten waren mit dem Kürzel für lokale Vergehen jüngeren Datums versehen und gehörten ins Archiv, nicht auf meinen Schreibtisch.

Ich ließ meine Tasche auf ein Stück freie Fläche zwischen den Stapeln fallen und zog meinen schweren Parka aus.

»Warm hier drinnen, stimmt's?«

Finn zuckte die Achseln. Er rieb seine Hände gegeneinander. »Fühlt sich angenehm an. Das Thermostat war die ganze Woche kaputt. Gestern haben sie endlich jemanden geschickt, der es repariert hat. Wir haben uns hier die Eier abgefroren.«

Ich schnaubte. »Muss man nicht zuerst welche haben, bevor sie einem abfrieren können?«

Finn grinste. »Tu nicht so, als hättest du uns nicht vermisst, Gemma. Dein Baby ist wirklich süß, aber du bist nicht gerade die typische Hausfrau. Gib zu, dass du so langsam hibbelig geworden bist.«

»Klar, ich habe euch Jungs mindestens genauso vermisst wie eine Magen-Darm-Erkrankung.« Ich tippte auf die Akten auf meinem Tisch. »Was ist das hier? Ich hoffe, ich habe mich nicht in Schale geworfen, nur um dir zuzusehen, wie du den Elvis gibst und dazu alte Akten zu lesen.«

»Chavez will, dass du auf dem aktuellen Stand bist, was der Rest von uns hier die ganze Zeit gemacht hat, während du zu

Hause herumgesessen und Betty Crocker gespielt hast«, sagte Finn, und sein wölfisches Grinsen blitzte wieder auf, verblasste jedoch, als er sich den obersten Ordner schnappte und kurz durchblätterte.

»Was ist?«

Er verzog das Gesicht. »Hast du schon mal von der Black Hound Construction gehört?«

Ich dachte angestrengt nach. »Ich denke nicht. Sollte ich sie kennen? Sind sie aus der Gegend?«

»Nein. Sie sind neu in der Stadt, vor ein paar Monaten aus New York eingetroffen. Alistair Campbell und seine sieben Zwerge. Wohl eher: sieben Arschlöcher. Sie sind eine ganz heiße Bau-Truppe. Campbell hat etwas für Ex-Knackis übrig, die meisten seiner Crew haben ein sattes Vorstrafenregister. Ich habe die Truppe schon eine Weile auf den Schirm.«

»Warum? Wir haben doch noch andere Leute mit Vorstrafen hier in der Stadt, vermutlich mehr, als wir ahnen. Die meisten von ihnen sind harmlos.«

»Ich weiß nicht«, sagte Finn, »nenn es eine Vorahnung. Sie haben so etwas an sich, tauchen immer im Rudel auf wie die Wölfe; siehst du einen, ist der nächste direkt um die Ecke. Egal, ansonsten war es in den letzten Monaten das Übliche. Ein paar Raubüberfälle, geplünderte Hotelzimmer, meist hat es Touristen erwischt. Armstrong und Moriarty glauben, es sei eine Gang aus Angestellten verschiedener Hotels, die zusammenarbeiten. Irgendwann schnappen sie sie. Weihnachten verlief ruhig, Silvester war, wie üblich, eine Katastrophe. Die ganze Stadt voller Besoffener, auf den Straßen, in den Bars. Irgendein Clown hielt es für eine tolle Idee, mit einer Flasche Sekt intus auf den alten Wasserturm zu klettern. Er hat es bis zur Spitze geschafft und dann Panik bekommen. Die Feuerwehr musste hochklettern. Sie haben ihn heruntergeholt, und seine Freundin, ein heißer Skihase aus Denver, hat die Nacht mit dem stellvertretenden Chef der Feuerwehr beendet.«

»Hört sich aufregend an. Was habe ich noch verpasst?«

Finn zuckte die Achseln. »Wie ich schon sagte, das Übliche. Wir haben unseren eigenen kleinen Banksy oben an der Valley Academy. Jemand sprüht nach dem Unterricht auf dem Campus Graffiti an die Wände. Bisher hat ihn oder sie noch niemand erwischt. Der kleine Pisser sprüht überall den Sensenmann hin. Genau genommen ist er sogar ziemlich talentiert. Hey, kennst du den Witz von dem Priester, dem Rabbi und dem Sensenmann in Las Vegas? Sie gehen also in eine Bar ...«

Ich blendete den Rest aus, starrte hinunter auf meinen Schreibtisch, fuhr mit einer Hand darüber und spürte die Kühle des alten Holzes, die Dellen und Kratzer, wo unzählige Polizeibeamte vor mir mit ihren Stiften und Büroklammern über die Oberfläche geschrammt waren. Ich konnte die Zitronen-Politur riechen, mit der der Hausmeisterservice die Möbel behandelte.

Es tat gut, wieder zurück zu sein.

Vor der Geburt von Grace hatte ich die Tagschicht, was oft dazu führte, dass ich bis spätabends oder am Wochenende irgendwelchen Hinweisen nachjagte. Es waren lange Tage und viel zu viele Nächte, die ich nicht zu Hause, nicht mit Brody verbrachte. Besonders die Abende, die sich bis in die frühen Morgenstunden hinziehen, wirken sich auf den Rhythmus deines Lebens und auf deine Beziehung aus. Wie die Gezeiten auf eine Sandburg, sie ziehen dir das Fundament all dessen, was wichtig ist, unter den Füßen weg.

Ich war auf Teilzeitbasis wieder zurück, doch ich war lange genug Polizistin, um zu wissen, dass aus einer Teilzeitstelle früher oder später Vollzeit wird, und dann kommen die Überstunden, und plötzlich wird dir klar, dass du seit Tagen an nichts anderes mehr gedacht hast als an den Fall, an dem du gerade sitzt. Die heutige Abendschicht würde nur ein paar Stunden dauern – von neunzehn Uhr bis Mitternacht. Noch nicht die Nachtschicht, aber nahe dran.

In diesen Stunden herrscht immer eine gewisse Anspannung, das Warten auf das Ende des einen und den Anbruch des neuen Tages. Doch mir war das gleichgültig. In den letzten paar Monaten war ich rund um die Uhr wach gewesen. Wenn ich nicht gerade Grace stillte, lag ich im Bett und machte mir Gedanken über all die Dinge, die sich außerhalb meiner Kontrolle befanden. Würde sie zu einem guten, starken und freundlichen Menschen heranwachsen? Würde meine Kleine ihren Weg durch diese Welt finden, die einen schneller niederschmetterte, durchkaute und wieder ausspuckte, als man hallo sagen konnte?

Ich lehnte mich gerade zurück, als ein Song von Tina Turner ausklang und die Werbung einsetzte. Es war ruhig, besonders für einen Freitagabend. Der eisige Schneesturm hatte vielleicht doch sein Gutes, wenn die Leute dadurch zu Hause blieben und er sie von den Straßen fernhielt. Ich hätte es besser wissen sollen, denn schon im nächsten Moment steckte unsere Einsatzleiterin den Kopf zur Tür herein.

Chloe Parker winkte mir zu. »Willkommen zurück, Gemma. Jungs, ich habe einen Anruf über einen verdächtigen

Mann hereinbekommen, der sich in der Valley Academy herumtreibt. Der Anrufer wollte seinen Namen nicht nennen, und es war eine Nummer aus dem Bezirk New York – muss wohl ein Handy sein. Wollt ihr zwei euch mal darum kümmern? Ich wette zwanzig Mäuse, dass es sich um einen blöden Streich handelt. Ich kann auch die Streife rufen, wenn ihr lieber hierbleiben wollt. Das Wetter ist scheußlich.«

Ich schaute Finn an, stand auf und schlüpfte wieder in meinen dicken Parka. »Nein, überlassen wir die Streife den Straßen. Sie werden sich sicher noch um ein paar Unfälle kümmern müssen, bevor die Nacht zu Ende ist. Vielleicht ist es dein Sensenmann-Künstler, Finn.«

»Ich rufe den Sicherheitsdienst des Campus an«, sagte Chloe, »damit euch jemand an der Schule in Empfang nimmt. Sie müssen das Eingangstor öffnen, wenn ihr auf das Gelände wollt.«

Auf der anderen Seite des Mittelgangs stand auch Finn auf und griff nach seiner Jacke. Im Radio endete ein Spot für Aknecreme, und die *Temptations* setzten mit *Wish it would rain* ein. Finn tanzte mit einer unsichtbaren Partnerin durch den Raum. Chloe kicherte und zog sich in das winzige Zimmer zurück, das unsere telefonische Einsatzzentrale beherbergte.

»Oh, but I wish it would stop snowing«, sang Finn leise.

Ich stimmte ein: »But everyone knows that a man ain't supposed to cry.«

Finn verdrehte die Augen und gab ein Röcheln von sich. Klar, ich werde nie den *American Idol* gewinnen, aber so mies singe ich nun auch wieder nicht. Da habe ich schon Schlimmeres gehört.

Ich setzte meine Mütze auf, zog Handschuhe an, nahm mir

die Taschenlampe und folgte Finn in den kurzen Flur, der vom Mannschaftsraum zur Eingangstür führte. Er blieb kurz stehen, damit ich meinen Parka zuknöpfen konnte, und öffnete dann die Tür. Der Sturm hatte an Stärke zugenommen, und der kreischende Wind schien den Sauerstoff aus der Luft zu ziehen.

»Himmel«, murmelte ich. Niemand, der ganz richtig im Kopf war, ging bei einem Schneesturm wie diesem nach draußen. Ich bedauerte bereits, dass ich ausgerechnet heute Abend wieder zur Arbeit zurückgekehrt war. Ich sollte zu Hause sein, bei Grace und Brody, vor einem lodernden Kaminfeuer mit einer Tasse Kakao und einem Klatschblatt in der Hand.

Ich hatte gedacht, ich wäre bereit, wieder zurückzukehren, aber plötzlich war ich mir nicht mehr so sicher.

2. Kapitel

Anfang Februar, im tiefsten Winter, wird es in den Rocky Mountains schon früh dunkel, und eine ganz besondere Kälte breitet sich aus. Der Wind bläst eisiger und nimmt an Fahrt auf, während er von den hohen Gipfeln herunterdonnert und die Ebenen überquert, bevor er auf die Great Plains trifft und seine Energie sich zerstreut wie die Saat aus der Hand eines Bauern.

Und genau in diesen eisigen, tobenden Wind, der mit dem Schneesturm zusammenfiel, gerieten wir. Durch Schneegestöber, über glatte Straßen und fast ohne Sicht fuhren wir zur Valley Academy. Die Luft roch nach nassem Stahl. Die halbrunde Narbe in meinem Nacken fühlte sich hart an, als wäre sie aus gespanntem Draht.

Manche Menschen spüren das Wetter in ihren Knochen oder in alten Verletzungen. Ich spüre es in dem einen körperlichen Merkmal, das ich von dem Autounfall zurückbehalten habe, in dem meine Eltern starben.

Finn fuhr schweigend.

Er war über das Lenkrad gebeugt und linste durch die Windschutzscheibe, während ich die Heizung regulierte, den Scheibenenteiser eine Weile laufen ließ und dann zurückdrehte, damit unsere Hände und Füße gewärmt wurden. Wir saßen in seinem Privatwagen, einem schweren Chevi Suburban. Der große Wagen kroch vorwärts wie ein Panzer, und ich fühlte mich deutlich sicherer als in einem der Jeeps oder Limousinen, die uns als Dienstwagen zur Verfügung standen.

Finn murmelte irgendetwas.

Ich zog die Kapuze meines Parkas zur Seite. »Was hast du gesagt?«

»Wer zum Teufel ist in einer Nacht wie dieser draußen und kann einen Herumtreiber überhaupt sehen?«, fragte er, wurde langsamer und umrundete vorsichtig einen dicken Ast, der mitten auf der Straße lag. »Lass uns das Ding auf dem Rückweg von der Straße ziehen.«

Ich nickte geistesabwesend. »Ich wette, einer dieser Wichtigtuer, die in dem Mini-Trailer-Park gegenüber der Schule wohnen, Shady Acres.«

Finn lachte bellend und fluchte, als durch seinen Atem die Scheibe beschlug.

Ich seufzte und lenkte die Heizung wieder zurück auf die Scheibe. Dann lehnte ich mich vor und wischte die Windschutzscheibe mit dem Ärmel meines Parkas ab. »Heißt der so? Irgendwie klingt das nicht richtig …«

»Shaded Acres«, sagte Finn. »Shady Acres wäre ein zwielichtiger Trailer-Park aus einem Comic, so wie die Vorstadt von Gotham.«

»Es ist der perfekte Name für das Landgut eines Schurken«, sagte ich und summte die Titelmelodie einer amerikanischen Sitcom.

Finn verzog das Gesicht und boxte gegen meine Schulter. »Du hast wirklich die schrecklichste Singstimme, die ich kenne. Damit könntest du einer Katze das Fell abziehen.«

Ich verdrehte die Augen und rieb mir den Oberarm. Leider fiel mir kein passender Spruch ein. Ich beobachtete ihn aus dem Augenwinkel und erinnerte mich daran, wie wütend er mich machen konnte.

Er bemerkte es und schaute zu mir herüber. »Was ist?«

»Nichts. Wir sind da.«

Finn bog auf den Privatparkplatz der Schule ein und hielt vor dem schweren, verschlossenen Eingangstor. Unter der Straßenlaterne wirbelte der Schnee durch den Lichtkegel, und ich schaute fasziniert zu, wie der Wind die dichten Flocken zur Seite blies.

Finn schaltete den Motor ab, ließ jedoch die Heizung laufen. Fast sofort sammelte sich Schnee auf der Windschutzscheibe und bedeckte sie immer mehr. Wir starrten hinaus, um uns ein Bild von der Situation zu machen.

Der Parkplatz lag verlassen da.

Die Schule lag verlassen da.

Ich spürte, wie meine Nackenhaare sich aufstellten. Urplötzlich krampfte sich mein Magen zusammen, und Unruhe überkam mich.

Finn sprach zuerst. »Irgendwas stimmt hier nicht. Es ist zu … ruhig.«

Ruhig war eine merkwürdige Wortwahl angesichts des heulenden Sturms, doch ich wusste, was Finn meinte.

Irgendetwas stimmte nicht.

Trübes Scheinwerferlicht zog über uns hinweg. Finn und ich sahen zu, wie ein großer Pick-up mit der Aufschrift KASPERSKY SECURITY auf der Seite langsam an uns vorbeifuhr. Er parkte ein paar Meter vor unserem Wagen, seine roten Rücklichter schimmerten wie die Augen eines prähistorischen Tieres.

Ich hob mein Kinn in Richtung des Pick-ups. »Kennst du die? Kaspersky?«

Finn nickte. »Ich habe den Eigentümer mal kennengelernt, Dan oder Daryl oder so. Vielleicht Devon. Ich glaube, er hat fünf oder sechs verschiedene Jungs, die er als Sicherheitsleute einsetzt.«

Kurz darauf schaltete der Fahrer den Motor des Pick-ups aus und rutschte vom Fahrersitz. Er kam langsam zu unserem Wagen herüber, und Finn ließ sein Seitenfenster herunter.

»Sir, Ma'am«, sagte der Mann, als er sich in das offene Fenster lehnte. »Ich bin Bowie Childs. Ich bin für die Sicherheit des Campus zuständig.«

Er war blond, hatte einen dichten Bart, helle, durchdringende Augen, und an einem seiner Schneidezähne fehlte eine Ecke. Wir stellten uns vor, und er schüttelte Finns Hand. Dann schaute er mich eingehend an und sagte nach einer Weile: »Das ist eine schöne Jacke. Die gefällt mir.«

»Ähm, danke«, sagte ich. »Wir würden gern über den Campus fahren. Unsere Einsatzzentrale hat Ihnen wahrscheinlich mitgeteilt, dass wir einen Anruf bekommen haben, weil sich hier eine verdächtige Person herumtreiben soll, oder?«

Childs nickte. »Ja, eine verdächtige Person. Es ist vermutlich einer dieser verdammten Jugendlichen. Ich öffne Ihnen das Tor und warte dann hier. Gebe Ihnen sozusagen Rückendeckung. Stellen Sie Ihre Funkgeräte auf Kanal 2 und lassen Sie es mich wissen, wenn Sie etwas brauchen. Sie müssen allerdings laufen. Ab hier geht es nur noch zu Fuß weiter, die Wege sind noch nicht geräumt.«

Childs lehnte sich zurück und bedeutete Finn, er solle seine Scheibe hochkurbeln. Er ging hinüber zum Tor, gab auf einer Tastatur einen Code ein, und das Tor schwang langsam auf.

»Macht der Witze? Ich will nicht aussteigen. Und damit meine ich: Ich will *wirklich* nicht aus diesem Wagen raus.«

Finn schüttelte den Kopf, fuhr sich mit den Händen über die Wangen und schien sich selbst zu überreden. »Du kannst hier warten, wenn du willst. Ich bin sicher, dass Childs ein wenig Unterhaltung gebrauchen könnte. Der Campus ist nicht so groß. Bist du hier nicht eine Weile zur Schule gegangen?«

»Nur ein Jahr«, sagte ich und starrte aus dem Fenster. Der Wind wirbelte die Schneeflocken wild umher. »Es war das zweitschlimmste Jahr meines Lebens.«

»Also, du kannst ja hier warten, aber ich gehe jetzt.«

Finn legte eine Hand an den Türgriff und schenkte mir ein unbekümmertes Grinsen.

Ach, zum Teufel auch. Ich wusste, was das Grinsen bedeutete. Ich stöhnte und öffnete die Beifahrertür.

»Komm, bringen wir es hinter uns«, sagte er. »Du nimmst die rechte Seite und ich die linke. Wir treffen uns irgendwo in der Mitte. Lass dein Funkgerät eingeschaltet. Es dauert nicht länger als zehn Minuten. Willkommen zurück, Baby, willkommen zurück.«

Willkommen zurück, von wegen. Es hätte mich nicht im Geringsten überrascht, wenn Finn die ganze Sache als einen miesen kleinen Streich arrangiert hätte.

Ich holte tief Luft und schob mich aus dem Wagen hinein in den wütenden Schneesturm, dessen Schneetreiben wie ein Schleier vor meiner Nase hing und bei dessen eisiger Luft meine Zähne schmerzten, wenn ich einatmete. Die Narbe in meinem Nacken fühlte sich an, als würde sie gleich reißen.

Ich ging nach rechts, während Finn sich nach links wandte. Nach ein paar Schritten drehte ich mich um und warf einen Blick über den Parkplatz. Ich konnte den weinroten Suburban kaum sehen, von Finn oder dem Sicherheitsdienst ganz zu schweigen.

Sie waren in der Dunkelheit verschwunden. Ich war allein.

Mein Herz machte einen Satz, und es kostete mich Mühe weiterzugehen. Meine Beine, normalerweise stark und muskulös, fühlten sich schwach an, als würden sie nicht zu mir gehören.

»Reiß dich zusammen«, flüsterte ich mir zu. »Du bist das hier einfach nur nicht mehr gewohnt, Gemma.«

Überall um mich herum spielte sich ein rasendes Spektakel ab. Der Wind heulte, als er durch die Baumwipfel fegte, und ließ die Äste und die wenigen verbleibenden Blätter tanzen wie Marionetten.

In einer solchen Nacht war alles möglich.

Das behielt ich im Kopf, während ich über das Gelände der Schule stapfte und an den anonymen Anrufer dachte, der die Meldung gemacht hatte. Anrufer bleiben aus vier Gründen anonym: Sie haben Angst, weil sie den Täter kennen oder weil sie selbst ein Vorstrafenregister haben; sie wollen sich nicht mit den mühseligen Formularen einer offiziellen Anzeige herumschlagen; oder es sind irgendwelche Vollpfosten, die sich einen Scherz erlauben und es besteht gar keine Gefahr.

»Scheiße!«

Ich stolperte in eine kniehohe Schneewehe und konnte gerade noch verhindern, dass ich hinfiel. Ich fand mein Gleichgewicht wieder und fluchte erneut, wütend über meine Tollpatschigkeit. Ich war das erste Mal seit Jahren nicht mehr in Form. Alles schien durcheinander: mein Gleichgewichtsgefühl und mein Orientierungssinn. Selbst mein Hörvermögen schien gedämpft zu sein. Zwölf Wochen zu Hause mit einem Neugeborenen, in denen ich kaum etwas anderes getan hatte als stillen, schlafen und essen, hatten mich aus der Übung gebracht, mich weich gemacht.

Ich atmete durch, ging weiter und versuchte, alle meine Sinne in Alarmbereitschaft zu halten, mir wohl darüber bewusst, dass bei diesem Wetter und dem Wind, der jedes Geräusch verschluckte, sich jederzeit jemand von hinten dicht an mich heranschleichen konnte, bevor ich überhaupt merkte, dass da jemand war.

Ich ging weiter, doch die Valley Academy schlief. Auf dem Campus schien alles in Ordnung zu sein; allmählich hatte ich keine weichen Knie mehr und wurde wieder ruhiger.

Die Privatschule hatte sich seit meiner Zeit nicht sehr verändert. Das Hauptgebäude auf dem Campus, die McKinley Hall, war ein zweistöckiges Gebäude mit einem geneigten Dach und einer schlichten Ziegelsteinverkleidung. Die Schüler gingen die fünf Stufen zur Eingangstür hoch und kämpften dann mit den beiden schweren, überdimensionalen Türflügeln, die berüchtigt dafür waren, dass man sich in ihnen die Finger klemmte oder blaue Flecken an den Schultern bekam. Parallel zu den Stufen verlief eine Rollstuhlrampe, die zu einer kleineren Flügeltür führte. Die McKinley Hall hatte im Erdgeschoss umlaufende Fenster sowie Klassenraumtüren, die ins Freie führten, und einige Notausgänge.

Die McKinley Hall war von einer Handvoll kleinerer Gebäude umgeben wie von Blütenblättern. Ich erkannte die Bibliothek und das Wissenschaftslabor, aber die restlichen Gebäude waren neu, und ich wusste nicht, was darin unterrichtet wurde. Während ich vorbeiging, rüttelte ich an jeder Tür, prüfte die Schlösser und stellte sicher, dass die verdächtige Person, falls es sie gab, nicht ins Schulgebäude gelangt war. Die Türen waren alle verschlossen, und durch die Bewegung wurde mir warm. Ich schwang meine Arme und machte weiter, ausladende Schritte, damit das Blut bis in meine äußeren Extremitäten zirkulierte.

An dem Gebäude, das zu meiner Zeit der Matheraum gewesen war, blieb ich stehen; der Lehrer hatte Mr. Turpin geheißen. Wir hatten ihn Turnip genannt, Steckrübe. Er starb vor ein paar Jahren beim Bergsteigen in Kalifornien. Er hatte bis zur Pensionierung gewartet, um die Pläne, die er sich für sein Leben gemacht hatte, in die Tat umzusetzen, ohne zu wissen, dass er direkt beim Versuch, das erste Ziel zu erreichen, sterben würde.

Manchmal dachte ich darüber nach. Ich hatte keine Liste von Dingen, die ich in meinem Leben noch erreichen wollte. Das schien etwas für Träumer zu sein, vielleicht bin ich zu sehr Realistin. In meinem Beruf lernt man recht schnell, wie kurz und kostbar das Leben ist, wie kein einziger Tag als selbstverständlich angesehen werden darf. Die Zukunft muss man sich hart erkämpfen, und sie ist nicht jedem gegönnt.

Zum Teufel, jeder Tag sollte irgendwie ein besonderer Tag sein.

Turpins altes Fenster war von Schnee zugeweht. Ich fegte ihn beiseite und legte meine Hände um die Augen, doch es war zu dunkel, um etwas zu sehen. Ich wusste jedoch, was hinter den verschlossenen Türen lag: pinkfarbene und rote

Papierherzen, sorgsam mit Kinderscheren ausgeschnitten. Die Schwestern im St. Agatha Krankenhaus bastelten sie jedes Jahr mit den kranken Kindern und schenkten sie dann den Schulen.

Bald war Valentinstag. Ich dachte an den gehängten Elfen in unserem Mannschaftsraum und die Weihnachtsdeko bei uns zu Hause, die ihren Weg vom Wohnzimmer auf den Dachboden immer noch vor sich hatte. Die Tage vergingen so schnell, ich kam kaum hinterher.

Ich konnte täglich dabei zusehen, wie Grace sich veränderte. Nach der Geburt, als man sie mir in den Arm legte, hätte ich sie den Ärzten am liebsten direkt wieder zurückgegeben. Das klingt wahrscheinlich ziemlich hart, aber sie sah aus wie jedes andere schreiende Neugeborene mit rotem Gesicht, das ich je gesehen hatte. Ich konnte rein gar nichts an ihr finden, was mir vertraut vorkam.

Inzwischen, nur vierundachtzig Tage später, erkannte ich Züge von mir und von Brody in ihrem Gesicht, und etwas, das ganz allein Grace war. In Zukunft, so hoffte ich, würde der Grace-Anteil mehr werden, bis er stärker war als die Teile von Brody und Gemma. Wir beide hatten dunkle Seiten an uns, und für Grace wünschte ich mir mehr Licht als Dunkelheit.

Doch in meinem Herzen wusste ich nur zu gut, dass Licht ohne Dunkelheit auch nur eine Illusion ist. Es ist der Kontrast, der Farbe und Fülle ins Leben bringt.

Die Kälte kroch mir wieder in die Knochen, und ich wandte mich vom Fenster ab und ging weiter. Ich dachte an Bowie Childs, den Mann vom Sicherheitsdienst, der auf dem Parkplatz in seinem warmen Pick-up saß. Zumindest hoffte ich, dass er immer noch dort war. Der Gedanke, um eine Ecke zu biegen und ihm in die Arme zu laufen, jagte mir neue Schauer über den Rücken.

Plötzlich schreckten mich Geräusche aus meinen Gedanken. Finns Stimme drang aus dem Walkie-Talkie. »Zehn-neun, Finn, bitte kommen.«

»Nord- und West-Seiten sind in Ordnung. Noch nicht einmal Fußabdrücke, aber bei diesem Wind war das nicht anders zu erwarten. Wie sieht's bei dir aus?«

Seine Stimme hörte sich über Funk an wie das Knacken im Kaminfeuer, dann ertönte ein Rauschen und danach nichts mehr.

»Zehn-vier. Die Südseite ist auch okay. Ich gehe jetzt zur Ostseite«, antwortete ich.

Seine zerhackte Antwort war nicht zu verstehen. Ich legte meine Hand schützend um das Walkie-Talkie und hielt es wieder an meinen Mund. »Finn?«

Keine Reaktion. Ich stopfte das Funkgerät zurück in meine Jackentasche. Wir würden uns irgendwo auf dem Rundweg treffen, genau wie er mir im Auto versprochen hatte.

Ich ging weiter, bis ich zu dem alten Weg kam, der zwischen der Schule und dem Wald verläuft. Espen und Kiefern säumten den Pfad. Der heulende Wind ebbte ab, die Schneeflocken schienen mitten im Fall zu verharren, und es wirkte so, als bräuchte selbst der Schneesturm mal eine Pause.

Fast dachte ich, ich hätte mir den kurzen ruhigen Moment nur eingebildet, doch dann sah ich, was ein paar Meter entfernt an einer verrotteten Espe lehnte.

Ich blieb wie angewurzelt stehen und starrte den Mann an.

Er war groß und für das Wetter unzureichend gekleidet. Keine Mütze auf dem runden Kopf, keine Handschuhe, noch nicht einmal ein Schal um seinen pummeligen, bleichen Hals.

Er starrte mich aus trüben Augen an, an deren Wimpern zarte Schneeflocken hingen.

Ich schluckte und ging zaghaft einen Schritt auf ihn zu, dann noch einen. Dann blieb ich stehen. Ich holte das Walkie-Talkie aus der Tasche und drückte, ohne den Mann aus den Augen zu lassen, den größten Knopf. Ich schirmte es mit meiner Hand vom Wind ab und sprach hinein.

»Finn? Ich habe hier was. Wir sind auf der Ostseite, irgendwo zwischen der Sporthalle und der Bibliothek.«

Keine Antwort von meinem Partner.

Ich wusste, dass ich mich jetzt zurückziehen sollte, an irgendeinem Gebäude in Deckung gehen und den Tatort im Auge behalten. Doch stattdessen steckte ich das Funkgerät weg, zog meine Dienstwaffe aus dem Hüftholster, entsicherte sie und hielt sie in der rechten Hand, möglichst locker und entspannt. Ich drehte mich einmal langsam im Kreis und suchte mit den Augen die Dunkelheit am Waldrand nach Lichtern oder Bewegungen ab, die dort nicht hingehörten. Hier war jedoch nichts, nur eine nervöse Polizistin und ein toter Mann, der sitzend an einer alten Espe lehnte. Ein großes Jagdmesser ragte aus seinem Bauch.

Wir reden uns immer ein, dass wir als Polizisten den Tatort unter Kontrolle haben. Wir übernehmen die Verantwortung, wenn wir ankommen. Wir bringen Ordnung ins Chaos und legen Regeln fest, um die Verwüstung in den Griff zu bekommen. Auf diese Weise enthüllen wir Geheimnisse, finden Beweise und verfolgen die Schuldigen.

In Wahrheit ist das alles nur ein Haufen Lügen.

Ich wusste, dass hier etwas am Werk war, was mächtiger war als ich, und das würde unsere nächsten Schritte bestimmen, hier an dieser privaten Eliteschule und während der nächsten Tage.

Jetzt regierte der Tod diese Nacht, der Tod und der Schneesturm.

3. Kapitel

Ich musste mich immer wieder umdrehen, schauen, die Gegend absuchen. Der Wind preschte weiter durch den Wald, schlug die Wipfel aneinander, rüttelte an den Stämmen, fegte gewaltsam hindurch und kehrte unbarmherzig wieder zurück.

Irgendwo dort draußen in diesen Wäldern war ein Mensch, der jemandem das Leben genommen hatte. Vielleicht rannte er gerade so schnell er konnte fort, bahnte sich einen Weg durch den knietiefen Schnee. Außer Atem, stolpernd, krallte er sich an schneebeladene Äste, die in Augenhöhe hingen.

Sein Gesicht. Ihr Gesicht? Die Augen leuchteten vom Adrenalinschub, der Mund stand offen, die Nase rot von der bitteren Kälte. Sein erster Mord. Angeekelt darüber, zu was er fähig war, schockiert, dass er eine solch widerwärtige Tat hatte durchführen können. Er hatte ein Leben geraubt, die Zeit für jemanden angehalten.

Ich stellte mir lieber vor, dass er gerade auf der Flucht war. Die Alternative wäre viel schlimmer; dass er vielleicht still irgendwo stand, direkt hinter den Kiefern und Espen, mich beobachtete und abwartete, sich fragte, ob er in dieser Nacht erneut töten müsste. Wachsam, ruhig, bereit. An dem einen Mord war er nicht zerbrochen. Und an einem zweiten würde er das sicher auch nicht.

Ich schnellte wieder herum, merkte, wie hastig mein Atem ging und versuchte, mit meinem Herzschlag Schritt zu halten. Trotz der eisigen Kälte hatte ich Schweißausbrüche, und ich merkte, dass ich langsam die Kontrolle verlor.

Atme, Gemma …

Ich war einmal in Mexiko tauchen gewesen. Zehn Meter tief, Auge in Auge mit einem Papageienfisch, als ich eine Panikattacke bekam. Es fühlte sich so an, als gäbe es auf der ganzen Welt plötzlich keinen Sauerstoff mehr. Ich wäre so schnell wie möglich hoch an die Oberfläche geschossen, wenn meine Tauchlehrerin nicht so professionell gewesen wäre. Sie beruhigte mich, hielt mich förmlich unten fest und hat mir damit sehr wahrscheinlich das Leben gerettet.

Ich hatte weder vorher noch irgendwann später je eine solche Panikattacke gehabt.

In dieser Nacht jedoch fühlte ich mich, als wäre ich wieder zehn Meter unter Wasser und würde den Verstand verlieren.

Mein erster Tag wieder zurück im Job, und schon war ich verloren.

»Schluss damit!«, flüsterte ich mir selbst zu. Ich hörte auf, mich im Kreis zu drehen und zwang mich dazu, ruhig stehen zu bleiben. »Da draußen ist niemand.«

Ich holte tief Luft, dann noch einmal. »Schluss damit.«

Ich ballte die linke Hand zur Faust und schlug mir zweimal gegen den Oberschenkel. Ein stumpfer Schmerz zog durch mein Bein und holte mich aus meiner Panik.

Dann war Finn an meiner Seite. Er beugte sich vor und sagte laut, über den Wind hinweg: »Warst du schon näher dran?«

Sein dunkler, dick gefütterter Parka und die Wintermütze mit der breiten Krempe wirkten vertraut und ließen mich direkt ruhiger werden. Ich griff nach seiner Schulter und legte meinen Mund an sein Ohr. Einen kurzen Augenblick berührten meine Lippen seine Haut, und die Wärme reichte aus, um Hitze in meine Wangen steigen zu lassen und mein Gesicht aufzutauen.

»Nein, ich habe auf dich gewartet.«

Finn ging ein paar Schritte auf die Leiche zu, und ich folgte ihm. Ich würde es ihm nie erklären können, doch er entfachte einen Mut in mir, der nicht selbstverständlich für mich war. Dafür sind Partner da, um zu zweit stärker zu sein als allein. Eingebildeter Esel oder nicht, ich hatte nie daran gezweifelt, dass Finn mir Rückendeckung gab.

Wir standen vor dem toten Mann und brauchten eine Weile, um unsere Gedanken zu sammeln. Im Schutz der Bäume war es ruhiger. In der grimmigen Anwesenheit des Todes huschte ein Flüstern von etwas Gespenstischem an uns vorbei. Der Tod will jemanden letztendlich ganz. Das ist eine ernste Sache, wenn man ihm so direkt in die Augen sieht wie wir.

Finn zog sein Handy heraus und machte ein paar Fotos. »Mann, was für eine Art zu sterben.«

Der Mann war glattrasiert und konnte gerade noch als ein Mann mittleren Alters gelten. Sein Mund war leicht geöffnet, und wir konnten seine Zunge sehen. Sein linkes Auge war aus Glas. Das rechte Auge starrte uns an, doch sah nichts mehr. Seine nackten, blutigen Hände waren um das Messer gelegt, das aus einer Wunde in seinem Bauch hervorragte.

Ich schloss die Augen, doch die Bilder blieben, schnelle Schnappschüsse einer scheußlichen Szene: offene Augen, die nichts mehr sahen. Weißer Schnee, blutgetränkt. Der Holzgriff des Jagdmessers, mit kunstvoller Schnitzerei verziert und knotig wie der Finger eines alten Menschen.

Ich kannte den Mann nicht, und dafür war ich dankbar. In einer kleinen Stadt wie Cedar Valley ist das nicht immer der Fall. Ich öffnete meine Augen und sah, wie Finn das Blut fotografierte, sowie all die anderen Flüssigkeiten, die in einem schmierigen, halbgefrorenen Rinnsal aus dem Bauch des Mannes gesickert waren und sich unter ihm in einer Pfütze gesammelt hatten.

Finn murmelte: »Sieht aus, als hätte er versucht, das Messer herauszuziehen, oder?«

Ich stimmte zu. »Der Griff … siehst du die Schnitzereien, das Muster? Es sieht aus wie ein Unikat, vielleicht ein Erbstück.«

Finn nickte, beugte sich vor und machte einige Nahaufnahmen von dem Messer und dem geschnitzten Griff.

Ein Schauer lief mir über den Rücken. »Das ist noch nicht lange her. So, wie der Schnee fällt, ist das erst vor kurzem passiert, Finn.«

Finn zog seinen Handschuh aus und legte den Handrücken an den Nacken des Mannes. »Ist nicht mehr warm. Wir haben zwanzig Minuten hierher gebraucht, nachdem der Anruf reinkam. War es ein Mann oder eine Frau?«

»Wer?«

»Der anonyme Anrufer.«

Ich schüttelte den Kopf. »Ich weiß nicht, wir haben nicht gefragt. Das war dumm von uns.«

»Manchmal spielt das auch keine Rolle«, sagte Finn und zog seinen Handschuh wieder an. »Aber in diesem Fall wüsste ich gern: War der Kerl hier die verdächtige Person oder der anonyme Anrufer?«

»Nun, auf jeden Fall haben wir außer ihm noch einen Mörder hier draußen. Und wenn er der Anrufer war – was zum Teufel hat er dann in diesen Klamotten hier draußen gemacht? Er wäre auch ohne, dass ihn jemand umgebracht hätte, an Unterkühlung gestorben. Lass uns Meldung machen, in diesem Sturm verlieren wir mit jeder Minute weitere Indizien.«

Finn machte einen weiteren Schritt nach vorn und beugte sich hinunter. Er war weniger als zwanzig Zentimeter von dem Mann entfernt und musterte sein Gesicht. Dann wich er ein Stück zurück.

»Was ist los?«, fragte ich.

Finn verschränkte seine Hände und legte sie sich auf den Kopf. Er atmete tief und lange aus. »Die Scheiße fliegt uns hier gleich um die Ohren, Gemma. Ich hoffe, du bist darauf gefasst.«

»Wovon redest du da?«

»Erkennst du ihn nicht?«

Ich schaute die Leiche noch einmal genauer an, ohne mich ihm so weit zu nähern, wie Finn es getan hatte. Der Mann hatte einen dunklen Teint. Seine Schuhe, der Pullover und die Jeans wirkten teuer, waren jedoch keine Luxusartikel. Er war eher kräftiger gebaut als der Durchschnitt.

»Naja, irgendwie kommt er mir schon bekannt vor …«

Finn lehnte sich vor und hielt seine Hand über das tote Glasauge des Mannes. »Stell dir eine schwarze Augenbinde vor, und einen dichten, leicht angegrauten Bart. Die Haare noch ein paar Zentimeter länger, so dass sie die Stirn und die Ohren bedecken.«

Ich tat es, und dann wurde mir alles klar.

Ich schnappte nach Luft. »Nein! Was macht der hier in Cedar Valley?«

Finn schüttelte den Kopf. »Ich weiß es nicht. Delaware Fuente. Was für ein Verlust. Das ist das Deprimierendste, was ich je gesehen habe.«

»Ich wusste gar nicht, dass du so ein Fan bist. Finn, wir müssen Meldung machen. Wir müssen so viele Indizien erhalten, wie es nur geht. Besonders jetzt, wo wir wissen, wer unser Opfer ist.«

»Den Kampf können wir nur verlieren, Gemma, und das weißt du. Hier?« Er deutete düster auf den Wind und den Schnee. »Dieser Kram zerstört einen Tatort wie nichts sonst.«

Mir fiel etwas ein. »Hast du eine Plane im Auto?«

Finn schüttelte den Kopf. »Nein, sie ist in der Garage bei meiner Campingausrüstung.«

»Ich wusste es, wir hätten den Dienstwagen nehmen sollen. Wir hätten Plane, Seil, Absperrband …«

Ich verstummte und zeigte auf eine Mülltonne neben einem verschlossenen Klassenraum. »Lass uns nachsehen, ob noch eine zweite Tüte als Reserve darin liegt. Wir könnten ihn zumindest abdecken, vielleicht noch etwas retten.«

Finn lief hinüber zu der Tonne und zog eine halbvolle Mülltüte heraus, die er direkt zur Seite warf. Ich sah zu, wie er sich in die Tonne beugte, umhertastete und dann lächelte, als er eine große schwarze, gefaltete Tüte herauszog. Mit einem Taschenmesser schlitzte er sie der Länge nach auf und fertigte ein Leichentuch an, das den Kopf und die Wunde des Mannes bedeckte.

Vorher hatte Finn Fuentes Taschen geleert. Eine Brieftasche und ein paar kleinere Dinge waren alles, was in dem Beweismittelbeutel lag, den Finn aus seiner eigenen Jackentasche gezogen hatte.

»Er hatte kein Handy bei sich. Und er ist nicht für dieses Wetter angezogen. Wo ist seine Mütze, sein Schal? Keine Handschuhe … auf dem Parkplatz standen keine anderen Autos. Wie ist er hierhergekommen? Nicht zu Fuß aus der Stadt, unmöglich, nicht in diesem Aufzug.«

Finn wischte sich mit dem Ärmel über die Nase. »Jemand hat ihn hergefahren und dann umgebracht. Nichts hiervon sieht wie ein Zufall aus.«

»Oder er hat seinen Mörder hergefahren, und der hat dann das Auto genommen. Schlimme Sache. Bestsellerautor wird mitten im Schneesturm, mitten auf dem Gelände einer Privatschule, mitten im Nirgendwo tot aufgefunden.«

»Ich würde nicht sagen, dass wir mitten im Nirgendwo sind.«

»Naja, Cedar Valley steht nicht gerade im Scheinwerferlicht der Öffentlichkeit. Nach heute Abend könnte sich das allerdings ändern … Was hat ein Mann getan, um auf diese Art erstochen zu werden? Warum hier, an der Academy? Das Messer, die verrottete Espe … Es ist wie ein krankes Kunstwerk.«

Finn zuckte die Achseln. »Bei einem Mord wie diesem gibt es nur Fragen über Fragen.«

Er schaute dem Mann noch einmal ins Gesicht und leuchtete ihm mit dem Licht seines Handys in den Mund. »Da steckt was drin.«

»Was?«

Finn schüttelte den Kopf. »Kann ich nicht sagen. Sieht aus wie ein Stück Papier. Ein zerknülltes Stück Papier.«

»In seinem Mund?«, fragte ich und kam dichter heran. »Nicht anfassen. Es könnten Fingerabdrücke drauf sein.«

Wir stopften die schwarze Tüte rund um Fuente fest, so gut wir konnten. Es war nicht ideal, aber es würde ausreichen, bis die Kriminaltechniker kamen. Dann sahen wir zu, wie das Plastikleichentuch wild im Wind flatterte. »Was für ein scheußlicher erster Arbeitstag.«

»Du liebst es«, sagte Finn. »Gib's doch zu. Natürlich nicht die Tatsache, dass jemand gestorben ist, aber du liebst es, wieder dabei zu sein. Ich habe es gesehen, Gemma, wie du ihn beobachtet hast, und den Wald. Das Beobachten liegt dir im Blut. Es ist dein Ding.«

»Klar habe ich es vermisst«, sagte ich und machte mir nicht die Mühe klarzustellen, dass ich nicht beobachtet hatte, sondern panisch gewesen war. »Es ist gut zu wissen, dass ich beides sein kann, Mutter und Cop. Ich muss mich nicht dazwischen entscheiden.«

»Naja, noch nicht«, murmelte Finn. »Mach Meldung, ja? Mein Akku ist gleich leer.«

Chloe Parker, dieselbe Frau, die uns von der Einsatzzentrale aus losgeschickt hatte, war am Apparat. Ich wusste, dass sie die üblichen Protagonisten eines Tatorts benachrichtigen würde: die Kriminaltechnik, die Gerichtsmedizinerin und Chief Angel Chavez. Das Standard-Protokoll war, ihn in einem Todesfall unter verdächtigen Umständen unmittelbar zu alarmieren. Ich bat Chloe, Fuentes Namen aus der öffentlichen Kommunikation herauszuhalten und ihn nur gegenüber Chavez und der Gerichtsmedizinerin zu erwähnen.

Als ich mit dem Telefonat fast fertig war, winkte mir Finn zu, um auf sich aufmerksam zu machen.

»Was?«, sagte ich tonlos.

Er machte eine Telefonhörer-Geste. »Der Anrufer.«

»Oh, Chloe, eine Sache noch«, sagte ich. »Der anonyme Anrufer, der den Notruf abgesetzt hat, war das ein Mann oder eine Frau?«

»Da bin ich nicht ganz sicher. Ich glaube eine Frau, aber das war schwer zu sagen. Sie hatte eine sehr tiefe Stimme, wie die einer Raucherin«, antwortete Chloe. »Ich spule das Band zurück und lege es dir auf den Schreibtisch, dann kannst du es dir anhören, wenn du zurück bist. Weißt du, jetzt, wo du fragst, bin ich wirklich nicht mehr sicher. Könnte auch ein Mann gewesen sein. Und diese Vorwahl von New York … Harter erster Tag, hm? Ich wette, du musst bald abpumpen.«

Oh, verdammt!

Noch während ich auf dem Display meines Handys die Uhrzeit prüfte, fingen meine Brüste wie auf ein Stichwort an zu pochen. Ich beendete das Gespräch. Das würde jetzt peinlich werden.

»Finn? Ich muss zurück aufs Revier, sobald die Spurensicherung hier eintrifft.«

Er sah mich komisch an. »Musst du pinkeln? Geh um die Ecke. Himmel, Gemma, du weißt doch, wie so ein Tatort funktioniert. Geh und tu, was du tun musst. Ich guck auch nicht hin.«

Ich seufzte und schüttelte den Kopf. »Ich muss abpumpen, Finn. Wegen der Milch. Ich muss es alle paar Stunden machen. Nur deshalb kann ich wieder arbeiten, da ich Grace ja stille. Chavez hat mir auf dem Revier ein kleines leeres Büro zur Verfügung gestellt. Ich hatte nicht erwartet, dass ich die halbe Nacht draußen bin.«

Finns Blick glitt zur Seite. »Oh. Ja, okay, wir fahren, wenn sie eintreffen. Kein Problem«, antwortete er. »Tut das …«

»Was?«

Er schüttelte den Kopf. »Vergiss es, ich will es gar nicht wissen.«

Wir ließen den toten Mann zurück und warteten im Schutz eines niedrigen Vordaches, das über das Schulgebäude hinausragte wie der Bug eines Schiffes. Von dort, wo wir standen, konnten wir Fuente im Auge behalten und waren vor dem Schneesturm etwas abgeschirmt. Vernünftig unterhalten konnte man sich trotzdem nicht. Wir standen schweigend da, jeder verloren in seinen eigenen Gedanken.

Delaware Fuente.

Ich flüsterte den Namen des Mannes noch zweimal leise, fast wie ein Mantra.

Delaware Fuente.

Delaware Fuente.

Genau wie meine unzähligen Mitschüler hatte ich Fuente das erste Mal im Englischunterricht in der Neunten gelesen. Er schrieb sein bekanntestes Buch *Der Sohn des Sklavenhändlers* mit Anfang zwanzig. Dafür wurde ihm der Pulitzerpreis verliehen und es machte ihn über Nacht zum Liebling der Literaturszene. Sein zweiter Roman *Ruf die Heuschrecken* wurde ein noch größerer Erfolg. Er war eine dieser Persönlichkeiten des öffentlichen Lebens, die jeder mochte, mit seinem Weihnachtsmannbart und der Weigerung, sich in irgendeine Schublade stecken zu lassen. Nach seinen ersten beiden Romanen wandte er sich eine Weile dem Schreiben von Horrorgeschichten zu und versuchte sich dann an einer historischen Roman-Trilogie. Alle wurden Bestseller.

Mir wurde klar, dass das alles war, was ich über den Mann wusste. Hatte er eine Familie und Kinder? Gab es irgendwo eine Ehefrau oder einen Ehemann, der oder die ihn zurückerwartete? Was zum Teufel machte er in Cedar Valley?

Und, am wichtigsten, was hatte Delaware Fuente in seinen fünfzig Lebensjahren gemacht, um das hier auszulösen?

»Er wurde geboren, er lebte, und irgendwo auf dem Weg hat er etwas getan, das das hier ausgelöst hat.«

Ich hatte es leise gesagt und gedacht, der Wind würde meine Worte forttragen, doch Finn hörte sie. Er streckte den Arm aus und klopfte mir auf den Rücken. »Wir werden herausfinden, was passiert ist, das tun wir immer.«

Ich nickte. Das tun wir immer, doch zu welchem Preis? Mein letzter Fall hatte mich fast den Verstand gekostet. Ein junger Kollege hatte dabei ein Bein verloren, und ein dunkles Geheimnis war zutage gefördert worden, das über dreißig Jahre in dieser Stadt vergraben gelegen hatte.

Ich fragte mich, welche Geheimnisse mit Delaware Fuentes Tod an die Oberfläche treiben würden.

Der Himmel über den Bäumen wurde von einem gespenstischen blauen Licht erfüllt, und wie stark der Wind war, merkte ich daran, dass ich die Sirenen erst hörte, als die Crew schon fast bei uns war. Sie kamen in einer langen Reihe, einer hinter dem anderen, und bewegten sich langsam über den breiten Weg. Ihre Fahrzeuge waren auf demselben Parkplatz geparkt, auf dem wir den Suburban stehen gelassen hatten.

Ich sah, dass Bowie Childs, der Mann vom Sicherheitsdienst, die Gruppe anführte. Er beleuchtete den Weg mit einer starken Taschenlampe, deren Strahl er langsam über den Weg vor- und zurückgleiten ließ, als suche er nach Hinweisen.

Ganz am Schluss nach den Leuten von der Kriminaltechnik kam Dr. Ravi Hussen in Begleitung ihrer eigenen Mitarbeiter, zwei Brüder namens Lars und Jeff, die sich so bewegten wie immer: ein schweigendes Tandem. Ravi war der einzige Mensch, den ich kannte, der auch an einem Tatort mitten in einem Schneesturm glamourös aussehen konnte. Ihr hellblauer Parka war tailliert und sah teuer aus, mit Fellbesatz und schicken silbernen Accessoires.

»Doc, du siehst aus wie ein Bond Girl«, sagte Finn, pfiff anerkennend durch die Zähne und schüttelte den Kopf. »Du weißt genau, wie man die alten Knochen wieder warm bekommt.«

Ravi lächelte süß und zitierte: »›Denn Zeit, nie rastend, führt den Sommer fort, zum finstern Winter, und verdirbt ihn da, es stocken Säfte, Blatt auf Blatt verdorrt, verschneit liegt Schönheit, Wüste fern und nah.‹«

Finn stöhnte. »Ich hatte ganz vergessen, dass du so ein Nerd bist. Ich hebe mir die Bond-Girl-Vergleiche für die auf, die sie wirklich verdienen.«

»*Macbeth?*«, fragte ich Ravi.

Die Gerichtsmedizinerin schüttelte den Kopf. »Kein schlechter Versuch, aber nein. Die *Sonette*. Ist das wirklich Delaware Fuente?«

Ich nickte. »Leider ja.«

»Hör zu«, sagte Finn, »ich muss die Mommy hier zurück aufs Revier bringen. Die Milchmaschine platzt sonst gleich. Ich habe Bilder von Fuente gemacht, bevor wir ihn abgedeckt haben, und seine Taschen geleert. Lass die Jungs sichern, so viel sie können. Wir wissen, dass das hier draußen ein Kampf gegen Windmühlen ist. Die Todesursache scheint offensichtlich zu sein, aber ihr seid die Experten, vielleicht war da noch etwas anderes.«

Finn ging, um mit den Leuten von der Spurensicherung zu sprechen. Ravi grinste mich an. »Milchmaschine? Liebes, die Dinger sind fantastisch. Du siehst großartig aus. Willkommen zurück! Ich weiß, es muss schrecklich sein, sie allein zu lassen.«

Ich nickte langsam. »Ja … aber weißt du, genau genommen … Ganz ehrlich, es ist gar nicht so schwer. Ich habe das Gefühl, ich weiß die Hälfte der Zeit, wenn ich mit Grace zusammen bin, überhaupt nicht, was ich da eigentlich mache. Ich meine, ich halte sie im Arm, ich stille sie, ich habe sie lieb, aber ansonsten passiert nicht viel. Manchmal bin ich so gelangweilt, dass ich schreien könnte.«

Finn kam wieder zurück. Ich wollte nicht, dass er von unserer Unterhaltung etwas mitbekam, also fügte ich schnell hinzu: »Mit geht's gut, ehrlich. Es ist nur … niemand bereitet einen darauf vor.«

Ich dachte, Ravi würde mit einem weiteren weisen Zitat antworten, doch zu meiner Überraschung umarmte sie mich und raunte mir ins Ohr: »Halt durch. Es wird alles besser. Zumindest sagen das alle meine Freundinnen. Grace wird in euer gemeinsames Leben hineinwachsen, genau wie du.«

Ich bedankte mich gerade bei Ravi, als Finn sagte: »Doc, bevor wir gehen … kannst du dir das mal ansehen?«

Wir folgten Finn zurück zur Leiche, und er lieh sich von einem der Kriminaltechniker eine starke Taschenlampe. Die schwarze Plastikfolie war entfernt worden, und Lars – oder vielleicht war es Jeff – faltete sie sorgsam und steckte sie in einen Beweismittelbeutel. Finn richtete den Strahl auf Fuentes Mund.

»Siehst du das?«

Ravi nickte. »Jepp. Einen Augenblick.«

Sie zog ihre dicken Skihandschuhe aus, ersetzte sie durch ein Paar Latexhandschuhe und zog Fuentes Mund dann vorsichtig auf. Sein Unterkiefer hing herunter wie der einer offenen Nussknacker-Figur.

Ravi griff hinein und zog das Objekt heraus, das jemand in Fuentes Mund gestopft hatte. Oder hatte er es vielleicht selbst hineingestopft? Hatte er vielleicht versucht, etwas vor seinem Mörder zu verstecken?

Ravi faltete den Papierball vorsichtig auseinander und hielt ihn in den Schein von Finns Taschenlampe. Er war liniert, wie aus einem kleinformatigen Notizbuch oder Tagebuch. Jemand hatte quer über die Seite einen Satz geschrieben, mit einem Stift, der aussah wie schwarzer Edding.

»›Das ist erst der Anfang‹«, las ich laut vor.

Ein Schauer, der nichts mit dem Schneesturm zu tun hatte, lief mir über den Rücken. Ich dachte an die Minuten, die ich dort gestanden hatte, bevor Finn eintraf, und mich fragte, ob der Mörder vom Tatort weglief oder irgendwo im Wald stand und mich beobachtete.

Finn, Ravi und ich sahen uns schweigend an. Ich wusste, dass jedem von uns dieselbe Frage durch den Kopf ging.

Der Anfang von was?

»Oh Mann, was für ein Schlamassel«, sagte Childs. »Den Zettel da, haben Sie den in seinem *Mund* gefunden? Das ist ja total wie in diesem *Schweigen-der-Lämmer*-Scheiß. Ist da Blut drauf?«

Der Mann vom Sicherheitsdienst stand hinter mir, atmete schwer und rieb sich mit seiner behandschuhten Hand den dichten blonden Bart.

Ich schüttelte den Kopf. »Nein, Mr. Childs, auf dem Zettel ist kein Blut. Hören Sie, das hier ist ein Tatort, und es ist wohl das Beste für alle Beteiligten, wenn Sie dort drüben bei dem Gebäude warten und unsere Jungs ihren Job erledigen lassen.«

Childs hörte auf, sich den Bart zu reiben. »Wo haben Sie diese Jacke gekauft? Die sieht teuer aus. Als Cop verdient man heutzutage sicher viel mehr als zu der Zeit, als mein Daddy ein Cop war.«

Ich zuckte die Achseln. »Dazu kann ich nichts sagen. Da drüben, bei dem Mülleimer ... bitte halten Sie mindestens diesen Abstand zum Tatort.«

Childs wirkte gedankenverloren, bis er Ravi bemerkte. Er starrte sie schweigend an.

Sie stellte sich vor, fühlte sich jedoch unter Childs Blicken unbehaglich und wandte sich ab. Ich hasste es, sie zurückzulassen, doch das Ziehen in meinen Brüsten war kaum noch auszuhalten.

Ich bat Finn zu warten, bis Childs sich umgedreht und den Tatort verlassen hatte.

Vor der Schule wirkte Finns Suburban wie ein lauernder Dinosaurier. Ich begann mit meinem Jackenärmel den Schnee von der Windschutzscheibe zu wischen. Finn schloss den Wagen auf, beugte sich hinein, um den Motor anzuwerfen, und brüllte mir dann etwas über den heulenden Sturm hinweg zu.

»Was?«, rief ich zurück.

Er fuchtelte dramatisch mit den Armen. »Steig in den verdammten Wagen, Gemma. Wirf die Heizung an.«

»Bist du sicher? Ich kann helfen!«

Finn schüttelte den Kopf. »Steig ein. Deine Wangen werden schon blau.«

Das ließ ich mir kein drittes Mal sagen. Ich kletterte in den Wagen und drehte die Heizung so hoch, wie es ging. Obwohl nun warme Luft durch den Suburban gepustet wurde, half das wenig, um die Eiseskälte abzutauen, die sich in meinem Innersten ausgebreitet hatte. Ich dachte über den Zettel in Fuentes Mund nach; war es das Versprechen eines Mörders oder eine Nachricht von Fuente?

Das ist erst der Anfang …

Finn sprang in den Wagen. Seine Hände zitterten, als er den Rückwärtsgang einlegte und zurück zum Revier fuhr. Ich fühlte mich, als würde mir nie wieder warm werden, und ständig ging mir ein Gedanke durch den Kopf: Es war eine verdammt kalte Nacht, um zu morden.

4. Kapitel

Zurück auf dem Revier zog ich den Parka und die Handschuhe aus und kochte dann Wasser für einen heißen Tee. Meine Arme und Beine waren eiskalt, und meine Nase fühlte sich geschwollen an. Meine Stiefel einschließlich der Socken waren durchnässt, also stellte ich sie neben die knackende Heizung an der Nordwand. In der untersten Schublade meines Schreibtisches fand ich ein altes Paar Wollsocken. Sie waren fadenscheinig und hatten Löcher, doch es war besser als nichts. Als ich sie anziehen wollte, musste ich feststellen, dass meine letzte Pediküre Monate her war. Meine Nägel waren kurz geschnitten, doch die kläglichen Reste des Nagellacks sahen aus wie violette Sommersprossen.

Ich erschauderte und hoffte, dass meine Mutterrolle nicht dazu führen würde, dass ich aufhörte, mich um mich selbst zu kümmern, nur um einen winzigen Menschen großzuziehen. Ich zog schnell die Wollsocken über, bevor irgendwer meine Füße sah. Auf der anderen Seite des Ganges zog auch Finn seine nassen Socken aus und schlüpfte in fellgefütterte Hausschuhe. Aus dem Augenwinkel beobachtete ich, wie er zehn Mini-Marshmallows abzählte und in seine Tasse Kakao fallen ließ.

Als ich langsam wieder Gefühl in meinen Zehen und Fingern hatte, griff ich mir meine Tasche und schloss mich in dem freien Büro ein, dass Chavez mir zur Verfügung gestellt hatte. Ich hatte ihm gesagt, dass ich auch in den Umkleideraum im Keller gehen könnte, doch davon wollte er nichts hören. Chavez hat vier Kinder und eine starke Frau, und er ist stolz darauf, ein moderner Mann zu sein.

»Hier kommt Futter von der Mutter«, sagte er, ehe er entsetzt realisierte, was er gerade gesagt hatte, und sich entschuldigte. »Himmel, hör sich das einer an, ich weiß auch nicht, woher das gerade kam. Gemma, tut mir leid, ich wollte nicht ... also, ich meine, ich ...«

Als ich die Tür hinter mir abgeschlossen und mich gesetzt hatte, sah ich, wie viel Mühe er sich gegeben hatte. Auf dem Tisch lagen ein Stapel Zeitschriften, eine ungeöffnete Flasche Perrier und ein gerahmtes Foto von Grace, als sie sechs Wochen alt war, das ich an die Crew gemailt hatte. Auf dem Bilderrahmen klebte ein gelber Post-it-Zettel, auf dem stand: »Füttere mich, Mommy, füttere mich.«

Der Mann kannte echt keine Grenzen. Ich blätterte durch eine Ausgabe von *People*, war jedoch nicht in Stimmung für Hollywood-Tratsch. Ich bekam Delaware Fuentes erfrorenes Starren nicht aus dem Kopf.

Ich kannte den Mann nicht persönlich, aber niemand hatte es verdient, so zu sterben; kalt, im Dunkeln und einsam, abgesehen von seinem Mörder. Ich wusste auch, dass Fuentes Geheimnisse früher oder später ans Licht kämen, so wie alle Geheimnisse Cedar Valleys.

Und wenn das geschah, würden wir seinen Mörder finden.

Nachdem ich fertig mit dem Abpumpen war, kehrte ich zu meinem Schreibtisch zurück. Durch den Mord würde meine

Schicht weit in die Nacht hineinreichen, und ich schrieb Brody eine SMS, damit er sich keine Sorgen machte, wenn ich erst in den frühen Morgenstunden nach Hause käme. Mein Tee war kalt geworden, und ich wärmte ihn wieder auf. Finn war nirgendwo zu sehen, doch er hatte mir den Beweismittelbeutel mit den Sachen aus Delaware Fuentes Taschen auf den Schreibtisch gelegt. Ich zog mir ein Paar Latexhandschuhe an, öffnete den Beutel und schüttete den Inhalt auf den Schreibtisch.

Eine abgenutzte schwarze Lederbrieftasche, ein paar Münzen und ein einzelner Schlüssel glitten heraus. Der Schlüssel hing an einem roten Anhänger aus Plastik mit einem Flaschenöffner an einem Ende und einem Hummerschwanz am anderen. Kein Papier oder Stift. Wenn Fuente selbst etwas auf den Zettel geschrieben hatte, der später in seinem Mund gefunden wurde, dann war das irgendwo anders geschehen, bevor er nach draußen gegangen war, bevor er erstochen wurde. Und das ergab im Grunde keinen Sinn.

Es war wahrscheinlicher, dass der Mörder den Zettel geschrieben und ihn Fuente in den Mund gesteckt hatte.

Ich fragte mich erneut, wo Fuentes Handy war. Es könnte natürlich sein, dass er gar keines besessen oder es nicht bei sich getragen hatte. Doch ich konnte die Anzahl meiner Bekannten, die ihr Handy nicht ständig bei sich trugen, an einer Hand abzählen.

Ich schob diese Gedanken beiseite und starrte auf Fuentes persönliche Gegenstände. Sie würden mir eine Geschichte erzählen, wenn ich bereit war zuzuhören. Fuente war also jemand, der Bargeld bei sich trug. Die Tatsache, dass er sein Kleingeld behielt, ließ ihn bescheiden wirken. Der Schlüssel schien ein Hausschlüssel zu sein, und ich hätte darauf wetten können, dass er sich irgendwo eine Skihütte oder ein Apartment gemietet hatte. Alle Hotels in der Stadt hatten elektronische Schlüsselkarten.

Die Brieftasche interessierte mich am meisten. Der Inhalt einer Brieftasche konnte einem oft alles erzählen, was man über den Besitzer wissen musste. Manche Menschen waren pragmatisch: Führerschein, ein oder zwei Kreditkarten und eine Handvoll ihrer eigenen Visitenkarten. Manche Männer waren sexy: Führerschein, Kreditkarten, Bargeld und ungefähr ein Dutzend alter Quittungen, die wegen ihrer hastig auf die Rückseite gekritzelten Telefonnummern aufgehoben wurden.

Die meisten Menschen lagen irgendwo dazwischen. Delaware Fuente war da keine Ausnahme.

Er hatte einen Führerschein, ausgestellt in New Jersey, der ihn als leicht übergewichtig für seine Größe auswies. Außerdem war er Organspender. Es gab eine Treuekarte für eine Tankstelle, von der ich noch nie gehört hatte, und eine andere für eine Supermarktkette, von der ich wusste, dass ihre Filialen hauptsächlich an der Ostküste lagen. Eine American-Express-Karte, eine Visa-Karte und ein Fünfzigdollarschein rundeten den Inhalt ab.

Hinter dem Bargeld steckte eine einzelne Karteikarte, und ich dankte Delaware Fuente im Stillen für seine Weitsicht.

Fuente war ein Mann gewesen, der auf das Schlimmste vorbereitet war.

Die Karteikarte, weiß und unliniert, war abgegriffen. Vielleicht war Fuente ein melancholischer Mann gewesen; vielleicht hat er die Karteikarte herausgezogen, wenn er sich einsam fühlte, hat sie auseinander gefaltet und auf den Namen geschaut, der darauf geschrieben stand.

Ich habe ein ähnliches Stück Papier in meinem Portemonnaie, laminiert, auf dem ein halbes Dutzend Namen und Telefonnummern stehen: Brody, meine Großeltern Bull und Julia Weston, Chief Chavez. Alle Menschen, die ich zu einem unschönen Schicksal bestimmt habe: den Anruf zu erhalten, dass mir etwas zugestoßen sei.

Hatte die Tatsache, dass auf meinem Zettel mehr Namen standen als auf Fuentes, zu bedeuten, dass ich mehr geliebt wurde? Ich wusste es nicht.

Unter der Überschrift *Notfallkontakt* standen ein Name – Bradley Choi – und eine Nummer mit New Yorker Vorwahl.

New Yorker Vorwahl … Chloe Parker, unsere Frau in der Einsatzzentrale, hatte zweimal erwähnt, dass der anonyme Anrufer am Abend eine New Yorker Vorwahl hatte, die sowohl zu einem Festnetzanschluss als auch zu einem Handy gehören konnte. Ihre Schicht war zu Ende, doch sie hatte mir die Aufnahme des 911-Anrufes und eine Notiz mit der Nummer dagelassen.

Ich ging ins Internet und gab eine Stichwortsuche nach Bradley Choi, New York und Delaware Fuente ein. Es erschienen ein paar Dutzend Ergebnisse, und als ich sie überflog, zählte ich schnell zwei und zwei zusammen. Bradley Choi war Fuentes Literaturagent. Chois Firma, The Choi Agency, hatte ihren Sitz in New York mit noch einer Außenstelle in Miami. Ich öffnete ein paar Links und überflog die Artikel. Einer enthielt ein grobkörniges Bild von Choi, Arm in Arm mit Delaware Fuente. Das Bild war vor fünf Jahren auf einer Preisverleihung entstanden. Choi und Fuente lächelten beide.

Sie hielten Cocktails in der Hand, und als ich näher heranzoomte, erkannte ich, dass Fuente wohl betrunken war. Choi, ein dünner, kleiner Mann, sackte halb unter der Last des viel größeren Fuente zusammen und stützte ihn.

Ich überflog noch einen weiteren Artikel, ein Interview zwischen Choi und einem Harvard-Absolventen, der Journalismus studiert hatte. Direkt nach dem College nahm Choi einen großen Kredit bei seinen Eltern auf und eröffnete seine Agentur. Einer der ersten Autoren, die er vertrat, war Fuente, damals ein Not leidender Schreiberling, dessen Name noch nicht einmal irgendwo in der Unterzeile eines Zeitschriftenartikels erwähnt wurde. Doch Choi hatte erkannt, welches Potential in dem ersten Entwurf von *Der Sohn des Sklavenhändlers* steckte, und der Rest war, wie man so schön sagt, Geschichte. Es war jedoch kein einfacher Weg gewesen. Choi hatte sich über die Jahre mit dem einen oder anderen angelegt. Er war innerhalb der letzten zehn Jahre wegen verschiedener Streitfragen siebenmal von Autoren anderer Literaturagenten verklagt worden. In allen Fällen hatte man sich außergerichtlich geeinigt.

Ich lehnte mich zurück und trank meinen Tee aus. Ich hatte zwar eine Menge erfahren, wusste aber nicht, was es zu bedeuten hatte. Ich blickte auf die Uhr und entschied, Choi anzurufen, sobald es acht Uhr seiner Zeit war. Es war Samstag, und ich hoffte, ihn zu Hause zu erreichen.

Irgendwann während meiner Nachforschungen kam Finn zurück in den Mannschaftsraum. Ich brachte ihn auf den neuesten Stand, und wir verbrachten die nächsten Stunden damit, ein erstes Dossier über Delaware Fuente zusammenzustellen und unsere Berichte zu schreiben. Dann gingen wir verschiedene Ideen durch. Ich hatte den Eindruck, ein Einheimischer müsste Fuente ermordet haben. Die Academy konnte kein zufälliger Tatort sein. Und wer wusste schon, dass entlang der Schule ein Fußweg verlief, wenn er nicht ortskundig war?

Finn argumentierte, dass jeder Fuente umgebracht haben könnte, beispielsweise jemand, der ihm von der Ostküste aus hinterhergefahren war, um ihn umzubringen und ein grausames Szenario zu arrangieren. Der anonyme Anruf mit New Yorker Vorwahl schien Finns Gedankengang rechtzugeben.

Um acht Uhr New Yorker Zeit wählte ich die Nummer, die ich in Fuentes Brieftasche gefunden hatte. Als es klingelte, wünschte ich plötzlich, dass ich vorher besser darüber nachgedacht hätte, was ich sagen wollte. Doch bevor ich wieder auflegen konnte, ging ein Mann an den Apparat. Seine Stimme klang hoch, und er war außer Atem. Das Bild eines Frettchens schoss mir durch den Kopf.

»Hier ist Brad.«

Ich holte tief Luft. »Guten Morgen. Mein Name ist Gemma Monroe vom Cedar Valley Police Department in Colorado. Mr. Choi, es tut mir leid, dass ich so früh anrufe, aber ich habe leider schlechte Neuigkeiten.«

»Oh Gott, was hat Del denn jetzt wieder angestellt? Hat er getrunken? Ich kann in … geben Sie mir sechs Stunden, und ich nehme den nächsten Flieger«, sagte Choi. »Ich schwöre Ihnen, dieser Mann ist die fünfzehn Prozent nicht wert.«

»Mr. Choi, leider ist es viel ernster. Mr. Fuente ist heute Morgen verstorben.«

Ich hörte ein Keuchen am anderen Ende der Leitung und

wünschte wieder, ich hätte die Angelegenheit besser durchdacht. Das New York Police Department hätte jemanden hinschicken können, um die Nachricht persönlich zu überbringen. Doch das hätte Stunden dauern können. Ich hatte eine Spur im Schnee, die mit jeder Minute kälter wurde.

»Sir? Mr. Choi, sind Sie noch da?«

Ich wartete. Nach einer weiteren halben Minute hörte ich seine Stimme wieder am Telefon, er schluchzte. »Ja, ja, ich bin noch hier. Das ist schrecklich. Was ist passiert? Es war sein Herz, oder? Del hat ein Leben geführt, als wäre er zweiundzwanzig.«

»Wir sind noch nicht sicher, was passiert ist. Die Umstände sind noch ungeklärt«, sagte ich.

Wieder drang ein Schluchzen aus der Leitung.

»Mr. Choi, wir müssen wissen, was Mr. Fuente hier in Colorado gemacht hat. Können Sie uns da weiterhelfen?«

»Ja, ja, das ist alles nur so ein Schock. Es tut mir leid, ich … Del war ein Freund.«

Ich nickte. »Darf ich Sie Brad nennen? Brad, wir hatten keine Ahnung, dass Mr. Fuente in der Stadt war. Bei jemandem, der so berühmt ist, ist es ungewöhnlich, dass wir so etwas nicht wissen. In seinem Führerschein steht eine Adresse in New Jersey. War das sein Hauptwohnsitz?«

Choi atmete einmal tief durch, dann noch einmal. Als er wieder sprach, wirkte er ruhiger. »Ja, Del lebte in New Jersey. Er hatte es satt, in Los Angeles zu sein. Sein Haus wurde nach seinen Wünschen gebaut, ein brandneues Haus, das wie ein authentisches altes Brownstone aussah. Er hat ein Vermögen dafür bezahlt, und für das Land. Es ist wunderschön und liegt direkt am Rande eines Naturschutzgebietes mit unzähligen

Vögeln. Er hat außerdem noch das Apartment in New York behalten. Del war auf die Bitte einer alten Freundin hin in Colorado, Lily oder Lila Conway oder so ähnlich. Sie arbeitet dort an einer Privatschule. Er hat eine Reihe von Gastvorträgen im Fach Englisch gegeben. Vielleicht war es auch Kreatives Schreiben. Ich weiß es nicht so genau.«

»Hat Mr. Fuente so etwas oft gemacht? Vorlesungen und Vorträge gehalten?«

Er lachte kurz auf, was irgendwie noch schlimmer war als sein Schluchzen.

»Haben Sie je gesehen, wie Del ein Fernsehinterview gegeben hat?«, fragte Choi. »Er war immer mit vollem Einsatz dabei, ein liebenswerter Teddybär. Überaus großzügig. Er hat wahrscheinlich mehr verschenkt, als er behalten hat. Ich ziehe ihn immer damit auf, dass er damit für eine Sünde in einem früheren Leben büßt. Er war mein Freund, und ich habe ihn geliebt. Wenn sich die Nachricht von seinem Tod verbreitet, wird es viele Tränen geben, um den Mann, aber auch um sein Werk.«

Ich lehnte mich im Stuhl zurück. »Sie beschreiben denselben Eindruck, den auch ich von ihm hatte. Ich urteile zugegebenermaßen aus der Sicht einer Leserin, nicht einer Freundin. Fällt Ihnen irgendjemand ein, der einen Grund gehabt hätte, Mr. Fuente etwas anzutun?«

Der Agent schniefte. »Ich weiß nicht. Es gab sicher eine Menge Leute, die ihn nicht mochten, doch das ist ja bei allen berühmten Persönlichkeiten der Fall. Del hat sein Herz auf der Zunge getragen. Einigen war er in Bezug auf den Nahen Osten zu nachgiebig. Die Katholiken hassten seine liberalen Ansichten in sozialen Fragen. Den Demokraten gefiel nicht, dass er in die Ölindustrie investierte, und die Republikaner konnten seine unbekümmerte Loyalität zu allem, was ihm gerade gefiel, nicht leiden. Wie so oft im Literaturbetrieb waren es seine Leser, die ihn am meisten schätzten. Del kümmerte sich nicht um all die Streitfragen. Er fand die Lächerlichkeit all dessen großartig. Er war wirklich eine Naturgewalt.«

»War er verheiratet? Hatte er eine Freundin? Einen Freund?«

»Nichts Ernstes, weder Frau noch lebende Verwandte. Er hat manchmal jemanden abgeschleppt, aber selbst das schien ihn nicht wirklich zu interessieren. Bei allem, was er machte – dem Schreiben, der Wohltätigkeit – konnte ich eigentlich nie meinen Finger darauflegen, was ihn glücklich machte. Ich meine, wirklich glücklich. Ich habe ihn mal gefragt, nur einmal, und wissen Sie, was er gesagt hat?«

Brad wartete meine Antwort ab. Ich sagte, ich hätte keine Ahnung, was einen Mann wie ihn glücklich mache.

»Das Hamsterrad. Er sagte, was ihn glücklich mache, sei die schiere Idiotie unserer unbedeutenden Leben, wenn wir in unseren Hamsterrädern herumrennen. Was sei der Sinn des Lebens? Du würdest geboren, du rennst, rennst, rennst, rennst im Kreis, und dann rennst du noch ein bisschen weiter. Dann stirbst du. Du fällst aus dem Rad, und jemand anderes steigt ein. Deprimierend, stimmt's? Und doch war er einer der größten Schriftsteller unserer Generation.«

»Sind nicht alle guten Schriftsteller gequälte Seelen? Hemingway, Faulkner …?«

Brad lachte wieder. Er lachte so sehr, dass er anfing zu husten und ein paar Minuten brauchte, um wieder zurück an den Apparat zu kommen.

»Gequält, ja. Verrückt? Einige. Del war nicht gequält, und er war nicht verrückt. Ich denke, er hat nach etwas gesucht, nach einer reinen Wahrheit, in der er sich verlieren konnte. Ich muss jetzt Schluss machen und ein paar Anrufe tätigen, bevor die Presse davon Wind bekommt.«

Ich versprach Choi, dass wir die Nachricht von Fuentes Tod so lange wie möglich vor der Presse zurückhalten würden. Ich versprach ihm außerdem, ihn zu informieren, sobald der Leichnam freigegeben werden konnte. Wir vereinbarten, dass er sich in der Zwischenzeit um alle notwendigen Maßnahmen kümmern würde, angefangen damit, Fuentes Anwalt zu kontaktieren.

»Oh, Brad?«

»Ja?«

»Bleiben Sie bitte noch kurz dran«, sagte ich, als ich nach der Aufnahme und der Notiz griff, die Chloe Parker mir auf den Schreibtisch gelegt hatte. »Kennen Sie zufällig diese Nummer?«

Ich las ihm die Nummer des anonymen Anrufers vor. Als ich fertig war, wartete ich auf eine Reaktion, doch der Agent schwieg.

»Brad? Sind Sie noch da?«

»Soll das ein Witz sein?«

Erstaunt über die plötzliche Schärfe in seiner Stimme, entgegnete ich: »Nein, kein Witz.«

Brad atmete in den Hörer. »Das ist Delawares Nummer. Ich sollte es wissen, ich habe sie über die Jahre tausendmal gewählt.«

Nachdem wir aufgelegt hatten, gab ich Fuentes Nummer ein. Die Voicemail sprang direkt an.

»Verdammt, Finn, der anonyme Anruf kam von Fuentes eigenem Handy«, sagte ich. »Es wurde ausgeschaltet.«

Finn stand auf und kam herüber zu meinem Schreibtisch. »Du machst Witze. Spiel das Band ab.«

Ich holte den Recorder hervor, den Chloe Parker mir hingelegt hatte, und drückte auf Play.

Eine tiefe, raue Stimme erfüllte den Raum. Wir hörten sie uns dreimal an, und am Ende waren wir uns absolut einig: Wir konnten nicht erkennen, ob es die Stimme einer Frau oder eines Mannes war.

»›In der Valley Academy treibt sich ein Mann herum. Er sieht verdächtig aus. Kommen Sie schnell.‹« Finn las die Worte vor, die er mitgeschrieben hatte.

Das ist erst der Anfang …

Ich rieb mir die Augen. »Also, Fuente meldet eine verdächtige Person und konfrontiert sie dann. Er wird ermordet, und der Mörder stiehlt sein Handy.«

Finn sah besorgt aus. »Was, wenn der Mörder Fuente erstochen hat und dann dessen eigenes Handy benutzt hat, um uns anzurufen?«

»Das ergibt keinen Sinn. Ein solcher Anruf hätte sichergestellt, dass die Leiche heute Nacht noch gefunden wird.«

Finn ging auf und ab, die Hände in den Hosentaschen vergraben. »Es ergibt keinen Sinn, wenn der Zettel, den wir in Fuentes Mund gefunden haben, als Spott gemeint war. ›Das ist erst der Anfang.‹ Der Mörder wollte, dass wir die Leiche und den Zettel finden. Gemma, wir müssen in Betracht ziehen, dass es vielleicht noch weitere Morde geben wird.«

»Himmel! Ich werde Fuentes Handy orten lassen. Sobald es eingeschaltet wird, will ich das wissen«, sagte ich und begann direkt mit dem Ausfüllen des Online-Formulars, das als Anfrage bei der Telefongesellschaft landen würde. »Wenn es überhaupt angeschaltet wird.«

Finn ging weiter auf und ab. »Was ich nicht begreife, ist, warum diese Schule?«

»Ich weiß nicht, aber Fuente kannte eine Frau, die dort arbeitet«, sagte ich und rief mir das Gespräch mit Brad Choi wieder in Erinnerung. »Ihr Name klang nicht vertraut, Lila oder Lily Conway.«

»Lila«, sagte Finn und nickte. »Ich kenne sie. Sie erledigt Verwaltungsarbeiten und könnte eine Sekretärin sein. Ich habe sie ein paarmal auf Veranstaltungen getroffen. Sie ist ungefähr in Fuentes Alter, vermute ich, und sehr still. Ich glaube, sie ist eine Katzenlady.«

»Was zum Teufel ist eine Katzenlady?«

»Eine Witwe, weißt du, mit dreißig Katzen und einem Ehemann, der hinten im Garten verbuddelt wurde.«

»Im Namen aller verwitweten Katzenbesitzer bin ich beleidigt. Choi sagte, Conway und Fuente seien alte Freunde«, sagte ich. »Hör zu, ich mache mir Sorgen. Ein Mord wie dieser ... in der Academy ... was, wenn die Schüler in Gefahr sind? Ich denke, wir sollten die Wachen dort verstärken. Hattest du nicht gesagt, jemand sprüht überall auf dem Campus den Sensenmann an die Wände?«

»Ich werde Direktor Silverstein anrufen.« Finn blieb stehen und warf einen Blick auf seine Uhr. »In der Zwischenzeit solltest du nach Hause fahren und dir eine Mütze Schlaf gönnen. Du siehst schrecklich aus. Wir treffen uns hier in ein paar Stunden wieder.«

Ich wollte gerade protestieren, doch ein riesiges Gähnen

schluckte meine Worte. Mir wurde plötzlich mit einem Anflug von schlechtem Gewissen bewusst, dass ich seit der Geburt von Grace noch nie so lange von ihr fort gewesen war. Ich hatte kaum an meine Kleine gedacht.

Hier sitzt sie, Leute, die Mutter des Jahres.

»Was ist los? Du bist ganz rot geworden.«

»Nichts. Du hast recht, ich bin müde.« Ich packte meine Tasche, warf einen Blick auf den Dienstplan an der Wand und war enttäuscht, dass Sam Birdsheads Schicht erst in ein paar Stunden beginnen würde. Ich hatte ihn, seit ich in Mutterschutz gegangen war, nicht mehr gesehen. Und davor war er im Krankenhaus gewesen. Ich wünschte mir sehnlich, ihn wieder bei der Arbeit anzutreffen, doch ein Teil von mir wusste, dass er jetzt ein anderer war, emotional, mental und physisch.

Ich wusste, dass es nie wieder so werden würde wie früher. Für keinen von uns. Während einer Mordermittlung im vergangenen September hatte ein Unfall mit Fahrerflucht Sam fast das Leben gekostet. Er hatte ab dem Knie sein rechtes Bein verloren. Erst wenige Monate zuvor hatte er bei uns angefangen.

Chief Chavez war optimistischer als der Rest von uns. Er meinte, dass sowieso kein Cop, der seine Dienstmarke wert sei, mit den Beinen denke. Chavez hoffte, Sams Talent bei der Recherche würde ihn zu einem Cyberspace-Spezialisten machen, der Internetfälle bearbeiten könnte.

»Wie geht es Sam?«

Finn zuckte die Achseln. Er setzte sich hin und begann, seine Stifte und Kugelschreiber neu zu arrangieren. Er richtete sie einen nach dem anderen an der Tischkante aus. »Schwer zu sagen. Er hat sich … verändert. Ich weiß, dass sie ihm Antidepressiva geben, und er zusätzlich zu seiner Therapie oder wie auch immer man das nennt psychologische Betreuung bekommt. Er hat Innendienst, und manchmal trägt er eine Prothese. Er muss sich noch daran gewöhnen. Wir haben ihn Old Stumpy getauft. Er sagt, er hätte immer noch einen Längeren als einer von uns in seiner … oh, vergiss es.«

»Nett«, murmelte ich. »Zumindest hat er seinen Sinn für Humor behalten.«

Ich nahm mir meine Tasche und die Akten und zog gerade meinen Parka an, als das Telefon klingelte. Ich erkannte die Nummer mit der örtlichen Vorwahl nicht, zog den Parka aber trotzdem wieder aus.

»Monroe.«

»Guten Morgen, hier spricht Denise Harvey, Assistentin von Missy Matherson. Wie haben aus verschiedenen Quellen gehört, dass letzte Nacht an der Valley Academy ein Mord geschehen ist. Können Sie das bestätigen oder dementieren?«

Ich stöhnte innerlich. Presse allgemein nervte mich, und besonders eine Person wie Missy Matherson. Sie war eine Bulldogge auf hohen Absätzen, eine sture Tussi mit Ambitionen so hoch, wie ihr blondiertes Haar aufgetürmt war.

»Ich kann bestätigen, dass es an der Schule einen Tod unter bisher ungeklärten Umständen gegeben hat, ja.«

Im Hintergrund hörte ich hektisches Tippen auf einer Tastatur. »Und der Name des Opfers?«

»Da die Angehörigen noch nicht verständigt wurden«, entgegnete ich, »haben wir den Namen des Opfers noch nicht bekanntgegeben. Und das ist auch schon alles, was ich Ihnen sagen kann, Denise. Sie können unseren Pressesprecher kontaktieren, wenn Sie mehr Informationen haben möchten.«

Im Hintergrund hörte ich wütendes Geflüster, dann eine neue Stimme. »Gemma? Zum Teufel, sind Sie das? Missy Matherson. Wie geht es Ihnen?«

»Oh, wirklich gut, Missy, und Ihnen?«

»Genug der Floskeln. Wer ist die Leiche? Sie wissen doch, dass ich es sowieso herausfinde, und wenn das früher als später passiert, wie zum Beispiel jetzt, kann ich Ihnen ein hübsches Zitat in der Zeitung versprechen.«

»Was ist aus Ihrer Fernsehkarriere geworden, Missy? Das letzte Mal habe ich Ihr zauberhaftes Gesicht in meinem Fernseher gesehen.«

Sie war hitzig. »Lassen Sie den Scheiß. Wir haben nichts füreinander übrig, Gemma. Der Chef des Senders war ein Arschloch mit einer Hand auf meinem Hintern und der anderen auf meiner Karriere. Ich bin wieder zurück in den Printbereich gewechselt. Unter den Journalisten herrscht eine moralische Dürre, und ich bin bereit, den Schauplatz zu fluten.«

»Missy, Sie hatten schon immer einen Hang zur Dramatik. Aber Sie verschwenden ihre Zeit. Sie bekommen die Identität des Opfers, wenn alle anderen sie bekommen.«

Ohne ein weiteres Wort legte sie auf.

Finn sah mich an. »Matherson?«

Ich nickte. »Sie hat ihren Job als Sprecherin an den Nagel gehängt und ist jetzt wieder im Print. Muss eine ziemlich dicke Gehaltseinbuße gewesen sein.«

Finn knurrte und wandte sich wieder seinem Computer zu. »Sie macht den Job nicht wegen des Geldes. Sie ist nicht auf ein Gehalt angewiesen.«

Dann sah er mich wieder an. »Weißt du nicht, wer ihre Mutter ist?«

»Nein, wie sollte ich?«

»Ihre Mutter ist Birdie Matherson.«

Ich starrte ihn verständnislos an. »Und wieso sollte ich wissen, wer das ist?«

»Ach komm, Gemma, hast du nicht mit Puppen gespielt, als du klein warst? Hattest du nie eine Birdie Baby? Die Familie ist steinreich.«

Ich setzte mich. »Ist nicht wahr. Ich habe meine Birdie Baby geliebt! Man konnte sie mit echtem Wasser füttern, und dann hat sie in die Windel gemacht. Sie hat beim Pinkeln sogar gequietscht. Ich hatte keine Ahnung, dass Missy Beziehungen zu Ruby Jane hatte. So hieß mein Birdie Baby, Ruby Jane.«

»Also ist Matherson wieder in ihre alten Jagdgründe zurückgekehrt. Na großartig. Man kann keinem Wort glauben, das sie druckt; sie hat mit der Hälfte der gewählten Amtsinhaber dieser Stadt gevögelt. Nein, vielmehr dieses Bundesstaates.«

»Jepp. Und lass mich raten, sie hat dir einen Korb gegeben?«

Finn sah mich angewidert an. »Diese Kakerlake würde ich nicht mal mit einer drei Meter langen Zange anfassen. Sie ist schlecht für das Business, so viel ist sicher. Wahrscheinlich hat sie Syphilis. Und Tripper.«

Ein paar Cops betraten den Mannschaftsraum, bereit für ihre Schicht. Das brachte mich dazu, endlich nach Hause zu gehen. Plötzlich war ich zutiefst erschöpft, und meine Glieder fühlten sich schwer an wie eine Tonne Ziegelsteine. Ich sagte Finn, ich würde ihn in ein paar Stunden anrufen.

War ich wirklich schon bereit, wieder zu arbeiten?, fragte ich mich. Es gibt nichts, was die Presse lieber hat als einen Mord. Sowie Missy Matherson und ihre Kollegen Wind von Fuentes Tod bekämen, würde die Post abgehen. Wenn es nicht bereits zu spät war, würde Fuentes Mörder noch weiter, noch tiefer in den Untergrund abtauchen, und wir bekämen ihn nie zu fassen.

Mit einem Frösteln stellte ich fest, dass ich schon längst zurück in meinem Job *war*, ob ich nun dafür bereit war oder nicht. Ich versetzte mich bereits wieder in die Lage des Mörders, antizipierte seine Gedanken und überlegte, was er als Nächstes tun würde. Wenn Finn recht hatte, und der Zettel in Fuentes Mund ein Versprechen des Mörders war, dann würde es weitere Tote geben. Vielleicht nicht heute, vielleicht nicht diese Woche … doch früh genug würden wir uns einem weiteren Opfer gegenübersehen.

Irgendwo da draußen ging jemand durchs Leben, der sich glücklicherweise nicht darüber bewusst war, dass ein Mörder ihn im Visier hatte. Derjenige könnte sich durch eine Menschenmenge bewegen, stehen bleiben, sich umdrehen und nie wissen, dass der Mörder direkt dort war, die ganze Zeit. Denn jetzt war sein Gesicht noch ein schemenhaftes Bild, verschwommene Gesichtszüge, maskiert.

Es war unser Job, ihm diese Maske abzunehmen.

Ich betete still, dass wir genau das schaffen würden, und zwar bald.

5. Kapitel

Draußen vor dem Revier verbarg sich die frühe Morgensonne weiter vor dem Sturm, doch zumindest hatten der Wind und Schnee ihren gewaltigen Angriff auf unser Tal eingestellt. Der Himmel hatte die Farbe von mattem Stahl, der alles um mich herum niederzudrücken schien. Unter einem halben Meter Schnee sahen die Wagen auf dem Parkplatz alle gleich aus. Ich wischte das Nummernschild von drei Wagen frei, bis ich meinen fand. Dann musste ich noch weitere dreißig Minuten schaufeln und graben, bis ich den Wagen und die Reifen freigeräumt hatte.

Ich atmete schwer, lehnte mich gegen die Fahrertür und musste mich einen Augenblick ausruhen.

Der Angestelltenparkplatz des Cedar Valley Police Department lag auf der Rückseite des Gebäudes. Auf der gegenüberliegenden Seite der Durchfahrt standen zwei Häuser, ein viktorianisches Modell, das einer älteren Witwe gehörte, und ein modernerer Bungalow, in dem eine junge Familie mit mehreren Kindern wohnte. Zumindest standen normalerweise ein paar verlassene Dreiräder und Kinderfahrräder im Vorgarten herum. Die Mutter habe ich einmal gesehen. Wir hatten einander gewunken, doch seitdem waren wir uns nicht wieder begegnet.

Beide Häuser lagen jetzt im Dunkeln.

Finn hatte mich am Tatort eine Beobachterin genannt.

Er hatte recht. Ich bin eine Beobachterin. So mache ich meinen Job. Ich beobachte ständig, schaue, sehe mich um. Suche. Ich glaube, so war ich schon mein ganzes Leben lang.

Irgendwo auf der anderen Seite des Reviers hatte ein Wagen eine Fehlzündung. Das Geräusch riss mich aus meinen Gedanken. Schlotternd setzte ich mich auf den Fahrersitz und wartete eine Weile bei laut blasender Heizung darauf, dass die Scheiben enteisten. Ich beugte mich vor, um eine CD aufzuheben, die auf den Boden gefallen war, und als ich mich wieder aufrichtete, bewegte sich etwas im Rückspiegel.

Ich erstarrte.

Langsam drehte ich mich um. Auch das Ding bewegte sich wieder, und ich fluchte und versetzte ihm einen Hieb. Es war ein Mobile aus kleinen Safari-Tieren, das an dem Griff von Grace' Kindersitz befestigt war.

Die Gesichtsausdrücke der Tiere waren für meinen Geschmack etwas zu selbstgefällig, doch das Mobile war ein Geschenk gewesen, und ich hätte ein schlechtes Gewissen, wenn ich es nicht benutzen würde. Der Kindersitz nahm die eine Hälfte der Rückbank ein, und eine Sporttasche mit Hygieneartikeln und einem Satz Wechselwäsche die andere.

Eine einzelne Socke, pinkfarben und unglaublich winzig, lag zwischen dem Kindersitz und meiner Sporttasche. Ich hob sie auf und schob zwei Finger hinein wie in einen Minihandschuh. Die Größe erstaunte mich immer wieder. Wie konnte etwas so Winziges jemanden warm halten?

Ich steckte die Socke in meine Handtasche und legte den Gang ein. Als ich vom Parkplatz und durch die Zufahrt fuhr, kehrten meine Gedanken wieder zu Delaware Fuente zurück. Für mich existierten solche Fälle nicht in einem Vakuum. Ich wusste, dass Fuente und sein Mörder bald in meinen Träumen auftauchen würden. Sie würden versuchen, mich abzulenken, und um meine Aufmerksamkeit buhlen, so dass ich keine normale Unterhaltung mehr führen könnte. Schon bald würde sich meine gesamte Welt nur noch um sie drehen. Das Unheimliche daran war, dass ich mich darauf freute. Ich fühle mich in dieser Welt wohl, besessen und angetrieben von einem einzigen Ziel.

Delaware Fuente hatte keine Kinder. Er schrieb Bücher, zog sie groß und entließ sie, wie Eltern seit Anbeginn aller Zeiten, in die Welt. Wenn man nach seiner Fangemeinde ging, hatten sie einer Menge Leute eindeutig viel Freude bereitet. Doch die Dinge sind nicht immer so, wie sie erscheinen.

Hatten Fuentes Bücher jemanden verletzt? Hatte sich diese Person gerächt? Früher oder später würde ich es wissen. Jeder Schritt der Ermittlungen würde Fragen aufwerfen, und dann weitere Fragen, bis es irgendwann einen Durchbruch gab. Das war immer so.

Die Straßen waren größtenteils vereist, und es herrschte kein Verkehr. Eine Weile fuhr ein großer Lastwagen hinter mir her, dann bog er in eine Seitenstraße ab, und ich war für den Rest der Fahrt allein auf der Straße.

Ich kam bei unserem kleinen Haus am Hang eines Canyons an, auf dessen gegenüberliegender Straßenseite sich ein Fluss hinunter Richtung Stadt schlängelte. Jetzt, im tiefsten Winter, gurgelte der Fluss unter einer dünnen Eisschicht weiter, die knackte und zischte, während sie schmolz und erneut gefror. Das Wasser sah an keinem Tag gleich aus, was mich beruhigte und tagtäglich daran erinnerte, dass das Leben weiterging.

Unsere Nachbarn wohnten knapp einen halben Kilometer von uns entfernt, und unser Internet war langsamer als fließender Sirup, doch wir liebten unser Zuhause; die nächtliche Stille; die majestätische Schönheit des Waldes, der an den Hängen des Canyons wuchs und sich das Land Zentimeter für Zentimeter einverleibte.

Grace war wach, als ich ins Kinderzimmer kam. Sie schaute mich mit ihren blaubeerblauen Augen an, in denen mehr Weisheit lag, als ich mir wünschte.

Sie machte mir Angst. Sie machte mir mehr Angst als sämtliche Mörder, Vergewaltiger und Diebe der Welt. Sie, mit ihren knapp sechs Kilo, konnte meinem Dasein mehr Schaden zufügen als irgendjemand sonst.

Ich nahm sie mit ins Wohnzimmer, um sie zu stillen, setzte mich in einen Sessel am Fenster und zog eine abgenutzte, handgefertigte Patchworkdecke über uns. Mir war immer noch kalt. Es fühlte sich an, als hätte der Winter meine Knochen berührt und Eiswasser wäre durch meine Adern geflossen.

Die Vorhänge waren zurückgezogen, und ich schaute in den Garten, in der Hoffnung, etwas Buntes in Gestalt eines Blauhähers oder eines Rotkardinals zu sehen. Das Vogelhäuschen war jedoch leer, und der Garten blieb still und weiß.

Oben in unserem Schlafzimmer hustete Brody. Dann hörte man ein dumpfes Geräusch, als er die Füße auf den Boden vor dem Bett setzte. Ein paar Minuten später stand er neben mir, küsste meine Stirn und schubste Seamus, unseren Basset, mit seinem Fuß aus dem Weg.

»Kaffee?«, rief Brody über die Schulter, als er in die Küche ging.

Ich lehnte ab. »Ich muss ein paar Stunden schlafen und dann weiterarbeiten. Tut mir leid. Wir hatten einen Mord. Kennst du Delaware Fuente?«

Ich konnte von meinem Platz im Wohnzimmer aus Brody in der Küche sehen, wie er sich hinten am Nacken kratzte und seine Hand nach unten zu seinem Hintern wanderte. Er trug blaue Pyjamahosen mit weißen Schneeflocken, und sein graues T-Shirt war ein altes Denver Broncos Championship-Souvenir. Er sah zehn Jahre jünger aus, als er war, ein Collegestudent, der ein Erwachsenenleben führte.

Ich wartete geduldig.

Er starrte eine Weile auf die Kaffeemaschine und schüttelte sich dann. »Den Schriftsteller? Klar. Er hatte ein paar Jahre lang eine Sendung bei einem öffentlichen Radiosender, als ich noch auf dem College war. Er ist brillant. Warum?«

Grace war satt und an meiner Brust eingeschlafen. Ich drückte sie noch dichter an mich. »Ich weiß, dass du das für dich behalten wirst. Er ist tot. Er wurde gestern Abend ermordet.«

Bei meinen Worten war Brody schlagartig hellwach. Er stand im Türrahmen und hielt einen Beutel Kaffee aus meinem örtlichen Lieblingscafé, *Four and Twenty Blackbirds*, in der Hand. »Im Ernst? Er schien immer irgendwie über dem Leben zu stehen. Was ist passiert?«

»Wir sind noch nicht sicher. Finn und ich sind in die Valley Academy gefahren, nachdem ein anonymer Anrufer eine verdächtige Person gemeldet hatte. Wir fanden Fuente, erstochen mit einem Jagdmesser. Der Anruf kam von seinem eigenen Handy. Es ist kompliziert. Ich werde eine Weile stark eingebunden sein, Brody. Es tut mir leid. Ich wünschte, es wäre nicht gleich passiert, nachdem ich wieder angefangen habe zu arbeiten. Ich hatte gedacht, ich könnte es langsam angehen lassen. Haben wir noch Zimtschnecken aus dem *Blackbird*?«

Brody schüttelte den Kopf. »Nein, nur den Kaffee. Ich dachte, wir würden Diät machen? Oder haben wir diesen Monat andere Gesundheitsziele? Vielleicht keinen Zucker? Oder kein Gluten? Soll ich uns ein Eiweiß-Omelett mit Gemüse machen?«

»Klar, ein Omelett klingt gut. Diese letzten zwei Kilo haben sich an meinem Hintern festgesetzt, und ich hasse sie. Haben wir noch Erdbeeren?«

»Ich schaue nach«, sagte er und ging zurück in die Küche. Dann rief er: »Ich mag deinen Po!«

Es fühlte sich merkwürdig an, so umsorgt zu werden. Während meiner Schwangerschaft war Brody längere Zeit in Alaska auf einer Geologie-Expedition gewesen. Ich war den Großteil des letzten Drittels allein gewesen. Als das Baby kam, war Brody bereits wieder zurück, und obwohl der Mann einige Schwächen hatte, hätte ich die letzten Monate ohne ihn nicht überlebt. Ich wusste wirklich nicht, wie alleinerziehende Eltern klarkamen, besonders mit nur zwei oder drei Stunden Schlaf pro Nacht.

Ich war außerdem ganz froh, ihn im Auge behalten zu können, zumindest für eine Weile. Seine Charakterschwächen hatten so ihre Art, an die Oberfläche zu kriechen, wenn er außer Sichtweite war. Das größte Problem war sein Fremdgehen. Obwohl es in den Anfängen unserer Beziehung passiert war, Jahre bevor wir überhaupt an Nachwuchs gedacht hatten, kam ich nicht darüber hinweg. Es war der Hauptgrund, warum wir noch nicht verheiratet waren, zur Enttäuschung von Brody, meinen Großeltern und praktisch allen, die mich kannten.

Außer Finn. Finn hielt es für die weiseste Entscheidung, die ich je getroffen hatte. Schon allein deswegen sah ich über eine ganze Menge seiner Eigenarten hinweg.

Ich konnte das Gefühl nicht abschütteln, dass eine Ehe an dem Vertrauen zerren würde, das wir in den letzten Jahren aufgebaut hatten. Ich war sicher, dass sie über die Zeit unser Leben langsam zerfasern würde. Und momentan lief alles gut.

Brody hatte eine bedeutende Summe erhalten, um ein Geologie-Lehrbuch zu schreiben. Dank des Stipendiums konnte er die nächsten sechs Monate von zu Hause aus arbeiten, wenn wir mit unserem Geld vorsichtig umgingen, keine großen Reisen unternahmen und keine teuren Hausreparaturen anstanden. Zusammen mit meinem relativ flexiblen Dienstplan würde im ersten Jahr immer einer von uns bei unserer Kleinen sein.

In der Küche suchte Brody die Zutaten für das Omelette zusammen. Ich rückte vorsichtig meine Beine zurecht, um Grace nicht aufzuwecken, und lehnte mich im Sessel zurück. Endlich war mir wieder warm, ich saß gemütlich eingemummelt mit meinem Baby auf dem Schoß und würde gleich Frühstück bekommen. Meine Augenlider wurden schwer. Erneut drifteten meine Gedanken zurück zu Delaware Fuente.

Jede Mordermittlung beginnt mit einem Opfer. Doch im Hintergrund, irgendwo im Dunkeln, lauert immer der Mörder. Mit fortschreitender Ermittlung wird es schwieriger, sich auf das Opfer zu fokussieren. Du bist auf der Jagd, bist dem Verbrecher auf den Fersen, und es ist einfach, sich auf ihn zu konzentrieren.

Doch die besten Polizisten wissen: Es beginnt und endet immer mit dem Opfer. Man sucht nicht die Schuld beim Opfer, doch irgendetwas, was es gesagt oder getan hat, hat zu den Handlungen geführt, bei denen es sein Leben verloren hat. Es gibt immer eine Handlung, einen Auslöser, der zu einem Mord führt.

Auf welchen Weg hatte Delawares Leben ihn geführt?

Das Problem ist natürlich, zu denken, es gäbe eine Antwort auf diese Frage. Seltener, als die Medien es einem vorgaukeln, ist ein Mord wirklich die Tat eines Irren.

Das ist erst der Anfang …

Ich schaute zurück auf den Schnee im Garten, und mich fröstelte bei dem Gedanken, dass dort draußen jemand herumlief, der zu einem weiteren Mord fähig war. Serienmörder sind bekanntermaßen schwer zu verfolgen. Mitten im tiefsten Winter, abgeschottet durch das Wetter, war ein Serienmord das Letzte, was wir in unserem Tal gebrauchen konnten.

6. Kapitel

Während ich schlief, zog der Schneesturm sich aus den Rockies zurück und weiter nach Osten, in Richtung der Great Plains. Er suchte Kansas und Nebraska heim, lief irgendwo über Ohio aus und verschonte die Ostküste.

Als ich aufwachte, war es Nachmittag. Durch das Schlafzimmerfenster sah ich einer schwachen Sonne dabei zu, wie sie sich abmühte, durch die Wolken zu brechen. Ich zog mich leise an und sah nach Grace. Sie schlief in ihrer Wiege, einen winzigen Arm über ihrem Kopf ausgestreckt. Unten hörte ich die Waschmaschine laufen und fand Brody in seinem Büro, wo er auf seinen Computer starrte, tippte, innehielt und wieder tippte. Er wirkte frustriert.

»Wie läuft's mit dem Buch?«, fragte ich.

Brody schaute mich kurz an, dann wieder zurück auf seinen Computer und schaltete den Monitor aus. »Ich habe das Buch für eine Weile zur Seite gelegt. Ich arbeite an einem anderen Projekt, ein Angebot eines potentiellen Neukunden.«

»Was für ein Projekt? Was für ein Kunde?«

Brody stand auf und durchquerte das Zimmer. Er nahm mich in die Arme und küsste meine Stirn. »Mach dir deswegen keine Sorgen, Süße. Es geht um ein Gutachten für eine Landnutzung. Ich werde dafür ein paar Wochen brauchen.«

»Aber deine Deadlines …«, fing ich an. Er schnitt mir mit einem weiteren Kuss auf die Stirn das Wort ab und gab mir einen Klaps auf den Hintern. Ich gab einen gespielten Aufschrei von mir, und er lachte.

»Gem, ich kümmere mich schon um meine Deadlines. Ich stelle ja auch nicht deine Mordermittlungen in Frage. Konntest du schlafen?«

Ich nickte. »Ja, konnte ich. Ich werde jetzt etwas arbeiten.«

Brody sagte, er würde gern ein paar Besorgungen machen, solange ich zu Hause bei der Kleinen war. Wir beließen es dabei, doch ich blieb neugierig wegen seines neuen Kunden. Manchmal nahm Brody nebenher Aufträge an, aber wir waren davon ausgegangen, dass das Buch den Großteil seiner Zeit einnehmen würde.

Ein klägliches Jaulen rief mich in die Küche. Seamus kratzte an der Hintertür. Er hat eine Blase von der Größe einer Rosine. Als ich die Tür öffnete, steckte er eine Sekunde seine Nase hinaus, zog sie dann wieder zurück, drehte sich um und rannte weg. Ich verübelte es ihm nicht. Obwohl der schlimmste Sturm vorbei war, herrschten draußen immer noch Temperaturen weit unter dem Gefrierpunkt.

»Pinkel nicht ins Haus, alter Knabe!«, rief ich ihm hinterher.

Ich griff mir eine Schachtel Cracker und ein paar Käsestangen aus dem Kühlschrank und entzündete dann ein Feuer im Wohnzimmerkamin. Der Kamin war alt, aber in gutem Zustand, und schon bald loderten die Flammen. Ich aß meinen Snack vor dem Feuer, dicht genug, um die Hitze auf meinen Wangen zu spüren. In diesem Moment konnte ich mir für einen kalten Wintertag nichts Schöneres vorstellen. Ich seufzte und hätte den ganzen Tag dort sitzen können, doch es gab Arbeit zu erledigen.

Finn meldete sich nach dem dritten Klingeln.

»Ich habe dich doch nicht geweckt, oder?«

Er verneinte. »Genau genommen habe ich noch überhaupt nicht geschlafen. Ich bin auf dem Nachhauseweg im Krankenhaus vorbeigefahren, wo Ravi gerade mit der Obduktion fertig war. Ich wollte ihre Meinung hören. Ein Hoch auf Kaffee.«

»Irgendwelche Überraschungen?«

»Nein«, sagte Finn. »Fuentes Leber war in keinem tollen Zustand, aber ansonsten war er gesund, nur etwas mollig, wie du gesehen hast. Ravi meinte, das Messer hätte die Bauchschlagader getroffen; er ist innerhalb von Minuten verblutet. Ihrer Ansicht nach muss er sehr schnell nach dem Stich das Bewusstsein verloren haben. Er hat nicht gelitten, zumindest nicht lange.«

»Ich kann mir das kaum vorstellen«, entgegnete ich. »Und wir sind sicher, dass es kein Selbstmord war?«

Finn schnaubte. »Ja, ziemlich sicher. Sie ist sich zu neunundneunzig Prozent sicher. Es gibt die sehr unwahrscheinliche Möglichkeit, dass er sich das selbst angetan hat, doch wenn man die Kraft des Stiches nimmt, und den Einstichwinkel ... dann passt das physikalisch nicht zusammen. Er wurde ermordet. Ich weiß es. Du weißt es. Und er wusste es eindeutig auch.«

Ich entfernte mich vom Feuer und rollte mich auf dem Sofa unter einer Decke zusammen.

Finn fuhr fort. »Bisher hat die Presse noch keinen Wind davon bekommen, dass Fuente unser Opfer ist, obwohl Matherson noch zweimal angerufen hat, seit du gegangen bist. Ich habe Chief Chavez auf den neuesten Stand gebracht. Er wird mit der Bürgermeisterin sprechen. Mayor Cabot wird schweigen, solange wir sie auf dem Laufenden halten.«

Mayor Betty Cabot war seit zwei Monaten im Amt. Sie war dreiundsiebzig Jahre alt, trug jeden Tag türkisfarbene Cowboystiefel und war zum fünften Mal verheiratet. Außerdem war sie scharfsinnig und von einer Schlagfertigkeit, die heftiger stach als eine Hornisse. Angeblich trug sie ständig vier Dinge in ihrer Handtasche: ein Portemonnaie, eine Flasche Tequila, eine Pistole und einen zwei Kilo schweren, rattenähnlichen Kläffer namens Dixie.

»Wie kommen die beiden miteinander klar?«

»Der Chief und die Bürgermeisterin?«, fragte Finn. »Gut, vermute ich. Das ist wohl für beide ein neues Territorium, weißt du? Zwei Monate im Amt … Cabot ist immer noch dabei, sich einzuarbeiten. Und Chavez betet einfach nur, dass sie nicht so durchgeknallt ist, wie sie wirkt.«

In einer Stadt von unserer Größe mussten der Polizeichef und der Bürgermeister Verbündete sein. Ansonsten bekam man nichts geregelt, und Dinge wurden durch bürokratische Abläufe aufgehalten, die sich über Wochen hinziehen konnten.

»Gut. Was ist mit der Schule? Hast du Lila Conway angerufen, Fuentes Freundin?«

Finn verneinte. Ich bot an, mich darum zu kümmern, und bevor wir auflegten, gab Finn mir noch die Telefonnummer des Direktors der Valley Academy, Stanley Silverstein.

Silverstein nahm beim ersten Klingeln ab. Er wusste von dem Mord; Chief Chavez musste ihn angerufen haben. Silverstein begann sofort, sich zu verteidigen; er sei vor ein paar Wochen am Rücken operiert worden und habe sich auf seine Vertreterin, Justine Moreno verlassen, dass alles glatt laufe.

»Ich hätte eine solche Sache nie genehmigt«, polterte Silverstein. »Selbstverständlich, *selbstverständlich* wollen wir unseren Schülern großartige Erfahrungen ermöglichen. Aber obwohl er ja ein beeindruckender Autor war, halte ich Delaware Fuente nicht gerade für jemanden, dem unsere Schüler zuhören sollten, nicht in ihrem Alter. Er ist … umstritten. Ich weiß nicht, was Justine sich dabei gedacht hat. Sie hat mir gesagt, sein Name wäre John Firestone. Eine Lüge! Wissen Sie, mir ist gerade erst klargeworden, dass sie wahrscheinlich gar nicht *wusste*, wer er wirklich war!«

Ich dachte an Fuentes abrasierten Bart und seine fehlende Augenklappe. Ein falscher Name, ein verändertes Erscheinungsbild. Eine Verkleidung? Ein Mann, der abgetaucht war?

»Mr. Silverstein, das verstehe ich vollkommen«, sagte ich. »Wir wollen der Sache so schnell wie möglich auf den Grund gehen, so dass alle – einschließlich Ihrer Schüler – nach vorne blicken können. Ich frage mich, ob Sie in Erwägung gezogen haben, die Sicherheitsmaßnahmen auf dem Campus zu erhöhen? Ich habe gestern Abend Mr. Childs kennengelernt. Kontrolliert er regelmäßig das Schulgelände?«

»Er ist jeden Tag für vier Stunden da, aber Sie haben wohl recht. Ich werde mit Kaspersky reden. Bis dieser Mörder gefasst ist, können wir gar nicht vorsichtig genug sein. Wir legen an unserer Schule ganz besonders viel Wert auf Sicherheit. Ich brauche Ihnen wahrscheinlich gar nicht erst zu erklären, wie bestürzt die Eltern sein werden«, sagte Silverstein.

»Das kann ich mir vorstellen. Hören Sie, wie kann ich Lila Conway erreichen?«

»Machen Sie sich keine Mühe. Ich werde Justine Moreno darum bitten, Ms. Conway zu informieren. Das ist sicherlich der bessere Weg.«

»Wirklich?«, fragte ich.

»Oh ja, absolut«, sagte Silverstein.

»Okay. Wie lautet denn die Adresse von Ms. Conway? Ich kann sie natürlich auch aus unserem System ziehen, doch Sie ersparen mir zehn Minuten Arbeit, falls Sie sie zur Hand haben.«

Silverstein las mir die Adresse vor. »Bevor Sie zu ihr fahren, sollten Sie etwas wissen. Diese Frau ist wie ihr Zuhause, zurückgezogen und kalt.«

»Wie bitte?«

»Es ist recht traurig«, seufzte er. »Lila ist extrem schüchtern. Sie hat Schwierigkeiten mit sozialen Kontakten. Sie ist eine Einzelgängerin, Detective. Sie werden schon sehen, wenn Sie sie besuchen. Sie werden sehen.«

Ich überdachte Silversteins Worte. »Würden Sie sagen, sie ist gefährlich?«

Er lachte. »Das ist ein ziemlich absurder Gedanke. Ich sagte, sie ist schüchtern, aber doch nicht gestört. Sie würde keiner Fliege etwas zuleide tun. Sie rettet gerne, zum Beispiel verletzte Tierbabys und ausgegrenzte Schüler ohne Freunde. Sie scheint am besten mit jenen zu … kommunizieren, die ein bisschen kaputt sind.«

Ein Hauch von Bitterkeit legte sich über Silversteins Stimme, und ich fragte mich, wo diese Abneigung ihre Ursache hatte, ob es beruflich oder privat war.

»Bitte lassen Sie Lila von Ms. Moreno ausrichten, dass ich morgen vorbeikomme.«

Silverstein war einverstanden, und wir beendeten das Gespräch. Ich stocherte etwas im Feuer und öffnete Seamus erneut die Hintertür. Diesmal wackelte er nach draußen in den Schnee und hob ein Bein. Ich sah zu, wie er sein Geschäft verrichtete. Was für ein einfaches Leben er doch hatte. Wenn Reinkarnation eine Option wäre, würde ich gern als fetter, verwöhnter Basset wiedergeboren werden.

»Ich hoffe, du weißt, wie gut du es hast«, flüsterte ich, als er wieder hereinkam. Seamus schaute zu mir hoch und wedelte mit dem Schwanz, als würde er zustimmen. Wir kommunizierten in dieser besonderen Sprache, die zwischen Hund und Mensch existiert. Dann pupste er rüpelhaft, und ein übler Gestank zog mir in die Nase – und der Moment war ruiniert. Ich hielt die Luft an und ging schnell zurück ins Wohnzimmer.

Ich setzte mich wieder auf das Sofa und fragte mich, wer Lila Conway war, diese Frau, die einen Bestsellerautoren überzeugt hatte, nach Cedar Valley zu kommen und Zeit mit einer Gruppe von Schülern einer Privatschule zu verbringen. Da Conway Fuente so gut gekannt hatte, war sie logischerweise eine Verdächtige in diesem Mordfall. Und doch klang die Person, die Silverstein beschrieben hatte, wie kein Mörder, mit dem ich es je zu tun gehabt hatte.

Eine Sammlerin zerbrochener Dinge …

Außerdem hatte der anonyme Anrufer gesagt, dass es ein Mann gewesen sei, der sich auf der Highschool herumgetrieben habe.

Es gab im Moment nicht viel mehr, was ich tun konnte. Ich

verbrachte den restlichen Samstag mit den Akten, von denen Chief Chavez wollte, dass ich sie mir nahm, um auf dem neuesten Stand zu sein. Finn hatte recht, es war während meiner Abwesenheit, abgesehen von der Serie an Diebstählen, ziemlich ruhig gewesen. Cedar Valley lebte vom Tourismus; er fütterte die Leute der Stadt durch und bezahlte der nächsten Generation das College. Doch Touristen reisten nicht gern in ein Umfeld, das sie auch zu Hause haben konnten, und wenn diese Straftaten sich häuften, würde es sich herumsprechen.

Am späten Nachmittag stand ich auf und ging ans Fenster. Obwohl die Schatten im Garten länger geworden waren, hatte sich seit dem letzten Mal, als ich hinausgeschaut hatte, nichts verändert. Der Schnee verschluckte weiter unsere Terrassenmöbel und die Büsche und lastete schwer auf den Zweigen der großen Kiefern. Decken voller Sorgen, hatte meine Großmutter Julia immer gesagt, um die Art zu beschreiben, wie die Bäume ihr Winterkleid trugen.

»Warum Sorgen?«, hatte ich sie mal gefragt. »Haben die Bäume Angst?«

Sie nickte und lächelte traurig. »Ja, mein Liebes. Selbst die Bäume sind den Schnee irgendwann leid. Der Winter ist die längste Jahreszeit, weißt du? Genau genommen ist er so lang, dass man vergessen könnte, dass er irgendwann enden wird. Es gibt eine Zeit mitten im Februar, wenn alle Geschöpfe und alle Bäume und alle Menschen vergessen, dass der Frühling unmittelbar bevorsteht. Also machen wir uns Sorgen. Und darum hat man den Valentinstag erfunden. Er hat nichts mit dicken Engelchen und Liebe zu tun. Wir brauchen etwas Fröhliches, auf das wir uns freuen können.«

»Aber die Bäume feiern keinen Valentinstag! Und die Tiere auch nicht.«

Julia beugte sich zu mir herab, schaute mir direkt in die Augen und entgegnete: »Sei nicht albern, natürlich tun sie das. Woher, glaubst du, kommen die Babys im Frühling? Und die neuen kleinen Bäume?«

Ich fragte mich, ob sie sich daran erinnerte, dass sie mir das erzählt hatte, und dann musste ich mir eingestehen, dass sie sich in letzter Zeit nicht mehr an viel erinnerte. Ich legte meinen Handrücken an das Glas und wettete mit mir selbst, dass die Kälte mir nichts ausmachen würde. Doch das Fenster war eiskalt, und ich zog die Hand zurück.

Die Sonne war fast untergegangen, und draußen war es dunkel. Schon bald wäre es Nacht, und damit waren vierundzwanzig Stunden vergangen, seit Fuente ermordet worden war. Fünfzig Jahre Leben, beendet in einem einzigen Augenblick.

Ich wandte mich beunruhigt vom Fenster ab und fragte mich einmal mehr, weshalb Fuentes Leben in einem solch entsetzlichen Tod gipfeln musste.

7. Kapitel

Ein dichter, dunkler Wald mit riesigen Felsbrocken wächst auf den westlichen Hängen von Cedar Valley. Es ist ein Meer von Kiefern, Espen und Tannen, in dessen Tiefen ich mich am Sonntagmorgen begab. Die Straße war gut geräumt, und ich folgte den Schildern nach Greenback Village, einer kleinen Berggemeinde, die nach dem National-Fisch von Colorado benannt worden war.

Nur selten sind die Dinge so einfach, wie sie oberflächlich aussehen. Täter, Opfer – diese Titel kann man leicht verteilen, aber viel schwerer beweisen. An jedem Tag und in jeder Situation sind wir alle die Täter und alle das Opfer. Es ist nicht immer so klar, wer wirklich Schutz benötigt.

Während der Fahrt sah ich Häuser, die tief im Wald versteckt waren und weit auseinanderlagen. Einige Einfahrten hatten Schilder, die verkündeten, jeder Eindringling würde direkt erschossen. In anderen standen Pick-ups, hinter deren Heckscheiben Gewehre angebracht waren und auf denen sehr prominent Jagd-Aufkleber prangten. Lila Conway war keine Ausnahme; ihr Haus war das letzte in der Gegend, am Ende der Straße.

Ich bog in die Einfahrt ein und hielt hinter einem grünen Toyota Tundra.

Mir fielen Direktor Silversteins Worte über Conway und ihr Zuhause wieder ein: »zurückgezogen« und »kalt«. Doch als ich aus dem Wagen ausstieg und das Haus betrachtete, war mein erster Gedanke, dass ich in eine Seite eines Märchenbuches gestolpert war, mitten in eine Geschichte, die jenseits von Zeit und Wirklichkeit existierte, deren Magie und Möglichkeiten über die Seiten hinausschwappten.

Mit Sicherheit war Lila Conway irgendeine Prinzessin oder eine Feenkönigin und lebte in diesem Haus, tief in den Wäldern, abgeschirmt vor der harschen Realität der Außenwelt.

Das kleine Landhaus hatte zwei Stockwerke und war aus runden, polierten grauen Flusssteinen gebaut. Die Scheiben aus Milchglas waren bleiverglast und hatten abgeschrägte Kanten. Über der Eingangstür befand sich ein spitzer Giebel, und die Einfahrt wurde von einer ordentlichen Reihe Hochbeete gesäumt, die sich entlang eines Pfades weiter Richtung Wald fortsetzten.

Im Wald war es still.

Ich ging zur Eingangstür und klopfte zweimal sanft mit dem Messingtürklopfer in Form eines Bärenkopfes.

Einen Moment später öffnete sich die Haustür. Ich unterdrückte einen Schrei und fuhr mir mit der Hand instinktiv an die Kehle.

Vor mir stand eine Frau mit einem erhobenen Schlachtermesser in der einen Hand und einer Rolle Zwirn in der anderen. Ihr langes schwarzes Haar war durchzogen von silbernen Strähnen. Ihre Augen schauten argwöhnisch und waren rot gerändert. Sie trug eine weiße Schürze voller kleiner leuchtend roter Spritzer. Sie schnüffelte, als wolle sie meinen Geruch wahrnehmen.

Ich wich einen Schritt zurück.

Tatsache war, dass ich schon viele Jahre keine Märchen mehr gelesen hatte. Ich hatte vergessen, wie die Schauplätze aussahen. Prinzessinnen und Feenköniginnen lebten in Burgen hoch über der Stadt, in Festungen, in denen sie sicher waren. Sie lebten im Licht, nahe der Sonne, von wo aus ihre Schönheit hinunterstrahlte, damit alle sie von weitem sehen und bewundern konnten.

Eine Prinzessin lebte nie tief im Wald, versteckt in düsterem Dickicht und verborgen von unheimlichen Schatten.

Getarnt im Schnee lebte jemand mit dunklen Geheimnissen und mächtigen Zaubersprüchen.

Die Hexe starrte mich erwartungsvoll an. Schweigend.

Ich räusperte mich, hielt meine Dienstmarke hoch und stellte mich vor. »Sind Sie Ms. Lila Conway?«

Die Frau senkte das Messer und bat mich herein. »Ja. Die stellvertretende Rektorin Moreno sagte, Sie würden vorbeikommen.«

In dem Häuschen setzte sich das Märchen fort, und ich entspannte mich langsam, erneut gebannt von meinem eigenen Zauber. Zwei Wände des Wohnzimmers waren vom Boden bis zur Decke mit Büchern bedeckt. Ein altmodischer Vogelkäfig aus Eisen stand in der Ecke. Darin saß ein großer weißer Kakadu, der sanft auf einer Holzschaukel vor- und zurückschwang.

Auf der gegenüberliegenden Seite des Raumes, in der anderen Ecke, standen dicht neben einem knisternden Feuer eine Ottomane und ein abgewetzter Schaukelstuhl.

Es fehlte nur eine Katze, die zusammengerollt neben dem Feuer auf einem geknüpften Teppich lag.

»Kommen Sie mit in die Küche«, sagte Lila Conway, »ich will dieses Hühnchen in den Kochtopf stecken.«

Ich folgte ihr durch das Wohnzimmer in eine saubere Küche. Was auch immer sie gerade kochte, duftete unglaublich. Mir lief das Wasser im Mund zusammen, als ich ein Baguette erspähte, das aus einer langen schmalen Papiertüte ragte, die knusprige Kruste golden gebräunt. Ich hatte seit Monaten kein Baguette mehr gegessen.

In der Küchenspüle lag eine zerbrochene Flasche, und ich las das Etikett: Cranberry-Saft. Dann also doch kein Blut auf Conways Schürze.

Das Huhn lag auf einem großen Holzbrett auf dem abgenutzten Küchentisch. Die Frau senkte das Messer auf den Vogel herab, und ein Bein löste sich mit einem Knacks. Sie nahm es, bevor es vom Tisch fiel, und ließ es in einen Topf mit kochendem Wasser fallen, der auf dem Herd stand.

»Ich rieche Petersilie, Zwiebel … Salbei. Hühnersuppe?«

Sie nickte. »Ja. Ich mache im Winter jedes Wochenende einen Topf Suppe. Mein Gott. Das ist eine furchtbare Aufgabe, die Sie da als Polizistin haben, Ms. Monroe. Ich werde Hühnersuppe für immer mit dem Verlust meines Freundes in Verbindung bringen. Was einst ein Wohlfühlessen war, hat nun den Beigeschmack des Todes. Eine Suppe für Aasfresser.«

Ich stimmte ihr von ganzem Herzen zu; manchmal war mein Job furchtbar. »Es tut mir zutiefst leid, Ms. Conway.«

Sie legte die Stirn in Falten und senkte das Messer auf das andere Bein. »Ich kann gar nicht glauben, dass er fort ist. Delaware war eine Legende. Ich dachte, er würde eines Tages bei meiner Beerdigung die Grabrede halten. Lassen Sie mich das hier kurz fertigmachen, dann können wir uns ins Wohnzimmer setzen und reden. Ich habe Schwierigkeiten mit Multitasking. Es liegt mir nicht.«

Ich sah schweigend zu, wie sie den Rest des Huhnes viertelte und sich dann dem Gemüse und den Kräutern zuwendete. Conway arbeitete schnell, effizient und kochte nicht nach Rezept, sondern nach Augenmaß.

»Möchten Sie einen Kräutertee oder Kaffee?«

Ich nahm eine Tasse Tee. Wir setzten uns ins Wohnzimmer. Der Kakadu beobachtete uns von seinem Sitz aus und plauderte leise mit sich selbst.

Conway bemerkte, wie ich ihn ansah. »Er ist verrückt.«

»Oh? Warum?«

Conway zuckte die Achseln. »Ich weiß nicht. Er war schon immer so. Nicht auf eine böse Art verrückt, sondern ein bisschen durchgeknallt. Er murmelt den ganzen Tag irgendwelche Sachen. Sein Name ist Kojak. Er ist ein echter Gauner, aber wir lieben uns. Del hat den Namen vorgeschlagen. Er war ein großer Fan von Krimisendungen. Del, nicht der Vogel; ich lasse Kojak kein Fernsehen gucken. Dadurch verrottet das Hirn.«

Ihre Augen füllten sich mit Tränen. »Ich kann einfach nicht … es ist schockierend, oder? In der Minute, in der wir geboren werden, fangen wir an zu sterben, und doch schockiert uns der Tod jedes Mal aufs Neue.«

Ich nickte. »Wir erwarten ihn nicht. Irgendwie denken wir immer, er verschont uns und unsere Angehörigen. Doch das tut er nie, nicht wahr?«

Ich wollte Conway nicht trauriger machen, als sie sowieso schon war. Während ich an meinem Tee nippte, schaute ich mich im Zimmer um und fragte mich, wie ich anfangen sollte. Große, fachmännisch gerahmte Schwarzweißposter schmückten eine Wand. Ein Bild fiel mir besonders auf, da ich die Person darauf wiedererkannte.

Es war eine kleine brünette Frau mit einem Schmollmund, dunklem Teint und einer etwas schiefen Nase. Die Nase, von der ich wusste, dass sie mehr als einmal gebrochen worden war, hätten viele als Makel angesehen, doch in meinen Augen unterstrich sie die Schönheit der Frau nur noch. Mit ihrem zierlichen Erscheinungsbild sah sie einfach umwerfend aus.

»Das ist Yvette Michaelson, nicht wahr?«

Überrascht, aber offenbar erfreut, nickte Conway. Ihre Augen leuchteten auf. »Die Tochter von Denver. Es ist eine Reproduktion des letzten Fotos, das je von ihr gemacht wurde. Kurz darauf, 1923, verschwand sie auf einer Expedition in Bolivien. Es gibt Gerüchte, dass sie von Kannibalen bei lebendigem Leib gekocht worden sein soll, so wie das Huhn in meiner Küche. Aber mein Huhn war natürlich vorher schon tot. Andere Gerüchte besagen, dass sie von einem Stamm adoptiert worden sei und man sie zu einer Prinzessin gekrönt habe. Es gibt so viel über sie, was man nicht weiß. Man könnte sagen, sie ist ein Hobby von mir.«

Conway deutete auf die Bücherstapel zu ihren Füßen. »Ein *Hobby* wäre, genau genommen, nicht ganz richtig. Es ist wahrscheinlich eher eine Besessenheit. Ich stecke sprichwörtlich knietief in einer Recherche.«

»Woher kam ihr Interesse für Yvette Michaelson, Ms. Conway?«

»Nennen Sie mich Lila. Wir leiden beide an derselben lähmenden Schüchternheit. Soziale Phobie, genauer gesagt, obwohl das bei mir nie offiziell diagnostiziert wurde. Es brauchte Jahrzehnte an Selbstdisziplin und Übung, doch wenn ich mich mit jemandem in einem Dialog unterhalte, komme ich ganz gut klar. Ich hasse Gruppen. Wie auch immer, Yvette hat einen Ausweg gefunden, indem sie auf Expeditionen ging. Für mich ist es das Lesen. Ich habe Colorado nie verlassen und werde es nie tun. Meine Expeditionen erfolgen über das Leben anderer.«

»Das ergibt ziemlich viel Sinn. Warum war Delaware Fuente hier, in Cedar Valley?«

Wenn Lila überrascht über den plötzlichen Themenwechsel war, so zeigte sie es zumindest nicht. Ihre Augen füllten sich wieder mit Tränen. Eine Traurigkeit über den Verlust brodelte unter der Oberfläche und schien mit jedem Wort stärker zu werden.

»Es war alles meine Idee. Und nun ist er tot, und ich bin dafür verantwortlich. Del und ich sind zusammen in Denver zur Schule gegangen. Wir waren Außenseiter. Ich war furchtbar schüchtern, und Sie wissen ja, wie grausam und gemein Kinder manchmal zueinander sind. Das machte Del wütend – er kämpfte immer für Gerechtigkeit –, und diese Wut machte den anderen Angst. Er war dieser kleine Junge, dieser arme – und ich meine, bettelarme – mexikanische Junge; und vor seiner Wut fürchteten sich sogar die Erwachsenen. Seltsamerweise wurde er zu meinem Beschützer.«

Lila hielt inne, um tief durchzuatmen und sich zu sammeln, und fuhr dann fort. »Keiner von uns beiden hatte andere Freunde, wir hatten nur uns. Diese Verbundenheit half uns beiden durch die gesamte Highschoolzeit. Wir sind über die Jahre in Kontakt geblieben. Vor ein paar Monaten erwähnte Del, er würde nach einem Ort irgendwo in den Bergen Ausschau halten, an dem er eine Sabbatzeit verbringen könnte. Ich schlug unsere zauberhafte Stadt vor. Ihm gefiel die Idee, und er war einverstanden, an unserer Schule inkognito eine Reihe von Gastvorträgen zu halten.«

»Hätten die Schüler nicht davon profitiert, wenn sie gewusst hätten, wer er wirklich war?«

Lila schüttelte den Kopf. »Das wollte Del nicht. Der ganze Zweck der Sabbatzeit war, sich seinen Memoiren zu widmen. Er hatte das Gefühl, er müsste Abstand haben, um komplett als Außenstehender zurückzublicken und über sein Leben nachzudenken. Ergibt das für Sie einen Sinn? Für mich nicht, zumindest am Anfang. Aber er war fanatisch. Ich musste ihn mit John Firestone ansprechen, wenn wir uns unterhalten haben.«

»Und ihn hat wirklich niemand erkannt?«

Lila schüttelte den Kopf und nippte an ihrem Tee. Sie sagte: »Es ist wirklich unglaublich, nicht wahr? Und dennoch muss ihn jemand erkannt haben, denn ansonsten war er ja nur ein Dozent namens John, der zu Besuch war. Und warum sollte man einen unbekannten Dozenten umbringen? Außer … glauben Sie, es war einfach nur ein schrecklicher Zufall? Ein Raub, der schiefgelaufen ist?«

Ich dachte an den Tatort und daran, dass niemand Fuentes Brieftasche angerührt hatte, und verneinte. »Ich denke, jemand hat Mr. Fuente an die Academy gelockt, Lila. Jemand hat ihn hingelockt, oder hingebracht, und ermordet.«

Lila blickte durch das Zimmer nach draußen. Trauer und etwas anderes, vielleicht Erschöpfung, machten sich in ihrem Gesicht breit. »Hat er gelitten?«

Ich erzählte ihr dieselbe Lüge, die ich schon unzähligen anderen erzählt hatte. Es gibt manche Wahrheiten, die zu schwer wiegen. Fuente mag schnell gestorben sein, doch er wird trotzdem Schmerzen und Angst gehabt haben.

»Nein. Er hat nicht gelitten.«

Sie nickte. Sie wusste, dass ich lüge. Das wissen sie immer. Aber ich lüge trotzdem.

»Lila, wissen Sie, wo Fuente hier gewohnt hat?«

»Er hat sich eine Blockhütte gemietet, oben in der Ponderosa Lane. Bitte, hören Sie auf ihn Mr. Fuente zu nennen, er war Del oder Delaware. Hier habe ich die Adresse.«

Sie nahm ein kleines Notizbuch von einem Stapel Zeitschriften und las mir die Adresse vor. Ich bedankte mich.

»Haben Sie eine Ahnung, ob es irgendjemanden gab, der Mr. Fuente – Del – etwas antun wollte?«

Darüber lachte sie. »Sie scheinen mir eine kompetente Person zu sein, Gemma. Sie wissen sicherlich, dass er als öffentliche Person gleichermaßen gemocht und gemieden wurde. Er war so ein netter Mensch. Ein kontroverser Mann, der sein Herz auf der Zunge trug, doch unglaublich großzügig. Ich weiß von keinen Feinden. Besonders hier in der Stadt. Obwohl …«

Lila wirkte sorgenvoll.

»Was ist?«

»Letzte Woche«, sagte sie, »war Del so … gereizt. Er dachte, jemand wäre auf dem Grundstück des gemieteten Hauses gewesen und hätte ihn beobachtet. Wäre ihm möglicherweise sogar gefolgt. Er sprach über einen großen Mann mit gelbem Haar, großen Ohren, einem irren Blick und einem unförmigen Kopf. Del nannte ihn den Rabbit Man, weil er wegen der

Ohren aussah wie ein Kaninchen. Er erwähnte auch einen Pick-up. Vielleicht war es auch ein großer SUV, ich weiß nicht mehr. Er hat ihn mehrmals hinter sich gesehen, als er durch die Stadt fuhr. Er dachte … er dachte, er würde sich das alles nur einbilden, bis er eines Morgens im frischen Schnee Fußspuren gefunden hat, die zu seiner Hütte führten. Die Fußspuren gingen einmal um die Hütte, hinterließen tiefere Abdrücke an den Fenstern und verschwanden dann im Wald. Ein anderes Mal hat er ein totes Kaninchen neben seinem Wagen gefunden. Es war in zwei Teile gerissen, das arme Ding. Halb aufgefressen, wie es sich anhörte.«

»Und Sie hielten es nicht für nötig, das schon früher zu erwähnen?«

Lila schüttelte den Kopf. »Nein, weil ich es nicht wirklich ernst genommen habe. Das Problem mit Schriftstellern ist, dass sie eine wilde Phantasie haben. Ein Rabbit Man, selbst der Name klingt lächerlich.«

»Hat Mr. Fuente – Del – ein Foto von den Fußspuren gemacht? Oder irgendetwas davon der Polizei oder dem Hauseigentümer gemeldet? Vielleicht war es der Hausmeister oder ein neugieriger anderer Gast?«, fragte ich.

Lila schüttelte wieder den Kopf. »Del war der einzige Gast auf dem Gelände. Abgesehen davon, dass die Zufahrt geräumt wurde, hat er extra darum gebeten, dass der Hausmeister sich nicht in der Nähe aufhält. Er wollte nicht abgelenkt werden, wenn er an seinen Memoiren arbeitete.«

»Sie sagten, dieser Rabbit Man hätte Mr. Fuente Angst gemacht?«

»Angst ist ein starkes Wort. Ich hatte eher das Gefühl, er hat Del beunruhigt, reizbar gemacht. Ich habe Del gesagt, er solle ihn bei der Polizei melden, doch Del hat sich geweigert. Er meinte, falls die Sache eskalieren würde, dann würde er es melden.«

Ich nickte, schaute mich im Zimmer um und fragte mich, ob es noch etwas anderes gab, was ich übersehen hatte. Mir fiel wieder auf, wie unglaublich viele Bücher und Recherchematerial sich in dem Raum befanden. »Sind Sie auch Schriftstellerin, Lila?«

Eine feine Röte breitete sich auf ihren Wangen aus und hob sich von ihrer bleichen Haut ab wie eine Ohrfeige.

»Del war derjenige mit dem Talent. Ich bin bloß eine Leserin. Ich fühle mich wohler im Hintergrund. Darum habe ich so viel Freude an meiner Arbeit an der Highschool, wo ich mich um den Papierkram und die Zeugnisse kümmere. Nein, ich bin keine Schriftstellerin. Ich könnte nicht etwas so Kostbares wie ein Manuskript nehmen und damit in die große Welt gehen.«

Ich nickte. »Das erscheint mir plausibel. Eine Frage noch, Lila, und es ist eine, die ich in den nächsten Tagen vielen Leuten stellen werde, also nehmen Sie sie mir nicht übel. Wo waren Sie Freitagabend?«

»Mein Alibi, richtig? Der wahre Grund, warum Sie hier sind. Die Wahrheit ist, ich habe keines. Ich habe bis sechs Uhr gearbeitet und mich dann hastig aus dem Staub gemacht, bevor der Schneesturm noch schlimmer wurde. Es waren noch ein paar Lehrer da, denen ich beim Abschied zugewunken habe. Sie können zumindest bestätigen, wann ich gegangen bin.«

Von irgendwo an der Wand hinter mir ertönte eine Kuckucksuhr und gab mir zu verstehen, dass ich schon zu viel von Lilas

Zeit in Anspruch genommen hatte. Ich stand auf, dankte ihr und versprach, es sie wissen zu lassen, sobald wir neue Informationen hatten. Sie brachte mich zur Tür, und ich blieb kurz stehen und bewunderte noch einmal das zauberhafte Häuschen.

Ich wollte nicht gehen. Es war leicht zu erkennen, dass Lila Conway sich hier ihre eigene kleine Zauberwelt erschaffen hatte, die niemand je verlassen musste, wenn er nicht wollte. Ich fragte mich unweigerlich, ob ein Teil von ihr nicht mehr wollte, ein größeres Stück vom Kuchen.

»Es muss eine Überraschung gewesen sein, zu beobachten, wie Del zum Star aufstieg, wo Sie sich doch schon seit der Kindheit kannten, als er noch jung und bettelarm war.«

Lila starrte mich an. Zum ersten Mal bemerkte ich, dass sie zwei verschiedene Augenfarben hatte, eines braun und das andere blau. »Eine Überraschung? Nein, daran war nichts überraschend. Als wir dreizehn Jahre alt waren, hat mir Del in einer bitterkalten Märznacht erzählt, dass er berühmt werden würde. Er wusste nicht, wie oder wann, doch er war sich sicher. Und ich habe geschworen, alles in meiner Macht Stehende zu tun, um ihm zu helfen. Ich weiß, dass es März war, weil wir uns für den St. Patrick's Day grün verkleidet hatten.«

»Und, haben Sie?«

Lila legte den Kopf schief. »Habe ich was?«

»Ihm geholfen, berühmt zu werden.«

Sie schaute an mir vorbei in den Wald, wandte sich dann mit frischen Tränen in den Augen wieder mir zu und lächelte. »Del hat meine Hilfe nie gebraucht, Gemma. Ich war immer diejenige, die ihn brauchte.«

8. Kapitel

Fuentes gemietete Blockhütte lag gut zwölf Kilometer westlich von Lila Conways Haus entfernt. Ich rief Finn von unterwegs aus an, und er versprach, sich dort mit mir zu treffen. Zwei Paar Augen sehen immer mehr als eines. Sobald die Welt herausfand, dass Delaware Fuente tot war, würden die Medien Cedar Valley und unsere Polizeibehörde ins nationale Rampenlicht rücken. Je weniger Anlass wir ihnen gaben, unsere Ermittlungsmethoden in Frage zu stellen, desto besser.

Ich folgte der Red Ridge Road, die sie sich in Kurven schlängelte und mich tiefer in die Berge führte. Drei oder vier Wagen kamen mir entgegen, die Dächer beladen mit Skiern, Snowboards, und ein etwa dreißig Jahre alter Pick-up mit einem toten Reh. Ich bremste ab, als der Pick-up vorbeifuhr. Der Fahrer war jung, und die Frau auf dem Beifahrersitz war in einem ähnlichen Alter. Zwischen ihnen saßen zwei kleine Kinder.

Die Jagdsaison in Colorado war schon längst vorbei, und ich hätte die Wildhüter anrufen müssen, um den Fahrer zu melden. Doch ich tat es nicht. Als ich den Wagen in meinem Rückspiegel beobachtete, wurde er langsamer und bog rechts auf eine Straße ab, von der ich wusste, dass sie am Beaver-Reservoir endete. Dort oben stand eine Handvoll Blockhütten, und obwohl es illegal war, war ich froh, dass die junge Familie an diesem Abend eine Mahlzeit hatte, bei der sie alle satt wurden.

Ich fuhr weiter, dankbar für das schwache Sonnenlicht, drehte das Radio lauter und die Heizung auf. Bei der Fahrt durch die wundervolle Landschaft hätte einem das Herz aufgehen müssen, doch stattdessen war sie bedrückend. Die Bergwände des Canyons schienen immer enger zusammenzurücken, je näher ich Fuentes Hütte kam. Lange Schatten ragten drohend über der Straße auf.

Mir fiel eine andere junge Familie ein, die vor fünf Jahren auf dieser Straße das unglaubliche Pech hatte, genau in dem Augenblick um eine Kurve zu biegen, als sich eine Geröllawine aus zwei Tonnen Felsbrocken löste. Ich hatte sie flüchtig gekannt, weil ich mit der Mutter bei derselben Organisation ehrenamtlich tätig war.

Wie kann man so etwas vermeiden, einen tragischen Unfall, nur weil man zur falschen Zeit am falschen Ort ist?

Ich drückte aufs Gas und fuhr schnell an der Stelle vorbei, an der jemand ein Kreuz für die Familie aufgestellt hatte. Es war klein und aus Holz, mit verblichenen Schleifen und längst vertrockneten Blumen, deren Spitzen aus dem Schnee ragten.

Endlich wurde der Canyon wieder breiter. Ich folgte den Schildern und bog links auf einen groben Schotterweg ein, der abrupt in einer anderthalb Meter hohen Schneewehe endete. Ich bremste ab, kam fast zum Stehen und betrachtete die Straße vor mir. Zu meiner Rechten, leicht zu verfehlen, führte eine schmale geräumte Zufahrt zu einer einzelnen Blockhütte am nördlichen Ende des Grundstücks. Die

Hütte des nächsten Nachbarn lag etwa fünfzehn Meter entfernt.

Fuentes Ferienhaus.

Ich ließ die Fensterscheibe herunter und schaltete das Radio aus. Auf dem Grundstück war alles ruhig. Die Anlage war verlassen, die Hütten leer. Die Mehrheit der Menschen würde sich einen solchen Ort nicht aussuchen, nicht einmal um sich dort vorübergehend niederzulassen. In einer anderen Zeit oder an einem anderen Ort hätte diese Abgeschiedenheit möglicherweise etwas Friedliches gehabt. Heute fühlte sie sich trostlos an, strahlte eine feindselige Kälte aus.

Lilas Geschichte über den Rabbit Man hatte sich in meinem Kopf festgesetzt. Dies war der perfekte Ort, um jemandem nachzustellen, ihn zu beobachten, seine Gewohnheiten und Muster zu erkunden. Für einen Mörder gäbe es keinen besseren Jagdgrund als diesen.

Das ist erst der Anfang …

Mein Motor lief immer noch, verschluckte sich aber und ließ mich zusammenzucken.

»Reiß dich zusammen«, schimpfte ich leise und gab vorsichtig Gas. Zwei Meter vor Fuentes Hütte blieb ich stehen, stellte die Automatik auf Parken und ließ den Motor laufen. Die Fenster der Blockhütte waren dunkel, die Gardinen zugezogen. Fuente hatte seit Wochen hier gewohnt, doch die Hütte wirkte dennoch irgendwie verlassen.

In der Stadt gab es zahlreiche Hotels und möblierte Apartments, in denen Fuente hätte wohnen können. Warum hatte er sich für diese verlassene Ferienanlage entschieden, diese Geisterstadt aus leeren Blockhütten? Warum hatte er hier als Fremder gelebt, sich verkleidet? Als ich jedoch darüber nachdachte, wurde mir klar, dass Fuente sich im Grunde gar nicht verkleidet hatte. Er hatte die Augenklappe abgenommen, den Bart abrasiert und das Haar nach hinten gekämmt … indem er sich der Dinge entledigt hatte, hinter denen er sich täglich versteckt hatte, wirkte er weniger verkleidet, sondern eher bloßgestellt.

Ich bemerkte etwas Rotes, Glänzendes hinter der Hütte und brauchte eine Minute, bis ich erkannte, dass es der Kühler eines Wagens war, höchstwahrscheinlich ein Jeep oder ein mittelgroßer SUV.

Der Anblick machte mich nur noch unruhiger.

Ich hatte fest angenommen, dass wir Fuentes Wagen irgendwo in der Nähe der Schule finden würden, vielleicht auf der gegenüberliegenden Seite, in Shaded Acres. Spätestens jetzt waren meine letzten Zweifel ausgeräumt: Dass der Wagen hier war, bedeutete, dass Fuente seinen Mörder gekannt haben musste, vielleicht sogar von ihm in den Tod gefahren wurde. Die örtlichen Busse fuhren nicht so weit nach Westen raus. Fuente könnte sich zwar auch ein Taxi bestellt haben oder eine andere Mitfahrgelegenheit, doch das war angesichts des Schneesturms in der Mordnacht eher unwahrscheinlich.

Ich wollte nicht hier zwischen diesen leeren Häusern sein und über einen toten Mann nachdenken oder über einen Stalker, jemanden, den ich nur als den Rabbit Man kannte, oder – noch schlimmer – über den Mörder. Ich holte mein Handy aus der Handtasche und prüfte den Empfang. Das Display zeigte nur einen einsamen Balken an, und es war gut, dass ich Finn von unterwegs aus angerufen hatte.

In diesen Wäldern gab es keine Festnetzanschlüsse und kaum Handyempfang. Wie hatte Fuente mit der Außenwelt kommuniziert? Musste er warten und konnte seine Anrufe erst tätigen, wenn er näher an der Stadt war?

Ich seufzte und erinnerte mich an Finns Worte: Alles, was wir im Moment hatten, waren Fragen.

Ich schaltete den Motor aus, stieg aus dem Wagen und stand da, eine Hand an der offenen Tür. Ich starrte auf das kleine Haus, wartete und lauschte. Meine Füße wurden kalt, doch ich bewegte mich immer noch nicht. Es war unwahrscheinlich, dass Fuentes Mörder jetzt hier war, anderthalb Tage nach dem Mord, und doch wusste ich, dass solche Gedanken oft Realität werden, üblicherweise dann, wenn wir es am wenigsten erwarteten.

Ich legte die Hände um den Mund und rief: »Hallo!«

Stille, dann eine Antwort.

Eine Eule rief von irgendwo tief aus dem Wald zurück. Ich suchte mit den Augen die Bäume am Rande des Grundstücks nach ihr ab, doch da war nichts, noch nicht einmal die huschenden Bewegungen eines Eichhörnchens oder das plötzliche Flattern einer Krähe. Ich schloss meine Augen für einige Sekunden gegen das endlose Weiß des Schnees und nahm ein anderes, eher unterschwelliges Geräusch wahr. Irgendwo in der Nähe gurgelte ein Bach über Eisbrocken, wie das Geräusch eines Shakers in einer stillen Bar.

Der Gedanke an einen Cocktail ließ mich lächeln und verscheuchte meine Unruhe.

Hier war niemand anderes.

Ich hatte es satt, so schreckhaft zu sein.

Ich griff in den Wagen, holte ein paar Dinge aus meiner Handtasche und stopfte sie in meine Taschen. Dann ging ich zum Rand der Einfahrt zurück und schaute auf die anderen

Blockhütten. Bevor ich bei Lila Conway losgefahren war, hatte ich einen kurzen Blick auf die Karte geworfen, und ich erinnerte mich daran, dass mehrere Hundert Meter entfernt an einem alten Jägerpfad ein Fischteich von ansehnlicher Größe lag, der von einem kristallklaren See, ungefähr zwei Kilometer westlich, gespeist wurde. Im Sommer war die Gegend voller Touristen. Sparsame Familien liebten die Hütten, weil sie preiswerter waren als die Hotels und Lodges der Stadt.

Aber nun war Winter. Kanus lehnten an den Wänden der Blockhütten. Vor den Eingangstüren türmten sich hohe, unberührte Schneeverwehungen.

Ich ging zurück zu Delaware Fuentes Hütte und fegte den Schnee von dem Jeep. Er wirkte wie ein neues Modell. Ich fegte noch mehr Schnee von der Windschutzscheibe und linste hinein. Der Wagen hatte eine Lederausstattung und ein Navigationssystem in der Konsole, und im Becherhalter stand ein Reisebecher aus Edelstahl.

Das Nummernschild des Wagens zeigte mir, dass er aus New Jersey kam, und Fuente schien tatsächlich gefahren zu sein, anstatt zu fliegen. Angesichts der Menge Schnee, den ich vom Wagen gefegt hatte, und in dem Wissen, wie stark es während des Schneesturms geschneit hatte, schien der Wagen in den letzten zwei bis drei Tagen nicht gefahren worden zu sein.

Ich setzte meinen Weg um die Hütte herum fort. Der Deckel einer silbernen, zerbeulten Mülltonne war mit drei Gummiseilen befestigt, um die Waschbären davon fernzuhalten und im Sommer die Bären. Ich löste die Gummiseile und hob den Deckel. In der Tonne befand sich eine einzelne Mülltüte, zugeknotet mit dem roten Zugband. Ich griff hinein, hielt die

Luft an und zog den Beutel auf. Ich hätte mir keine Sorgen um üblen Geruch machen brauchen; der Müll bestand aus leeren Schachteln von Fertiggerichten, zerknüllten Taschentüchern und einem halben Dutzend leerer Bierflaschen.

Das Geräusch eines Motors lenkte meine Aufmerksamkeit von der Mülltonne ab. Finn und ich trafen uns an der Haustür. Er sah müde aus, hatte dunkle Ränder unter seinen babyblauen Augen, und seine sonst makellose Kleidung war zerknittert.

»Tut mir leid, dass ich dich an einem Sonntag hier raushole«, sagte ich. »Ist es gestern spät geworden?«

Finn gähnte und zuckte gleichzeitig die Schultern. Er ignorierte meine Frage. »Es ist eine laufende Mordermittlung. Ich will ja nicht, dass du all den Ruhm abstaubst. Warst du schon drin?«

Ich schüttelte den Kopf. »Nein.«

Er versuchte, die Tür zu öffnen, doch sie war verschlossen. »Wir hätten diesen Schlüssel mitnehmen sollen, den wir bei ihm gefunden haben. Glaubst du, hier ist noch irgendwo einer versteckt?«

Finn stellte sich auf die Zehenspitzen und fuhr mit einer Hand über den Türrahmen. Ich zog einen kleinen durchsichtigen Beutel aus meiner Tasche, hielt ihn hoch und pfiff, damit Finn zu mir schaute. »Suchst du den hier?«

Er grinste und nahm mir die Tüte ab. Der Schlüssel passte, und nach einem kurzen Klick schob er die Tür auf. Er streckte den Arm aus. »Ladies first.«

Ich ging an ihm vorbei. Er duftete stark nach Aftershave, und ich nahm noch einen anderen Geruch wahr, etwas Süßeres, Zarteres wie die Körperlotion einer Frau.

Ich betrat die Hütte und tastete an der Wand entlang, bis ich den Lichtschalter fand.

»Wie geht es Kelly? Seid ihr zwei Turteltauben wieder zusammen?«

Finn verzog das Gesicht. »Ich habe Kelly seit Monaten nicht mehr gesehen. Dieses Haus ist deprimierend.«

Spartanisch wäre das Wort, das ich gewählt hätte. Es gab eine kleine Wohnzimmerecke mit einem Sofa und einem Couchtisch, einem Kamin und einem älteren Fernseher auf einem Wägelchen. Darauf lag ein Stapel alter Brettspiele, etwas eingestaubt. An einem Ende des Sofas lag eine ordentlich gefaltete rotweiße Patchworkdecke über der Armlehne.

Die Wände waren kahl, der Fußboden aus Holz.

Finn nahm die Fernbedienung vom Couchtisch. Aus dem Fernseher kam nur ein schwarzweißes Rauschen, und obwohl er alle Sender durchging, hatte er nirgendwo Empfang.

»Ich hoffe, sie haben ihm für diesen Müll nichts extra berechnet«, murmelte Finn.

»Hier gibt es auch fast keinen Handyempfang«, sagte ich. »Zumindest hatte mein Handy nur einen Balken.«

Ich betrat die Küche, die gleich rechts neben dem Kamin lag. Es gab eine Kaffeemaschine, in deren Glaskanne sich noch ein Kaffeerest befand, und einen Toaster auf dem Küchentresen. Auf einem traurigen kleinen Tisch in der Ecke stand ein schmutziges Plastikglas voller künstlicher Blumen. Ich öffnete die Küchenschränke. Verschiedene Kräuter, Öl, fast leere Schachteln mit Frühstücksflocken und ein komplettes Set an Tellern, Schalen und Bechern.

Finn kam hinter mir herein und kontrollierte den Kühl- und Gefrierschrank.

»Hot Dogs, ein paar Buletten, ein halbes gegrilltes Hähnchen. Milch, Käse, Eier«, sagte er, als er den Inhalt begutachtete. »Im Gefrierschrank sind ungefähr zehn Fertiggerichte für die Mikrowelle. Ein echter amerikanischer Speiseplan, wenn du mich fragst. Oh, und zehn Liter Eiscreme. Kein Gemüse, kein Obst. Außer man zählt das Erdbeersorbet mit.«

»Er *war* etwas pummelig. Lass uns den Rest des Hauses untersuchen.«

Ich ging zu den beiden verschlossenen Türen an der anderen Hausseite. »Lila Conway hat gesagt, Fuente hätte an seinen Memoiren gearbeitet. Ich wette, er hat eines der Schlafzimmer zu einem Büro umfunktioniert.«

Finn folgte mir in das erste Zimmer. Er fegte einen Krümel von der blauweißen Steppdecke, setzte sich dann auf das Bett, wippte auf und ab und probierte die Federung aus. Das Bett quietschte fürchterlich. »Ziemlich laut.«

»Nach dem, was Choi, Fuentes Agent, mir erzählt hat, wurde das Bett vermutlich nur zum Schlafen benutzt.«

»Ein Jammer«, sagte Finn. Er stand auf und grinste. »Meilenweit kann einen niemand hören, da könnte man viele verrückte Sachen machen.«

Er kontrollierte den Kleiderschrank und die Schubladen. »Nichts Ungewöhnliches. Pullover, Jeans, Socken und Unterwäsche – jede Menge Unterwäsche.«

Ich ging ins Badezimmer und rief zurück: »Hier drinnen sind Toilettenartikel und Handtücher. Außerdem hatte Fuente Tabletten gegen Sodbrennen und eine Packung Aspirin, bekommt man alles ohne Rezept. Er hat fast kein Klopapier mehr.«

Nicht, dass er irgendwann demnächst welches brauchen würde.

Ich ging zum nächsten Zimmer.

»Heiliger Strohsack!«

Ich machte einen Satz zurück und stieß gegen Finn, der mir gefolgt war. Er schob mich beiseite und legte eine Hand an sein Hüftholster.

»Was ist los?«

Er schaute so besorgt, dass ich anfing zu lachen. »Tut mir leid, es ist gar nichts. Dieses Zimmer ist nur ein solches Durcheinander im Vergleich zum restlichen Haus.«

Der Raum war vom Boden bis zur Decke vollgestopft: Pappkartons, Möbel, Geräte für den Sommersport wie Paddelboards und Schwimmwesten, Campingsachen, ein halbes Dutzend Zelte und Schlafsäcke. Dieses Zimmer wurde sicher erst im Frühling, in Vorbereitung auf die Sommergäste, ausgeräumt. Genau genommen wurden hier wahrscheinlich all die Dinge gelagert, die normalerweise in all die anderen Hütten gehörten.

Angewidert zog Finn die Tür zu. »Was für ein Saustall. Ich wette, da drinnen sind auch Mäuse.«

»Und Spinnen«, stimmte ich zu und nickte. »Also, wo sind sie?«

»Wo sind was? Die Mäuse?«

Ich ignorierte ihn, kehrte zurück ins Schlafzimmer und ging auf die Knie. Ich schaute unter das Bett. Ich zog alle Schubladen auf und rückte die Kommode sogar von der Wand ab, um einen Blick dahinter zu werfen.

»Wonach suchst du?«, fragte mein Partner. Er stand in der Tür und sah mir zu, die Hände in den Taschen.

»Lila Conway hat mir erzählt, dass Delaware Fuente in die Berge gekommen ist, um an seinen Memoiren zu arbeiten.

Die Gastvorlesungen an der Academy hat er nur nebenbei gehalten. Wo also sind die Memoiren?«

Finn zuckte die Achseln. »Ich vermute, er hatte sie auf einem USB-Stick. Hast du gedacht, hier würde irgendwo ein Stapel Papier herumliegen? Vergiss es. Du solltest nach einem winzigen kleinen Ding in der Größe deines Daumens suchen.«

»Okay, du Oberschlaumeier, wo ist der USB-Stick? Oder der Laptop, was das betrifft.«

»Lass uns einen Blick in seinen Wagen werfen.«

Wir gingen zusammen nach draußen. Finn versuchte, die Fahrertür des Jeeps zu öffnen. Es funktionierte, und eine Wand aus Schnee donnerte herunter. »Er machte sich wohl keine Gedanken darüber, dass man ihn beklauen könnte, oder?«

Ich schüttelte den Kopf. »Hier draußen? Hier ist keine Menschenseele. Das wäre so, als würde man sich Sorgen machen, hier …«

Beinahe hätte ich gesagt: … *ermordet zu werden.*

Finn las meine Gedanken und lächelte mich schief an. »Jepp, genau.«

Wir fanden den Laptop in einer schwarzen Aktentasche hinter dem Fahrersitz. Ich tastete alle Fächer sowie das Innenfutter ab. »Nichts. Kein Papier, kein USB-Stick, keine Diskette. Findest du das nicht seltsam?«

Finn beunruhigte das nicht. »Sie werden auftauchen. Vielleicht hat er seine Arbeit per E-Mail an sich selbst geschickt oder an seinen Agenten. Wir nehmen den Laptop mit und schauen uns die Festplatte an.«

Irgendetwas stimmte nicht. Egal, wie sie in Filmen oder Romanen dargestellt wurden, Rätsel waren keine hübschen kleinen Puzzle, die nur deshalb auseinandergebrochen sind, damit man sie wieder zusammensetzen konnte. In Wirklichkeit fehlten nicht nur ständig Teile, die meiste Zeit passten die, die man hatte, noch nicht einmal zusammen.

»Finn, Fuente hat diesen Wagen seit einer Woche nicht mehr gefahren, darauf wette ich hundert Mäuse. Und dieser Laptop lag die ganze Zeit einfach da drinnen? Können die ... du weißt schon ... die elektronischen Teile nicht einfrieren? Findest du das nicht merkwürdig?«

Er trat einen Schritt von dem Jeep zurück und besah sich die Menge Schnee und das Fehlen von Reifenspuren. Dann sah er hinauf in den Himmel und schützte seine Augen mit einer Hand. Ich verdrehte die Augen und wartete. Ich hatte recht, und das wusste er, doch wir mussten unser übliches Spielchen spielen und so tun, als wäre er an dieser Schlussfolgerung beteiligt.

»Eine Woche, hm ... das könnte ungefähr hinhauen. Also haben wir hier einen Schriftsteller, der in seinem gemieteten Ferienhaus sitzt und angeblich an seinen Memoiren arbeitet. Doch er lässt seinen Laptop im Wagen, und wir haben absolut gar nichts gefunden, was untermauern würde, dass er an besagten Memoiren gearbeitet hat, und – noch wichtiger – selbst sein Fernseher funktioniert nicht. Was hat er den ganzen Tag gemacht? Nur herumgesessen? Kein Wunder, dass er langsam fett wurde.«

»Ich werde noch mal seinen Agenten anrufen. Vielleicht weiß er mehr.«

»Das könnte ein Motiv sein, weißt du«, fügte Finn hinzu. »Vielleicht steht in diesen Memoiren etwas, von dem jemand nicht will, dass es die Welt erfährt. Fuente umzubringen war ein Weg, sie sich zu holen.«

»Das würde ich der Möglichkeit eines Serienmörders eindeutig vorziehen. Aber was hat dann der Zettel in Fuentes Mund zu bedeuten?«

Finn zuckte mit den Schultern. »Ablenkung?«

Wir beendeten die Durchsuchung der Blockhütte, ohne noch etwas zu finden, was uns in unserem Fall weiterhelfen könnte. Dann schlossen wir ab und klebten mit gelbem Tatort-Absperrband ein großes X über die Tür.

»Du hast doch die *Sopranos* gesehen«, sagte Finn. »Fuente stammte aus Jersey. Vielleicht war es die Mafia? So ein Zettel, das hört sich doch nach Mafiamethoden an, oder?«

Ich schüttelte den Kopf und folgte Finn zurück zu unseren Wagen. »Fuente stammte nicht aus Jersey, er kam aus Denver. Er hat nur lange in Jersey gelebt.«

»Guter Punkt. Also, zu Lila Conway. Hat sie achtzehn Katzen und eine Abstellkammer voller Dosensuppen?«

Bei dem Gedanken an Lilas Küche fing mein Magen an zu knurren. Ich lächelte. »Ja, was die Suppe angeht – obwohl sie hausgemacht ist – und nein zu den Katzen. Es gibt dafür einen Vogel, Kojak. Lila war sehr erschüttert. Sie und Fuente waren enge Freunde. Ich wollte sie nicht zu sehr bedrängen, doch soweit ich herausgehört habe, kann sie sich nicht vorstellen, wer so etwas tun könnte.«

»Das können sie nie«, meinte Finn.

Ich nickte. »Und es wird noch merkwürdiger. Im Grunde war Lila die Einzige, die wusste, dass Fuente in der Stadt war. Er war undercover, glattrasiert, ohne die Augenklappe – wie wir gesehen haben – und nannte sich John Firestone. Niemand wusste, wer er wirklich war. Was Conway natürlich zur Hauptverdächtigen macht, aber daran glaube ich nicht. Ich kann es mir einfach nicht vorstellen. Obwohl sie für Freitagabend kein Alibi hat …«

Ich konnte nicht anders, als an den letzten Fall denken, an dem ich vor meinem Mutterschutz gearbeitet hatte. Ein junger Mann war darin verwickelt gewesen, der sich als jemand anderes ausgegeben hatte und getarnt in die Stadt zurückgekehrt war, wo er schließlich ermordet wurde. Verkleidung funktioniert immer nur eine Weile. Früher oder später fällt die Maske, und die Wahrheit kommt ans Licht. So läuft es in der Welt, lief es schon immer.

Ich erschauerte. Es war kalt, und obwohl der Himmel klar war, kündigte sich bereits ein weiterer Schneesturm an. Mir fiel wieder auf, wie abgeschieden das Haus lag, wie allein und voll düsterer Vorahnung. Selbst der Wald fühlte sich anders an. Die Bäume standen zu dicht beieinander, als hätte eine Krankheit sie zusammengepfercht. Eine Krankheit, oder Angst.

Ich erzählte Finn vom Rabbit Man.

»Diese Beschreibung sagt mir nichts, aber wir sollten eine Zeichnung anfertigen und herumgehen lassen«, sagte Finn besorgt. »Wenn jemand Fuente nachgestellt hat … dann ändert das alles. Wir sollten auch noch mal die Schule überprüfen. Möglicherweise hat dieser Kerl sich auch dort herumgetrieben. Vielleicht hat Bowie Childs ihn bereits auf dem Radar.«

»Du kannst gern mit unserem netten Wächter plaudern, ich halte mich von ihm fern.«

»So schlimm ist er nun auch wieder nicht. Lass uns morgen früh an der Schule treffen und einige der Leute dort befragen.

Möglicherweise war Fuente gar nicht so inkognito, wie er dachte.«

Ich willigte ein, hörte jedoch nur mit halbem Ohr zu, weil mich etwas beschäftigte. »Weißt du, was noch seltsam ist, außer den fehlenden Memoiren?«

»Was?«

Ich deutete mit dem Kinn zurück auf die Hütte. »Da drinnen befindet sich kein einziges Buch. Ich habe noch nie von einem Schriftsteller gehört, der nicht in erster Linie auch ein Leser war.«

Finn dachte einen Moment darüber nach. »Ich weiß nicht, Gemma. Vielleicht hatte er einen Kindle. Selbst ich habe einen, und ich bin nicht gerade eine Leseratte.«

»Naja, ich finde das merkwürdig … aber okay, möglicherweise hatte er einen E-Reader. Aber wo ist der dann?«

Darauf hatte Finn keine Antwort.

Er wollte sich auf dem Grundstück noch etwas umsehen und ein paar Kalorien verbrennen. Er sagte etwas davon, dass er den Kopf freibekommen wolle, also ließ ich ihn dort zurück und fuhr wieder durch den Canyon, erneut mit dem Gefühl, als wäre er ein lebendes, sich bewegendes Ding, dessen Steinwände mich umzingeln wollten.

9. Kapitel

Gleich Montagmorgen trafen Finn und ich uns an der Valley Academy. Alle Parkplätze waren besetzt, also mussten wir unseren Wagen am Straßenrand stehen lassen. Ich hatte nicht gut geschlafen, und in dem Bemühen, wach zu bleiben, hatte ich mehr Kaffee getrunken, als ich gewöhnt war. Ich war fahrig und hatte schlechte Laune.

Der Himmel war von einem so strahlenden Blau, dass er fast weiß wirkte. Überall um uns herum ragten die Rockies wie gigantische Goliaths aus Stein auf, für alle Ewigkeit an ihrem Platz erstarrt. Die Luft war schneidend kalt, und der festgefahrene Schnee gefroren und hart. Ich sah zu, wie Bowie Childs, der Mann vom Sicherheitsdienst, vor dem Tor eine Tüte Streusalz umstülpte. Ein anderer Mann war bei ihm, und beide trugen Jacken mit dem Kaspersky-Emblem. Ich war froh, dass Direktor Silverstein die Sicherheitsmaßnahmen auf dem Campus erhöht hatte.

Wir gingen vorsichtig über den vereisten Parkplatz, als irgendwo tief in der McKinley Hall eine Schulglocke läutete. Am Freitagabend war die Halle dunkel und unheimlich gewesen, bei Tageslicht wirkte das Ziegelsteingebäude jedoch fast heiter.

»›Wem schlägt sie, uns oder ihnen?‹«, sinnierte Finn.

Ich begriff nicht, wovon er sprach.

»Ach komm, Monroe«, sagte er, »du bist doch aufs College gegangen. Hemingway? Wem schlägt die Stunde, uns oder den Schülern?«

»Ah. Verstehe«, sagte ich und warf einen Blick auf meine Uhr. »Ich glaube, dieses Läuten bedeutet, dass die erste Stunde gleich anfängt. Und ja, ich bin aufs College gegangen.« Bevor ich weitersprechen konnte, wurde ich grob von ein paar panisch aussehenden Nachzüglern beiseite geschubst. Für sie hatte die Stunde ganz eindeutig geschlagen.

»Hey, pass doch auf«, murmelte ich und rieb mir den Ellenbogen. Finn wollte sich die zwei Jungs schnappen, doch ich sagte ihm, er solle es gut sein lassen. An der schweren Tür zur McKinley Hall blieben wir stehen, um einen weiteren Schüler durchzulassen. Ich schaute nach Osten, doch aus diesem Winkel konnte ich den Tatort nicht sehen. Fuentes Leiche hatte man natürlich entfernt, doch das Absperrband der Polizei war sicherlich immer noch dort, und die Kriminaltechniker waren wahrscheinlich irgendwann nach dem Sturm zurückgekehrt, in der Hoffnung, weitere Beweise zu sammeln.

»Los, komm«, sagte Finn. Ich folgte ihm in die Eingangshalle. Drinnen war die Luft warm und roch schwer nach Eau de Pubertät: stark parfümierte Körperlotionen, billige Drogeriedüfte und ungewaschene Turnklamotten, sowie nach ekligem Kantinenessen. Wir gingen den langen, schmalen Gang hinunter, begleitet von weiteren Gerüchen nach alten Turnschuhen, ausgetrockneten Whiteboard-Markern und in Vergessenheit geratenen Schulbroten.

»Gott, ich habe vergessen, wie sehr Schulen stinken.«

Finn schüttelte den Kopf. »Die müssten hier wirklich manchmal lüften.«

Wir gingen weiter, und ich stellte fest, dass sich in den letzten zehn Jahren wenig verändert hatte.

Mein Jahr an dieser Academy – ich hatte die neunte Klasse besucht – war das zweitschlimmste meines Lebens gewesen. Kinder können grausam sein. Ich war einer der wenigen Schüler, die ein Stipendium bekommen hatten. Zudem waren meine Eltern gestorben, was mich in den Augen der reichen Kids, deren Eltern für das Privileg, die Academy zu besuchen, Tausende hinblätterten, zu einer Außenseiterin machte. Ich hielt ein Jahr durch, bevor ich meine Großmutter Julia anbettelte, auf eine öffentliche Schule gehen zu dürfen.

Auf unserem Weg machten unsere Dienstmarken uns zu Aussätzigen. Wir teilten die Gruppen von Schülern wie Moses das Rote Meer. Sie wichen uns aus, drängten sich dicht an ihre Schließfächer und schlugen die Augen nieder.

»Man könnte meinen, sie hätten sich etwas zuschulden kommen lassen«, raunte Finn leise in mein Ohr. Erneut nahm ich diese merkwürdige Mischung aus starkem Aftershave und einem feminineren Duft wahr.

»Haben wir das nicht alle?«

Wir erreichten das Ende des südlichen Flurs und betraten einen kleinen Empfangsbereich vor den Sekretariaten. Eine kleine schwarze Frau mit Kurven in einem roten Hosenanzug und mit verschnörkeltem Silberschmuck stand mitten im Raum und war in eine Unterhaltung mit einem hochgewachsenen, schlaksigen Jungen vertieft, der nur aus Armen und Beinen zu bestehen schien und eine verschlissene Lederjacke und ein Paar zerrissene Jeans trug.

Im Gesicht des Jungen war reine Wut zu erkennen.

Die Frau wirkte gelassen, fast schon selbstzufrieden.

Als wir uns näherten, beendeten sie ihr Gespräch, und während der Junge wegging, murmelte er etwas vor sich hin.

Die Frau schaute ihm einen Augenblick hinterher, schüttelte den Kopf und wandte sich dann uns zu. Wir stellten uns vor, und noch während sie sich umdrehte und uns die Tür zum Büro öffnete, begann sie zu reden.

»Justine Moreno. Ich bin die stellvertretende Schulleiterin. Ich nehme an, Sie wissen, dass Stan Silverstein aus Krankheitsgründen längere Zeit nicht hier ist? Also bin ich hier verantwortlich, was auch passieren mag. Und jetzt ist tatsächlich etwas passiert. Ein Mord auf unserem Campus, ich kann es immer noch nicht fassen. Gottlob war es keiner unserer Schüler. Kommen Sie bitte herein.«

Wir sahen zu, wie sie in einer Ecke des engen Büros an einer Kaffeemaschine herumfummelte. Drei Diplome und eine Reihe von Urkunden hingen an der Wand. Der Schreibtisch war leer, abgesehen von einem weißen Laptop und einem silbernen Bilderrahmen mit dem Foto eines pausbäckigen Kleinkindes.

Sie bot uns Kaffee an. Ich lehnte ab, bei dem Gedanken an noch mehr Koffein wurde mir schlecht. Finn nahm eine Tasse und bedankte sich mit einem Lächeln.

»Ich sehe einen Bachelor-Abschluss in Neueren Fremdsprachen«, sagte er, »einen Master in Erziehungswissenschaften und einen zweiten Master in Betriebswirtschaft. Haben Sie schon mal von dem Streber-Syndrom gehört?«

Moreno lachte. »Ich kann nicht anders, ich lechze nach Wissen. Ich habe ein paar Jahre versucht, Deutsch und Italienisch auf Highschool-Niveau zu unterrichten und mich dabei irrsinnig gelangweilt. Es war dasselbe Material, tagein tagaus. Die Verwaltung bietet mir einen netten Mix. Ich kann Unterricht mit eigenem Lernen verknüpfen.«

»Ach ja?«, sagte Finn. »Wie das?«

»Jede Begegnung mit einem Schüler ist eine Gelegenheit, einen neuen Weg zu erproben, sich ihnen auf ihrem Level zu nähern. Und natürlich gibt es noch die Weiterbildungskurse, die vielen neuen Trends in der Schulverwaltung, über die man sich auf dem Laufenden halten muss«, sagte Moreno. Ihr Lächeln verschwand. »Ich hätte allerdings nie gedacht, unter solch entsetzlichen Umständen arbeiten zu müssen. Das hier ist für mich Neuland.«

»Hat sich die Neuigkeit über den Mord bereits herumgesprochen?«, fragte ich.

Moreno nickte. »Viele Schüler wissen bereits von der Tragödie. Ich habe weitere psychologische Betreuer von anderen öffentlichen Schulen angefordert, falls jemand Gesprächsbedarf hat. Ich werde im Laufe des Vormittags eine formelle Erklärung abgeben. Nur wenige Schüler kannten den Verstorbenen, aber der Tod ist immer ein Schock, besonders für die Jüngeren. Viele von ihnen haben ihn noch nie so nah erlebt, auf einer so persönlichen Ebene. Das ist eine der schwersten Lektionen, die man im Leben lernen muss.«

Finn nahm das gerahmte Bild von Morenos Schreibtisch. »Ist das Ihre Tochter? Sie ist entzückend.«

»Danke. Diana lebt bei ihrem Vater in New Mexico. Wir sind geschieden. Was Sie sich vermutlich denken können, wenn er in einem anderen Bundesstaat lebt. Ich frage mich, wann ich nicht mehr das Bedürfnis haben werde, darüber zu sprechen, aber die Scheidung war erst vor kurzem und ziemlich hässlich. Er ist ein guter Vater, aber ein schrecklicher Ehemann. Wie auch immer, das Foto hilft mir sehr, die Arbeit mit den Schülern immer wieder ins richtige Licht zu rücken. Wenn sie sich wie kleine Arschlöcher verhalten, was sie meistens tun, atme ich tief durch und schaue mir Dianas Foto an. Es hilft mir, mich daran zu erinnern, dass auch diese Schüler der kleine Sohn oder die kleine Tochter von irgendjemandem sind, und dass es unsere Aufgabe ist, sie zu leiten, zu unterrichten und ihnen den richtigen Weg aufzuzeigen. Wie schmeckt der Kaffee?«

Finn lobte, er sei heiß, stark und sehr gut.

»Ms. Moreno«, sagte ich, »wie gut kannten Sie Delaware Fuente? Hatten Sie in den letzten Monaten viel mit ihm zu tun?«

»Nein, und ich bin wirklich sauer, dass Lila mich hintergangen hat. Sie hat hier wirklich eine Grenze überschritten. Alle Lehrer und Verwaltungsmitarbeiter wissen, dass sie sich zuerst die Erlaubnis einholen müssen, anstatt hinterher um Verzeihung zu bitten. Oh, aber sie war gerissen. Sie hat ihn als John Firestone vorgestellt, einen alten Freund. Ich habe ihn einmal getroffen, vor ungefähr sechs Wochen auf der Weihnachtsfeier der Mitarbeiter«, sagte Moreno. Sie machte mit den Fingern Anführungszeichen in der Luft. »John war ein Schriftsteller und Dichter, mit interessanten Ideen in Bezug auf Literatur, Kunst und Musik. Ich fand ihn charmant und war einverstanden, dass unsere Oberstufenschüler Spaß mit ihm haben würden. Die anderen Lehrer schienen auch gut mit ihm zurechtzukommen.«

Moreno nahm einen Schluck Kaffee und fuhr dann fort. »Soweit ich weiß, mochten ihn die Kids wirklich sehr.«

»Also hatten Sie keine Ahnung, dass John Firestone in Wirklichkeit Delaware Fuente war?«, fragte Finn. »Ehrlich? Das fällt mir schwer zu glauben. Ich habe ihn nach nur wenigen Minuten erkannt, aber Sie und Ihre Mitarbeiter hatten wochenlang mit ihm zu tun.«

Moreno zuckte wieder die Achseln. »Wie ich schon sagte, ich habe ihn nur einmal getroffen. Ich hatte nie einen Grund, Lilas Ehrlichkeit anzuzweifeln. Man rief ›Buh!‹, und sie wurde ohnmächtig. Ich habe mich für sie gefreut, als ich erfuhr, dass sie so einen engen Freund hatte. Sie lebt ganz allein in diesem Haus, tief im Wald … nun, vermutlich bin ich zwar inzwischen auch allein, aber Sie wissen, was ich meine: Ich lebe in der Stadt, ich habe Freunde, ich pflege gesellschaftliche Kontakte zu meinen Kollegen. Ich war verheiratet. Ich hatte ein Leben. Ich *habe* ein Leben.«

Sie holte tief Luft. »Wie auch immer, ich bin nicht sicher, was ich Ihnen noch erzählen kann. John Firestone war zweimal pro Woche hier an der Schule, und er hat nur den Literaturkurs der Oberstufe unterrichtet. Harold Chapman ist der zuständige Lehrer. Firestone hat sich hier nie länger aufgehalten und sich nicht unters Volk gemischt; er ist angekommen, hat sich mittwochs und freitags um zehn Uhr am Empfang angemeldet und sein Ding durchgezogen. Ich habe unsere Empfangsbücher zweimal nachgeprüft; seit Columbine müssen Besucher sich anmelden und eintragen. Es gibt heutzutage so viele Verrückte, die anderen schaden wollen, dass man gar nicht vorsichtig genug sein kann.«

»Die Amokläufer an der Columbine waren Schüler, keine Fremden. In Columbine kam die Gefahr von innen.«

Moreno sträubte sich. »Wollen Sie unterstellen, dass einer

meiner Schüler John Firestone umgebracht hat? Entschuldigung, Delaware Fuente? Wir haben hier brave Kinder. Ja, viele von ihnen tanzen aus der Reihe, aber wir wissen mit einem solchen Verhalten umzugehen. Wir reden mit unseren Schülern. Wir geben ihnen die Möglichkeit zu entscheiden, zeigen ihnen die Konsequenzen auf und erklären ihnen, wie man sich entsprechend verhält. Erinnern Sie sich noch daran, wie es war, als Sie sechzehn, siebzehn Jahre alt waren?«

Ich nickte. »Das tue ich. Und ich bin sicher, Finn auch. Was ist mit dem Jungen, mit dem Sie sich unterhalten haben, als wir kamen? Hat er auch eine Grenze überschritten?«

Moreno drehte ihre schweren Silberarmreifen und atmete schwer aus. »Das war Denny Little. Er ist einer unserer Stipendiaten. Er ist ungehalten, weil ich seinen Rauswurf unterstütze, den Direktor Silverstein empfohlen hat. Denny hat letzte Woche ein Messer mit in die Schule gebracht. Das ist gegen unseren Verhaltenskodex. Leider handelte es sich dabei um einen weiteren Verstoß in einer ganzen Reihe von Regelverletzungen, das war einmal zu viel. Was ein Jammer ist, denn Denny hätte einen Abschluss mit Auszeichnung machen können. Er ist sehr intelligent.«

Finn trank seinen Kaffee aus und stellte den Becher auf den Schreibtisch. Moreno räumte ihn zurück neben die Kaffeemaschine.

»Was wird er jetzt tun?«, fragte Finn.

Moreno zupfte an ihrer Halskette, die sie eng um ihren Hals trug. Sie dachte einen Moment nach, dann sagte sie: »Fachhochschule vielleicht. Er könnte seinen Abschluss am Eagleton Community College machen, wenn er die Zeit und Mühe investiert. Wenn diese Kids hier nicht lernen, was Konsequenzen bedeuten, wo denn dann? Mit Sicherheit nicht zu Hause, das kann ich Ihnen flüstern. Dennys Mutter hat die Familie verlassen, als er drei Jahre alt war. Sein Vater, Donald, hat zwei Jobs, um die Familie zu unterhalten, einschließlich des Nachtwärterdienstes hier an unserer Schule. Er ist ein guter Mann, aber er hat alle Hände voll zu tun. Wie auch immer, Denny ist extrem intelligent, aber auch verhaltensauffällig. Ich sollte das nicht erwähnen, aber er hat bereits ein Jugendstrafregister. Natürlich unter Verschluss. Ich weiß, dass eine Menge davon mit Gelegenheitsdiebstahl und Vandalismus zu tun hat. Graffiti, illegale Böller, solche Sachen.«

Es war eine traurige Geschichte. Ich stimmte mit Moreno bis zu einem bestimmten Punkt überein. In meinem Beruf sah man viel zu häufig das Ergebnis, wenn Leute nicht gelernt hatten, was Konsequenzen ihres Handelns bedeuteten. Und doch, als Mutter fand ich die Vorstellung schwierig, dass ein Kind wie Denny Little, dessen Leben aus einer Reihe unglücklicher Umstände bestand, entsorgt werden konnte wie die Zeitung von gestern.

Ich stand auf. »Hören Sie, Ms. Moreno, danke für Ihre Zeit. Ich glaube, Direktor Silverstein hat in die Wege geleitet, dass wir uns mit Harold Chapman und weiteren Englischlehrern unterhalten können, oder? Ich würde auch gern noch einmal mit Lila Conway sprechen, wenn sie verfügbar ist.«

Die stellvertretende Schulleiterin nickte. »Es sind drei Englischlehrer, Harold Chapman, Soren Baker und Peggy Greenway. Sie haben die meiste Zeit mit Firestone … Fuente … verbracht. Sie warten bereits nebenan im Konferenzraum auf Sie.«

Finn dankte ihr und fragte: »Sollten wir, abgesehen von

Denny Littles Geschichte, noch etwas wissen, was hier an der Schule los ist? Probleme mit anderen Schülern oder merkwürdige Verhaltensmuster, die Ihnen aufgefallen sind?«

Moreno stand auf. »Irgendwas ist heutzutage immer, aber das erwartet man ja regelrecht. Sie haben draußen bestimmt unseren Sicherheitsdienst bemerkt, oder? Wir haben vor einigen Monaten einen Vertrag mit Kaspersky Security abgeschlossen. Es gab zwar keinen konkreten Zwischenfall, aber ich vermisse die Zeiten, als die Schulverwaltung das Einzige war, was zwischen einer gut funktionierenden Schülergemeinde und einer Gruppe Rowdys stand. Wie dem auch sei, jedenfalls ist jedes Problem eine Angelegenheit zwischen mir und dem entsprechenden Schüler.«

»Und den Eltern, richtig?«, meinte Finn.

Moreno nickte. »Natürlich. Eltern sind früher oder später immer involviert. Und was Lila angeht, sie hat sich heute den Tag freigenommen. Nehmen Sie sich mit Harold, Soren und Peggy alle Zeit, die Sie brauchen, aber ich bitte Sie darum, keinen der Schüler zu befragen. Ihnen ist sicher bewusst, dass wir dafür die Einverständniserklärung der Eltern bräuchten.«

Finn und ich stimmten zu.

Er versuchte es ein letztes Mal, und ich fragte mich, was er eigentlich hören wollte.

»Also, ansonsten ist nichts vorgefallen? Alles tipptopp hier?«

Moreno legte den Kopf schief und blickte Finn prüfend an. »Ich würde eine Privatschule, in der es vor privilegierten, pubertierenden Teenagern nur so wimmelt, nicht mit ›tipptopp‹ beschreiben, aber ja. Wir führen hier ein scharfes Regiment, und bisher läuft alles glatt. Denny hat Aggressionsprobleme, aber Mord? Ich kann mir das bei ihm, genauso wie bei den anderen Schülern, kaum vorstellen. Nein, hier läuft alles wirklich ganz ausgezeichnet.«

»Abgesehen von dem Tod eines Bestsellerautors auf Ihrem Schulhof«, konnte Finn sich nicht verkneifen. »Entschuldigung, dem *Mord* an einem Bestsellerautor.«

Moreno schaute ihn finster an. »Ich gehe davon aus, dass Sie herausfinden werden, dass der Tatort reiner Zufall ist und nichts mit meiner Schule, meinen Schülern oder mir zu tun hat.«

Wir ließen eine aufgebrachte Moreno in ihrem Büro zurück und gingen in den angrenzenden Konferenzraum.

10. Kapitel

Wie Schüler, die nachsitzen mussten, warteten die drei Lehrer bereits auf uns, jeder in seine eigenen Gedanken vertieft. Harold Chapman und Peggy Greenway saßen an den gegenüberliegenden Enden des großen Konferenztisches, Soren Baker in der Mitte.

Peggy Greenway sah anders aus als alle Highschool-Lehrerinnen, die ich je gesehen hatte. Ihr Haar war dunkel und entsprechend der Pin-up-Mode aus den vierziger Jahren frisiert. Ihre Lippen leuchteten dunkelrot, und obwohl ihr Kleid, die gemusterten Strumpfhosen und hochhackigen Schuhe fast den gesamten Körper bedeckten, hatte sie es irgendwie trotzdem geschafft, heißer auszusehen, als wenn sie nackt gewesen wäre.

Harold Chapman wiederum sah aus wie der typische Englischlehrer. Er war mindestens zehn Jahre älter als Peggy und trug einen Tweedblazer und ausgebeulte Cordhosen. Sein Haar war bereits dünn, und das letzte Mal, dass seine Haut Sonne gesehen hatte, musste ziemlich lange her gewesen sein.

Soren Baker lag irgendwo dazwischen. Er war eher in Peggys Alter und sah auf eine attraktive Art zerzaust aus. Er hatte etwas von einem Naturburschen, als wäre er gerade aus den

Seiten eines Outdoor-Katalogs gesprungen, hatte stacheliges blondes Haar und blaue Augen.

Wir schüttelten uns alle die Hand und setzten uns an den Tisch.

Peggy Greenway sprach zuerst. »Das ist alles so tragisch. Ich bin auch Schriftstellerin. Naja, ich bemühe mich zumindest und arbeite daran. Delaware Fuente hat mich in meinem kreativen Denken ungeheuer inspiriert. Der Gedanke, dass er die ganze Zeit hier war! Ich hatte ja keine Ahnung. Es ist wie ein Krimi, nicht wahr? Bestsellerautor wird erstochen im Wald gefunden.«

»Wie ungeheuer originell«, brummelte Harold Chapman. »Und dann wunderst du dich, warum die Schüler deinen Unterricht nicht ernst nehmen.«

Peggy richtete sich auf. »Ich unterrichte Neuntklässler, die nehmen überhaupt nichts ernst. Es nervt dich nur, dass sie mich lieber mögen.«

»Leute, bitte. Das ist jetzt nicht der richtige Zeitpunkt für Streitereien«, ging Soren dazwischen. Er fuhr sich mit der Hand durch das stachelige blonde Haar und zerzauste es nur noch mehr. »An irgendeinem Punkt müsst ihr die Vergangenheit hinter euch lassen.«

»Es ist einfach für dich, deine Vergangenheit hinter dir zu lassen. Was ist mit Therese Crombie, glaubst du, sie hat es inzwischen überwunden?«, spottete Harold.

»*Hal!*«, rief Peggy aus, als Soren erbleichte und sie finster anblickte.

»Du hast es ihm erzählt? Ihr seid alle ein Haufen Verräter.«

Ich räusperte mich. »Jetzt mal Ruhe hier. Glauben Sie, Sie könnten Ihre privaten Streitereien einen Moment beiseitelassen und ein paar Fragen beantworten? Da draußen läuft ein Mörder frei herum.«

Sie sahen mich an und nickten. »Prima«, sagte Finn. »Sie drei sind also die Englischlehrer dieser Schule, ist das korrekt?«

»Ja«, sagte Peggy. »Ich unterrichte die Neunte in Arbeitslehre, Grammatik und Literatur. Außerdem habe ich noch die zehnte Klasse. Ich muss also diese geistigen Größen zwei Jahre lang vorbereiten, und dann zieht ihnen Hal eins mit Fitzgerald, Hemingway und Baldwin über.«

Am Ende des Tisches schnaubte Harold. »Meine Güte, diese Kinder können doch nicht überleben, wenn sie nur Shakespeare und Chaucer kennen.«

Soren Baker stöhnte. »Würdet ihr bitte einfach mal den Mund halten? Peggy und Harold stehen derartig auf Kriegsfuß, so etwas habe ich noch nicht erlebt. Harold ist angepisst, weil Peggy von ihren Schülern geliebt wird und sie sich in ihrem Unterricht besonders anstrengen. Und Peggy ist sauer, weil Harold diese Schüler, wenn sie in seine Klasse kommen, wie ein hartherziger Mistkerl behandelt.«

Harold neigte den Kopf zur Seite, dachte darüber nach und nickte dann. »Jepp, das trifft es so ungefähr.«

»Und Sie? Was ist Ihre Rolle in diesem kleinen Drama?«, fragte ich.

Soren grinste. »Ist das nicht offensichtlich? Ich bin der Held. Ich unterrichte Kreatives Schreiben. Keine Regeln, keine gekränkten Gefühle, nur pure Leidenschaft.«

»Das kannst du laut sagen. Sie sollten mal in Colorado Springs anrufen, Detectives. Reden Sie mit Therese Crombie, unten am Community College. Dann sehen Sie, dass Soren die Wahrheit erzählt; er ist nichts als die *pure* Leidenschaft.«

Das Grinsen glitt von Sorens Gesicht, als die Röte in seinen Wangen aufstieg. »Du solltest besser deinen Mund halten. Du denkst, du wüsstest Bescheid, aber du hast ja keinen Schimmer. Du bist ein Blödmann.«

Mit einem Seufzer schritt Peggy ein. »Jungs, Jungs. Je eher wir die Fragen der Detectives beantworten, desto früher sind wir hier fertig. Ich jedenfalls kann es kaum abwarten, diesen Raum zu verlassen.«

Mein Kopf begann zu pochen. »Drei Englischlehrer … ist das nicht ziemlich viel für eine Schule von dieser Größe?«

»Überhaupt nicht«, antwortete Peggy. »In unseren Klassen sind jeweils zwölf bis dreizehn Schüler. Was glauben Sie, wofür die Eltern bezahlen, das Kantinenessen? Nein. Für die kleinen Klassen, ein angenehmes Schüler-Lehrer-Verhältnis und für das Privileg, auf diesem wunderschönen Campus zu sein.«

»Ergibt Sinn. Mit wem hat Fuente also am häufigsten zusammengearbeitet?«

Harold hob die Hand. »Mit mir. Er hat ausschließlich mit den Oberstufenschülern gesprochen, im Leistungskurs Literatur. Er ist zweimal pro Woche gekommen, und ich habe in der Zeit Arbeiten korrigiert oder Unterricht vorbereitet.«

»Ist irgendetwas Merkwürdiges vorgefallen, das Ihnen aufgefallen ist? Gab es Streitereien oder Unstimmigkeiten zwischen Fuente und den Schülern, oder mit irgendeinem der anderen Lehrer?«, fragte ich weiter.

Harold schüttelte den Kopf. »Nein, mit den Schülern schien alles in Ordnung zu sein. Letzte Woche hat Fuente mich wissen lassen, dass es zwischen ihm und Denny Little ein wenig hochgekocht ist, aber das war zu erwarten. Denny hat die Angewohnheit, andere Menschen bis aufs Messer zu provozieren.«

»Dennis Little? Der hochgewachsene Typ mit den zerrissenen Jeans und der Lederjacke? Der aussieht, als wolle er alle Welt verprügeln? Derselbe Junge, der jetzt von der Schule verwiesen wird?«

Plötzlich wirkten alle drei betrübt.

Soren sagte: »Also wird es ein Rauswurf. Was für ein verdammter Scheiß. Alles, was Denny braucht, ist etwas Führung. Er hätte es schaffen können.«

Peggy und Harold nickten. »Der arme Junge«, sagte sie. »Das wird Donald das Herz brechen. Wissen Sie, dass er hier arbeitet? Nachts und an den Wochenenden, Hausmeisterdienste. Tagsüber arbeitet er in der Fleischabteilung eines Supermarktes.«

»Weswegen haben Denny und Fuente sich gestritten?«, fragte Finn.

Harold kratzte sich verlegen im Nacken. Schließlich sagte er: »Fuente hat es nicht weiter ausgeführt, und ich habe nicht nachgefragt. Er hat mir nur gesagt, dass sie sehr verschiedene Ansichten hinsichtlich dessen hatten, was es bedeutet, Gewalt und Kunst zu verknüpfen. Die zwölfte Klasse hatte gerade Conrads *Herz der Finsternis* zu Ende gelesen, also nahm ich an, ihre Auseinandersetzung ginge darum. Aber ich bin sicher, dass Denny nichts mit Fuentes Tod zu tun hat. Das ist einfach nur absurd. Der Junge ist noch nicht einmal achtzehn.«

Peggy seufzte. »Hal, du bist so naiv. Verfolgst du denn keine Nachrichten? Kids morden, das passiert ständig.«

Harold lehnte sich zurück. »Kein Witz? Also, das ist ja ein Ding. Ich muss wohl öfter mal Fernsehen gucken.«

Soren grinste. Ich schaute ihn an und fragte: »Wie ist es mit Ihnen. Ich hätte gedacht, wenn Sie Kreatives Schreiben unterrichten, müssten Sie doch eigentlich am engsten mit Fuente zusammengearbeitet haben.«

Soren schüttelte den Kopf. »Sie lassen außer Acht, dass niemand von uns wusste, dass John Firestone eigentlich Delaware Fuente war. Er hat es gut versteckt. Wir wussten nur, dass er ein Freund von Lila Conway war, mit einem Literatur-Hintergrund, der ein bisschen gemeinnützige Arbeit tun wollte, indem er Gastvorträge hielt. Sie sehen ja, wie gut wir drei zusammenarbeiten, Detective. Uns gefiel die Idee, eine Weile noch jemand anderen dazwischen zu haben.«

»Die Lila Conway, die ich kenne«, fügte Peggy hinzu, »konnte keine Lüge erzählen, selbst wenn ihr Leben davon abhinge. Wir hatten also absolut keinen Grund, ihr nicht zu glauben.«

»Wie lange arbeiten Sie alle schon zusammen?«, fragte Finn.

Peggy dachte einen Moment nach und sagte dann: »Hal und ich sind inzwischen schon seit sieben Jahren Kollegen. Soren ist vor etwa drei Jahren an die Schule gekommen.«

Soren sagte: »Im September sind es zwei Jahre. Ich bin ursprünglich aus Melbourne, aber habe die letzten zehn Jahre damit verbracht, durch Arizona, New Mexico und Colorado zu reisen und zu unterrichten. Auf einer kleinen Buschwanderung, könnte man sagen.«

»Was haben Sie gehofft zu finden?«

Soren lehnte sich vor und lächelte mich an. Seine Zähne

waren auf charmante Weise schief. »Worauf auch immer ich meine Hände legen kann, Süße.«

Mir gefiel der Glanz in seinen hellblauen Augen nicht, und ich wandte den Blick ab.

Dann änderte ich meine Taktik. »Wo waren Sie alle am Freitagabend?«

Die Stimmung im Raum veränderte sich schlagartig. Soren legte den Kopf in seine Hände und stöhnte. Peggy und Harold wurden unruhig. Sie fingen beide zur selben Zeit an zu reden, und Finn bedeutete ihnen mit einer Geste zu schweigen. »Einer nach dem anderen bitte«, sagte er.

Wieder mal sprach Peggy zuerst. »Meine letzte Stunde war an diesem Tag um fünfzehn Uhr zu Ende, und ich bin direkt nach Hause gefahren. Ich habe einen alten Malteser, der zum Abendessen seine Medikamente braucht. Wir haben einen sehr engen Zeitplan. Ich wollte nicht riskieren, im Schneesturm steckenzubleiben.«

Finn lehnte sich dicht zu mir herüber und raunte: »Was ist ein alter Malteser? Ist das ein älterer Onkel oder so was?«

»Nein, du Dussel, das ist ein Hund. Ein kleiner weißer Hund.«

Finn nickte und lehnte sich in seinem Stuhl zurück. »Wie steht's mit Ihnen, Hal, hatten Sie am Freitagabend ein wichtiges Date? Oder haben Sie auch einen kleinen weißen Hund?«

Der Lehrer wurde rot und sagte: »Harold, bitte, nicht Hal. Und nein, ich bin auch nach Hause gegangen, bevor der Schneesturm zu heftig wurde. Ich lebe allein, habe Abendbrot gegessen und es mir danach mit einem guten Buch und einer Flasche Jack Daniel's gemütlich gemacht.«

»Und Soren? Was ist mit Ihnen?«, fragte Finn weiter. Als er

seinen Namen hörte, hob der blonde Australier den Kopf aus den Händen und zuckte die Achseln. Er schwieg einen langen Augenblick und sagte schließlich: »Ich wusste, dass mich das irgendwann einholen würde.«

»Was?«

Soren lehnte sich zurück und rutschte auf seinem Stuhl etwas tiefer. »Ich habe Freitagabend etwas Peinliches gemacht. Ich bin nicht stolz darauf. Es ist alles Teil der Buschwanderung, wissen Sie. Gott, ich bin manchmal so ein Vollidiot.«

Er verstummte. Peggy und Harold lehnten sich vor und starrten ihn neugierig an. Es war klar, dass diese Gruppe nicht viele Geheimnisse für sich behalten konnte.

Finn klopfte mit den Knöcheln auf den Tisch. »Hören Sie, wir haben nicht den ganzen Tag Zeit. Was haben Sie gemacht?«

Soren holte tief Luft. »Ich sitze manchmal für einen Malkurs Modell.«

Ich starrte Soren verwirrt an. »Was ist daran denn peinlich? Sie meinen, wie in der Volkshochschule?«

Er schüttelte den Kopf. »Es ist Privatunterricht. Bei jemandem zu Hause. Und es ist recht … ähm … skandalös.«

Peggy schnaubte. »Willst du damit sagen, dass man deinen kleinen Baker skizziert? Wow. Jetzt habe ich genug gehört.«

Ich lehnte mich zurück, und Finn fing an zu lachen. Harold stimmte ein. Soren sah niedergeschlagen aus und sagte: »Ach kommt, Leute. Das ist doch keine große Sache. Ein Mann wird sich doch wohl ein bisschen Taschengeld verdienen dürfen.«

»Nun, das sollte leicht zu überprüfen sein«, sagte ich.

Finn lehnte sich vor und sagte. »Es ist interessant, dass Sie beide niemanden haben, der bestätigen kann, wo Sie sich Freitagabend aufgehalten haben. Jeder von Ihnen beiden könnte Delaware Fuente ermordet haben.«

»Jetzt aber mal langsam«, sagte Harold. Er stand auf, setzte sich dann wieder hin und begann, einen Stift in seinen Händen zu drehen. »Jetzt warten Sie mal eine verdammte Minute. Wie, um alles in der Welt, kommen Sie auf die Idee, jemand von uns könnte ihn umgebracht haben? Wir kannten ihn kaum! Ich dachte, Sie wollten von uns wissen, wie er so war, anstatt uns zu verdächtigen!«

Finn lehnte sich wieder zurück und grinste. »Sie sind keine Verdächtigen, zumindest jetzt noch nicht. Nun machen Sie sich mal nicht gleich ins Höschen.«

»Ich finde diese Ausdrucksweise sehr beleidigend«, rief Peggy aus. »Ist der immer so?«

Ich nickte und stand auf. »Sie erwischen ihn an einem guten Tag. Hören Sie, wir werden jeden befragen, der mit Delaware Fuente während dessen Zeit hier zu tun hatte.«

Wir waren schon fast aus der Tür, als Soren sich räusperte und etwas aussprach, was mir schon die ganze Zeit durch den Kopf ging.

»Was ist mit den Schülern? Irgendwo rennt eindeutig ein Irrer durch die Gegend. Sind die Schüler hier sicher?«

Ich drehte mich um und schaute erst Soren an, dann die anderen.

»Das weiß ich wirklich nicht.«

11. Kapitel

Finn und ich waren gerade ein Stück den Flur hinunter gegangen, als eine Stimme uns innehalten ließ.

»Detectives?«

Wir drehten uns um und sahen vor uns einen schlanken Jungen im Teenageralter, der in einem Rollstuhl saß. Sein dunkles, wirres Haar wurde von einem gelben Haarband aus dem Gesicht gehalten. Er trug schwarze Jeans, ein graues Kapuzen-Sweatshirt und einen hoffnungsvollen Ausdruck auf dem Gesicht.

»Ja?«

»Sind Sie wegen ihm hier?«

Finn und ich warfen uns einen Blick zu. Ich nahm an, der Junge meinte Fuente, doch ich wollte auf Nummer sicher gehen. »Wegen wem?«

Der junge Mann machte ein langes Gesicht. »Wenn Sie schon fragen müssen, dann wissen Sie es nicht.«

Er drehte sich um und fuhr weg. Wir sahen ihm hinterher, bis er am Ende des Flurs ankam, wo er zu uns zurückschaute und mit seiner Hand eine Geste machte, als hielte er eine Waffe. »Peng, peng«, sagte er und rollte aus unserem Blickfeld. »Wir sehen uns auf der anderen Seite, Amigos.«

Finn und ich sahen uns an und rannten ihm hinterher.

Der Junge war schnell. Als wir am Ende des Flurs ankamen, war er bereits verschwunden. Vor uns sahen wir lediglich Schließfächer und verschlossene Türen.

»Da singt jemand«, sagte Finn. »Hörst du das auch?«

Ich hörte es. »Ja, da lang.«

Wir folgten dem Klang der Musik und hielten vor einem Klassenzimmer mit der Aufschrift *BIO-LABOR*. Ich drückte gegen die Tür, und sie öffnete sich langsam und gab den Blick auf ein Labor frei, in dem sich der Junge befand. Er schrieb gerade etwas in ein Notizbuch, das auf seinen Knien lag. Auf den Tischen standen Mikroskope unter Plastikhüllen, und an der Wand entlang standen Regale mit Gläsern, in denen Präparate auf alle Ewigkeit in Formaldehyd schwebten.

Biologie hatte noch nie zu meinen Lieblingsfächern gehört. Beim Sezieren von Schweinen musste ich mich entschuldigen lassen, weil ich mich jedes Mal übergeben musste, wenn ich versuchte, das Skalpell durch den rosa-grauen Tierkörper zu ziehen. Allein beim Gedanken daran, die Hautschicht wie einen Reißverschluss zu öffnen und zurückzuziehen, wurde mir schon schlecht. Ironischerweise landete ich dann in einem Beruf, bei dem ich etwas ganz Ähnliches machen musste. Ich ziehe die äußeren Schichten zurück und lege die Krankheiten des Herzens und des Verstandes frei; ich stochere in den Geheimnissen und Lügen herum, bis ich sie entfernen, sie in meiner Hand halten und ihre Wahrheit erkennen kann.

Ich bin eine Forscherin der menschlichen Psyche, des Bösen.

Der Junge im Rollstuhl blickte zu uns hoch und verzog das Gesicht. »Was wollt ihr von mir?«

Finn und ich schauten uns an.

Ich sagte: »Solltest du nicht im Unterricht sein? Und über wen hast du da draußen geredet?«

»Ach, scheiße … vergessen Sie alles, was ich gesagt habe«, fluchte er leise. Er kritzelte weiter, und mir wurde klar, dass er gar nicht schrieb, sondern zeichnete. Ein halb ausgemaltes Monster kroch über die Seiten, dessen Hand sich nach etwas ausstreckte, was noch nicht gezeichnet war.

Finn hielt eine Hand hoch. »Hey, pass auf, was du sagst, hier ist eine Lady anwesend.«

»›That's no lady, thats my wife‹«, sang er, und mir fiel vor Überraschung die Kinnlade herunter. Er klang genau wie der Sänger Lyle Lovett.

»Wer bist du?«, fragte ich.

Der Junge seufzte und schloss sein Notizbuch. »Roland Five. Meine Mutter hat mich nach einer Figur aus einer Stephen-King-Serie benannt. Sie sagt, ich hätte schon Stimmen nachgeahmt, seit ich sprechen kann. Nennen Sie mir irgendeinen Namen, und ich mache ihn nach.«

Finn und ich schauten uns an. Er zuckte mit den Schultern. »Marlon Brando.«

Roland verdrehte die Augen.

»Zu einfach«, sagte er, und dann: »›Ich werde ihm ein Angebot machen, das er nicht ablehnen kann.‹«

So langsam gefiel mir der Junge. »Das ist beeindruckend. Was für ein großartiges Talent! Und nun Schluss mit den Spielchen. Über wen hast du da im Flur gesprochen?«

Roland stöhnte, zog ein lilafarbenes Lesezeichen aus seinem Notizbuch und spielte mit den zerschlissenen Ecken. »Ist nicht wichtig. Sie können sowieso nichts gegen ihn tun. Er ist unantastbar.«

Er sprach in Rätseln. »Roland, wir werden erst gehen, wenn du mit uns geredet hast. Und ich glaube, dass du auch mit uns reden wolltest, ansonsten hättest du uns nicht auf dich aufmerksam gemacht.«

Langsam schien sich etwas in ihm zu verändern. »Auf den Fluren flüstern sie nur über ihn.«

Mir lief ein Schauer über den Rücken. Rolands Stimme hatte einen gespenstischen Ton angenommen, als würde er von einem gottähnlichen Wesen sprechen. Er zerriss das Lesezeichen in seinen Händen, indem er winzige lilafarbene Papierstückchen abriss, die er zu Boden fallen ließ. Gebannt schauten wir zu.

Finn lehnte sich gegen einen der Labortische und verschränkte die Arme vor der Brust. »Also, wer ist der Typ?«

Roland schaute nicht auf. »Sie nennen ihn Grimm. Wie die Gebrüder Grimm.«

»Warum?«

Roland holte tief Luft und sagte: »Weil er die anderen so übel schikaniert, als würde er ein Märchen erschaffen.«

Die winzigen Härchen in meinem Nacken richteten sich auf.

Mir fiel wieder ein, dass ich, als ich bei Lila Conways Haus tief im Wald angekommen war, zuerst gedacht hatte, wie sehr alles an ein Märchen erinnerte.

Ich dachte auch an mein Jahr an der Academy und an die Schulhoftyrannen, die mein Leben zur Hölle gemacht hatten.

»Ah, nun kommen wir endlich voran«, sagte Finn. »Himmel, Junge, das musste man dir ja regelrecht aus der Nase ziehen. Also, es gibt hier einen Tyrannen? Um welche Form von Mobbing handelt es sich?«

Roland zuckte die Achseln. »Um die miese Form?«

Ich versuchte es auch und fragte: »Was bedeutet das, ›ein Märchen erschaffen‹?«

Roland rollte mit seinem Stuhl vor und zurück über die Papierfetzen auf dem Boden. »Sie sind doch eine clevere Lady. Nutzen Sie die Bibliothek, lesen Sie mal wieder ein paar Klassiker. Grimm fügt Leute in ein reales Märchen ein, in eine Geschichte.«

»Hey, kannst du mal mit dem Getue aufhören? Du hast schließlich uns angesprochen und nicht umgekehrt«, sagte ich. Ich zeigte auf den Rollstuhl. »War das Grimm?«

Roland lächelte wie jemand, der irgendwann einmal gewusst hatte, wie man lächelt und der dachte, seine Mimik wäre immer noch dieselbe. »Nein. Es geht ihm nicht um verwundete Wesen. Er bevorzugt lebendige Opfer. Ich bin vor drei Jahren vom Dach unseres Hauses gesprungen. Mein bester Kumpel Sean und ich hatten im Internet Stunt-Videos geguckt, und er hat mir fünfzig Dollar geboten, wenn ich versuche, vom Dach aufs Trampolin zu springen. Ich habe mir die Wirbelsäule gebrochen. Seans Eltern waren so angepisst, dass sie ihn in eine Militärschule im Osten gesteckt haben. Ich habe meine Beine und meinen besten Freund verloren, alles in einem Monat.«

Was für eine furchtbare Geschichte. Ich war froh, als Finn das Thema wechselte. »Weißt du, wer Grimm ist?«, fragte er.

»Nein, und das will ich auch gar nicht. Niemand weiß, wer er ist«, sagte Roland.

Ich probierte eine andere Taktik. »Was unternehmen die Verwaltung oder die Lehrer gegen ihn?«

Roland lachte wieder. Sein Lachen hatte fast etwas Hysterisches, und allmählich fragte ich mich, ob er ganz bei Verstand war. »Nichts, sie wissen gar nichts von ihm. Niemand hat es gemeldet. Das ist Teil des Deals. Grimm sprüht irgendwo auf dem Campus einen Sensenmann an die Wand. Und so weiß man, dass er kommt. Dann findest du in deinem Schließfach eine Anweisung. Du verbrennst sie, tust, was du tun sollst, und hältst die Klappe. Und nur so überlebt man.«

Ich blickte Finn an. »Hast du nicht gesagt, du seist letzte Woche wegen einer Graffiti-Sache hierhergerufen worden? Und dass es eine ganze Reihe dieser Sensenmann-Schmierereien gab?«

Finn nickte nachdenklich, stand auf und näherte sich Roland. »Wenn niemand es gemeldet hat, warum erzählst du uns dann jetzt nicht etwas mehr über ihn?«

Roland wich vor Finn zurück und rollte hinüber zum Fenster. Er drehte sein Kinn mit einem Ruck in Richtung des dahinterliegenden Weiß.

»Ist das nicht offensichtlich? Grimm hat es jetzt auf die Spitze getrieben. Er hat den Mann getötet, den Autor, diesen Typen, der vorgegeben hat, Mr. Firestone zu sein.«

Ich zuckte zusammen. »Was weißt du darüber?«

Roland schnaubte. »Ich bitte Sie. Ich habe alle seine Bücher gelesen. Ich kenne seine Interviews. Es hat ungefähr fünf Minuten gedauert, bis ich misstrauisch wurde. Und ich war noch nicht einmal in seiner Klasse.

»Glaubst du, außer dir kannte noch jemand anderes seine wahre Identität?«, fragte Finn.

Roland zuckte die Achseln und machte eine abwinkende Handbewegung. »Das bezweifle ich. Diese Kids wissen überhaupt nichts über die wirkliche Welt. Die meisten machen sich noch nicht einmal die Mühe, über die Grenzen von Cedar Valley hinauszudenken.«

»Wenn das stimmt«, sagte ich, »dann klingt das so, als stünde dieser Grimm eine Stufe über den üblichen Highschool-Schülern. Vielleicht ist er noch nicht einmal ein Schüler.«

»Sie glauben, er könnte ein Lehrer sein? Niemals. Die Lehrer hier sind alles Weicheier. Von denen hätte keiner das Zeug zu so etwas«, entgegnete Roland. Er strich sich in einer Geste über sein haarloses Kinn, die an einen viel älteren Mann erinnerte. »Er ist geschickt. Sehr hinterlistig. Aber er ist einer von uns. Da bin ich mir sicher. Vielleicht einer aus der zwölften Klasse, auf jeden Fall einer aus der Oberstufe.«

»Und du glaubst wirklich, er könnte ihn ermordet haben? Ein ganz normaler Schulhoftyrann bringt eiskalt Delaware Fuente um?«, fragte Finn.

Roland starrte aus dem Fenster und schüttelte den Kopf. »Sie hören nicht zu. Er ist nicht ganz normal. Ihn zu unterschätzen wäre ein schwerer Fehler. Grimm ist ein Sammler von Geschichten. Ich glaube, insgeheim möchte er die Geschichten selbst schreiben. Und er hat erst angefangen.«

»Wovon redest du da?«

Er zuckte kurz mit den Schultern. »Vielleicht war der Mord an Fuente nur eine Übung. Ich glaube nicht, dass Grimm aufhört. Ich glaube, dass er sich als Nächstes einen Schüler vorknöpft.«

Ich ging zum Fenster und wartete, bis Roland mir wieder in die Augen sah. »Ich finde es schwer, hier irgendwo ein Motiv zu erkennen. Ich verstehe, dass es auf dem Campus jemanden gibt, der andere Schüler quält, vielleicht auch mehrere. Leider ist das heutzutage an Schulen nichts Ungewöhnliches. Aber einen Mörder?«

Roland zuckte schon wieder die Achseln. »Ihr seid die Cops. Ich erzähle Ihnen nur, was ich weiß.«

»Kannst du uns an einem Beispiel erklären, was Grimm in der Vergangenheit getan hat?«, fragte ich.

Roland schüttelte den Kopf. »Fragen Sie mich so etwas nicht.«

»Vielleicht lügst du uns an«, sagte Finn. »Was, wenn das alles nur eine kranke Phantasie in deinem Klugscheißer-Hirn ist?«

Roland wirkte verletzt. »Okay, Sie wollen wissen, was Grimm getan hat? Da ist dieser Typ aus der zwölften Klasse, Paul. Ich kenne ihn, seit wir vier waren. Ungefähr vor einem Monat hat er aufgehört zu sprechen.«

»Was meinst du damit, er hat aufgehört zu sprechen?«

Roland dehnte die Muskeln in seinem Nacken, als versuchte er, eine Verspannung zu lösen. »Vor ein paar Wochen habe ich Paul nach dem Unterricht allein in der Sporthalle getroffen. Er war so weiß wie ein Laken, aber ich habe ihn gelöchert, was zum Teufel er da macht. Schließlich hat er mich in eine Ecke geschoben und mir etwas auf einen Zettel geschrieben. Er hat ihn mir gegeben und ist dann weggerannt.«

Finn und ich warteten. Roland machte es offensichtlich Spaß, uns seine Geschichte häppchenweise zu liefern. Ich knickte zuerst ein. »Also, was stand auf dem Zettel?«

Roland zitierte: »›Grimm hat mir meine Stimme genommen. Wenn ich spreche, auch nur ein Wort, erfährt er es. Er weiß, dass ich wegen Halloween gelogen habe. Und jetzt lass mich in Ruhe.‹«

»Was ist an Halloween passiert?«

Roland blickte mich an. »Das weiß ich nicht so genau.«

»Warte mal«, sagte Finn. »Paul … meinst du Paul Runny? Reden wir vom Halloween letztes Jahr?«

»Kommen Sie, Mann. Ich bin keine Petze«, sagte Roland. Auf seiner Stirn sammelten sich Schweißperlen. Was auch immer hier genau los war, Roland hatte Angst. »Paul ist Co-Captain des Footballteams. Sie haben an Halloween ein Spiel der neunten Klasse initiiert. Es waren noch andere involviert, Cheerleader und das Maskottchen. Die Sache ist vielleicht ein bisschen außer Kontrolle geraten.«

Ich dachte zurück an den letzten Herbst, aber ich hatte keine Ahnung, worauf die beiden anspielten. »Daran erinnere ich mich nicht.«

»Ich schon«, sagte Finn. Er lehnte sich an die Wand und verschränkte die Arme vor der Brust. »Ich erzähl es dir später.«

»Du hast gesagt, er hätte aufgehört zu sprechen? Ich erinnere mich an kein Märchen, in dem ein Mann seine Stimme verliert«, sagte ich nachdenklich und ging im Kopf die Disneyfilme durch, die ich über die Jahre gesehen hatte.

Roland legte den Kopf in seine Hände und stöhnte. »Sie nehmen das zu wörtlich, Lady. Grimm folgt nicht genau dem, was in Märchen passiert. Aber er ist einfallsreich, wissen Sie? So wie es in Märchen diesen kranken Sinn für Gerechtigkeit gibt? Das ist Grimm. Mein Gott, ich dachte, man muss intelligent sein, wenn man ein Cop werden will.«

»Okay, jetzt reicht's! Du nennst mich entweder Gemma oder Detective«, entgegnete ich. »Du hast sicher schon einige schlimme Dinge erlebt, aber mir gefällt dein Ton nicht. Ich weiß immer noch nicht, ob du uns die Wahrheit erzählst. Wenn ich die stellvertretende Direktorin Moreno nach ihm frage, wird sie mir dann seine Existenz bestätigen können?«

»Ich habe Ihnen doch gesagt, dass ich kein Lügner bin«, antwortete Roland höhnisch. »Sie können zu Moreno gehen, oder zu Silverstein, aber das wird Ihnen nichts nützen. Grimm wird verschwinden, eine Weile untertauchen und dann wieder zurückkehren, wenn man es am wenigsten erwartet.«

»Scheint, als würdest du ihn ziemlich gut kennen«, sagte Finn.

Roland entfernte sich vom Fenster Richtung Klassenraumtür. Er schaute zu uns zurück, als die Schulglocke läutete. Auf dem Flur hörte man die Geräusche von Teenagern: zuknallende Schließfächer, Fußgetrappel, aufgeregte Rufe. Die Erschütterungen brachten die Gläser auf dem Regal zum Erzittern, und einen Augenblick dachte ich, sie würden herunterfallen und ihre Leichenteile ergössen sich gleich in einer Flut Formaldehyd über den Boden.

»Wie auch immer. Wenn man lange genug auf seinem Arsch herumsitzt, fängt man irgendwann an, alles gründlich zu hinterfragen. Ich muss jetzt los«, sagte Roland und verließ den Raum. »Wir haben jetzt Ethik. Da kann ich nicht fehlen.«

Mir fiel noch etwas ein. »Roland, wie lange ist Grimm schon aktiv?«

Roland hielt kurz inne, fuhr dann aber weiter. Ohne sich umzudrehen sagte er: »Vielleicht ein paar Monate.«

Dann war er fort, verschluckt von einem Meer aus Schülern, die in die Klassen, Toiletten oder die Cafeteria ausschwärmten.

12. Kapitel

Wir gingen schweigend durch den langen Flur zurück, bis Finn schließlich in einem langen Seufzer ausatmete und sagte: »Was hältst du davon?«

»Ich weiß nicht, was ich davon halten soll. Je mehr Zeit wir an dieser Schule verbringen, desto länger wird unsere Liste der Verdächtigen. Heute Morgen hatten wir zwei, von denen keiner sehr glaubhaft war: Lila Conway und den Mann mit den großen Ohren. Jetzt müssen wir Denny Little auf die Liste setzen, sowie Grimm. Vielleicht war *Fuente* Grimm. Was ist am letzten Halloween passiert, Finn?«

»Moriarty und ich haben einen Notruf entgegengenommen, kurz bevor du in den Mutterschutz gegangen bist. Du hattest so viel um die Ohren, musstest deine Fälle abschließen, dich auf das Baby vorbereiten. Ein klassisches ›Er hat gesagt – sie hat gesagt‹ – Szenario, bei dem es nie Gewinner gibt. Also, Paul Runny zieht diese Cheerleaderin, Lacey Bolton, aus dem Eleanor Lake. Sie war ein paar Minuten im Wasser und ist halb tot. Er ruft einen Krankenwagen, und nachdem ein paar Leute sie wiederbelebt haben und sie sich etwas erholt hat, zeigt sie mit dem Finger auf Paul. Sie sagt, er hätte ihr Drogen gegeben und sie dann in den See geschubst, als sie nicht mit ihm schlafen wollte. Er ist natürlich entsetzt. Er ist ein Einser-Schüler, Co-Captain des Football-Teams, will nach Yale. Sie hat dagegen einen ziemlich üblen Ruf, und ein paar Footballspieler decken Pauls Geschichte, dass sie sich an ihn herangemacht hätte, ihm alle möglichen Drogen angeboten und ihn versucht hätte, ihn dazu zu bringen, mit ihr schwimmen zu gehen. Du weißt schon.«

Finn hielt mir die Eingangstür auf. Es schneite schon wieder, Flocken so zart wie Küsse, und die kühle, feuchte Luft tat nach dem Gestank der McKinley Hall richtig gut. Der Schnee würde das Schulgelände bedecken und aus dem Tatort wieder einen Wald machen.

»Aber weißt du was?«, fuhr Finn fort, als wir den Weg entlanggingen. »Das Ding ist, dass ich Paul Runny nie geglaubt habe. Er ist ein aalglatter kleiner Bastard, und wenn Lacey Bolton die Wahrheit erzählt hat, dann ist Runny einfach so davongekommen. Falls Grimm wirklich existiert, dann straft er nicht die Unschuldigen. Es ist, wie Roland sagt: In der ganzen Sache liegt ein Stück Gerechtigkeit.«

»Vielleicht ist Lacey Bolton dieser Grimm. Das könnte alles eine Art Racheakt sein«, sagte ich. Wir kamen bei den Wagen an und wischten mit unseren Ärmeln den Schnee von den Windschutzscheiben. »Schlimmer noch, was ist, wenn Roland recht hat? Was, wenn Grimm Fuente ermordet und damit erst den Anfang gemacht hat? Ich denke langsam, wir sollten vielleicht mit der Verwaltung darüber sprechen, ob man den Unterricht für ein paar Tage ausfallen lässt. Zumindest, bis wir sicher sind, dass die Kinder nicht in Gefahr sind. Die Tatsache, dass der Mietbulle Bowie Childs Dienst hat, ist auch nicht gerade beruhigend.«

Finn murmelte etwas als Antwort, das ich nicht verstand.

Schwer beunruhigt und vor dem Hintergrund der eigenen Erfahrung, fügte ich hinzu: »Das sind Kinder, Finn. Diese Form von Mobbing kann dauerhafte, negative Auswirkungen auf ihr Selbstwertgefühl haben. Es wird sie bis ins Erwachsenenalter verfolgen. Das ist richtig scheiße.«

Finn war mit seiner Windschutzscheibe fertig und kam herüber, um mir zu helfen. »Du kannst daraus ja eine Herzensangelegenheit machen, Mommy. Aber ich halte mich da raus.«

Ich schüttelte den Kopf. »Mache ich nicht. Ich sage nur, dass wir zumindest darüber nachdenken sollten, was Roland uns erzählt hat, dass Grimm unser Mörder sein könnte. Der Umkehrschluss wäre natürlich, dass Fuente selbst Grimm war und deswegen ermordet wurde. Denkst du nicht, wir sollten mit Moreno darüber reden? Sie ist die stellvertretende Schulleiterin. Sie muss wissen, was los ist. Und wenn sie es nicht weiß, dann müssen wir es ihr sagen.«

Finn nickte. »Klar, super Idee. Sie wird bestimmt begeistert sein, wenn sie dabei erwischt wird, dass sie ihren Laden nicht im Griff hat.«

Ich wollte gerade antworten, als eine tiefe Stimme hinter mir sagte: »Gemma?«

Ich drehte mich um. Einen halben Meter hinter mir stand Darren Chase, der Basketball-Coach der Cedar Valley Highschool, und schaute mich an. Dann zog er eine Augenbraue hoch und grinste. Obwohl ich ihn mehrere Monate nicht gesehen hatte, machte mein Herz einen kurzen Sprung. Er sah genauso aus, wie ich ihn in Erinnerung hatte, ein hochgewachsener Mann mit einem erfrischenden Louisiana-Akzent.

»Hi«, sagte ich und krümmte mich innerlich, weil meine Stimme lauter klang als beabsichtigt. Darren hatte eine besondere Art, mir das Gefühl zu geben, ich wäre wieder dreizehn Jahre alt und versuchte gerade, den Mut aufzubringen, meinen Schwarm anzusprechen.

»Hi. Sie sehen wunderhübsch aus«, sagte er und wurde direkt rot. »Wow, ich weiß gar nicht, woher das jetzt kam. Tut mir leid, ich meine, Sie sehen gut aus. Anders. Irgendetwas hat sich verändert.«

Meine eigenen Wangen wurden auch heiß. »Ja, es ist erstaunlich, was sich alles verändert, wenn man ein Baby bekommt. Es ist ein Mädchen, Grace. Drei Monate alt.«

»Herzlichen Glückwunsch, das ist wunderbar. Sie kann froh sein, Sie als Mutter zu haben.«

Darren Chase hatte eine kleine, aber entscheidende Rolle in meinem letzten Fall gespielt. Irgendetwas war da zwischen uns, eine knisternde Spannung, doch wir hatten ihr nie nachgegeben. Um ehrlich zu sein, hatte ich gar nicht mehr an ihn gedacht, seit Brody aus Alaska zurückgekommen war. Bis heute. Doch es schien, als hätten seine dunklen Augen und sein Akzent ihre Wirkung auf mich nicht verloren.

Hinter uns räusperte sich Finn.

»Finn, du erinnerst dich an Darren Chase, oder?«, fragte ich. »Darren, das ist mein Partner Finn Nowlin.«

Die beiden schüttelten einander die Hände, die in Handschuhen steckten. Als sie so nebeneinander standen, war es schwer, sie nicht zu vergleichen. Darren war ein paar Zentimeter größer als Finn, aber Finn wirkte durchtrainierter, mit breiteren Schultern und der schlanken Figur von jemandem, der genauso viel Zeit mit Kardio wie mit Gewichtheben verbrachte. Darren sah aus wie der hochgewachsene, schlanke Basketball-Coach, der er war.

Wir drei standen etwas betreten herum, während der Schnee weiter fiel und es wieder kälter wurde. Ich stampfte mit den Füßen auf und fand, dass der Frühling gar nicht früh genug kommen konnte.

»Ich muss gar nicht raten, was Sie hergeführt hat«, sagte Darren und deutete Richtung Wald. »Unvorstellbar.«

Ich nickte. »Ja, wir waren entsetzt, als wir ihn gefunden haben. Was machen Sie eigentlich hier?«

»Die Academy hat mir direkt nach den Ferien einen Job angeboten. Ihr Sportlehrer hat ein kaputtes Knie, also helfe ich hier ein paarmal pro Woche aus. Die Academy hat kein Basketball-Team, also ist es auch kein Interessenkonflikt.«

Ich nickte. Cedar Valley war eine kleine Stadt. Natürlich würde ich Darren Chase wiederbegegnen. Und natürlich wäre er noch genauso attraktiv wie beim letzten Mal, als ich ihn gesehen hatte.

»Es ist scheußlich. Ich war ein großer Fan von Fuentes Büchern. Die ganze Zeit war er hier, und ich habe nichts geahnt«, fuhr Darren fort. »Was für eine vergeudete Möglichkeit. Klingt vermutlich egoistisch, aber es stimmt. Haben Sie schon irgendwelche Verdächtigen?«

Finn lächelte verkniffen und sagte: »Darüber dürfen wir nicht reden. Sagen Sie, kennen Sie einen Jungen namens Roland Five?«

Darren nickte. »Klar, jeder kennt Roland. Er ist schwer zu übersehen. Hatte keine einfache Zeit in den letzten paar Jahren.«

Wir warteten darauf, dass Darren fortfuhr. Ich lächelte zu

ihm hoch, und er blickte zu mir herunter und erwiderte mein Lächeln.

»Ich habe ihn ermutigt, sich bei verschiedenen Colleges um eine verfrühte Aufnahme zu bewerben. Er ist erst in der elften Klasse, aber Roland ist echt ein schlaues Kerlchen. Er interessiert sich für Filmschnitt, Drehbuchschreiben, Fotografie … Musik und Kunst ganz generell. Ein kleines Multitalent mit eigenem Stil. Er hat einen Hang zur Dramatik und zur Komik. Aber er will seine Mutter nicht verlassen.«

»Was, ist er etwa ein Mama-Söhnchen?«, spottete Finn.

Ich versetzte meinem Partner einen Schlag auf den Arm.

Darren erklärte: »Er ist sehr fürsorglich ihr gegenüber. Und sie ist … sie ist sehr speziell. Hören Sie, schön, Sie getroffen zu haben. Lassen Sie uns doch mal zusammen etwas trinken gehen. Oder auf einen Kaffee treffen. Ich habe in fünf Minuten Unterricht und melde mich bei Ihnen.«

Ich sah ihm hinterher, als er in Richtung Sporthalle ging, und jaulte dann auf, als Finn mir meinen Schlag mit einem Kneifen in den Arm heimzahlte. »Finn! Das tat weh!«

»Hör auf zu sabbern. Heiliger Himmel, du hast einen Wissenschaftler zu Hause und einen Lehrer in den Startlöchern. Du stehst auf Akademiker, was?« Finn grinste. »Schon kapiert. Kein Wunder, dass du mir armem Dummkopf das Leben so schwer machst. Wir sehen uns auf dem Revier.«

Ich schaute mich um, und weil keine Schüler mehr in der Nähe waren, hob ich meine rechte Faust und zeigte Finns Rücken den Mittelfinger.

Als ich im Wagen darauf wartete, dass der Motor warm wurde, dachte ich daran, wie nahe Finn der Wahrheit gekommen war. Es hatte letztes Jahr im Herbst Momente gegeben – eine ganze Reihe von Momenten, wenn ich ehrlich war –, an denen ich, wenn ich etwas mutiger und etwas weniger kugelig gewesen wäre, mit Darren Chase ins Bett gegangen wäre.

Doch das war ich nicht, denn ich wusste nur zu gut, wie es sich anfühlte, am anderen Ende der Gleichung zu stehen. Ich bin nicht rachsüchtig. Mit Darren zu schlafen hätte mir nicht das Gefühl gegeben, mit Brody quitt zu sein. Nur weil Brody es geschafft hatte, mich mit Celeste Takashima zu betrügen, bedeutete das nicht, dass ich fähig war fremdzugehen. Obwohl es sicher mehr Spaß gemacht hätte, mit Darren Chase oder irgendeinem anderen Mann zu vögeln, als mich in meinem Kummer zu suhlen. Selbst wenn man betrogen wurde, bereitete es letztendlich keine Freude, gegenüber dem Betrüger den Moralapostel zu spielen.

Verdammt.

Obwohl Brodys Affäre schon vier Jahre her war, fühlte sie sich in meinem Kopf immer noch an wie ein Kaninchenbau; wenn man sich erst einmal hineinbegab, selbst für einen kurzen Moment, war es mühsam, wieder heraus an die frische Luft zu kommen. Und das war wirklich der schwerste Teil unserer Beziehung. Wenn man auch nur einmal von jemandem betrogen wurde, den man liebt und dem man vertraut, bleibt ein unterschwelliges Misstrauen zurück. Die Veränderung ist dauerhaft.

Ich würde Brody mein Leben und das von Grace anvertrauen, und doch würde sich ein winziger Teil von mir immer fragen, ob ich ihm auch mein Herz anvertrauen konnte.

Ein Klopfen an meine Seitenscheibe rettete mich vor meiner eigenen Melancholie. Soren Baker lächelte, und als ich die Scheibe herunterließ, war ich aufs Neue überrascht, wie unangenehm stechend seine hellblauen Augen waren.

»Was gibt's?«

Soren seufzte und schob sich eine blonde Strähne aus der Stirn. »Sie werden früher oder später sowieso herausfinden, dass ich gelogen habe, also beichte ich besser direkt. Ich habe Freitagabend nicht Modell gesessen. Ich habe noch nie in meinem Leben Modell gesessen. Es war mir vor den anderen zu peinlich, die Wahrheit zu sagen. Ich bin in die Seven Eagles Lodge eingebrochen und habe mich dort mit meiner Campingausrüstung und meinem Notizbuch verschanzt. Ich liege hinter meiner Deadline zurück. Mein Verleger bekommt einen Herzinfarkt, wenn ich ihn um einen weiteren Aufschub bitte.«

»Warten Sie, was? Sie sind auch Schriftsteller? Und Sie sind in die Seven Eagles Lodge eingebrochen?«

Die Lodge war nur im Sommer geöffnet und wurde im Winter abgeschlossen, damit die betagte Besitzerin Nebenkosten sparte. Wir überwachten die Lodge im Winter nicht wirklich; die Zufahrtsstraße war in der Nebensaison durch ein Tor verschlossen, und die Wanderung schien Vandalen und Dieben zu beschwerlich zu sein.

Soren nickte eifrig. »Jepp, ich bin Schriftsteller. Und ich bin eingebrochen, um mal die Perspektive zu wechseln. Sehen Sie, ich habe einen Reisebericht geschrieben, eine Autobiographie über meine Reise um die Welt, als ich neunzehn war. Es war die Reise meines Lebens, nur Sex, Drugs and Rock'n'Roll, in jedem Land unter der Sonne. Jetzt habe ich einen Vertrag für ein zweites Buch, ein Fortsetzung darüber, wie es dem Typen geht, der noch vor seinem einundzwanzigsten Geburtstag alle seine Träume ausgelebt hat und dann in der wirklichen Welt ankommt. Aber ich stecke total fest. Ich dachte, dass vielleicht das Adrenalin durch den Einbruch den Funken wieder überspringen lassen könnte.«

Ich stöhnte. »Das ist so ziemlich das Bescheuertste, was ich je gehört habe. Und glauben Sie mir, ich habe schon eine Menge gehört. Dann erzählen Sie mal, wie hat denn dieser Plan funktioniert?«

Soren wurde kleinlaut. »Schrecklich. Bitte, nehmen Sie mich nicht fest, ich tue es auch nie wieder. Ich habe meine Lektion gelernt. Die Wanderung dorthin hat zwei Stunden gedauert. Der Schneesturm war furchtbar, aber ich habe durchgehalten wie ein moderner George Mallory und habe mich weiter vorwärtsbewegt, bis ich den mächtigen Berg bezwungen habe ... ich meine, den Pfad. Ich habe auf der Rückseite des Hauses eine Scheibe eingeschlagen und bin hineingeklettert. Dann habe ich das Fenster mit einigen Tüchern, die über den Möbeln gelegen hatten, wieder verschlossen. Ich wollte nichts ruinieren, wissen Sie? Ich bin kein totaler Vollidiot. Ich war ungefähr seit einer Stunde dort und habe mit meiner kleinen Laterne in der Küche in einer Ecke gesessen – das Licht reichte kaum aus, um einen Meter in jede Richtung zu leuchten –, als die Geräusche anfingen.«

Soren erschauerte und fuhr dann fort. Seine hellblauen Augen wirkten plötzlich dunkler. »Diese Geräusche, nie zuvor habe ich etwas Ähnliches gehört. Es müssen wohl Ratten gewesen sein, die hinter den Wänden hin und her huschten, und die ich vielleicht bei meiner Ankunft aus dem Winterschlaf geweckt habe. Wenn es Ratten waren, dann waren sie riesig. So groß wie Hauskatzen. Ich habe meine Sachen gepackt, mich aus dem Staub gemacht und bin um vier Uhr morgens zu Hause gewesen.«

»Sie sind also ein Schriftsteller, ein Krimineller, und Sie glauben an Geister? Himmel, so eine Geschichte kann man sich gar nicht ausdenken«, sagte ich mit einem Seufzer. Dieser Tag konnte nicht noch merkwürdiger werden. »Folgen Sie mir aufs Revier. Sie müssen mit einer Anzeige und einer saftigen Geldstrafe rechnen.«

»In vierzig Minuten beginnt mein Unterricht«, protestierte Soren. »Ich kann nicht so einfach gehen.«

»Gut, dann bewegen Sie Ihren Hintern danach zur Wache, okay?«

Soren trat ein paar Schritte von dem Wagen zurück und verbeugte sich in einer Geste der Dankbarkeit. Dann drehte er sich um, trottete zur Schule und rief im Gehen: »Ich bin kein Verbrecher!«

Stimmt, dachte ich. Nur ein Lügner … und ein Einbrecher.

»Was bist du noch, Mr. Baker?«, flüsterte ich in den Wind, als ich das Fenster wieder schloss und die Schule verließ. »Was bist du noch?«

13. Kapitel

Auf dem Revier pumpte ich wieder ab und schaltete dann in den Arbeitsmodus. Ein Teil von mir vermisste Grace ganz schrecklich, doch der größere Teil war begeistert, wieder in meinem Element zu sein und sich Hals über Kopf in einen Fall zu stürzen.

Finn war nirgendwo zu sehen, also schrieb ich ihm eine kurze SMS und erklärte, was Soren Baker mir erzählt hatte. Ich hatte sie gerade abgeschickt, als mein Handy summte. Ich schaute auf den Namen des Anrufers.

Bull Weston.

»Hi, Bull«, sagte ich, während mein Computer hochfuhr. Es war schon ein paar Tage her, seit ich das letzte Mal mit meinem Großvater gesprochen hatte.

»Hallo, meine Süße. Wie ist die erste Woche wieder zurück im Job?«

Im Hintergrund war das gleichmäßige Geräusch einer laufenden Waschmaschine zu hören, und ich fluchte im Stillen, als mir einfiel, dass ich am Samstag die Ladung Wäsche in meiner Waschmaschine vergessen hatte. Ich würde sie erneut laufen lassen müssen, außer Brody hatte es bemerkt und die Sachen in den Trockner geworfen.

»Oh, toll. Wir haben einen Mörder, einen Schultyrannen

und eine Mutter, die alle paar Stunden abpumpen muss. Also das Übliche«, sagte ich. »Wie geht's dir? Bist du im Keller?«

»Ja, Julia ist oben und arbeitet mit Laura. Ich wollte sie nicht ablenken. Sie sind bis über beide Ohren in ein Quilt-Projekt vertieft. Bis über beide Hände. Na, du weißt, was ich meine«, sagte er mit einem tiefen Lachen. Dann wurde er ernst. »Laura ist ein Geschenk Gottes, Gemma. Ich wüsste gar nicht, was ich ohne sie machen sollte.«

Kurz vor Weihnachten hatte die Demenz meiner Großmutter sich stark verschlechtert. Bull konnte nicht länger allein für sie sorgen, also waren wir dem Rat des Arztes gefolgt und hatten einen Vertrag mit einem Pflegedienst abgeschlossen. Die Firma schickte jeden Nachmittag für einige Stunden eine Pflegerin zu ihnen nach Hause, Laura. Sie und Julia legten zusammen Puzzle, lasen, strickten und taten alles, woran Julia Spaß hatte und was sie stimulierte. Das ermöglichte Bull nicht nur die dringend benötigte Pause, sondern er konnte sich auch um die Hausarbeit kümmern.

»Ich weiß. Ich bin so froh, dass sie sich mögen. Für wen ist der Quilt?«

Bill lachte. »Für dich. Es ist eine weitere Babydecke. Julia hofft auf noch mehr Urenkel.«

Ich stöhnte. »Ein Jahr oder zwei brauche ich noch, Bull. Ich habe mich von dem letzten noch nicht ganz erholt.«

Leise, damit Bull nicht merkte, dass ich nebenbei etwas anderes tat, wandte ich mich wieder meinem Computer zu und tippte meine Log-in-Daten ein. Ich war bereits etwas nervös, weil ich die Berichte über mein Treffen mit Lila Conway, unseren Besuch bei Fuentes Hütte und in der Highschool noch nicht geschrieben hatte.

»Also, was gibt's?«, fragte ich. Ich wusste, dass es einen Grund für seinen Anruf geben musste.

Bull spürte meine Ungeduld. »Nichts, Gemma, ich wollte nur hören, wie es meinem Enkelkind geht. Das machen Großväter so. Wann werden wir die zauberhafte Kleine wiedersehen?«

»Ich bringe sie diese Woche vorbei. Brody könnte eine Pause gebrauchen, da bin ich sicher. Meistens isst oder schläft sie, aber ich weiß, dass es nicht einfach für ihn ist, währenddessen seine Arbeit zu erledigen.«

Im Hintergrund hörte ich, wie die Waschmaschine mit einem nachdrücklichen Klingeln ankündigte, dass sie durchgelaufen war. Bull hustete und sagte. »Okay. Du hast gesagt, du arbeitest an einem Mordfall?«

Bull war früher Anwalt und Richter in Cedar Valley gewesen und schaffte es einfach nicht, der Justiz endgültig den Rücken zuzukehren. Ich seufzte in den Hörer.

»Warum bist du genervt? Du hast zuerst davon gesprochen, Gemma. Du weißt, dass ich immer nachhaken werde. Und außerdem weißt du, dass ich an die Schweigepflicht gebunden bin. Naja, nicht mehr von Rechts wegen … aber rein moralisch gesehen. Du kannst mir doch vertrauen.«

»Na gut«, sagte ich. Bull hatte seinen Spitznamen nicht umsonst, und ich wusste, dass er mir auf den Fersen bleiben würde, bis ich nachgab. »Diese Information ist bisher noch nicht für die Presse freigegeben worden – zumindest habe ich nicht gehört, dass schon etwas durchgesickert ist. Freitagabend wurde an der Valley Academy jemand ermordet. Er ist – war – ein sehr berühmter Mann, was die Sache natürlich deutlich erschwert. Delaware Fuente, kennst du ihn?«

»Den Schriftsteller? Natürlich! Bist du sicher, dass er es ist?«

Ich nickte. »Ja. Er hat sich eine Auszeit genommen, hat an seinen Memoiren gearbeitet und an der Schule Gastvorlesungen gegeben. Er war inkognito und hat sich als Gastdozent ausgegeben. Jedenfalls wusste niemand, dass er dort war. Fuente hatte sich seinen Bart abrasiert, seine Augenklappe abgenommen und sich bedeckt gehalten.«

»Die armen Schüler, wie verstörend für sie. Du musst den Mörder finden, das ist ja furchtbar.«

»Herrgott, was glaubst du denn, was ich tue? Herumsitzen und Däumchen drehen?«

Ich klemmte mir das Telefon zwischen Schulter und Kinn, damit ich anfangen konnte zu tippen. Ich öffnete ein leeres Dokument und benannte es.

»Es gibt keinen Grund, sauer zu werden und den Namen unseres Heiligen Vaters in einem sinnlosen Zusammenhang zu erwähnen«, sagte Bull.

Wir hatten unterschiedliche Ansichten, wenn es um den Namen des Herrn ging.

»Natürlich arbeitest du daran«, fuhr er fort. »Ich bin bloß schockiert. Delaware Fuente war ein großartiger Schriftsteller. Was für eine Schande, ich hätte gern gesehen, was er in seinem Leben noch so alles schreiben würde.«

»Du warst einer seiner Leser? Ich dachte, er wäre vielleicht ein wenig … säkular für deinen Geschmack.«

Bulls Ton klang amüsiert. »Ein Mensch kann beides vereinen, zu seinem Glauben stehen und ein Weltbürger sein, Gemma. Vergiss das nicht. Wenn du weiter so engstirnig bist, entgeht dir vielleicht etwas Wichtiges.«

Ich wollte gerade eine schlagfertige Antwort geben, als Sam Birdshead durch die Tür kam. Er schaute sich entspannt um, doch als er mich sah, erstarrte er, und ich hätte schwören können, dass er sich umdrehen und direkt wieder aus der Tür gehen wollte.

Die Gelegenheit wollte ich Sam nicht geben, also stand ich auf und winkte ihn herüber.

»Bull, ich muss los. Wir sprechen uns später. Hab dich lieb.«

Ich beendete das Gespräch und warf mein Handy auf den Schreibtisch. »Sam! Zum Teufel noch mal! Ich bin schon seit Freitag wieder zurück und sehe dich erst jetzt?«

Ich umarmte ihn, wobei ich auf die Krücken achtgab. Er roch nach Zigaretten und Kaffee. In seinen Augenwinkeln erkannte ich feine Linien, die im Herbst noch nicht da gewesen waren. Ich lächelte ihn an. »Wie schön, dich zu sehen. Ich hatte all diese langen, kalten Tage Finn an der Backe.«

Er grinste, und ich hatte plötzlich das Gefühl, vor mir stünde der jugendliche, sorglose Mann, der Sam vor seinem Unfall gewesen war. Doch das Gefühl kam und ging. Der neue Sam wirkte hart und müde. Nein, nicht müde … misstrauisch. In seinen Augen lag eine Dunkelheit, die mich an die Schatten in Roland Fives Augen erinnerte.

»Bist du auf Schicht?«

Sam schüttelte den Kopf. »Nee, ist mein freier Tag. Ich bin nur reingekommen, um auf den Dienstplan zu gucken. Hör zu, wollen wir heute Abend zusammen essen gehen? Dann haben wir mehr Zeit. Da ist etwas, worüber ich gern mit dir reden würde. Ich habe jetzt Reha und muss dann noch einiges erledigen. Sollen wir uns so gegen sieben treffen?«

»Abendessen klingt super. Irgendeine Idee, wo du hingehen möchtest?

»Wie wäre es mit Luigi's?«

Das brauchte er mir nicht zweimal vorzuschlagen. Luigi's war der beste Chinese der Stadt. Das Restaurant gehörte einem Italiener, Luigi Marcelo, der mit der Chinesin Stephanie Tseng verheiratet war. Sie servierten Lo Mein und Lasagne, es gab sowohl Merlot als auch Sake, wirklich fantastisch.

»Hört sich gut an. Wir sehen uns um sieben?«

Sam nickte und ging. Es fiel mir schwer, nicht auf den unbeholfenen Gang zu achten, auf die angespannten Schultern und die Steifheit seiner Arme auf den Krücken, als er aus der Tür ging.

Sam war ein gebrochener Mann.

Wenn Dinge zerbrechen, können sie manchmal wieder zusammengefügt werden. Manchmal jedoch ergeben die zerbrochenen Teile danach etwas vollkommen anderes. Und manchmal heilt das, was zerbrochen ist, niemals wieder aus.

Ich fragte mich, auf welche Art Sam zerbrochen war.

Du kannst heute Abend beim Essen mit Sam reden. Konzentriere dich jetzt auf deine Arbeit, Gemma.

Ich checkte meine E-Mails und war enttäuscht über eine Nachricht des Telefonanbieters, der mir mitteilte, dass Fuentes Handy immer noch abgeschaltet war. Ich antwortete und bat den Mitarbeiter, den Anschluss im Auge zu behalten und mir sofort mitzuteilen, wenn er wieder ans Netz ging.

Dann wandte ich mich erneut meinem Bericht zu, doch als ich gerade angefangen hatte zu tippen, kam unser Polizeichef, Angel Chavez, durch die Tür herein. Er gab dem hängenden

Elf einen Stups, genau wie ich am Freitag, doch er stupste zu fest, und der Elf schwang zurück und verpasste ihm einen Stoß gegen die Stirn.

Der Chief fluchte. Ich unterdrückte ein Kichern.

»Warum hängt diese verdammte Puppe immer noch hier? Wisst ihr nicht, dass wir fast Valentinstag haben?«, brüllte Chavez durch den fast leeren Mannschaftsraum. »Wo zum Teufel sind alle?«

»Auch schön, Sie zu sehen, Chief.«

Ich griff mir eine Schere und zog einen Stuhl hinüber in die Mitte des Raumes.

»Ach, lassen Sie mich das machen, es ist sowieso die verdammte Puppe meiner Tochter«, sagte Chavez. Er kletterte auf den Stuhl und schnitt den schmutzigen Schnürsenkel direkt über dem Kopf der Puppe ab. Sie fiel mit einem Plumps zu Boden.

Ich hob sie auf. »Hier.«

Chavez nahm den Elf und setzte ihn auf meinen Schreibtisch. Er kippte zur Seite, und ich lehnte ihn gegen den Computerbildschirm. »Passen Sie auf ihn auf. Wir hängen ihn nächstes Jahr an Weihnachten wieder auf. Willkommen zurück, Gemma. Also, was gibt's Neues? Wo stehen wir beim Mord an Delaware Fuente? Und wo ist Finn?«

Plötzlich fiel mir auf, dass ich Finn nicht mehr gesehen hatte, seit wir uns nach unserem Gespräch mit Darren Chase an der Highschool getrennt hatten.

»Ich weiß es nicht. Setzen Sie sich, Chief. Sie sehen müde aus.«

Ich wartete, bis er seinen Wollmantel ausgezogen und das Sakko aufgeknöpft hatte. Chavez war immer makellos gekleidet; egal, welche Temperaturen herrschten, man sah ihn in der Öffentlichkeit nie ohne italienische Schuhe von feinster Qualität, ohne importierte Anzüge aus der Savile Row und Designerhemden und -krawatten. Wenn es nicht anders ging, trug er draußen Stiefel, die er im Büro direkt wieder gegen andere Schuhe tauschte.

Ich brachte ihn auf den neuesten Stand und erzählte ihm, was wir bisher herausgefunden hatten. Insgeheim wunderte ich mich über seine schlechte Laune.

Normalerweise war er nicht so ein Miesepeter, und ich fragte mich, welche Laus ihm über die Leber gelaufen war.

»Wir haben die Blockhütte durchsucht, die Fuente gemietet hatte, dort scheint alles in Ordnung zu sein. Wir haben seinen Laptop gefunden – der noch untersucht werden muss –, doch keinen Ausdruck seiner Memoiren, an denen er gearbeitet hatte«, schloss ich meinen Bericht.

Chavez winkte ungeduldig ab. »USB-Stick.«

Ich fuhr fort. »Nun, das wäre also das. Ich habe mit Lila Conway gesprochen, und sie ist offensichtlich am Boden zerstört. Fuentes Literaturagent, Brad Choi aus New York, steht auch unter Schock. Chief, der Mord ... er fühlt sich an wie etwas Persönliches. Wie er erstochen wurde, und der Ort, an dem es passiert ist ... Fuente trug noch nicht einmal eine Jacke. Sein Mörder muss jemand gewesen sein, den er kannte und der ihn dort hinaus in den Wald locken konnte.«

Chavez lehnte sich zurück und überkreuzte die Beine an den Knöcheln. Ich stellte fest, dass seine Socken das erste Mal, seit ich ihn kannte, nicht zusammenpassten. Ich wollte ihn schon danach fragen, besann mich dann jedoch eines Besseren.

»Was für ein Gefühl haben Sie bei Conway? Ist sie fähig zu einem Mord?«

Ich zog eine Grimasse. »Sicher, das sind wir doch irgendwie alle, oder? Wenn wir zu sehr in die Ecke gedrängt werden? Ich kann es mir bei ihr allerdings nicht vorstellen. Sie ist … ich weiß nicht, Chief, sie mag Vögel. Und Entdeckungsreisen. Finn und ich haben mit ein paar Leuten an der Schule gesprochen. Mit der stellvertretenden Direktorin Moreno und mit drei Lehrern: Peggy Greenway, Harold Chapman und Soren Baker. Keiner der Lehrer hat ein Alibi für Freitagabend, und wir möchten gern Bakers Hintergrund näher durchleuchten; Chapman erwähnte irgendeinen Ärger unten in Colorado Springs, möglicherweise mit einer Schülerin. Außerdem hat Baker zugegeben, dass er oben in die Seven Eagles Lodge eingebrochen ist, nachdem er zuvor gelogen hatte. Ich weiß, ich weiß, … es ist eine lange Geschichte. Außerdem gibt es noch einen Schüler, Dennis Little, der heute von der Schule geworfen wurde. Es scheint so, als hätten er und Fuente letzte Woche eine Auseinandersetzung gehabt.«

Chavez hob eine Augenbraue. »Ich kenne die Littles. Dennis hat eine schwere Zeit hinter sich, aber so geht es vielen Menschen. Sein Vater Donald ist jedoch ein Stehaufmännchen. Das ist also alles, was Sie bisher haben? Ziemlich schwach.«

»Es gibt noch mehr. Wir haben einen Zettel in Fuentes Mund gefunden. Wir nehmen an, der Mörder hat ihn dort hineingesteckt, nachdem er Fuente erstochen hat. Chief, diese Notiz … ist verstörend. Fast schon höhnisch. Sie lautet: ›Das ist erst der Anfang‹.«

»Mein Gott, bitte sagen Sie mir jetzt nicht, dass wir da draußen einen potentiellen Serienmörder haben.«

Ich schüttelte den Kopf. »Nein, noch nicht. Letztendlich haben wir nur eine Leiche. Aber hören Sie: Conway hat mir erzählt, dass Fuente das Gefühl hatte, jemand folgte ihm, lungerte vielleicht sogar bei seiner Hütte herum. Wir haben nichts gefunden, was das untermauert, aber mir fällt kein vernünftiger Grund ein, warum Fuente sich diese Lüge ausdenken und Conway auftischen sollte. Fuente hat den Typ den Rabbit Man genannt.«

Chavez verzog das Gesicht. »Warum hat er ihn so genannt? Dabei denke ich an jemanden, der Kaninchen schlachtet und aufisst.«

Ich schüttelte den Kopf. »Fuente hat ihn Rabbit Man genannt, weil der Kerl angeblich große Ohren und längeres blondes Haar hatte. Und Fuente hat neben seinem Auto ein totes Kaninchen gefunden, das angeblich der Rabbit Man dort platziert hat, vielleicht, um ihm Angst einzujagen.«

Chavez nickte. »Lassen Sie eine Zeichnung herumgehen. Noch etwas?«

»Eine Sache noch. Finn und ich haben diesen Jungen an der Academy kennengelernt, Roland Five. Er glaubt … nun, er glaubt, dass die Schüler in Gefahr sein könnten. Es gibt wohl einen Typen, er nennt sich Grimm, der die Kids dort oben schikaniert. Roland glaubt, Grimm könnte Fuente getötet haben.«

»Glauben Sie, da könnte etwas Wahres dran sein?«, fragte Chavez und beugte sich vor. »Unsere Streife soll den Campus häufiger kontrollieren. Haben sie nicht kürzlich erst einen Sicherheitsdienst beauftragt?«

»Ja, sie haben einen Vertrag mit Kaspersky Security. Der zuständige Wachmann ist Bowie Childs. Er ist … irgendwie gruselig. Ich kann es nicht erklären, aber irgendetwas an ihm ist unangenehm.«

»Kaspersky ist anständig. Er würde nicht irgendjemanden einstellen«, sagte Chavez. »Lassen Sie mich wissen, was Sie noch über diesen Grimm herausfinden, und über diesen Lehrer. Was sagten Sie noch, wie er hieß? Baker? Wenn er eine Akte hat, wie um alles in der Welt wurde er dann an der Schule angestellt? Moreno würde einen solchen Menschen nie auf dem Campus dulden.«

Das war eine gute Frage, und ich kaute noch darauf herum, als der Chief sich abgelenkt im Raum umsah. »Gemma, vielleicht sollten Sie sehr bald noch ein weiteres Kind kriegen. Gehen Sie wieder in Mutterschutz. Hier war es deutlich ruhiger, als Sie nicht da waren.«

»Tut mir leid, Chief, aber es ist ja nicht so, als würde ich das absichtlich machen. Davon abgesehen war es ja auch nicht vollkommen ruhig. Sie hatten diese Hotel-Diebstähle.«

Chavez ächzte. »Erinnern Sie mich nicht daran. Cabot ist mir auf den Fersen wie eine Fliege hinter einem Scheißhaufen. Ich hoffe, dass Armstrong und Moriarty diese Truppe bald zu fassen kriegen. Wussten Sie, dass ich mich mit allen Hotelbesitzern und Mayor Cabot treffen musste, um genau wegen dieses Themas Kriegsrat zu halten? Niemandem gefällt die Vorstellung, dass es die eigenen Angestellten sein könnten. Je länger sich die Sache hinzieht, desto schlimmer wird sie. Sie bekriegen sich alle untereinander, noch mehr als sonst.«

Eine Weile saßen wir schweigend da.

»Erinnern Sie sich noch an die Highschool, Chief?«, fragte ich und krümmte mich dann innerlich, als ich seinen Gesichtsausdruck sah. Bevor er damit loslegen konnte, dass er nicht so alt sei, wie wir alle dächten, fügte ich schnell hinzu: »Ich meine, natürlich erinnern Sie sich an Ihre Highschool-Zeit. Aber wurden Sie je gemobbt?«

Der Chief beugte sich vor und lehnte die Ellenbogen auf die Knie. Er war kein gutaussehender Mann. Sein Haar wurde grau, und auf seiner Haut hatte die Akne in seiner Jugend viele Narben hinterlassen. Seine Nase war zu klein für sein Gesicht, seine Augen zu groß. Doch dafür strahlte Chavez eine Offenheit, Integrität und Ehrlichkeit aus, die tausendmal reizvoller waren als alle klassischen Schönheitsmerkmale.

Ich wusste, dass ich noch nie für jemanden gearbeitet hatte, den ich mehr bewundert habe.

»Mobbing? Werden Sie von jemandem gemobbt, Gemma?«

Ich lachte. »Ich doch nicht. Es geht um diesen Grimm. Ich weiß nicht, wie ich ihn mir schnappen kann. Es ist eine ganze Weile her, seit ich mit Schultyrannen zu tun hatte.«

Bei diesen Worten stand Chief Chavez auf und klopfte mir freundlich auf den Rücken. »Sie trauen sich zu wenig zu, Gemma. Das war schon immer so. Das macht Sie hungrig im Job, erfolgreich, aber ich wünschte, ein bisschen von Finns gottverdammtem Ego würde mal auf Sie abfärben. Die Diebe, Vergewaltiger und Mörder, die Sie zur Strecke gebracht haben? Sie sind nichts als eben diese Schultyrannen, die erwachsen geworden sind.«

Darüber hatte ich so noch nie nachgedacht, aber im Grunde hatte der Chief verdammt recht.

»Hey Chief?«

Er war bereits halb aus der Tür. »Ja?«

Ich nahm den Elf, drückte ihn an meine Brust und grinste

ihn an. »Ich hoffe, dass wir Sie für immer als Chef behalten können.«

Seine Schultern sackten herunter. »Warum sagen Sie mir so etwas? Ich sollte in Meetings mit wichtigen Leuten sitzen und meine Zeit auf bedeutenden Konferenzen in Las Vegas verbringen. Ich sollte übergeschwappte Cocktails von meinen Tausend-Dollar-Anzügen tupfen. Oh, und Gemma? Der Zettel in Fuentes Mund … Dieser Zettel wurde aus einem bestimmten Grund dort hinterlassen. Der Akt an sich und die Worte haben eine Bedeutung. Eine brutale Bedeutung.«

Er ging hinaus, und einmal mehr war ich allein im Mannschaftsraum, allein mit den letzten Worten aus Delaware Fuentes Mund.

Das ist erst der Anfang …

14. Kapitel

Wir saßen im hinteren Teil des Luigi's an einem kleinen Tisch, neben einem alten, geschwärzten Holzofen, der Wärme ausstrahlte und nach Holzspänen duftete. Aus Gewohnheit hatte ich den Platz bei der Tür genommen, und Sam Birdshead saß mir gegenüber, mit dem Rücken zum Restaurant. An der Wand über mir hing ein langer Spiegel, und alle paar Minuten hob Sam seinen Blick und schaute auf die Szene hinter sich.

»Suchst du jemanden?«

Er schüttelte den Kopf. »Ich sitze nicht gern mit dem Rücken zum Raum.«

Ich grinste. »Ich auch nicht.«

Im Restaurant war es ruhig. Ein junges Pärchen saß in der Mitte des Raumes, der Mann in einem Sportsakko, die Frau in einem eng anliegenden, roten Kleid. Sie konnten nicht älter als zwanzig sein. Eine Familie mit fünf oder sechs Kindern, alle jünger als zehn Jahre, belegte eine Sitzecke in der Ecke uns schräg gegenüber. Die Kinder kletterten ständig übereinander, daher war es schwer, sie zu zählen.

Unser Kellner brachte uns die Speisekarten. Ich hatte mächtig Hunger und seit Stunden nichts gegessen. Soren Baker war aufs Revier gekommen, als ich gerade meine Berichte fertig hatte, und die Aufnahme seines Geständnisses hatte länger gedauert, als ich gedacht hatte. Ich hatte ein ausgiebiges Telefonat mit der Eigentümerin der Lodge geführt, einer älteren Dame, die davon absah, Anzeige zu erstatten. Sie wollte, dass das Fenster repariert wurde und dass Soren eine Geldstrafe zahlte, doch das reichte ihr.

Der Kellner kam zurück, und wir bestellten die Nudeln und die Eierflockensuppe. Sam bat um grünen Tee, und da das gut klang, nahm ich das Gleiche.

Nachdem der Kellner gegangen war, sagte Sam: »Danke, dass du dich mit mir getroffen hast, Gemma. Ich weiß, dass du mit dem Fuente-Mord viel um die Ohren hast.«

»Für dich habe ich immer Zeit, Sam. Es ist schon ein paar Monate her«, entgegnete ich. »Viel zu lange her. Ich wollte dich häufiger im Krankenhaus besuchen, weiß du, aber nach der Geburt von Grace …«

Sam winkte ab. »Das Krankenhaus war scheiße. Ich hätte mich selbst auch nicht besuchen wollen. Ich war höllisch depressiv.«

»Hast du angefangen zu rauchen? Ich habe vorhin Zigaretten gerochen.«

Sam zuckte die Achseln. »Manchmal. Mach dir keine Sorgen, es wird nicht zur Angewohnheit.«

Der Kellner kam mit unseren Getränken und zwei dampfenden Schalen Suppe zurück. Er beugte sich vor, um die Speisen auf den Tisch zu stellen, und ich beobachtete, wie die Spitze seiner Krawatte fast meine Suppe berührte. Ich probierte einen Löffel. Die Suppe war heiß und schmeckte köstlich. Sam rührte nur ein wenig in seiner Schale.

»Okay. Vor dir steht eine der besten Suppen dieser verdammten Stadt, und du tauchst nicht Hals über Kopf ein, sondern lässt sie kalt werden? Was ist los? Ich glaube nicht, dass ich dich je so bedrückt gesehen habe.«

Sam seufzte. Er legte den Löffel beiseite und schaute auf. »Ich werde kündigen.«

Mir wurde das Herz schwer. »Warum? Wenn es wegen deines Beins ist: Du brauchst deswegen nicht zu kündigen. Wir können zusammen eine Lösung finden. Für dich ist immer noch Platz bei der Polizei.«

»Gemma, die schreckliche Wahrheit ist: Ich bin kein Cop geworden, nur um hinter dem Schreibtisch zu sitzen und Berichte zu schreiben. So ein Typ bin ich nicht. Ich habe mich dafür gemeldet, weil ich die bösen Jungs fangen wollte. Das ist nicht das Leben, das ich mir vorgestellt habe.«

Nachdem er diese Last los war, hörte Sam auf zu reden. Er steckte den Löffel in die Suppe und führte ihn zum Mund. »Also, das ist mal lecker.«

Ich beugte mich vor und sah ihn so eindringlich an, wie ich konnte. »Sam, das Leben macht manchmal Umwege. Du jagst also keinen Kriminellen hinterher, na und? Wie oft passiert das außerhalb von Hollywood-Filmstudios? Du weißt doch, dass wir die Straftäter nur durch Knechtsarbeit schnappen, indem wir Zeit im Büro verbringen, Anrufe tätigen, die Indizien überprüfen.«

Sam schluckte einen weiteren Löffel Suppe hinunter. »Ich verstehe, was du meinst. Aber es wurden bereits Räder in Bewegung gesetzt, die ich nicht mehr anhalten kann. Ich bin damit durch.«

Ich lehnte mich zurück, die Suppe war vergessen. »Was meinst du damit, Räder seien in Bewegung gesetzt worden?«

Sam wollte gerade etwas erwidern, als die Eingangstür des

Luigi's mit einem lauten Knall aufgerissen wurde, so dass die Röhren des silbernen Windspiels heftig gegeneinander schlugen. Die beiden Männer, die hereinkamen, trugen schwere schwarze Jacken und dunkle Mützen. Einer von ihnen hielt einem dritten, älteren Mann, der langsam hereinkam, die Tür auf.

Ein kalter Luftzug wehte mit den Männern herein, unheilverkündend, und ich dachte an die Zeilen von Macbeth, die Ravi Hussen oft zitierte.

Jemand Böses kommt vorbei.

Tür, sei frei,

Wer's auch sei.

Es war warm, plötzlich zu warm, und mein Atem ging flach.

Sam starrte die Männer im Spiegel an und schaute dann zurück auf seine Suppe. Er schien sich in sich zurückzuziehen. Dann sagte er gedämpft: »Oh, verdammt!«

»Was ist?«, fragte ich.

Sam schüttelte nur den Kopf und aß noch einen Löffel Suppe. Die Männer in Schwarz gingen zum Tresen im hinteren Teil des Lokals. Der Größere der beiden nahm seine Mütze ab, und ich betrachtete sein Profil, als seine hellen Augen über die Speisekarte glitten. Sie war in großen Buchstaben hoch über dem Tresen angebracht, auf Englisch und Chinesisch. Die Haare des Mannes waren wirr von der Mütze, wodurch er jünger aussah, als er wahrscheinlich war.

Er unterbrach das Lesen der Speisekarte kurz, um sich im Raum umzuschauen. Unsere Blicke trafen sich. Er lächelte langsam und schaute dann zurück auf die Speisekarte. Ich schluckte. Der Mann sah entsetzlich gut aus, in der Art alter

Hollywood-Schönheiten, die man heutzutage nur noch selten sieht. Er hatte dunkles, dichtes Haar, das nur leicht in seine hohe Stirn fiel. Seine Augen waren hell, ihre Farbe konnte ich von meinem Platz aus nicht erkennen. Er schaute wieder zu mir und lächelte erneut. Etwas Unheimliches kroch aus seinem Grinsen und glitt über meine Haut wie ein ausgefranster Fetzen Seide.

»Sam. Wer sind diese Typen?«

»Der große Mann am Tresen ist Neil Roget«, flüsterte Sam. Der andere Kerl wird Turtle genannt. Sie werden gleich herüberkommen, also setz dich gerade hin. Wir tragen Dienstmarken. Und sie sagen immer gern hallo zu den Cops. Selbst wenn wir keine trügen, würden sie zumindest *dich* begrüßen.«

Neil Roget hatte bestellt und zeigte dann auf den anderen Mann, der sich neben ihn gestellt hatte. Er war klein und rund und hatte Schultern, die eher zu einem Footballspieler passten.

»Ich verstehe, warum sie ihn Turtle nennen, der sieht ja wirklich aus wie eine Schildkröte.«

Sam rutschte tiefer in seinen Sitz. »Pscht, Gemma. Gott. Was auch immer in den nächsten paar Minuten passiert, bitte bleib cool. Das ist es nicht wert.«

Sam machte mich nervös. Ich zischte ihm zu: »Was meinst du damit ›was auch immer passiert‹? Und wer ist der dritte Mann? Dieser ältere Typ, weißes schütteres Haar?«

»Humpelt er? Das ist wahrscheinlich der Herr des Hauses persönlich, Alistair Campbell.«

Ich brauchte einen Moment, bis ich den Namen einordnen konnte. Finns Truppe von Ex-Knackis. »Der Bauunternehmer? Black Dogs oder so ähnlich?«

»Black Hound Construction«, raunte Sam.

Campbell blieb zurück und hing in der Nähe der Eingangstür herum. Er nahm eine Zeitung und blätterte sie geduldig durch, während seine Männer bestellten. Sein Gesicht war schmal, mager und derb. Campbell sah aus wie ein Mann, der einen Großteil seines Lebens draußen verbracht hatte.

Neil Roget und Turtle kehrten zu ihm zurück. Roget flüsterte ihm etwas ins Ohr, und der ältere Mann sah auf und drehte sich um. Er starrte Sam und mich an.

Ich legte meinen Löffel neben den Teller.

Campbell humpelte herüber, die beiden Black Hounds hinter sich. Er roch nach feuchter Wolle und einem holzigen Aftershave. An seinem Revers trug er eine kleine Anstecknadel, doch sie war zu winzig, als dass ich sehen könnte, was es war.

Campbell sprach zuerst.

Ich fragte mich, was zum Teufel dieser Kerl in Cedar Valley machte.

»Gemma Monroe, nehme ich an? Habe ich schließlich doch noch das Vergnügen. Wie geht es dem kleinen Baby, hält sie Sie nachts wach? Meine Tochter Agnes hat ihre Mutter über Wochen wachgehalten. Hat sie ganz verrückt gemacht. Samuel, guten Abend, wie schmeckt die Suppe? Duftet wunderbar.«

Campbell legte Sam eine Hand auf die Schulter und drückte sie. Ein Rubin in seinem breiten Goldring blinzelte mir zu.

Ich rutschte auf meinem Sitz hin und her.

Sam schaute zu Campbell hoch und lächelte schwach. »Sie ist wirklich sehr gut.«

»Ich liebe Suppe«, sagte Turtle mit einem Grinsen. Er kam näher zu mir heran und stand so, dass sein Becken sich nur ein paar Zentimeter neben meinem Gesicht befand. Ich widerstand dem Drang, ihm den Ellenbogen in die Eier zu rammen, und lächelte stattdessen Sam an.

Hinter Campbell stand Neil Roget und beobachtete schweigend unser kleines Treffen.

Die drei standen da, schauten auf uns herab und schienen auf etwas zu warten.

Irgendwann war ich es leid, gemustert zu werden. Ich aß einen weiteren Löffel Suppe, wischte dann meinen Mund mit der Serviette ab und legte sie zurück auf meinen Schoß. »Können wir Ihnen irgendwie helfen? Mein Freund und ich essen gerade zu Abend. Ich habe Sam seit Wochen nicht gesehen, und wir haben einiges aufzuholen.«

Turtle lachte. Sein ganzer Körper vibrierte vor schrillem Gekicher, und sein Becken kam meinem Ohr gefährlich nahe. »Ich glaube nicht, dass es ein Problem ist, zu Sam aufzuholen.«

Ich merkte, wie mein Gesicht rot wurde. »Hey Kumpel. Niemand hier hat nach Ihrer Meinung gefragt.«

Turtle hörte auf zu lachen. Mir gegenüber schüttelte Sam kaum merklich den Kopf.

Campbell gab Turtle ein Zeichen, und der kleine Mann trat zurück. »Gemma Monroe«, sagte Campbell. »Was für ein typisch schottischer Name. Sagen Sie Gemma, stammen Sie aus der Alten Welt?«

Ich schüttelte den Kopf.

»Monroe ist ein sehr weit verbreiteter Nachname in Schottland«, fuhr Campbell fort. »Sind Sie sicher, dass Sie nicht doch etwas davon in sich haben?«

»Ja, da bin ich sicher«, sagte ich. »Sie glauben offensichtlich eine Menge über mich zu wissen, aber ich weiß nicht viel über Sie. Und ich habe auch kein Interesse, mehr zu erfahren.«

Alistair Campbells Gesicht verdunkelte sich. Der Schatten kam und verschwand jedoch sofort wieder. Er hatte sein Temperament im Griff, und ich begriff, dass man sich vor einem Mann, der sein Temperament zügeln musste, besser in Acht nahm.

Er entspannte sich wieder, und auch meine Anspannung ließ daraufhin etwas nach. Heute Abend würde es keinen Showdown geben. Er würde den Gentleman spielen.

»Ich mochte Sie lieber, als ich noch dachte, Sie wären Schottin. Mögen Sie Yeats, Gemma?«, fuhr Campbell fort. »Neil hier hat die bewundernswerte Gabe, das passende Zitat zur passenden Zeit zum Besten zu geben. Es ist ein kleiner Trick, den er im Strafvollzugssystem gelernt hat. Er hatte viel Zeit, wissen Sie? Es ist wirklich erstaunlich. Ich wette, er hat jetzt ein Zitat auf Lager, nur für Sie.«

Ich wusste nicht, was für ein Spielchen wir da spielten, doch ich steckte jetzt eindeutig mittendrin.

»Sicher«, sagte ich. »Wer mag Yeats nicht?«

Campbell gab Roget ein Zeichen, der einen Augenblick nachdachte, dann die Augen schloss und zitierte:

»›Komm hinfort, o Menschenkind!
Auf zu Wassern, Wildnis, Wind
Mit einer Fee an deiner Hand
Denn auf der Welt gibt es mehr Tränen als ein Kind je verstand.‹«

Seine Stimme war wie weiche Butter, die auf einem heißen Steak schmolz. Obwohl es in dem Restaurant immer noch sehr warm war, erschauerte ich. Ich fühlte mich zugleich fiebrig und kalt, als würde eine Krankheit langsam in meine Knochen kriechen. Rogets Augen schauten mich unumwunden an. Irgendetwas tief in mir erstarrte, als wäre sein Blick aus Eis und durchstäche meine Haut und meine Organe und träfe mich in meinem Innersten.

Angetan nickte Campbell. »Ah, ein Klassiker. ›Das geraubte Kind‹. Ungeheuer melancholisch.«

»Das war wirklich etwas Besonderes«, sagte ich. »Warum gerade dieses spezielle Gedicht?«

Ich wartete darauf, dass Roget mir antwortete, doch stattdessen sagte Campbell: »Sie stellen die falschen Fragen, Gemma. Sie wissen bestimmt alles, was man über das Weinen wissen kann, oder? Das Kind weint, weil es nicht versteht; die Mutter weint, weil sie versteht. Und die Menschen weinen, denn wenn sie erst einmal verstanden haben, wenn sie erst einmal gesehen haben, wie es in der Welt läuft, können sie nie mehr zurück. Die Menschheit beweint ihre verlorene Unschuld.«

Ich zwang mich, ruhig zu bleiben. »Was ist denn die richtige Frage, Mr. Campbell?«

Am Tresen rief die Kellnerin: »Campbell? Die Bestellung für Campbell?«

Neil Roget zwinkerte mir zu, wandte sich ab und ging zum Tresen. Turtle folgte ihm, sein Kopf und sein Oberkörper bewegten sich wie eine Einheit. Nur Alistair Campbell blieb stehen.

Er verbeugte sich leicht. »Ich wette, Ihre Tochter sieht Ihnen ähnlich, Ms. Monroe. Wenn ich Glück habe, lerne ich sie ja eines Tages kennen.«

Am Tresen bezahlte Roget und gab Turtle ein Zeichen. Sie

gingen zur Tür, und ohne ein weiteres Wort drehte sich Campbell um und folgte ihnen hinaus.

Ich lehnte mich auf meinem Stuhl zurück und schaute Sam aufgewühlt an. »Was zum Teufel sollte das denn? Woher wissen die, dass ich eine Tochter habe?«

Sam presste sich die Handballen auf seine Augen. Er klang traurig und erschöpft. »Sie haben dich jetzt auf dem Schirm, Gemma. Diese Typen wissen, wie sie sich in deinem Kopf festsetzen. Mit Finn und dem Chief haben sie dasselbe gemacht. Möglicherweise auch mit Moriarty. Bei den Jungs sind sie wahrscheinlich behutsamer vorgegangen. Das gerade war wie aus einem Horrorfilm.«

»Aber zu welchem Zweck? Was um alles in der Welt habe ich – oder irgendeiner von uns – mit einem großen Bauunternehmen zu tun?«

Sam brach ein Paar Essstäbchen auseinander und steckte sie in seine Nudeln. »Diese Typen sind Soziopathen. Blutegel. Sie ziehen von Stadt zu Stadt, machen Ärger, raffen an sich, was sie können, und ziehen weiter, nachdem sie die Gegend als ihr Territorium markiert haben. Wie Hunde, die an Hydranten pissen. Sie scheinen besonderen Wert darauf zu legen, sich mit der örtlichen Polizei bekannt zu machen. Ich wette, dass sie in der Vergangenheit Glück mit korrupten Cops hatten, die bereit waren, bei Vorschriftsverletzungen und diversen anderen illegalen Aktivitäten ein Auge zuzudrücken.«

Ich stocherte in meinem Essen, der Appetit war mir vergangen. »Sie schienen dich recht gut zu kennen.«

»Es ist wegen meines Großvaters. Er kennt sie von früher, aus New York. Ich glaube, er hat mit Campbell Geschäfte gemacht. Sie wollen mich anheuern, Gem«, sagte Sam.

»Das ist doch absurd. Jetzt entscheidet schon dein Großvater über dein Leben? Du wirst die Polizei nicht verlassen, Sam, und schon gar nicht, um für diesen Tyrannen und seine Schlägertruppe zu arbeiten.«

Sam hielt mit dem Essen inne und schaute mich an. »Du verstehst das nicht. Ich habe keine Wahl. Mein Großvater … er duldet keinen Widerstand. Ich habe dir doch schon gesagt, es sind Räder in Bewegung gesetzt worden. Es passiert etwas.«

Der Sam, mit dem ich noch vor ein paar Monaten zusammengearbeitet hatte, war verschwunden. Der Sam, der vor mir saß, war ein neuer Mensch, jemand, den ich nicht wiedererkannte, jemand, den ich nicht verstand. Der alte Sam hatte kein Problem damit gehabt, sich seinem Großvater zu widersetzen. Wayne Birdhead war so korrupt, wie man nur sein konnte. Er lebte in einem Reservat, oben in Wyoming, von wo aus er auch seine Geschäfte tätigte. Er wurde »der Pate« genannt, und Gerüchten zufolge hatte er sich den Spitznamen in den Jahren verdient, in denen er bei der Mafia gearbeitet hatte. Birdhead war ein großer Fisch in einem kleinen Teich – Wyoming war nicht gerade der Hauptsitz der Mafia –, doch seine Hand reichte weit über die Grenzen hinaus, und sein Griff war eisern. Birdhead war ein Überlebenskünstler.

Je länger ich über Sams Worte nachdachte, desto wütender wurde ich.

»Na, super. Ich habe einen Säugling zu Hause und einen Mordfall ohne Indizien. Und jetzt muss ich mir auch noch deinetwegen Sorgen machen?«, sagte ich. Der Ärger holte meinen Appetit zurück, und ich schlürfte meine Nudelsuppe.

Doch sie hatte ihren Geschmack verloren. Ich blickte auf die Uhr. »Verdammt. Jetzt sind meine Nudeln lauwarm, und ich muss abpumpen. Vielen Dank auch für den reizenden Abend.«

Sam erhob sich. Er griff seine Krücken, stand balancierend dazwischen und fischte einen Zwanziger aus der Tasche. Er schmiss ihn auf den Tisch. »Ich dachte, wenigstens du würdest mich verstehen. Dich haben doch auch mal alle als schwach angesehen, erinnerst du dich? Vielleicht ist das sogar immer noch so. Was ist denn heute mit deinen *Alpträumen?*«

»Wovon redest du da?« Erbost und verwirrt starrte ich ihn an. »Ich wurde als schwach angesehen? Von wem?«

Statt einer Antwort warf er mir nur einen Blick über die Schulter zu, als er das Luigi's verließ.

Ich schaute auf meinen halb leeren Teller. Meine Brüste taten weh. »Verdammt.«

»Glückskeks?« Der schlanke Kellner war zurück. Er ließ den Keks mit einer leichten Verbeugung auf dem Tisch liegen und nahm stattdessen Sams Zwanziger.

Ich riss das Papier ab und brach den Keks auf. Der kleine Zettel fiel heraus, und ich hob ihn vom Boden auf. Dann las ich die Botschaft, die mit leuchtend roten Buchstaben auf das weiße Papier gedruckt war.

Ich las sie erneut, stand dann auf, zog meine Jacke an, setzte meine Mütze auf und sammelte meine Sachen zusammen. Vor dem Restaurant war die Straßenbeleuchtung defekt und ließ die Nacht schwarz und kalt auf mich wirken, eine bedrohliche Nacht.

Ich stellte mir den Schatten vor, den ein Mensch werfen kann, eine sich ausbreitende Dunkelheit, die irgendwann höher aufragte als der Mensch selbst, und alles auf seinem Weg schluckte.

Das ist erst der Anfang …

Ich las erneut, was auf dem Zettel stand, und warf ihn dann in einen Mülleimer, während die Worte nachklangen wie das Flüstern eines Geliebten, und ich mich fragte, was da wohl auf mich zukam.

Seien Sie auf der Hut, kommende Ereignissen werfen ihre Schatten voraus.

15. Kapitel

Der Mond versteckte sich irgendwo hinter der großen dunklen Leere des Nachthimmels.

Abgesehen von einem Pick-up, der einige Kilometer hinter mir fuhr, hatte ich die Straßen für mich. Millionen von Sternen schauten auf mich herab, und Bäume flankierten den Canyon. Die Abstände zwischen den Häusern am Straßenrand wurden immer größer. Es hatte noch ein letztes Haus mit Weihnachtsbeleuchtung gegeben, doch selbst diese Familie hatte schließlich dem Wechsel der Jahreszeiten nachgegeben und vor einer Woche die Dekoration abgenommen.

Die Lichter hatten dem dunklen Canyon einen fröhlichen Farbtupfer gegeben; ohne sie wurde ich wieder einmal daran erinnert, dass wir uns wirklich mitten im Winter befanden. Cedar Valley hätte sich gemütlich anfühlen sollen, zusammengekauert in dem traumartigen Schwebezustand zwischen den Feiertagen und den folgenden drei Monaten voller Schnee, die noch vor uns lagen. Obwohl wir unseren beträchtlichen Teil an Touristen anzogen, lagen wir abseits der beliebtesten Skiorte. Uns fehlte der Glanz von Aspen, die leichte Erreichbarkeit von Breckenridge und Vail, noch hatten wir die heißen Quellen von Steamboat. Ich wusste, dass uns diese Abgeschiedenheit das Gefühl vermeintlicher Sicherheit vorgaukelte.

Wenn man umgeben von Bergen lebte, in einem der schönsten Teile der Welt, kam einem schnell der Gedanke, Cedar Valley wäre immun gegen die übleren Aspekte des Lebens. Natürlich geschahen bei uns die üblichen Straftaten, selbst Mord und Unfälle kamen vor, aber die meiste Zeit war Cedar Valley eine kleine Stadt, eine Gemeinde von Hippies und Skifahrern, Familien und Rentnern, Leuten, die sich ihr Leben lang kannten.

Doch inzwischen waren auch Fremde hier, und einige hatten Schatten mit sich gebracht, die in die Ecken krochen und die Ränder der Stadt verdunkelten.

Delaware Fuente, der Rabbit Man, Grimm, die Black Hounds und Alistair Campbell … mir gingen Campbells Worte nicht aus dem Kopf. Meine Tochter kennenlernen … einen Teufel würde er tun.

Zu Hause blieb ich lange bei Grace, fütterte sie, wusch sie und hielt sie, als sie in meinen Armen eingeschlafen war, ein paar Minuten länger als sonst. Sie duftete nach Badewanne und Babylotion. Ich liebte es, wie sie sich in meine Arme schmiegte, und die Vorstellung, dass sie irgendwann nicht mehr im Arm gehalten werden wollte, brach mir fast das Herz.

Dabei sollte ich froh darüber sein, wenn es irgendwann so weit war, denn das Ziel von Eltern sollte es sein, einen unabhängigen Menschen großzuziehen. Wenn die Welt sich so drehte, wie sie sollte, dann würden die Eltern zuerst sterben. Doch manchmal geriet die Welt aus den Fugen, und die Eltern gingen viel zu früh. Das kannte ich nur zu gut. Und sollte das passieren, wollte ich, dass Grace sich entwickelte, dass sie das Leben meisterte und alles gab, was sie konnte.

»Wähl immer das Leben, meine Kleine, egal was passiert«, flüsterte ich ihr zu.

Wie sie in ihrer Wiege lag, mit geschlossenen Augen und einem friedlichen Gesicht, passte ihr Name perfekt zu ihr: Grace, Anmut.

Ich fand Brody im Arbeitszimmer. Der Raum war dunkel, und ich musterte ihn ein paar Minuten. Er wirkte hochkonzentriert, und sein vertrautes Stirnrunzeln wurde vom Licht des Computerbildschirms angestrahlt. Ich betrat das Zimmer und setzte mich auf seinen Schoß. Er küsste meinen Nacken und ließ seine Finger über meine Wirbelsäule gleiten, doch ich merkte, dass er in Gedanken ganz woanders war.

»Wie läuft es?«

»Frag nicht. Ein Lehrbuch zu schreiben ist komplizierter, als ich dachte. Ich hatte mit Plattentektonik angefangen, doch ich frage mich langsam, ob es nicht besser wäre, mit dem Prinzip der Fossilienfolge zu beginnen. Fossilien sind für junge Leute zugänglicher als die Astenosphäre. Irgendwie sexier. Was denkst du, Liebste?«

»Hm … ich denke … es ist das Beste, wenn ich bei Blut und Eingeweiden bleibe und du bei Geowissenschaft. Aber Fossilien sind cool.«

Brody lachte, und sein Atem kitzelte mich im Nacken. »Wir zwei sind schon ein Paar, oder? Wie konntest du dich nur je in einen solchen Fachidioten wie mich verlieben?«

Ich griff um ihn herum nach seinem Bizeps. »Es waren deine starken Muskeln.«

Brody hörte auf zu lachen und drehte mich herum, so dass ich ihn ansah. »Ich meine das ernst, Gemma. Ich habe akzeptiert, dass ich für den Rest meines Lebens unter Beweis stellen muss, dass du mir vertrauen kannst, und das ist für mich in Ordnung. Das habe ich verdient. Aber ich frage mich: Erinnerst du dich daran, warum du dich in mich verliebt hast?«

Ich nickte. Ich hätte nein sagen können, doch ich erinnerte mich daran, und in diesem Haus war kein Platz mehr für Lügen, nicht nach allem, was passiert war, und nicht mit Grace.

»Und?«

Brody trug eine Lesebrille. Sie verdeckten seine wunderschönen Haselnussaugen, also nahm ich sie ihm ab und sagte: »Ich mag simple und einfache Antworten. Darum bin ich Polizistin geworden. Und was ist mysteriöser als unsere pulsierende Welt?«

»Das verstehe ich nicht. Gib mir meine Brille zurück, ich brauche sie.«

Jetzt musste ich lachen. »Kommt nicht in Frage.«

Ich setzte mir die Brille oben auf den Kopf wie einen Haarreifen. »Auf jede mögliche Frage, die ich dir stellen könnte, über unsere Welt, die Sterne, das Universum, weißt du die Antwort.«

Verwirrt sagte Brody: »Ich dachte, das würdest du an mir hassen. Du hast mal gesagt, in meinem Leben gäbe es keine Poesie und keine Rätsel mehr.«

»Überlassen wir die Poesie den Meistern und die Rätsel uns Cops«, entgegnete ich. »Aber wo wir gerade von Poesie reden, kannst du bitte mal Yeats und ›Das geraubte Kind‹ googeln?«

Ich drehte mich auf seinem Schoß um, und zusammen lasen wir das Gedicht, das auf dem Computerbildschirm erschien.

»Himmel«, sagte ich. »Noch mehr Märchen.«

Brody las eine der Zeilen laut vor. »Hör dir das an: ›Liegt grünbelaubt ein Eiland, wo Reiher Kreise drehen und träge Ratten wecken‹. Wäre das nicht ein toller Name für einen Pub, ›Die träge Ratte‹? Wollen wir zusammen weglaufen, nach Dublin abhauen und eine Bar eröffnen? Ich habe irgendwo in Irland einen entfernten Cousin. Ich bin also quasi irischer Staatsbürger. Wir könnten von Guinness und Kartoffeln leben. Und Kobolde jagen.«

Ich nickte geistesabwesend und las mir die Zeilen erneut durch. Warum hatte Neil Roget ausgerechnet dieses spezielle Gedicht für mich zitiert? War es als Drohung gemeint gewesen? Welches Interesse hatten die Black Hounds an mir?

»Erde an Gemma. Was denkst du? Du und ich und unsere kleine Grace, vielleicht noch ein paar mehr Kinder, zwischen den grünen Hügeln und wolligen Schafen Irlands?«, sagte Brody. »Warum schauen wir uns das hier überhaupt an? Besuchst du einen Literaturkurs, von dem ich nichts weiß?«

Ich schüttelte den Kopf. »Nein, jemand hat heute dieses Gedicht erwähnt, und ich wollte es mal ganz lesen.«

Ich erzählte Brody nichts von meinem seltsamen Zusammentreffen im Luigi's. Es würde ihm nur Sorge bereiten, und das Letzte, was ich gerade gebrauchen konnte, war Brody, der sich Sorgen um mich machte, wenn er sich eigentlich darauf konzentrieren sollte, sich um Grace zu kümmern und sein Buch zu schreiben. Wenn es ein Erfolg würde, bekäme er vielleicht weitere Angebote. Außerdem würde ich, wenn ich von meinem Zusammentreffen mit den Männern erzählte, der Sache einen höheren Stellenwert beimessen, als sie verdiente. Die Männer hatten im Grunde nichts Schlimmes gemacht. Nicht wirklich.

Ein Widerling zu sein war kein Verbrechen.

»Wie läuft es im Fuente-Fall?«, fragte Brody. »Darfst du darüber reden?«

Ich schüttelte den Kopf. »Ich darf darüber reden, aber leider passiert nicht viel. Ich werde heute Abend in seinem Laptop herumstochern. Und schon stecke ich wieder mittendrin. Tut mir leid, Schatz. Ich würde heute Abend viel lieber mit dir herummachen. Mit dir und deinen starken Muskeln.«

Brody seufzte. Ich seufzte auch. »Ich kann leider nicht anders.«

»Ich weiß«, sagte er. »Ich wusste das schon immer.«

Brody schloss den Internetbrowser. Dahinter verbarg sich ein offenes Word-Dokument, und ich erhaschte einen Blick auf die Seitenzahl am unteren Rand: fünfundsechzig.

»Fünfundsechzig Seiten. Musstest du einiges löschen, um mit Fossilien anzufangen, anstatt mit Tektonik?«, fragte ich, stolz darauf, dass ich mich daran erinnerte, über welches verdammte Thema wir gesprochen hatten, als ich ins Zimmer gekommen war. Naturwissenschaft war noch nie mein stärkstes Fach gewesen.

Brody verneinte. »Ich kann alles in späteren Kapiteln verwenden. Ich denke, ich werde die Fossilienfolge nehmen. Vielleicht muss ich dann viele Kapitel umstrukturieren …«

Das war mein Stichwort, und ich ließ ihn im Arbeitszimmer zurück. Auf meinem Weg zur Treppe überprüfte ich, ob die Haustür abgeschlossen war, überzeugte Seamus, mit mir zu kommen, und griff mir Fuentes Laptop aus meiner Tragetasche. Im Schlafzimmer zog ich mir einen Flanellpyjama an, putzte mir die Zähne und wusch mein Gesicht. Dann schaltete ich alle Lampen bis auf meine Nachttischlampe aus.

Im Zimmer war es kühl, und ich zog die Decke bis zur Nasenspitze hoch, so dass ich gerade noch den Laptop sehen konnte.

Ich schaltete Fuentes Computer an und betete, dass er nicht passwortgeschützt war. Summend erwachte der Laptop, und ich schloss die Augen, wartete ein paar Sekunden und linste dann vorsichtig.

»Sehr gut«, sagte ich zu mir. Der Laptop war nicht passwortgeschützt. Der Desktophintergrund war das Schwarz-Weiß-Foto einer langen Menschenschlange, die eine Straße hinunterging und auf Schildern Gleichberechtigung fordert.

Es war ein interessantes Bild, doch ich wusste nicht, ob oder wie es für meinen Fall relevant sein konnte.

Delaware schien sehr organisiert und technisch versiert gewesen zu sein. Sein Desktop war leer, ohne unsortierte Ordner oder offene Dokumente, die im Falle eines Absturzes verloren gegangen wären.

Ich fand Fuentes Dokumente-Ordner, und an dieser Stelle bekam ich Schwierigkeiten. Jedes Mal, wenn ich versuchte, einen Ordner zu öffnen, tauchte ein nerviger Zeigefinger auf, der mir mit einer Bewegung den Zutritt verweigerte. Daneben tauchte die elektronische Nachricht auf: »Oh, oh. Du hast nicht das magische Wort gesagt!«, gefolgt von einer Aufforderung, ein Passwort einzugeben.

Ich tippte *Fuente*. Aber das wäre zu einfach gewesen. *Del*, *Delaware* und *Jersey* funktionierten auch nicht. Der Mann war nicht verheiratet, und soweit ich wusste, hatte er keine Haustiere. Ich kannte keine Namen, die ich einsetzen konnte. Aus Spaß probierte ich *Lila* und *Cedar Valley*, doch nichts funktionierte.

Nach ein paar weiteren Versuchen gab ich auf. Weiter reichten meine Fähigkeiten nicht. In Denver gab es die nächste Cyber-Einheit. Ich musste den Laptop zu ihnen schicken. Sie konnten das Passwort umgehen, hinter die generischen Sicherheitsmaßnahmen gelangen und in Fuentes elektronische Welt eindringen.

Ich verließ den Ordner und versuchte ein paar andere Programme. Im Foto-Ordner fand ich ein paar schöne Bilder, von denen die meisten in der Morgen- oder Abenddämmerung gemacht worden waren und entweder einen Teich oder einen kleinen See zeigten. Das Licht und die Lage der Bäume ließen mich an die Wälder der Ostküste denken, vielleicht irgendwo in Jersey, aber da war ich mir nicht sicher.

Fuente selbst war nur auf einem Foto zu sehen. Er hatte den Arm um einen jungen Mann von ungefähr fünfzehn oder sechzehn Jahren gelegt. Sie standen auf einem Pier, der aufs Meer oder einen sehr großen See hinausging; ein Riesenrad und eine belebte Promenade machten das Sommerbild perfekt. Die beiden trugen Shorts, Muskelshirts, und jeder hatte ein breites Grinsen auf dem Gesicht. Obwohl er und Fuente nicht so aussahen, als wären sie verwandt, kam mir der Junge bekannt vor. Ich konnte es nicht einordnen, vielleicht bildete ich es mir nur ein. Ich fragte mich, wer der Fotograf gewesen war. Er oder sie hatte Talent. Die Komposition des Fotos war beeindruckend, mit den beiden Männern im Vordergrund und dem Durcheinander der Promenade dahinter.

Ruhe und Chaos, zusammen auf einem Bild.

Wenn das nicht das Leben war, was war es dann?

Ich machte mit meinem Handy ein Foto des Fotos und schickte es Finn zusammen mit einer Nachricht. Ich wollte

Fuentes Laptop gerade wieder zuklappen, als mir einfiel, dass ich vergessen hatte, die Excel-Dokumente zu überprüfen. Ich fand einen Ordner, der einfach nur mit »Lark Co« betitelt war.

Lark Corporation? Lark and Company? Da klingelte nichts bei mir.

Ich öffnete das Dokument. Es war eine einfache Tabelle, auf der einen Seite standen die Daten, auf der anderen die Summen. Darüber las ich in einer Titelzeile »Del an Lark Co.« Ich überflog die Spalten und rechnete kurz im Kopf zusammen. Jeden Monat in den vergangenen siebzehn Jahren waren ohne Ausnahme fünfzehnhundert Dollar von Del an diese Lark Corporation oder Company geflossen. Insgesamt waren das über eine Viertelmillion Dollar, und der letzte Eintrag war vom ersten Februar dieses Jahres.

Das war vor ein paar Tagen gewesen.

Ein paar Tage, bevor Fuente ermordet worden war.

Ich lehnte mich zurück und atmete schwer aus. Eine Viertelmillion Dollar war viel Geld. Vor siebzehn Jahren war etwas passiert. Damals begannen die Zahlungen und hatten sich seitdem fortgesetzt.

Vielleicht ging es um den jungen Mann auf dem Foto? Sie sahen glücklich zusammen aus. War er ein unehelicher Sohn, für dessen Mutter er Zahlungen angewiesen hatte? Ich schüttelte den Kopf. Wir lebten im einundzwanzigsten Jahrhundert. Fuente war niemand, der Kontroversen aus dem Weg gegangen wäre. Ich fand es schwer zu glauben, dass er einen Sohn verheimlicht hätte.

Ich fand nichts weiter, das relevant erschien, also schaltete ich den Laptop aus und legte ihn vorsichtig auf den Fußboden. Ich hörte ein Grunzen und bemerkte, dass ich ihn auf Seamus' Schwanz abgelegt hatte.

»Tut mir leid, alter Kumpel.«

Er schnaubte noch einmal, und als ich das Licht ausschaltete, hörte ich ein Ächzen, bevor etwas mit einem schweren Plumps auf meinen Füßen landete. Für einen kleinen Kerl mit solch kurzen Stummelbeinen konnte er ziemlich gut springen, wenn er wollte. Wir beide rückten uns zurecht und machten es uns bequem.

Ich schloss die Augen, atmete ein paarmal tief durch und entspannte meine Schultern. Unter der Bettdecke war es warm, und ich spürte den Zustand des Halbschlafs.

Ich sollte im Reinen mit mir sein.

Doch ich war es nicht.

Stattdessen drifteten meine Gedanken von einem toten Mann im Schnee zu einem lebenden Mann, der Yeats zitierte, zu einem Säugling, der von Feen entführt wurde, zu einem Jungen im Rollstuhl, der entsetzliche Angst vor jemandem namens Grimm hatte. Grimm selbst tanzte an den Rändern meiner Gedanken, ein gesichtsloser Mann in Schwarz, allwissend und allmächtig. Schließlich kamen meine Gedanken vor der Tür einer friedlichen Hütte zur Ruhe, tief im Wald versteckt, aus deren Schornstein eine Fahne eisengrauen Rauchs hoch in die Luft aufstieg. Dort übermannte mich endlich der Schlaf.

16. Kapitel

Am Dienstag wachte ich früh aus einem Traum auf, in dem riesige Reiher mit riesigen betrunkenen Ratten herumtollten, die so groß waren wie Hunde, während überall um sie herum Feen flogen. Irgendwo weinte ein Baby und klang hungrig, und ich fuhr aus dem Schlaf auf. Neben mir lag Brody im Tiefschlaf. Er musste spät ins Bett gekommen sein, und ich hoffte, dass er die Sache mit seinen Fossilien auf die Reihe bekommen hatte.

Grace hörte auf zu weinen, als sie mich sah. Ich wechselte ihr aus gegebenem Anlass zuerst die Windel und stillte sie dann. Während sie trank, scrollte ich durch mein Smartphone.

Finn hatte mir in einer SMS auf mein Bild von Fuente und dem unbekannten Jungen geantwortet. Er schrieb: »Könnte ein Sohn sein. Ich fange mal bei den Geburtsurkunden an.«

Ich schaute mir das Bild erneut an. Gab es da eine Ähnlichkeit zwischen ihnen? Ich konnte es nicht mit Bestimmtheit sagen. Grace war fertig, und ich brachte sie in unser Schlafzimmer und legte sie in das Körbchen, das wir immer noch neben dem Bett stehen hatten. Mit geschlossenen Augen streckte Brody seinen Arm aus, legte eine Hand zärtlich auf ihren Bauch und sagte: »Ich hab sie.«

Ich stieg unter die Dusche, mein Kopf voll von Mythen und Legenden.

Ganz hinten im Gefrierschrank, hinter einer längst vergessenen gefrorenen Lasagne, fand ich einen einzelnen Frühstücks-Burrito für die Mikrowelle. Nach drei Minuten war er heiß, und ich aß ihn auf meinem Weg in die Stadt, wobei ich versuchte, das dampfend heiße Gemisch aus Käse und Eiern nicht auf meine schwarze Hose zu kleckern.

Auf dem Revier machte ich mir einen Kaffee mit Milch, Sahne und zwei Löffeln Zucker, und rief dann meine Notizen auf, um sie noch einmal durchzugehen. Ich rief in der Kriminaltechnik an und fragte Furby, den zuständigen Officer, ob die Mordwaffe des Fuente-Mordes schon freigegeben worden war. Das sei sie, sagte er, und erklärte sich bereit, sie später vorbeizubringen. Ich konnte es kaum erwarten, einen zweiten Blick darauf zu werfen; die Schnitzereien am Messergriff waren mir ungewöhnlich vorgekommen, vielleicht sogar einzigartig. Mit viel Glück war das Messer sogar in einem Geschäft vor Ort gekauft worden.

In diesem Moment kam Finn mit ein paar unserer Kollegen herein. Einer von ihnen schaltete das Radio an, und Dolly Partons Stimme schallte durch den Raum. Sie sang das Lied, das Whitney Houston mit *The Bodyguard* berühmt gemacht hatte.

»And EI-IEHH-EI will always love YOU-HUU-HUU«, sang Lucas Armstrong. Er griff Finns Hand und die beiden tanzten durch den Raum.

Hinter ihnen grummelte Louis Moriarty: »Was für ein Haufen Vollpfosten.«

Lou hätte vor Jahren in Pension gehen sollen, doch ich war

froh, ihn zu sehen, ihn, Lucas und die anderen. Dies war wirklich wie ein Zuhause für mich. Ich konnte mir nicht vorstellen, irgendwo anders zu arbeiten.

Finn hörte auf zu tanzen und zog sich einen Stuhl zu mir heran, dicht genug, so dass ich ihn riechen konnte. Er duftete mal wieder köstlich, nach Zimt, Vanille und scharf gewürzten Donuts.

»Okay, erzähl.«

Er schaute mich mit einem komischen Ausdruck auf dem Gesicht an. Sein Bart war deutlich gewachsen, als hätte er sich seit Wochen nicht rasiert. Dennoch war er nicht struppig, sondern wirkte ordentlich und getrimmt.

»Was?«

»Wer ist sie?«

Finn erbleichte. »Sie wer?«

»Du duftest in letzter Zeit viel zu gut. Wenn du nicht angefangen hast, Damenparfum zu benutzen – was ich natürlich voll unterstützen würde –, verbringst du ziemlich viel Zeit in den Armen einer Lady«, sagte ich und schnüffelte demonstrativ herum. »Lecker.«

»Ich weiß gar nicht, wovon du da redest«, sagte Finn.

Lou Moriarty hatte Finns Antwort mitgehört und schnaubte. »Quatsch. Ich habe dich letzte Woche in der Taverne gesehen. Ich kann dir sagen, Gemma, dieses Mädel ist eine ganz heiße Nummer. Wenn ich zwanzig Jahre jünger wäre …«

Finn verschränkte die Arme und die Beine. »Gut. Aber ich nenne euch nicht ihren Namen. Sie ist eine Krankenschwester, und wir haben uns vor einem Monat in einer Bar kennengelernt.«

»Wie alt ist sie?«, fragte ich ehrlich neugierig. Die einzige

Frau, die meines Wissens je ernsthaft mit Finn zusammen gewesen war, war Kelly Clambaker gewesen, und sie war eindeutig nicht ganz richtig im Kopf.

»Sie ist alt genug, um es besser zu wissen«, antwortete Moriarty für Finn mit einem Lachen. Er kam herüber und nickte mir zu. »Gemma. Schön, dass du wieder da bist.«

»Danke, Lou, das weiß ich zu schätzen«, erwiderte ich. Ich wusste, dass es ihn Überwindung gekostet hatte, das zu sagen, denn wir waren nicht gerade die besten Freunde.

»Wie geht es deiner Großmutter Julia?«

Ich zuckte die Achseln. »Einige Tage sind besser als andere. Bull würde sich sehr freuen, dich zu sehen, weißt du. Du solltest ihn mal anrufen, mal mit ihm etwas trinken oder einen Happen essen gehen. Die Gesellschaft würde ihm guttun.«

Sie würde euch beiden guttun, dachte ich bei mir. Es gab eine Zeit, da waren mein Großvater und Louis Moriarty dicke Freunde gewesen, gemeinsam mit Jazzy Douglas und Frank Bellington. Doch inzwischen waren beide tot. Louis Sohn Danny war gestorben, und meine Großmutter entglitt Bull allmählich immer mehr.

Alte Männer sind wie Schafe, dachte ich nicht unfreundlich. Sie müssen zusammenhalten.

Moriarty versprach, Bull mal anzurufen. Ich kehrte zu Finn zurück. »Also, was noch? Erzähl mir mehr über die Krankenschwester. Wir sind Partner, Finn. Ich muss alles wissen. Es könnte dir eines Tages das Leben retten.«

»Also wirklich«, sagte er, »jetzt benimmst du dich fast wie eine alte Tratschtante. Okay, ich erzähle dir noch eine Sache, aber das war's dann. Sie hat ein Kind.«

Ich hob die Augenbrauen. »Oh, wirklich? Hast du es schon kennengelernt?«

Finn schüttelte den Kopf. »Einen Sohn, noch nicht. Das Ganze läuft ja erst seit einem Monat. Sie möchte noch abwarten und sehen, wie sich die Dinge entwickeln.«

»Aber du magst sie?«

Finn nickte langsam. »Sie ist … nett. Sie ist wirklich eine nette Frau. Es geht nicht nur ums Aussehen, nicht bei ihr.«

Das verschlug mir die Sprache. Vielleicht hatte er sich doch verändert.

»Lass uns über den Fall reden«, sagte Finn.

Wir gingen alles durch, was ich auf Fuentes Laptop gefunden hatte, das Foto von Fuente und dem jungen Mann sowie die Excel-Tabelle. Im Internet fanden wir ein paar Hinweise auf Lark Corporations und Lark Companies, doch keine von ihnen ergab in Zusammenhang mit Fuentes Tod einen Sinn. Eine war ein Ingenieurbüro in Ohio, die andere ein Begleitservice in Pasadena, Kalifornien, und die dritte ein Indie-Verlag ohne Postadresse.

»Der Verlag?«, fragte Finn mit Zweifel in seiner Stimme.

»Warum sollte ein berühmter Autor einem kleinen Indie-Verlag einen Haufen Geld zahlen, wenn er einen eigenen Verlag in New York hat, der viel größer und bekannter ist? Zahlen nicht außerdem die Verlage den Autoren etwas und nicht umgekehrt?«

»Ich weiß nicht; es ist sowieso eine merkwürdige Branche, oder?«

Ich zuckte mit den Schultern. »Ich werde alle drei Firmen anrufen und nachfragen, ob sie irgendetwas über Fuente wissen. Ich glaube allerdings, es ist eine Sackgasse. Vermutlich könnte er jeden Monat Geld an einen Begleitservice zahlen, doch sie scheinen nur in Kalifornien tätig zu sein. Und obwohl es stimmt, dass Fuente mal in Kalifornien gelebt hat, bezweifle ich, dass er immer noch eine astronomische Rechnung abbezahlt. Vielleicht weiß sein Agent Choi mehr darüber.«

Finn stimmte zu. »Warum rufe ich Choi nicht an und versuche, ob ich irgendetwas aus ihm herausbekomme? Und du klapperst die Lark-Firmen ab.«

»In Ordnung.«

Während Finn Choi anrief, packte ich Fuentes Laptop ein. Wenn ich ihn per Overnight-Express mit unserem sicheren Kurierdienst nach Denver schickte, könnte ihn sich möglicherweise schon am nächsten Tag jemand ansehen. Ich arrangierte den Transport und schickte dann eine kurze E-Mail an meinen Kontakt Bucky Shepherd in Denver. Es gab keine Garantie, dass das Denver Police Departement der Untersuchung des Computers Priorität einräumen würde, doch angesichts Fuentes Bekanntheitsgrades könnten wir Glück haben. Davon abgesehen schuldete mir Bucky noch einen Gefallen.

Vielleicht war dies der richtige Moment, um ihn einzulösen.

Finn beendete sein Gespräch und kam zu mir zurück. »Choi sagt, Fuente habe mit Sicherheit kein Kind gehabt. Zumindest denke er das. Am Ende des Telefonats war er sich nicht mehr so sicher. Außerdem hat Choi noch nie von einer Lark Corporation oder einer Lark Company gehört. Er wird mir Abrechnungen aus der Buchhaltung zuschicken, damit wir einen Überblick haben, wie viel Geld Fuente verdient hat, und sehen können, welcher Anteil von Fuentes Vermögen monatlich abgeflossen ist. Und da ist noch etwas, Gemma. Choi hat Fuentes Tod der Presse mitgeteilt. Er hat es sehr vage gehalten und gesagt, Fuente sei in Colorado unter ungeklärten Umständen gestorben. Er wird keine große Beerdigung geben. Wie sich herausgestellt hat, wünschte sich Fuente eine Feuerbestattung. Choi wird sich mit Ravi Hussen in Verbindung setzen. Sobald sie die Leiche freigibt, wird er die Überführung an die Ostküste arrangieren.«

»Wie klang Choi?«

Finn zuckte die Achseln. »Gut, denke ich. Er war in Fuentes Haus, als ich anrief, und hat sich mit dessen Anwälten getroffen. Sie haben ein echtes Schlamassel mit Fuentes Grundstück an der Backe. Es liegt draußen in Jersey an einem Naturschutzgebiet, ein Brownstone am Rande einer geschützten Freifläche, und in seinem Nachlass gibt es eine Klausel, dass das Haus und das Land im Falle von Fuentes Tod an den Bauunternehmer zurückfallen. Der Rest des Vermögens geht an noch unbekannte Erben.«

Ich lehnte mich zurück. »Das ist merkwürdig.«

Finn nickte. »Choi schickt in ein paar Minuten die Informationen über den Bauunternehmer.«

»Okay. Ich habe gestern übrigens mit Sam zu Abend gegessen. Er will kündigen.«

»Ich weiß«, sagte Finn. Er drehte sich zur Seite, um zu niesen. »Entschuldigung. Wir haben uns unterhalten. Sein Großvater hat da seine Hände im Spiel und arrangiert etwas für Sam.«

Ich stand auf und bedeutete Finn, mir in den Pausenraum zu folgen. Ich vertraute den anderen im Mannschaftsraum – Armstrong, Lou Moriarty –, aber ich wollte nicht, dass sie hörten, was ich jetzt sagen würde. Wir gingen zur Kaffeemaschine in der Ecke und füllten zwei Becher.

»Es kommt noch schlimmer«, sagte ich mit gedämpfter Stimme. »Ich hatte gestern Abend das Vergnügen, Alistair Campbell kennenzulernen. Er, Neil Roget und Turtle kamen zum Abendessen ins Luigi's. Campbell will Sam an Bord seines Bauunternehmens holen, der Black Hound Construction. Campbell und Wayne Birdhead waren Freunde, als Wayne in New York war. Chief Chavez bekommt einen Herzinfarkt, wenn ihm das zu Ohren kommt.«

Finn stöhnte und rieb sich den Nasenrücken. »Du machst Witze. Naja, er ist erwachsen. Wenn Sam die Polizei verlassen will, dann soll er das von mir aus tun. Ich möchte niemanden im Team, der mit einem Fuß schon aus der Tür ist. Und hör auf zu flüstern, das ist ja gruselig.«

Ich nahm einen Schluck Kaffee und gab noch einen Schuss Dosenmilch dazu. »Cedar Valley ist für einen Kerl wie Campbell doch ein kleiner Fisch. Offensichtlich hat er jede Menge Schotter, du hättest mal den Mantel sehen sollen, den er gestern Abend getragen hat. Ist das vielleicht der Grund, warum Campbell hier ist? Um Sam anzuwerben?«

Finn fuhr sich mit der Hand durch die Haare und schüttelte den Kopf. »Campbell ist seit zwei Monaten hier. Der Grund kann unmöglich nur der sein, dass er jemanden anwerben will; niemand würde dafür so viel Zeit und Geld investieren. Davon abgesehen, was bringt es Campbells Unternehmen, wenn er jemanden wie Sam an Bord holt? Eine Truppe Ex-Knackis wird einen Ex-Cop ja wohl kaum mit offenen Armen empfangen.«

»Es sind schon merkwürdigere Dinge passiert, mein Freund,

viel merkwürdigere«, entgegnete ich. Der Kaffee schmeckte mir immer noch nicht, also kippte ich noch einen Löffel Zucker hinein. »Sam steckt gerade in einer Krise, das habe ich gestern Abend gemerkt. Vielleicht passt er besser zu den Black Hounds, als wir denken. Aber kampflos lasse ich ihn ganz bestimmt nicht ziehen. Bist du dabei?«

»Natürlich bin ich dabei, aber ich glaube immer noch nicht, dass Campbell wegen Sam hier ist, und erzähl mir nicht, dass er in Cedar Valley ernsthafte Bauprojekte vorhätte. Wie du schon gesagt hast, sind wir für einen Mann wie Campbell nur kleine Fische«, antwortete Finn. Er nahm einen großen Schluck Kaffee und rülpste. »Außer, er weiß etwas, was wir nicht wissen.«

Armstrong kam in die Küche, und wir verfielen in Schweigen. Er schaute uns komisch an, zuckte die Achseln, füllte seinen Kaffeebecher auf und ging ohne ein Wort wieder hinaus.

»Was meinst du?«, flüsterte ich und stellte meinen Becher ab, weil es mir immer noch nicht schmeckte. Vielleicht waren die Bohnen schlecht geworden.

»Warum flüsterst du denn?«, fragte Finn. »Campbell ist gerissen. Er ist Bauunternehmer. Vielleicht gibt es hier draußen etwas Wertvolles, von dem wir nichts wissen?«

Ich schnaubte. »Was zum Beispiel? Gold? Silber? Das letzte Silbernugget wurde vor hundert Jahren aus diesen Bergen gequetscht.«

Finn zeigte quer durch den Raum auf eine Landkarte an der Wand, einer topografischen Karte von Cedar Valley. »Da kannst du nicht sicher sein. Niemand kann das. Es wäre nicht das erste Mal, dass von einer Gegend angenommen wurde, sie sei ausgelaugt, nur damit dann ein Amateur-Schatzsucher ankommt und das große Los zieht.«

»Das meinst du ernst, oder? Nun, wenn das der Fall ist, würde Campbell keinen Cent verdienen, solange er das Land nicht besitzt.«

Finn nickte. »Stimmt. Können wir jetzt wieder zurück an unsere Schreibtische gehen? Ich habe noch jede Menge zu tun.«

»Eine Sache noch.«

Ich erzählte Finn vom Rest meines Abends im Luigi's, von dem Gedicht, das Neil Roget zitiert hatte und von der schrägen Unterhaltung mit Campbell. Als ich fertig war, wirkte Finn angespannt.

Er lehnte sich vor und war nur noch wenige Zentimeter von meinem Gesicht entfernt. »Er hat dir gedroht? Und das erzählst du mir erst jetzt? Gemma, manchmal machst du mich so wütend. Du bist nicht unbesiegbar, weißt du? Du bist eine knapp sechzig Kilo schwere Giftkröte, das gebe ich zu, aber Dienstmarke und Geisteshaltung bieten keinen großen Schutz gegen einen Mann wie Neil Roget. Ich habe ihn unter die Lupe genommen. Sein Vorstrafenregister ist einen Kilometer dick.«

Ich trat einen Schritt zurück und stieß rücklings gegen den Küchentresen. »Hey, bleib locker, okay? Ich habe ja nicht gesagt, dass er mich bedroht hat. Es war ein sehr seltsames, unangenehmes Zusammentreffen, das ist alles. Wie können sie so viel über mich wissen? Und warum? Warum interessieren sie sich für mich?«

»Hast du Brody davon erzählt? Oder dem Chief?«, drängte Finn weiter.

Ich schüttelte den Kopf. Was spielte es schon für eine Rolle, dass ich es Finn erzählt hatte und nicht Brody?

Es war egal. Partner erzählen sich Dinge, die sie im Traum nicht mit nach Hause zu ihren Angehörigen nehmen würden. Cops sind gut darin, Geheimnisse zu hüten und Mauern um ihre Erfahrungen zu errichten. Wir tragen schwere Lasten.

»Erde an Gemma. Träumst du schon wieder?«

»Nur von einem tropischen Strand weit weg von hier.«

Moriarty steckte seinen Kopf zur Tür herein. »Für dich ist gerade ein Fax gekommen, Finn. Ich habe es dir auf den Schreibtisch gelegt. Was macht ihr eigentlich hier drinnen? Die Leute werden sagen, ihr hättet ein Verhältnis.«

Wir verließen den Pausenraum. Bevor ich mich setzen konnte, war Finn mit einem Blatt Papier in der Hand schon wieder bei mir.

»Du darfst dreimal raten, wer der Bauunternehmer von Fuentes Haus war.«

Ich brauchte keine dreimal. Ich hatte es schon die ganze Zeit vermutet, seit ich gehört hatte, dass Campbells Hauptwohnsitz in New York war und Fuentes in New Jersey.

»Black Hound Construction?«

Finn nickte. Er las weiter und pfiff dann durch die Zähne. »Fuentes Haus und das Grundstück sind drei Millionen Dollar wert. Das Naturschutzgebiet, das an das Haus grenzt, ist eine geschützte Freifläche, das Land kann nie bebaut werden. Fuente hat das Grundstück vor fünfzehn Jahren für eine lächerliche Summe gekauft.«

Ich griff nach dem Telefonhörer. »Sieht so aus, als wäre es an der Zeit, sich mal offiziell mit Alistair Campbell zu unterhalten.«

17. Kapitel

Ich hatte von Campbell keine private Telefonnummer, also hinterließ ich in der Tate Lodge Inn eine Nachricht, da Finn gesagt hatte, dass er und die anderen Black Hounds dort wohnten. In meiner Schreibtischschublade fand ich ein Snickers, mit dem ich den bitteren Kaffeegeschmack loswurde.

Ich rief die drei Lark Co's an: Lark Corporation, das Ingenieurbüro in Ohio; Lark Corporation, den Begleitservice in Kalifornien; und Lark and Company, den Indie-Verlag im Internet. Ich hinterließ überall Nachrichten und bat um einen Rückruf.

Dann schickte ich eine Anfrage an die Victoria Police in Melbourne, Australien, mit der Bitte, mir Informationen zu senden, falls Baker aktenkundig geworden war. Die gleiche Anfrage schickte ich auch nach Arizona und New Mexico. Eine entsprechende Suche in der Datenbank von Colorado ergab keinen Treffer.

Ich zog Bilanz, wo wir inzwischen standen. Es war Dienstag. Delaware Fuente war Freitagabend ermordet worden. Lila Conway dachte, sie wäre die einzige Person, die Fuentes wahre Identität kannte, doch Roland Five zufolge stimmte das möglicherweise nicht. Und wie sich herausstellte, hatte

Alistair Campbell Fuentes Haus gebaut und sollte nun diese Immobilie im Wert von drei Millionen Dollar erben.

Wenn das kein Motiv für einen Mord war, was dann?

War er hier, um diese Schulden einzutreiben?

Mir gefiel die Vorstellung, dass Campbell der Mörder war, denn dann liefe da draußen kein Mörder herum, der es vielleicht auf die Schüler der Academy abgesehen hatte. Doch Campbell wirkte nicht dumm auf mich. Wenn er Fuente hätte umbringen wollen, so hatte er eine Schlägertruppe zur Hand, von denen sicher jeder bereit gewesen wäre, für Campbell zu töten und es wahrscheinlich wie einen Unfall aussehen zu lassen. Campbell musste wissen, dass wir herausfinden würden, was in Fuentes Testament festgelegt war, und dass wir uns ihn zuerst vorknöpfen würden.

Fuentes Computer war auf dem Weg nach Denver. Ich wartete auf vier Anrufe sowie Informationen über mögliche Vorstrafen aus Arizona, New Mexico und Australien. Ich steckte fest. Es war die typische Flaute, die uns bei fast jeden Fall zwischendurch ereilt. All die Krimis im Fernsehen erweckten den Eindruck, dass das Leben eines Polizisten die reinste Action war.

Doch das stimmt selten.

Meistens wühlt man sich durch Akten, stellt Fragen und geht Hinweisen nach. Dann stößt man auf eine Spur und folgt ihr eine Weile, um zu sehen, wohin sie führt. Manchmal führt sie ins Leere.

Ich rückte vom Schreibtisch zurück.

»Ich fahre noch mal in die Schule«, rief ich Finn zu.

»Warum?«

»Ich will mir den Tatort noch mal ansehen«, sagte ich.

»Vielleicht noch mal mit den Lehrern reden. Wir sprechen uns dann später. Und hey, Furby von der Kriminaltechnik bringt gleich die Mordwaffe vorbei. Schließ sie für mich ein, wenn sie kommt.«

Finn winkte mir mit einer Hand zu, doch seine Aufmerksamkeit galt bereits wieder seinem Computerbildschirm. Der Fuente-Mord war nicht die einzige Sache, um die er sich kümmern musste, das wusste ich. Es gab noch Vorladungen vor Gericht oder anhängige Fälle. Es war eigentlich immer irgendetwas zu tun, außer man hatte drei Monate ausgesetzt, so wie ich.

Ich stand in der Drive-in-Schlange eines Schnellrestaurants, um mir einen Cheeseburger zu kaufen, als ich mich entschied, stattdessen bei meinen Großeltern zu essen. Obwohl es noch nicht Mittag war, verdunkelte sich der Himmel bereits. Ein weiterer Sturm zog auf. Als ich durch die Stadt fuhr, schien jeder, an dem ich vorbeikam, in Eile zu sein. Mütter zerrten ihre kleinen Kinder von Laden zu Laden, und Autos hielten kaum an Stoppschildern, bevor sie weiterfuhren.

Wir hatten in diesem Jahr mehr Schneestürme als je in einem Winter zuvor, und ich fragte mich, ob das eine Folge der Klimaerwärmung war. In Gedanken ging ich durch, was noch in unserer Vorratskammer war, als mir einfiel, dass Brody jetzt ja zu Hause war und sich um all das kümmerte.

Ich musste mir keine Sorgen machen.

Doch ich machte mir Sorgen. Das tat ich immer, wenn Brody zu Hause war.

Ich machte mir auch Sorgen, wenn Brody nicht zu Hause war.

Wenn er hier war, machte ich mir Gedanken darüber, wie

ich sein Interesse an mir und unserer Beziehung aufrechterhalten konnte. Wir waren fast sechs Jahre zusammen. Jetzt war alles anders. Wir waren jetzt Eltern.

Und wenn er nicht zu Hause war, machte ich mir natürlich Sorgen darüber, was er gerade anstellte.

Mit wem er etwas anstellte.

Zumindest ein paar Dinge veränderten sich nie. Als ich in die Einfahrt des Hauses einbog, in dem ich aufgewachsen war, sah ich an der Haustür einen Kranz aus Tannenzweigen. Er würde bis in den Frühling hinein dort hängen, bis Julia ihn durch einen Kranz ersetzte, der besser zur Jahreszeit passte. Ich benutzte meinen Schlüssel und stand still im Flur, so wie damals, wenn ich aus der Schule nach Hause kam.

Es gibt wirklich keinen besseren Ort als das Zuhause.

»Bull? Julia? Jemand hier?«

Einen Moment Stille, dann plätscherten fröhliche Stimmen von irgendwo oben zu mir herunter. Ich folgte ihnen die Treppen hoch, vorbei an einem Dutzend gerahmter Bilder. Auf den meisten war ich zu sehen; zuerst als pausbäckiges Baby, dann als kleines Mädchen mit einem Mund voll schiefer Zähne, dann als junges Mädchen mit Zahnspange, dann mit meinem eigenen Baby. Es gab noch andere Bilder, von meinen Eltern, von Bull als jungem Mann, Jahre bevor er meine Großmutter kennengelernt und sie geheiratet hatte. Ich blieb einen Moment stehen, und mir wurde vielleicht zum ersten Mal bewusst, dass es fast keine Bilder von Julia gab.

Ich wusste, dass sie existierten; Fotos von Partys, bei denen meine Großmutter fast immer im Mittelpunkt stand, und Bilder von ihr auf ihrem geliebten Pferd Mumford.

»Süße?«, rief Bull.

Ich erklomm die letzten Stufen. »Komme schon.«

Bull, Julia und die Pflegerin Laura waren im Elternschlafzimmer, und ich blieb wie angewurzelt stehen, als ich sah, was sie machten. Bull hob warnend einen Finger. »Kein Wort, Gemma. Kein einziges Wort zu irgendwem, niemals. Ich mache keine Witze.«

»Was zum Teu-«

»Hüte deine Zunge, Liebes«, unterbrach Julia. Sie trat einen Schritt von Bull zurück und lächelte. »Wie findest du es?«

»Wie ich es finde? Ich finde … ich finde, Bull ist eher der Pfirsich-Typ, keine Malve«, sagte ich.

Laura fing an zu lachen. »Ich habe es dir gesagt, Julia, oder? Er hat diese warmen Untertöne.«

Mein Großvater saß auf der Bettkante und sah kreuzunglücklich aus. Um seinen Kopf trug er einen Turban aus einem Handtuch, und im Gesicht Make-up. Leuchtend grüner Lidschatten, schwarzer Kajal, Rouge und pinkfarbenen Lippenstift – das volle Programm.

»Gibt es irgendetwas, was du mir sagen möchtest, Bull?«

Er schüttelte den Kopf. »Nö.«

Laura hörte kurz auf zu lachen und sagte: »Julia wollte gern jemanden schminken. Sie fand, Bull hätte es eher nötig als ich. Mehr Falten und so.«

Ich grinste. Bull Weston – Kriegsveteran, Anwalt, Richter und dekorierter Regierungsbeamter – konnte Julia nie etwas abschlagen. »Wow. Steht dir gut. Ich bin hin und her gerissen, ob ich dich in die Dusche werfen oder dich zu einer Show mitnehmen soll«, sagte ich und fischte mein Handy heraus. »Lass mich erst mal ein Foto machen.«

Bull stand auf. Er riss sich das Handtuch vom Kopf und warf es auf den Boden. »Absolut nicht. Wir sind hier fertig, Ladies.«

Julia trat einen Schritt zurück und streckte den Rücken gerade. »Jawohl.«

»Oh, nun mach mal halblang«, murmelte Bull. Er ging aus dem Zimmer in das angrenzende Bad und schloss mit einem dumpfen Schlag die Tür hinter sich.

»Grandma, bitte sag mir, dass er sich ein bisschen gewehrt hat, bevor er dir erlaubt hat, ihn zu schminken.«

Julia sah mich an. Ihre Augen flackerten, und ein Schatten der Verwirrung huschte über ihr Gesicht. Ihr Gesicht wirkte panisch. »Gemma? Liebling, was machst du hier? Wer passt auf das Baby auf?«

»Brody ist bei ihr. Ich bin nur vorbeigekommen, um hallo zu sagen. Ich dachte, ich könnte mit euch zu Mittag essen.«

Julia schüttelte den Kopf, immer noch mit verwirrtem Blick. Laura nahm ihren Ellenbogen. »Lass uns hinuntergehen und den Nachtisch herausholen, den wir heute morgen schon gemacht haben«, sagte sie.

Meine Großmutter nickte. Ich folgte den beiden durch die Schlafzimmertür, wieder einmal dankbar dafür, dass wir uns eine solch wunderbare Hilfe leisten konnten, als Julia plötzlich stehen blieb.

»Wo ist mein Mann? Bull. Bull! Dieser verflixte Kerl, er war doch eben noch da.«

Laura nahm Julia fest bei der Hand. »Er kommt gleich. Er ist im Badezimmer.«

Sie führte Julia aus dem Raum. Ich hob das Handtuch auf, legte es auf das Bett und strich die Decke glatt. Das Zimmer sah genauso aus, wie ich es aus meiner Kindheit in Erinnerung hatte: der hohe Spiegel in der Ecke, der Stapel Patchworkdecken auf der Truhe neben dem Kleiderschrank, die Vorhänge wie immer zurückgezogen, um im Norden den Blick auf den Mount James zu haben.

Die Badezimmertür quietschte, und Bull steckte seinen Kopf heraus. Sein Gesicht war rot vom Schrubben.

»Sind sie weg?«, flüsterte er.

»Ja, du kannst jetzt herauskommen.«

Er kam durch die Tür und schüttelte den Kopf. »Wieso lasse ich mich immer in solche Sachen verwickeln?«

»Weil du ein guter Mensch und ein guter Ehemann bist. Und du weißt, dass du es immer wieder tun würdest, jeden Tag aufs Neue, nur um Julia lächeln zu sehen.« Ich umarmte ihn. »Wie geht es dir? Das habe ich dich in letzter Zeit zu selten gefragt. Ich frage dich nach Julia, und du fragst nach Brody und der Kleinen. Was ist mit unseren Gefühlen passiert?«

Bull zuckte die Achseln. Er ließ sich einen Bart stehen, und die weißen Haare auf seiner immer noch roten Haut ließen ihn aussehen wie einen mageren Weihnachtsmann. »An manchen Tagen, was rede ich, in manchen *Jahren*, bleibt keine Zeit für unsere Gefühle. Wir sind Betreuer, Gem. Problemlöser. Wir geben und geben, bis wir plötzlich mit einem Gesicht voller Schminke dasitzen und uns fragen, warum wir es nie vorher ausprobiert haben.«

»Hä?«

Er schüttelte den Kopf. »Vergiss es, Süße. Es ist nur das Gerede eines Mannes, der zu alt ist für solche Sachen. Also, was verschafft uns die Ehre deines Besuches? Und auch noch ohne die Kleine. Ich habe dir doch gesagt, dass du hier ohne sie keinen Zutritt hast. So wie Vampire, die ohne Einladung kein Haus betreten dürfen.«

Er gluckste, und ich verdrehte die Augen. »Ich bin hier, weil ich mit euch Mittag essen wollte, aber ich brauche auch deine Hilfe, Bull. Es hat etwas mit dem Fuente-Mord zu tun.«

Ich erklärte die Klausel in Delaware Fuentes Testament, die Alistair Campbell zum Erben von Fuentes Haus machte. »Hast du je von so etwas gehört?«

Bull nickte. »Es ist gar nicht so ungewöhnlich. Die meisten Bauunternehmer würden sich nie auf einen solchen Deal einlassen, denn sie brauchen das Geld im Voraus, um die Baukosten zu decken. Wenn man jedoch einen vermögenden Bauunternehmer hat, der ein Projekt realisieren kann, ohne vorher das Geld zu bekommen … das kann vorkommen. Und Mr. Fuente hatte keine Kinder?«

»Das müssen wir noch herausfinden.«

Bull nickte. »Heutzutage kann man in Verträgen so ziemlich alle Bedingungen festlegen. Solange ihn beide Parteien unterschrieben haben und es Zeugen gibt, würde ich sagen, ist er rechtsgültig. Es ist mit Sicherheit nicht das seltsamste Testament, von dem ich je gehört habe … Das wäre die Frau, die ihre Millionen ihrem Hamster hinterlassen hat.«

Laura rief, das Essen sei fertig. Ich folgte Bull die Stufen hinunter und ins Esszimmer, wo die beiden Frauen bereits am Tisch saßen, zwischen sich eine Platte mit Pulled-Pork-Sandwiches. Ich holte Barbecue-Sauce aus der Küche, während Bull im Kühlschrank nach vier Dosen kalter Limonade suchte.

Auch im Esszimmer hatte sich über die Jahre wenig verändert. An den Wänden hingen dieselben drei Bilder, Aquarelle von Gondeln und Plätzen Venedigs. Es waren Andenken an die Hochzeitsreise meiner Großeltern; Bilder, die sie sorgfältig ausgesucht und zurück nach Colorado geschickt hatten. Der Tisch selbst war aus dunklem Holz, schön geölt, und in der Mitte stand eine Vase mit roten Rosen.

Jeden Samstag, egal, ob es regnete oder die Sonne schien, kaufte Bull für Julia ein Dutzend Rosen. Er ließ sie liefern; manchmal waren sie gelb, manchmal weiß, und mindestens einmal im Monat waren sie rot. Selbst jetzt, wo sie sich kaum noch daran erinnern konnte, dass sie ihn liebte, erinnerte sie sich daran, dass sie die Blumen liebte.

Ich beugte mich vor und tat etwas Ungewöhnliches – ich roch an den Rosen. Laura und Bull schauten mich amüsiert an, doch Julia nickte mit einem weisen Ausdruck auf dem Gesicht. »Das ist mein Mädchen. Ich tue jeden Tag dasselbe. Wenn ich keine Zeit mehr habe, an diesen wunderschönen Blumen zu riechen … das wäre kein Leben, das ich leben möchte. Die Blumen gehören zu den guten Dingen, nicht wahr?«

»Das tun sie wirklich.«

Nach dem Mittagessen aßen wir die Kekse, die Julia und Laura gebacken hatten. Es waren Zitronen-Shortbread-Riegel, bestäubt mit Puderzucker, säuerlich und süß zugleich. Bull bot mir an, mir ein paar für Brody einzupacken.

»Wie läuft es?«, fragte er, als er die Kekse vorsichtig in Alufolie verpackte.

Ich hob eine Augenbraue. »Wie es läuft? Könntest du dich etwas deutlicher ausdrücken?«

»Du weißt schon, mit Brody«, sagte er. »Seit er zu Hause ist. Macht ihm das Schreiben Spaß? Ich könnte das nicht. Die juristische Fakultät unten in Denver hat mich mehr als einmal gefragt, ob ich ein Buch schreiben würde, ein kurzes Ding über das eine oder andere Gesetz. Ich habe mich eine Woche lang mental verstopft gefühlt, bevor ich das Handtuch geworfen habe. Das war nicht meine Stärke.«

Ich trank meine Limonade aus und warf die Dose in den Recycling-Eimer neben der Spüle. Dann zuckte ich die Achseln. »Er kommt zurecht, glaube ich. Er hat ein Nebenprojekt angenommen. Um ehrlich zu sein, habe ich den Eindruck, dass ihm ein wenig die Decke auf den Kopf fällt.«

»Jetzt schon?«

Ich hob die Hand, um ihm ein High-Five zu geben. Bull klatschte ab, ohne von den Keksen aufzusehen, die er gerade einwickelte. »Genau, wie ich gesagt habe. Ich arbeite erst seit fünf Tagen wieder, und schon fängt das Gejammer an. Nicht allzu dramatisch, nur hin und wieder eine kleine Bemerkung. Wenn dieser Fall abgeschlossen ist, müssen Brody und ich uns hinsetzen und die Angelegenheit durchsprechen. Es muss einen Kompromiss geben.«

»So lautet die Devise, Liebling. Kompromiss. Du kannst Grace immer hierherbringen. Das weißt du, oder? Oder ich kann zu euch hochkommen, ab und zu, für ein paar Stunden. Ich löse Brody gern ab. Das würde auch mir mal ganz guttun. Laura und deine Großmutter haben jetzt ihre eigene, ganz spezielle Verbundenheit. Es gibt in Julias Leben – oder vielmehr in ihrem Geist – dieser Tage keinen Platz mehr für mich.«

Bull händigte mir die eingewickelten Kekse aus. »Voilà!« Dann sah er meine Tränen. »Oh Himmel, was ist? Was habe ich gesagt?«

Ich schüttelte den Kopf und nahm mir ein Papiertuch. Durch

einen Tränenschleier hindurch brachte ich heraus: »Wir haben ein solches Glück, dass es dich gibt, Bull, in unserem Leben. Du warst immer wie ein Vater für mich. Du hast meine Grandma geliebt, und du hast mich geliebt, immer, selbst wenn wir beide uns dir gegenüber wie kleine Miststücke verhalten haben. Und nun musst du das alles durchmachen. Das ist nicht fair.«

»Ach, Süße, komm her«, sagte Bull. Er zog mich an sich und drückte mich fest. Ich roch sein vertrautes Aftershave und das Waschmittel, das er seit Jahren benutzte, außerdem einen leichten Geruch nach Pfeifentabak. »Sie hat mich gerettet, weißt du das? Alles Gute in meinem Leben kam mit Julia. Du warst das Beste daran. Ich habe mir immer ein kleines Mädchen gewünscht, und als deine Eltern starben, war Julia so unsagbar traurig. Sie hatte Sorge, dass du weit weg bei entfernten Verwandten landen würdest, und ist deinetwegen von Denver nach Cedar Valley gezogen, weißt du noch? Dann haben Julia und ich uns kennengelernt, ich bin bei euch eingezogen, und du warst für mich wie ein kleines Feuerwerk, das jeden Tag explodierte. Ich konnte es gar nicht abwarten zu sehen, was du mit all deiner Energie anstellen würdest. Ich wusste, dass du die ganze Welt damit anstecken könntest, wenn du wolltest.«

»Aber ihr zwei solltet reisen, das Leben genießen. Stattdessen ist sie krank. Das ist Mist«, sagte ich. Ich wand mich aus seinen Armen und putzte mir die Nase. »Es ist einfach Mist.«

Bull nickte. »Natürlich ist das Mist. Doch die Wege des Herrn sind unergründlich, und weißt du, was ich in den letzten Monaten gelernt habe? Nur für den Augenblick zu leben, kann auch sehr schön sein. Ich habe das vorher nie getan, genauso wenig wie deine Grandma. Heute können wir nicht mehr anders. Der Augenblick ist alles, was wir haben.«

»Wie bist du nur so weise geworden?«

»Mit dem Alter. Wenn du wirklich über etwas reden willst, was Mist ist, dann probier's mal damit: Wenn du jung bist, hast du nur Zeit, aber keine Weisheit. Und wenn du alt bist, dann hast du nur noch Weisheit, aber keine Zeit mehr. Meiner Meinung nach sollte das umgekehrt sein, aber das kann man nicht ändern«, sagte Bull. Er gab mir noch ein Papiertuch. »Es bleibt ein Rätsel. Nun, was für Probleme kann ich noch für dich lösen?«

Ich lächelte. »Ich denke, für heute reicht es mir. Ihr solltet uns dieses Wochenende mal besuchen kommen. Ich mache Lasagne.«

»Abgemacht. Lass deine Grandma nicht sehen, wie viele Kekse du mitnimmst. Sie isst in letzter Zeit so gern Süßes, das glaubst du gar nicht«, sagte Bull. Er zog mich noch einmal an sich, umarmte mich und gab mir einen Kuss auf den Kopf. »Wir sind stolz auf dich, Liebes. Du machst das gut mit Grace, schon jetzt, jeden Tag. Und du weißt, dass das erst der Anfang ist, oder?«

Mir blieb kurz die Luft weg und ich rückte langsam von ihm ab. »Was hast du gesagt?«

Bull wirkte verwirrt angesichts meiner Reaktion. »Ich habe gesagt, es sei erst der Anfang, Gemma. Für dich, für Grace, für Brody. Als Familie. Du hast noch Jahre vor dir, um herauszufinden, wie alles läuft.«

Ich nickte und holte tief Luft. Er hatte recht, natürlich. Wir hatten jede Menge Zeit.

18. Kapitel

In der Academy hatte ich den Hof für mich allein. Es war gerade Unterricht, und immer mal wieder erhaschte ich einen kurzen Blick durch ein Fenster auf eifrig lernende Schüler.

Ich ging über das Gelände, eine einsame Gestalt in einem langen schwarzen Mantel, mein einziger Begleiter eine Krähe in ähnlichem Federkleid. Der Vogel krähte von einem Baum herunter, ein Lachen, das gleichzeitig höhnisch und bemitleidend klang. Ich fragte mich, wie viel das Tier in seinem kurzen Leben schon gesehen hatte. Ich wollte die Krähe verscheuchen, doch sie flog nicht weg, als wache sie über mich, während ich mich über den Tatort bewegte, am Absperrband entlangging und mir den brutalen Mord in dieser kalten Nacht vorstellte.

Die Schonungslosigkeit der Szene war unheimlich: kahle Espen, unberührter Schnee, gelbes Band und eine schwarze Krähe. Immer wieder umkreiste ich den Tatort und hoffte mit jedem Schritt, dass ich in einen Rhythmus des Verstehens fallen würde.

Es war der vierte Tag unserer Ermittlungen.

Warum die Schule? War es bedeutsam oder nur zufällig, dass der Mord hier geschah? Wir hatten Fuentes Jeep bei seinem gemieteten Blockhaus gefunden. In jener Nacht hatte es einen fürchterlichen Sturm gegeben, wie also war er hergekommen? Was hatte er hier gemacht?

Ich blieb stehen und schaute zurück auf die McKinley Hall. Dort drinnen war jemand, der mir wohl einige dieser Fragen beantworten könnte. Ich hätte hineingehen können, doch die kalte Luft war angenehm erfrischend. Stattdessen rief ich im Sekretariat an und bat, mit Lila Conway verbunden zu werden. Sie ging beim ersten Klingeln an den Apparat.

»Lila, hallo, hier ist Gemma Monroe. Hören Sie, wir haben Delawares Jeep bei seiner Blockhütte gefunden, und es sieht so aus, als wäre er mehrere Tage nicht gefahren worden. Wissen Sie, wie Fuente in die Stadt gekommen ist? Wie er an jenem Freitag zur Schule gelangt ist?«

»Ich habe ihn an dem Morgen abgeholt«, sagte Lila. »Er sagte mir, sein Jeep würde komische Geräusche machen, und er wollte keine weiten Strecken mehr damit fahren. Ich hatte ihm angeboten, ihn am Mittag nach seinem Unterricht nach Hause zu bringen, doch er wollte den Bus in die Stadt nehmen und dort noch ein bisschen herumschlendern. Das war ganz gut, da er so an meiner Fahrweise herumgenörgelt hatte, dass ich ihm gesagt hatte, er solle sich das nächste Mal selbst darum kümmern, wie er irgendwohin komme. Er war ein fürchterlicher Beifahrer. Aber es gab kein nächstes Mal mehr.«

Sie schniefte ins Telefon, und ich hörte an ihrer Stimme, wie sie die Tränen zurückhielt.

»Okay«, sagte ich und dachte laut nach. »Das klingt sinnvoll. Wo hat er also den Rest des Tages verbracht? Wenn er gegen Mittag mit dem Unterricht fertig war und erst am Abend umgebracht wurde, dann ergibt das einige Stunden, in denen wir nicht wissen, wo er sich aufhielt.«

»Ich weiß nicht. Der Sturm hat erst am späten Nachmittag eingesetzt. Vielleicht ist er in die Stadt gefahren und dann zurückgekommen? Er hatte einen Arbeitsplatz in der McKinley, kaum mehr als eine Abstellkammer unter dem Dach. Ich weiß gar nicht, warum ich das nicht früher erwähnt habe. Vielleicht war er dort oben?«

»Aber auch hier würde ich mich fragen: Warum? Warum ist er nicht nach Hause gegangen? Jemand hat gesagt, fast alle wären an diesem Tag gegen siebzehn, achtzehn Uhr gegangen«, sagte ich und ärgerte mich, weil ich nicht daran gedacht hatte, dass er irgendwo einen Arbeitsplatz gehabt haben könnte. Dort würden wir vermutlich mehr Beweise finden, vielleicht sogar Fuentes Handy.

Lila seufzte. »Ich weiß es wirklich nicht. Del konnte manchmal schrullig sein. Vielleicht hatte er eine Verabredung. Vielleicht hat ihn jemand anderes gefahren. Er hatte diese Fähigkeit, sehr schnell Freunde zu finden.«

Sie hörte sich furchtbar traurig an.

»Wie kommen Sie zurecht?«, fragte ich. Über mir hüpfte die schwarze Krähe von einem Ast zum anderen, und Schnee rieselte herunter.

»Ich bin traurig«, sagte Lila. »Es fühlt sich allmählich wirklich an. Dass er nicht mehr zurückkommt, dass er nicht mehr anrufen wird.«

Sie klang müde, wirkte zögerlich und hustete ein paarmal. Ihre Stimme war rau, als hätte sie den ganzen Tag geweint.

»Worüber haben Sie am Telefon miteinander geredet, wenn ich das fragen darf?«

»Nun, über das Schreiben. Eigentlich immer über das Schreiben, das war die Basis unserer Gespräche. Del hat sich gern bei mir trotz meiner Unerfahrenheit Ideen geholt, wenn er bei einem Kapitel oder einer Szene ins Stocken geraten war. Er hatte Spaß an meinen Vorschlägen, an allen Ideen, die ich ihm zugeworfen habe. Wahrscheinlich waren sie so absurd, dass sie irgendwie seine Schreibblockade gelöst und ihn inspiriert haben.«

Plötzlich viel mir noch etwas anderes ein. »Lila, hat Del je etwas wie die Lark Corporation oder Lark Company erwähnt? Klingelt da bei Ihnen etwas?«

Lila hustete ins Telefon und bat mich dann, kurz dranzubleiben, während sie sich ein Wasser holte. Ich hörte, wie sie sich vom Telefon wegbewegte, dann war sie wieder da. »Nein. Da klingelt bei mir gar nichts. Ich werde mal einen Blick in mein Tagebuch werfen – ich schreibe jeden Tag –, aber so aus dem Stand, nein«, sagte sie. »Ein Lark ist ein Vogel, wissen Sie, eine Lerche.«

»Ja, weiß ich.«

Wir schwiegen einen Augenblick, und ich schaute auf die McKinley Hall, versuchte mir vorzustellen, wo ihr Bürofenster sein könnte und fragte mich, ob sie zu mir herunterstarrte. Ich dachte darüber nach, was wir in den vergangenen Tagen herausgefunden hatten, das Bild, das ich auf Fuentes Computer gefunden hatte, die merkwürdige Klausel in seinem Testament. Vermutlich war es einen Versuch wert, Lila auch danach zu fragen.

»Hat Delaware je mit Ihnen über sein Haus in New Jersey gesprochen?«

Eine Pause, dann sagte sie: »Nun, ein wenig. In erster Linie hat er erzählt, wie wunderschön es ist, am Rande eines Naturschutzgebietes, kilometerweit niemand in der Nähe. Oh, und er hat gern damit angegeben, wie günstig er es bekommen hat. Er nannte es ›das Haus, das aus Wörtern gebaut wurde‹ oder so ähnlich. Vielleicht auch ›das Haus der Geschichten‹.«

»Hat er je über den Bauunternehmer gesprochen, der das Haus gebaut hat?«

»Nein, nicht dass ich wüsste. Um ehrlich zu sein, haben wir nur ein paarmal pro Jahr telefoniert, müssen Sie wissen. Und es ging dabei selten um etwas so Banales wie einen Bauunternehmer«, sagte Lila. Ich konnte die Trauer in ihrer Stimme hören. Wahrscheinlich wurde ihr wohl gerade klar, dass sie nun jedes Jahr drei oder vier Telefonate weniger hatte, auf die sie sich freuen konnte. Ich entschied, dass ich mich auch nach Abschluss des Falles hin und wieder bei ihr melden würde, um zu sehen, wie es ihr ging.

Ich hörte, wie eine Tür geöffnet und wieder geschlossen wurde, und dann eine neue Stimme im Hintergrund.

»Noch irgendetwas, Gemma?«, fragte Lila. »Ich habe einen Schüler hier.«

»Nur eine Sache noch. War Del Vater? Hatte er Kinder?«

Sie lachte, doch bekam direkt wieder einen Hustenanfall. Ich wartete, bis sie sich erholt hatte. »Vater? Ha! Nein, er hatte ganz bestimmt keine Kinder.«

Wir beendeten das Gespräch, und ich schaute hinauf zu der Krähe.

»Und, was denkst du?«

Der Vogel legte den Kopf schief und beobachtete mich mit einem fragenden Auge.

»Vielen Dank, du warst eine große Hilfe«, brummelte ich.

Als Antwort flatterte der Vogel einmal mit seinen Flügeln und erhob sich. Eine Sekunde schwebte er in der Luft, wartend. Mein Zwilling. Wir starrten uns an, der schwarze Vogel und ich, dann war er fort.

Mein Handy klingelte und holte mich mit einem Ruck aus den düsteren Gedanken, die mir durch den Kopf gingen. Es war die Einsatzzentrale, die mich wissen ließ, dass Alistair Campbell die Nachricht erhalten hatte und mich um fünfzehn Uhr in der Tate Lodge Inn treffen würde.

Ich warf einen Blick auf meine Uhr. Es blieb noch genug Zeit, um vor dem Treffen mit Campbell beim Revier vorbeizufahren und ein paar Dinge zu erledigen.

Ich ging zurück zu meinem Wagen. Ich war fast dort, als eine Stimme mich wie angewurzelt stehen bleiben ließ.

»Andere Jacke heute, was?«

Ich drehte mich langsam um. Bowie Childs stand hinter mir und stützte sich auf eine Schaufel, die im Schnee steckte. Er lächelte und zog ein Tootsie Pop aus der Tasche. »Lolli?«

Ich schüttelte den Kopf. »Nein, danke. Wie läuft es auf dem Campus? Wo sind die anderen?«

Childs legte den Kopf schief und wickelte den kleinen Lolli aus. »Die anderen? Sie meinen die Wächter vom Sicherheitsdienst? Oh, sie sind hier irgendwo. Mr. Kaspersky hat uns immer zu zweit eingeteilt. Sind lange Schichten, aber die Bezahlung lohnt sich. Ich habe gesehen, wie Sie am Tatort herumgelaufen sind. Haben Sie schon irgendwelche Hinweise auf den Täter?«

Er steckte den Lolli in den Mund, und ich schüttelte noch einmal meinen Kopf. »Nicht wirklich«, sagte ich. »Wie sind Sie bei einem privaten Sicherheitsdienst gelandet?«

Childs sprach, ohne den Lolli aus dem Mund zu nehmen. »Mein Daddy war ein Cop, in Missouri. Da bin ich geboren worden. Ich wollte auch zur Polizei, doch die sagten, ich hätte

Agressionsprobleme. Ich weiß immer noch nicht, was sie damit meinten. Also bin ich hier gelandet. Mr. Kaspersky hat noch nicht einmal gefragt, ob ich Agressionsprobleme hätte. Genau genommen, hat er generell nicht viele Fragen gestellt.«

Oh, oh.

»Hatten Sie an dem Abend Dienst? Am Freitag, als Mr. Fuente ermordet wurde?«

Childs zerbiss den Lolli mit einem Knack und schluckte die Teile dann hinunter. Er steckte den Stiel in seine Tasche und sagte: »Nee. Ich hatte an dem Tag frei. Ich wurde an dem Abend nur deshalb angerufen, weil Mr. Kaspersky Teddy nicht erreichen konnte, um Sie hereinzulassen. Das ist der, der freitags Dienst hat. Teddy Rentner.«

»Hatte seitdem irgendwer Kontakt zu Teddy?«

Childs nickte. Er nahm seine Schaufel und schob sie an mir vorbei. Ich roch Zucker und Schweiß und Shampoo, alles zusammen vermischt zu einem widerlichen Gestank. »Er hatte sich Freitagabend in einer Bar in der Stadt besoffen. Hat noch nicht einmal sein Handy klingeln gehört. Jetzt muss ich weiterarbeiten.«

Ruhelos sah ich Childs hinterher. Ich wollte ihm gerade folgen, um ihm noch mehr Fragen zu stellen, als mein Handy piepte. Ich las Finns SMS und rannte los. Ich kam gerade bei meinem Wagen an, als seine zweite SMS eintraf. Ich war schnell auf dem Weg zurück ins Revier, während mir Finns Worte in Dauerschleife durch den Kopf gingen.

Soren Baker wird vermisst. Blut in seinem Apartment.

Die Worte von dem Zettel in Fuentes Mund mischten sich darunter, und ich trat fest aufs Gaspedal.

Das ist erst der Anfang …

19. Kapitel

»Was ist passiert?«

Finn lehnte sich in seinem Stuhl zurück und rieb sich den Nasenrücken. »Hast du eine Schmerztablette? Diese Migräne bringt mich um. Ich habe vor einer Stunde eine Nachricht von Bakers Anwalt bekommen. Er hätte heute Nachmittag vor Gericht erscheinen sollen, wegen seines Einbruchs in der Seven Eagles Lodge und um seine Strafe zu bezahlen. Baker ist aber nicht aufgetaucht. Und er antwortet nicht auf unsere Anrufe. Nachdem ich mit dem Anwalt gesprochen habe, habe ich mit der Schule telefoniert. Er hat heute Morgen seinen Unterricht versäumt. Also habe ich eine Streife zu Bakers Apartment geschickt. Im Eingangsbereich wurde eine ziemlich große Menge Blut bemerkt, und jemand hat die Wohnung auf den Kopf gestellt. Ich rede von herausgezogenen Schubladen, überall Klamotten, zerbrochenem Geschirr.«

»Was ist mit seinem Auto, Telefon, Brieftasche? Schlüssel?« Ich durchwühlte meine Schreibtischschublade und fand eine Packung Aspirin. Ich warf sie Finn zu, der sie mit einer Hand fing. »Und was heißt das, eine ziemlich große Menge Blut?«

»Das heißt, dass es jemandem, der so viel Blut verloren hat, sicher nicht gutgeht – gelinde gesagt.« Finn schüttelte den

Kopf. »Sein Auto und seine Brieftasche fehlen. Ich habe eine Suchmeldung nach dem Wagen herausgegeben, doch bisher nichts. Hast du in der Zwischenzeit irgendwelche Informationen aus Australien über ihn bekommen? Oder aus Arizona oder New Mexico?«

»Lass mal sehen«, sagte ich und rief bereits meine E-Mails auf.

Ich überflog den Text, und meine Stimmung sank. »Scheiße. Wir hatten ihn und haben ihn gehen lassen. Guck dir das an.«

Finn kam zu meinem Schreibtisch und schaute mir über die Schulter. Dann pfiff er leise. »Arizona sucht schon eine Weile nach ihm. Körperverletzung, Straftaten. Aggressive Ader … Unberechenbarkeit. Wie hat es dieser Kerl hinbekommen, an einer Privatschule wie der Academy angestellt zu werden?«

»Guck auf den Namen, den er benutzt hat. Simon Cook. Eine andere Sozialversicherungsnummer, ein paar gefälschte Referenzen, und er hat den Background-Check mit ausgezeichnetem Ergebnis bestanden.«

»Selbst an einer Schule?«, fragte Finn. »Sie haben die härtesten Background-Checks, die ich je gesehen habe.«

Ich zuckte die Achseln. »Sie sind auch schon seit Jahren auf der Suche nach qualifizierten Lehrern, Finn. All diese Budgetkürzungen und die Kosten, um in der Stadt zu wohnen … wir können mit dem Einzugsgebiet von Denver nicht mithalten. Lies mal das da. Dieser Typ ist ein raffinierter Betrüger. Er weiß ganz genau, wie man jemanden reinlegt.«

Ich las weiter. »Finn, das hier ist nur Arizona. Baker ist nach New Mexico gezogen, nachdem er Tuscon verlassen hat; vom

New Mexico Police Department habe ich noch nichts gehört. Ich hätte ihn zu einer Befragung herholen sollen, nachdem ich von der Seven Eagles Lodge gehört habe. Stattdessen habe ich ihn beim Wort genommen und ihn ein kurzes Geständnis ausfüllen lassen. Ich bin so ein Vollidiot.«

»Wo liegt die Verbindung? Erst Fuente, dann Baker? Hat unser Mörder einen Hass auf Schriftsteller?«

»Vielleicht nicht gegen Schriftsteller, sondern gegen Lehrer. Irgendetwas geht an der Schule vor sich«, sagte ich und stand auf. Ich tigerte hin und her. »Fuente kommt kurz vor Weihnachten an. Irgendwann um diesen Zeitpunkt – und diesen Zusammenhang dürfen wir nicht übersehen – fängt Grimm an, Graffiti eines Sensenmanns zu sprühen und die Schüler zu terrorisieren. Jetzt wird ein Lehrer – ein gewalttätiger und unberechenbarer Mann – vermisst. Angesichts der Menge Blut in seiner Wohnung, ist er zumindest verwundet, wenn nicht sogar tot. Finn, dieser Zettel in Fuentes Mund … es stimmt. Das ist erst der Anfang.«

Finn rubbelte mit der Hand über seinen dunklen Bart. »Nicht so schnell. Wir wissen nicht, ob es überhaupt einen Zusammenhang zwischen diesen Dingen gibt. Sie stehen offensichtlich miteinander in Verbindung, aber nicht notwendigerweise so, wie du meinst. Es gibt keine Leiche. Wo ist Bakers Leiche? Wenn er ermordet wurde – von derselben Person, die auch Fuente ermordet hat –, wo finden wir dann die nächste Botschaft? Wo bleibt der anonyme Anruf, der uns zum Tatort ruft?«

Ich hatte einen schaurigen Einfall und bleib stehen. »Finn, was, wenn Baker beides ist, unser Mörder und Grimm? Und er hat sein Verschwinden nur vorgetäuscht? Wir hatten den

Bastard. Wir hatten ihn, direkt hier, und wir haben ihn mit einem Klaps auf die Hand wegen Einbruch und Hausfriedensbruch gehen lassen. Er muss gewusst haben, dass wir Nachforschungen über ihn anstellen würden. Und danach wäre es nur eine Frage der Zeit gewesen, bis wir ihm auf den Fersen sind.«

Finn ging zurück zu seinem Computer. »Ich werde auch eine Fahndung nach Soren Baker herausgeben, nicht nur nach seinem Wagen.«

»Und nach seinem Handy. Vielleicht können wir ihn mit seinem Handy orten.«

Finn nickte, hob den Telefonhörer ab und wählte. Gleichzeitig tippte er auf seiner Computertastatur. Ich setzte mich wieder und fluchte. Und versuchte, ein einziges Motiv zu finden, das erklären würde, warum Soren Baker Delaware Fuente umbringen oder Schüler schikanieren sollte.

Ein Tumult im Eingangsbereich des Reviers unterbrach meine Gedanken. Finn sah zu mir herüber und bedeutete mir, nachzusehen, was los war. Als ich im Empfangsbereich ankam, musste ich zweimal hinsehen. Zwei junge Mädchen, nicht älter als sechzehn oder siebzehn, standen rechts und links von einem Mann mittleren Alters. Ich kannte keinen von ihnen; die Mädchen trugen Jacken und Mützen und der Mann eine abgetragene Cordhose und eine dicke Lederjacke. Alle drei redeten durcheinander, und die Empfangsdame, eine Aushilfe, wirkte erschöpft.

Ich unterbrach die Gruppe. »Linda, ich kann das übernehmen. Bitte, würden Sie einen Moment still sein? Danke. Lassen Sie uns in einen Raum gehen, wo wir etwas mehr Ruhe haben, und Sie können mir erzählen, was los ist.«

Ich scheuchte sie in einen unserer Konferenzräume. »Ich bin Gemma Monroe vom Cedar Valley Police Department. Und Sie sind?«

Der Mann sprach zuerst. Als er sich vorstellte, wunderte ich mich nicht zum ersten Mal in meiner Karriere über die Fäden, die in dieser Stadt immer wieder Einzelpersonen, Paare und Familien miteinander verknüpften.

»Ich bin Donald Little. Ich arbeite als Hausmeister an der Valley Academy, normalerweise nachts. Manchmal repariere ich auch etwas. Tagsüber arbeite ich im Supermarkt. Heute hatte ich jedoch einen Tag frei, also machte ich einen Spaziergang, den alten Elch-Jägerpfad, wissen Sie, welchen ich meine? Hinter dem alten Freizeitzentrum hoch?«

Ich nickte, und er fuhr fort. »Und wen habe ich gefunden? Diese beiden Clowns. Star ist mit meinem Sohn Denny zusammen. Ich hatte meinen Wagen auf dem Parkplatz abgestellt und war gerade losgegangen, als ich Schreie hörte. Ich habe die Mädchen auf dem Boden gefunden, im Picknick-Bereich. Zuerst wusste ich nicht, was los war. Dann erkannte ich Becky Hamilton hier, die Star am Boden festhielt und ihr die Haare abschnitt. Ich bin also zu ihnen hin und habe sie angebrüllt, und sie sind auseinandergegangen und haben angefangen zu heulen. Das ist alles, was ich weiß.«

Ich schaute die Mädchen an. »Wer von euch ist Star und wer ist Becky?«

»Ich bin Star Knudsen«, sagte die Größere von beiden in einer tonlosen und kalten Stimme. Sie nahm die Mütze ab, und mir entwich ein kurzes Aufkeuchen, als ich ihren Kopf sah. Hässliche Flecken von kurzgeschnittenem, buschigem braunen Haar standen ab wie Fellbüschel.

Donald Little sprach wieder. »Sie sind beste Freundinnen, oder zumindest waren sie das, bis Becky entschieden hat, mit einer Machete auf Stars Kopf loszugehen.«

»Es war keine Machete. Es war eine Schere«, korrigierte Becky. Sie nahm eine dicke Strähne ihres eigenen roten Haares und wickelte sie um den Finger.

»Es ist mir egal, ob es eine Machete oder eine Schere oder ein Küchenmesser war, Becky«, sagte Little. »Guck, was du Star angetan hast!«

Ich hielt eine Hand hoch. »Bitte, lassen Sie uns alle mal Platz nehmen. Star, blutest du? Brauchst du irgendetwas?«

Star legte ihre Hand auf den Kopf und tastete ihn ab. Frische Tränen quollen aus ihren Augen, und sie sagte: »Nein, ich blute nicht. Aber ja, ich brauche etwas! Mein schönes Haar!«

»Star«, setzte Becky an. »Star, ich musste …«

»Du dumme Zicke, halt dein blödes Maul. Schau, was du mit mir gemacht hast!«, brüllte Star. Becky zuckte zurück, als wäre sie geschlagen worden, und ich sah, wie Little auf seinem Stuhl zusammensackte.

»Schluss jetzt. Mr. Little, ich bin hier eigentlich nicht zuständig. Hätten Sie die Mädchen nicht in die Schule bringen sollen? Sie haben eindeutig geschwänzt.«

»Nein.« Little schüttelte den Kopf. »Sie haben darauf bestanden, dass sie nicht zurück in die Academy gehen könnten. Star hat mich angebettelt, sie nicht dorthin zu bringen. Das hier ist der einzige Ort, der mir eingefallen ist.«

»Danke, ist schon gut, wir können die Schule kontaktieren«, sagte ich, biss mir auf die Lippe und dachte nach. Ich hatte Wichtigeres zu tun, als mich um das Gezanke von Schulmädchen zu kümmern. Es juckte mich in den Fingerspitzen, wieder zurück an meinen Schreibtisch zu gehen und Soren Baker zu suchen. »Mr. Little, würde es Ihnen etwas ausmachen, wenn ich mich einen Moment allein mit den Mädchen unterhalte?«

Little wirkte unsicher. »Ich weiß nicht, sollten nicht ihre Eltern dabei sein? Brauchen sie einen Anwalt? Wie schon gesagt, Star ist mit meinem Sohn Dennis zusammen. Sie gehört quasi zur Familie.«

Außerhalb seines Blickfeldes verdrehte Star die Augen. Becky drehte immer noch an ihrem Haar, band es zu einem Knoten und löste ihn dann wieder.

»Ich möchte nur mit ihnen reden«, sagte ich, nahm Donald Little an der Schulter und zwang ihn sanft aufzustehen. Er bewegte sich langsam und zögerlich. »Machen Sie sich keine Sorgen, es ist nur eine Unterhaltung.«

An der offenen Tür zeigte ich den Flur hinunter und erklärte, wo er eine Tasse Kaffee bekäme und wo der Wartebereich mit Zeitschriften und Zeitungen war. Dann kehrte ich zu den Mädchen zurück. Ich blieb stehen, die Arme über der Brust verschränkt, mit dem ernstesten Ausdruck auf dem Gesicht, den ich aufbringen konnte. »Was ist passiert? Eine von euch beiden redet jetzt. Und zwar sofort.«

Becky wurde bleich, aber sprach zuerst. »Ich kann es nicht sagen.«

»Kannst nicht? Oder willst nicht?«

Sie zuckte mit den Schultern. »Ist dasselbe, Sie kriegen in beiden Fällen keine Antwort. Wenn ich Ihnen den Grund erzähle, war alles umsonst. Wenn ich es nicht erzähle, hatte die Sache wenigstens etwas Gutes.«

»Wie alt bist du, Becky?«

Sie ließ ihr Haar los und beugte sich vor. »Achtzehn, seit einem Monat.«

Ich dachte einen Moment nach und wandte mich dann an Star: »Star, du kannst Becky verklagen. Körperverletzung dritten Grades. Das ist eine Straftat. Abhängig davon, wer bei Gericht den Vorsitz hat, könnte sie eine Weile ins Gefängnis kommen. Sie ist eine Erwachsene.«

Becky wurde blass, als Star sich zu ihr umdrehte und langsam grinste. »Hast du das gehört?«, sagte sie. »Goodbye, Stanford.«

»Ich wusste nicht, dass ich dafür ins Gefängnis kommen könnte. Meine Mutter wird mich umbringen«, stöhnte Becky. »Ich hatte keine Wahl. Dir wehzutun war das Letzte, was ich je tun wollte. Du bist wie eine Schwester für mich. Aber ich hatte keine Wahl.«

Wut und Verwirrung verzerrten Stars Gesichtszüge. »Das verstehe ich nicht.«

Becky legte ihren Kopf auf den Tisch und murmelte: »Wenn ich dir bis heute Nachmittag um drei Uhr nicht die Haare abgeschnitten hätte, wäre meine Zukunft ruiniert gewesen. Stanford, das Medizinstudium, alles weg, einfach so. Aber ich sehe jetzt, dass ich so oder so geliefert war. Ich hatte nie wirklich eine Chance.«

»Hör auf, um den heißen Brei herumzureden, Rebecca! Ich verstehe kein Wort von dem, was du sagst!«, brüllte Star. Sie schlug mit einer Hand auf den Tisch, und Becky fuhr hoch, das Gesicht tränenüberströmt. »Schau. Dir. Meinen. Kopf. An!«

Becky starrte Star an. Sie biss sich auf die Lippen, blickte ihr in die Augen und flüsterte etwas.

Star keuchte und fuhr zurück. »Nein!«

Ich hatte es nicht verstanden.

»Becky, was hast du gerade gesagt?«

Sie wiederholte es, und diesmal hörte ich es klar und deutlich.

»Grimm.«

20. Kapitel

Eine Stunde später saß ich an meinem Schreibtisch, einmal mehr dankbar dafür, dass meine Highschool-Tage weit hinter mir lagen. Finn brachte Chief Chavez im Fuente-Fall auf den neuesten Stand, einschließlich der letzten Neuigkeiten über Soren Baker. Als er fertig war, wandte sich Chavez an mich.

»Was war das alles mit Donald Little und diesen Mädchen?«

»Grimm hat wieder zugeschlagen«, sagte ich. Eine feine Schicht Schweiß war auf meiner Haut getrocknet, klamm und klebrig unter meiner Kleidung. »Er hat gestern Anweisungen in Becky Hamiltons Schließfach hinterlassen und ihr ein Ultimatum gesetzt: Schneide deiner besten Freundin die Haare ab oder werde als Schwindlerin entlarvt. Offensichtlich ist sie nicht das Wunderkind, was sie vorgibt zu sein. Sie ist intelligent, aber faul. Sie bekommt ihre Hausaufgaben und Lösungen für Prüfungen von ein paar Jungs aus dem Debattier-Team. Im Tausch gegen … Gefälligkeiten. Sie kennt außerdem eine Studentische Hilfskraft, die Zugang zu Abschlussexamensaufgaben hat.«

Chavez verzog das Gesicht. »Und keiner hat eine Ahnung, wer Grimm sein könnte? Wie kann das angehen? Und übrigens, ich werde meine Töchter nun ganz offiziell auf die katholische Schule schicken.«

Ich nickte. »Ich auch. Wie auch immer, Donald Little war derjenige, der die Mädchen gefunden hat, oben hinter dem alten Freizeitzentrum. Er hat sie hierher gebracht. Ich habe mit der stellvertretenden Rektorin Moreno gesprochen. Sie war entsetzt und sagte, es sei das erste Mal, dass sie von Grimm höre. Moreno hat versprochen, sofort eine interne Ermittlung in Gang zu setzen. Außerdem wird es disziplinarische Maßnahmen gegen Becky Hamilton wegen Betruges geben. Chief, Becky hätte Star wirklich verletzten können. Wenn sie nur einmal mit dieser Schere abgerutscht wäre …«

Der Chief nickte. »Es ist gut, dass Donald sie gefunden hat, bevor der Streit noch hitziger wurde.«

Ich fügte hinzu: »Ich muss sagen, dass ich fast froh über diese Sache bin. Es bedeutet, dass Roland Five sich irrt und Grimm seine Gewalt nicht gesteigert hat. Er quält zwar immer noch diese Kids, aber er bringt sie nicht um.«

»Was ich nicht verstehe«, sagte Finn, »ist, was Grimm davon hat?«

»Ich weiß nicht. Vielleicht reicht es ihm, anderen Schmerzen zuzufügen und zu wissen, dass er dafür verantwortlich ist. Oder es geht ihm um Gerechtigkeit«, sagte ich. »Grimm hat nicht nur Becky bestraft, sondern auch Star.«

»Und woher weiß dieser Roland so viel über Grimm?«, fragte Chief Chavez. »Haben Sie die Möglichkeit in Erwägung gezogen, dass *er* Grimm ist?«

Ich schüttelte den Kopf und warf einen Blick auf die Uhr. »Noch nicht. Ich denke jedoch, dass Finn und ich ihm morgen einen Besuch abstatten sollten.«

Mein Magen knurrte, und mir wurde bewusst, dass ich Hunger hatte. Das Mittagessen war schon zu lange her. Ich wühlte in meinem Schreibtisch und fand einen alten Energieriegel. Er bestand nur aus drei Zutaten und schmeckte scheußlich, doch ich spülte ihn mit einer Cola hinunter, die ich daneben fand.

Finn sah mich angewidert an. »Ich weiß nicht, wie du das Zeug essen kannst. Übrigens, schau mal in deine unterste Schublade, Furby hat uns die Mordwaffe gebracht.«

Ich holte das Messer heraus, dass Ravi aus Fuentes Leiche gezogen hatte. Es befand sich in einem durchsichtigen Beweismittelbeutel. Ich hielt ihn unters Licht. Die Klinge war knapp zwanzig Zentimeter lang, und durch den Griff kamen noch mal zehn Zentimeter dazu. Fuentes Blut hatte die Klinge rotbraun gefärbt. »Schaut euch diese Schnitzereien an. So ein Messer habe ich noch nie gesehen.«

Der Chief nahm es mir aus der Hand. »Der Griff ist aus Knochen. Ich bin überrascht, dass Ihnen solch ein Messer noch nicht untergekommen ist. Sie verkaufen es im Sportgeschäft, im Kramladen, überall. Ich wette, sogar das Tourismusbüro hat es in seinem Souvenirshop. Sie werden oben in Wyoming in einem der Reservate geschnitzt und überall in der Gegend verkauft. Das wird schwer, etwas über genau dieses Exemplar herauszufinden.«

»Wyoming ... Wayne Birdhead?«

Chavez rieb sich den Nacken. »So blöd ist er auch nicht, Gemma. Er würde niemals jemanden mit einer Waffe umbringen, die bis zu ihm zurückverfolgbar ist. Das Messer ist wahrscheinlich eine Sackgasse. Sie können sich mal umhören, aber ich würde nicht zu viel Zeit damit verschwenden.«

Er stand auf und ging. Ich schaute auf die Uhr. Es war nach sechs.

Finn legte seine Hand auf meine Schulter und schüttelte sie. »Schau nicht so deprimiert, Gemma. Geh nach Hause, iss Abendbrot und spiel mit deinem Kind. Spiel mit deinem Hund. Spiel mit deinem Mann. Spiel mit deinen Handschellen und deinem Mann gleichzeitig, wenn du auf solche perversen Sachen stehst. Wir fangen morgen früh frisch an. Und du weißt doch, was man über morgen sagt?«

»Dass es irre kalt werden wird?«

Finn stand auf und sah sehr ernst auf mich herab. Dann sagte er in einer hohen Fistelstimme: »Morgen ist ein neuer Tag.«

Ich stöhnte. »Wann bist du so ein Optimist geworden? Es muss damit zusammenhängen, dass du regelmäßig flachgelegt wirst.«

Finn ging. Über seine Schulter rief er zurück: »Das werde ich mit keiner Antwort würdigen.«

21. Kapitel

Der Himmel war dunkel, als ich nach Hause fuhr. Ich war hundemüde, hatte den Schnee und die Kälte satt, und dass meine Narbe während dieser Jahreszeit schmerzte.

Ich hatte den Winter mal geliebt. Ich hatte Trost im Schnee gefunden, der Cedar Valley aussehen ließ wie diese hübschen kleinen Städte in einer Schneekugel, idyllisch und bezaubernd. Behaglich.

Jetzt brachte mich der Wintereinbruch dazu, an meine Mutter und meinen Vater zu denken, was ich normalerweise vermied. Es war unmöglich für mich, über eine eisglatte Straße zu fahren, die auf beiden Seiten von Schneewehen gesäumt war, ohne diesen schrecklichen Tag erneut zu durchleben.

Ich erinnerte mich, wie der alte Kombi seitwärts rutschte, und an das furchtbare Geräusch vom Aufprall des Wagens und brechenden Knochen. Schlimmer jedoch als das Geräusch war die Stille, die sich über uns legte. Schmerzvolles Keuchen ging in abgehackte Atemzüge über, die langsam leiser wurden und verklangen.

Totenstille.

Lange Zeit war ich froh, wenn der Winter mich dazu brachte, mich zu erinnern. Es bedeutete, dass ich meinen Eltern jedes Jahr ein paar Monate lang nicht ganz so fern war. Doch inzwischen hatte der Winter für mich zu viel mit dem Tod zu tun; zuerst meine Eltern, dann die McKenzie-Jungen, deren Gräber ich bei einer Skitour im Wald gefunden hatte. Jetzt konnte ich auch noch Delaware Fuente auf diese Liste setzen.

Ich bog auf die steile, schmale Straße zu unserem Haus ab und erlaubte mir ein kleines Lächeln. Ich war noch nicht ganz dreißig, und die Melancholie war schon eine alte Freundin. Ich durfte nicht das Gesamtbild aus dem Auge verlieren, denn ohne Tragödien gäbe es nicht die Erfahrung von Gnade. Und letztendlich war auch Grace im Winter zu mir gekommen, in einer kalten, stürmischen Nacht vor ein paar Monaten.

Erst als ich schon geparkt hatte, aus dem Auto ausgestiegen war und meine Scheibenwischer hochgeklappt hatte, damit sie nicht festfroren, bemerkte ich den dunklen Pick-up, der hinter Brodys Wagen parkte. Auf der Heckscheibe klebten Sticker eines Mietwagenverleihs, und ich stand einen Moment da und zerbrach mir den Kopf darüber, wer uns in einem Mietwagen besuchen könnte, zu dieser Tageszeit, in dieser Jahreszeit.

Im Haus war es still und düster. Ein paar Lampen waren angeschaltet, doch sie schafften es kaum, die Schatten aus den dunklen Ecken zu verjagen. Seamus kam angewackelt, um mich zu begrüßen, drehte sich dann wieder um und schleppte sich zurück zu seinem Hundekorb in der Küche.

»Brody? Hallo?«

Ich hängte meinen Mantel auf und tauschte meine schweren Schneestiefel gegen ein Paar Hausschuhe. Schlüssel und Portemonnaie landeten auf dem üblichen Platz. Ich machte ein paar Schritte und rief noch einmal.

Diesmal antwortete Brody. »Wir sind im Arbeitszimmer!«

Wir?

Brodys Freunde kamen üblicherweise nicht einfach mal eben auf ein Bier vorbei, besonders nicht, seit wir ein Kind hatten. Dann erstarrte mein Inneres zu Eis.

Was, wenn es Celeste Takashima war, Brodys Kollegin und frühere Geliebte? Die Frau, die mich davon abhielt, dem Mann, den ich liebte, mein Ja-Wort zu geben?

Nein. So etwas würde Brody niemals tun. Er würde Celeste niemals in unser Zuhause einladen, unser Heiligtum.

Er hatte etwas Schlimmes gemacht, aber er war nicht grausam.

Ich ging ins Arbeitszimmer und blieb wie angewurzelt stehen. Brody saß an seinem Schreibtisch und zeigte auf etwas auf seinem Computerbildschirm, das wie ein EKG aussah, mit Spitzen und Tälern, gezackten Bergen und steil abfallenden Hängen.

Hinter ihm stand ein Mann, der über eine randlose Brille auf den Bildschirm schaute, meine Tochter Grace im Arm hielt und sie auf und ab wippte wie ein alter Onkel: Alistair Campbell.

Sobald ich ihn sah, fiel mir wieder ein, dass ich um fünfzehn Uhr mit ihm verabredet gewesen war. Ich hatte es komplett vergessen, und nun war dieser Mann hier, in meinem Haus.

Campbell bemerkte mich zuerst. Er lächelte und nickte zur Begrüßung. »Gemma.«

Brody schaute zur Seite. »Hey Liebling, du kennst doch Al, oder?«

Al?

»Ja …«

Mit drei Schritten war ich mitten im Zimmer und nahm Campbell Grace ab. »Brody, kann ich dich bitte einen Moment sprechen?«

Brody nickte, vollkommen in den Bildschirm vor sich vertieft. »Sicher, was gibt's?«

Ich räusperte mich und wartete. Brody stand nicht auf, doch Campbell trat zur Seite. »Dürfte ich vielleicht Ihre Toilette benutzen?«, fragte er.

Ich wies mit dem Kinn in die richtige Richtung. »Den Flur hinunter, letzte Tür rechts. Sie müssen den Hebel ganz nach unten drücken, damit die Spülung funktioniert.«

»Danke, Gemma. Ihr Mann macht übrigens einen ausgezeichneten Kaffee«, sagte Campbell und verließ den Raum.

Ich wartete, bis ich hörte, wie sich die Badezimmertür schloss, dann legte ich los.

»Zum Teufel noch mal, Brody, was geht hier vor sich? Weißt du denn nicht, wer das ist?«, zischte ich. Ich hielt Grace vor mich und suchte nach … irgendetwas, irgendeinem Teufelsmal, das Campbell hinterlassen haben könnte.

Sie sah gut aus. Nur ihre Windel musste dringend gewechselt werden.

Brody reagierte auf meinen Ton. Den hatte er schon mal gehört. Er rückte vom Schreibtisch zurück, wirbelte mit seinem Stuhl herum und sah mich an. Ich war entsetzt über den Ausdruck in seiner Stimme.

»Ja, es ist Alistair Campbell, und er hat mir einen Job angeboten. Einen Nebenjob, genauer gesagt, als Ergänzung zu dem Buch, und damit ich mal rauskomme. Ich werde hier drinnen verrückt, Gem. Ich bin den ganzen Tag hier mit der Kleinen, und ich liebe es – ich liebe sie –, aber das ist nicht natürlich. Ich muss draußen an der Luft sein, das weißt du. Das wusstest du schon immer. So bin ich eben. Du hast es vielleicht nicht bemerkt, aber das hier fällt mir wirklich schwer.«

Ich starrte auf Brodys entrüsteten Gesichtsausdruck und merkte, wie die Wut in mir zu kochen begann und von meiner Brust hoch zum Hals kroch. Mein Gesicht wurde warm. Es gab hundert Sachen, die ich in diesem Moment brüllen wollte, doch mir war bewusst, dass Campbell jede Sekunde wieder zurückkommen würde, und ich wollte nicht, dass er persönliche Themen aus meinem Leben mitbekam.

Ich zischte Brody an. »Und wer passt auf Grace auf? Ich muss ins Büro. Ich habe nicht den Luxus, von zu Hause aus arbeiten zu können. Du schon.«

Er zuckte die Schultern. Ich wusste, dass er das nicht durchdacht hatte, und es nervte ihn. Brody schmollte wie ein kleines Kind. »Bull würde sehr gerne auf sie aufpassen. Laura ist bei Julia, und er hat jetzt mehr freie Zeit. Er jammert immer, dass er seine Urenkelin so selten sieht.«

Die Badezimmertür öffnete und schloss sich wieder.

»Wir sprechen später darüber«, raunte ich. Grace schenkte mir ein zahnloses Lächeln, und ich küsste ihre Wange und wippte sie zärtlich auf meinem Arm. »Ihre Windel ist voll.«

»Dann wechsle sie doch«, sagte Brody leise. Ich starrte ihn an und wartete auf eine Entschuldigung, die nicht zu kommen schien.

Campbells Schritte schlugen in einem gleichmäßigen Rhythmus auf unseren alten Holzboden, als er zurück ins Arbeitszimmer kam. Im Türrahmen blieb er stehen und lächelte uns an.

»Es ist schon spät, und ich muss durch den dunklen Canyon wieder hinunterfahren. Gemma, haben Sie eine Minute, bevor ich gehe?«

Ich reichte Brody wortlos Grace und schob mich an Campbell vorbei. Er hatte die nach Zimt duftende Handcreme benutzt, die wir im Gästebad liegen hatten, und ich beschloss, sie sofort wegzuwerfen, sobald er aus der Tür war.

Campbell folgte mir in die Küche. Ich sah zwei Kaffeetassen und zwei Teller mit den Resten eines Apple-Pies auf dem Tisch. Auf dem Tresen stand sogar eine Schale Schlagsahne. Ich fragte mich, wie lange Campbell in meinem Haus gewesen war; wie sehr seine Anwesenheit meinen Rückzugsort verdunkeln würde.

Ich lehnte mich gegen den Tresen und verschränkte die Arme vor der Brust.

Er starrte mich wartend an.

»Nun?«, fragte ich.

Campbell legte den Kopf schief. »Gemma, es ist kein Geheimnis, dass Sie mich hassen. Um ehrlich zu sein, weiß ich gar nicht genau, warum. Wäre ich ein unbedeutenderer Mann, würde ich unter Ihrem zornigen Starren verwelken wie eine Blume. Irgendwie beeindruckt es mich sehr, dass ich bessere Manieren habe als Sie. Sie sind ganz offensichtlich in einem liebevollen Umfeld groß geworden; ich habe meine Jugend in Kinderheimen verbracht und gelernt, wie man sich *nicht* benimmt, um durchs Leben zu kommen. Eine einfache Entschuldigung ist alles, was ich möchte. Sie sehen meine Zeit vielleicht nicht als kostbar an, doch sie ist es, sogar sehr. Ich bin alt, wissen Sie. Ich habe weniger Sand im oberen Teil der Sanduhr als Sie.«

Das letzte bisschen Energie, das ich übrig gehabt hatte, entwich mir, und ich schaltete in den übersteuerten Höflichkeitsmodus. »Es tut mir leid, Mr. Campbell, dass ich Sie versetzt habe. Das war nicht meine Absicht. Etwas ist dazwischengekommen. Einige Angelegenheiten, wenn man's genau nimmt.«

Brody ging an der Küche vorbei. Grace wand sich in seinen Armen und fing an zu jammern. Campbell wartete, bis Brody die Stufen hochgegangen war, bevor er wieder sprach.

»Das ist verständlich. Diese eine Stunde wird mir niemand zurückgeben, doch ich weiß die Entschuldigung zu schätzen. Und dennoch bin ich neugierig: Was wollten Sie denn überhaupt mit mir besprechen?«

»Delaware Fuente. Sie haben doch sicher davon gehört?«

Campbell nickte. »Ich habe heute Morgen einen Anruf von meinen Anwälten erhalten. Und dann habe ich natürlich die Nachrichten gesehen, als ich im Café auf Sie gewartet habe. Schreckliche Geschichte. Gibt es Verdächtige?«

Ich ignorierte seine Frage. »Wussten Sie, dass Fuente in der Stadt war? Er ist vor Ihnen und Ihrer Truppe angekommen.«

Campbell lächelte. »Ihre Abteilung hat mich gut im Auge behalten, nicht wahr? Ich frage mich warum. In meinem tiefsten Herzen bin ich ein einfacher Bauunternehmer mit einer Schwäche für jene in unserer Gesellschaft, die zu kurz gekommen sind.«

»Sie nennen wohlverdiente Zeit hinter Gittern, nachdem man ein Verbrechen begangen hat, also ›zu kurz kommen‹?«

Campbell schüttelte den Kopf. »Sie missverstehen mich. Natürlich muss man für schlechte Entscheidungen die Konsequenzen tragen, die Gesellschaft wäre ansonsten einfach nicht lebensfähig.«

»Sie haben meine Frage nicht beantwortet: War Ihnen bewusst, dass Delaware Fuente in der Stadt war?«

Campbell steckte die Hände in die Hosentaschen und wippte auf seinen Hacken vor und zurück. »Sie haben meine Frage auch nicht beantwortet. Haben Sie schon einen Verdächtigen im Visier?«

Als sich meine Anspannung entladen und ich ihm erklären wollte, wir könnten das hier auch auf die harte Tour regeln, unterbrach er mich, indem er die Hand hochhielt.

»Ersparen Sie mir das, Gemma Monroe. Sie sind viel zu clever, um zu glauben, dass das bei mir zieht. Ja, ich wusste, dass Fuente hier war. Wir hatten uns seit Jahren nicht gesprochen. Ich hatte gehofft, das ändern zu können. Als ich seinen Agenten kontaktierte, um ein Treffen zu arrangieren, wurde ich enttäuscht. Angeblich hatte Fuente die Stadt verlassen. Stellen Sie sich meine Überraschung vor, als ich erfuhr, wo er war. Cedar Valley hatte ich schon seit Jahren auf dem Schirm. Ich habe das politische Klima beobachtet und die Toleranz für ein Entwicklungsprojekt abgeschätzt. Als Mayor Cabot das Amt übernahm, habe ich entschieden, dass nun der richtige Zeitpunkt sei; es muss wohl Schicksal gewesen sein, dass Fuente auch hier war.«

»Warum hatten Sie beide sich seit Jahren nicht gesprochen?«

»Er hat mich nie bezahlt, nachdem ich ihm sein verdammtes Schloss am Rande des Naturschutzgebietes gebaut hatte. Daher das Testament, das besagt, dass ich nach seinem Tod alles bekomme. Wäre ich zuerst gestorben, dann wäre die Immobilie an meine Erben gegangen.«

»Er hat Sie doch mit fortschreitendem Bau auch bezahlt?

Niemand würde etwas bauen – zumindest nicht in dieser Größenordnung –, ohne im Verlauf Geld zu sehen. Noch nicht einmal Sie.«

Campbell hörte auf zu wippen und legte den Kopf schief. »Was soll ich sagen? Ich bin eine gutgläubige alte Seele, es war ein faszinierendes Projekt, und Fuente ist ein weltberühmter Autor. Woher sollte ich wissen, dass er pleite war?«

»Aber er war nicht pleite. Wir haben uns seine Konten angesehen. Er hatte reichlich Geld«, protestierte ich. »Nichts hiervon ergibt einen Sinn, außer, dass Sie nach seinem Tod eine ziemlich große Menge Geld erhalten. Nach seinem Tod!«

Campbell ging hinüber zum Küchentisch und nahm seinen Mantel von einem Stuhl. Er zog ihn langsam an wie jemand, der Probleme mit den Schultergelenken hat. Ich beobachtete ihn und betrachtete den Kontrast zwischen seinem hellen Haar und dem bleichen Gesicht und dem dunklen Mantel. Dunkelheit und Licht … schwarz und weiß. Er war der personifizierte Winter.

Campbell kam wieder zu mir.

»Ich muss jetzt los, Gemma. Ich habe mehr Geld, als ich in diesem Leben ausgeben kann. Fuentes Haus – das Haus der Geschichten, wie er es nannte – ist für mich nur Kleingeld. Genau genommen will ich gar nichts damit zu tun haben und habe meine Anwälte angewiesen, es zu verkaufen und den Erlös an einen wohltätigen Zweck meiner Wahl zu spenden. Es hätte das Haus der Trostlosigkeit heißen sollen.«

Mir lief ein Schauer den Rücken hinunter. »Warum sagen Sie das?«

Campbell warf mir einen wissenden Blick zu. »Ich glaube,

dass Fuente in seinem Innersten ein unglücklicher Mensch war, und sein Haus war ein unglückliches Zuhause. Es wäre schwer, einen trostloseren Ort zu finden. Es war voll mit den Leichen ungeschriebener Gedanken. Ergibt das für Sie einen Sinn? Verstehen Sie? Ich drücke es anders aus. Fuentes Worte haben mehr Schaden angerichtet als Gutes getan. Lesen Sie seine Worte, Gemma. Sie suchen nach einem Mordmotiv? Schauen Sie sich an, was er geschrieben hat.«

Damit ging Campbell an mir vorbei und aus der Haustür hinaus. Einen Augenblick später folgte ich ihm und blieb im Eingangsbereich stehen. Ich sah ihm hinterher, wie er in seinen dunklen Pick-up stieg. Er schaltete den Motor an, saß dann da und erwiderte meinen Blick durch die Windschutzscheibe. Schließlich legte er den Rückwärtsgang ein und fuhr aus unserer langen Einfahrt hinaus in die Nacht. Er hinterließ eine Kälte in meinem Haus, die nichts mit der bitterkalten Luft draußen zu tun hatte.

22. Kapitel

Mittwochmorgen wachte ich mit einem bitteren Geschmack im Mund und müden, schweren Augen auf. Ich hatte wenig geschlafen. Brody und ich hatten stundenlang miteinander geredet. Campbell hatte ihn zwei Wochen zuvor über die Universität kontaktiert, die Brodys Arbeit an dem Lehrbuch finanzierte. Campbell suchte nach einem Geologen vor Ort, jemandem, der in den Bergen Untersuchungen durchführen konnte und der diskret wäre.

»Das Wort hat er benutzt? *Diskret?*«, hatte ich gefragt.

»Ja«, hatte Brody geantwortet.

Brody hatte Interesse an dem Angebot gezeigt, aber darum gebeten, Campbell persönlich kennenzulernen, um mehr Details zu erfahren. Das war der Grund für Campbells Besuch am vergangenen Abend gewesen.

»Es gibt doch sicher andere Leute, die diesen Job machen können«, hatte ich gesagt. »Ich frage mich, ob das alles ein perfider Plan ist, um sich in mein Leben zu schleichen.«

Brody war sauer geworden. Es drehe sich nicht immer alles um mich, hatte er gesagt. Er sei ein talentierter Geologe, einer der besten im Bundesstaat, wenn nicht sogar im ganzen Land, hatte er gebrüllt. Warum ich gegenüber allem immer so misstrauisch sei?

Er beruhigte sich wieder, nachdem die Kleine aufgewacht war und schrie. Ich bat ihn um ausführlichere Informationen über Campbells Plan. Brody sagte, die könne er mir nicht geben. Nicht, weil er nicht wolle, sondern weil Campbell zugeknöpft sei und ihm nur so viele Details gegeben habe wie nötig.

Den Rest der Zeit redeten wir darüber, wie unglücklich Brody darüber war, die ganze Zeit zu Hause zu sein, hier festzusitzen. Ich versprach ihm, dass wir ausführlicher besprechen würden, wie wir unsere Leben um Grace herum organisieren könnten, sobald der Fuente-Fall vom Tisch war. Es war keine schlechte Idee, Bull zu bitten, an ein oder zwei Tagen auf die Kleine aufzupassen. Allerdings machte er gerade eine schwere Zeit mit Julia durch. Ich fühlte mich schrecklich bei der Vorstellung, ihm noch mehr aufzubürden.

Wir diskutierten noch nicht einmal die Möglichkeit, dass ich als Vollzeitmutter zu Hause bleiben könnte. Nur von Brodys Gehalt allein kamen wir nicht über die Runden, und davon abgesehen würde ich verrückt werden, wenn ich den ganzen Tag mit der Kleinen zu Hause eingesperrt wäre. Als mein Mutterschutz zu Ende war, hatte ich regelrechte Entzugserscheinungen, wie eine Süchtige, nur waren meine Drogen die Ermittlungen, die Verfolgungsjagd.

* * *

Nach einer heißen Dusche und einer Schale Müsli fuhr ich den Canyon hinunter Richtung Stadtbibliothek. Es war ein Ort, den ich während meines letzten Falls intensiv kennengelernt hatte – doch kein Ort, auf dessen Besuch ich mich besonders freute. Allerdings gab es dort jemanden, von dem ich wusste, dass sie uns helfen konnte.

Campbells Rat beim Abschied hatte mich in der Nacht in meine Träume verfolgt: Lesen Sie Fuentes Worte, wenn Sie ein Mordmotiv suchen. Ich verstand nicht, was er meinte, doch es war ein Hinweis, der an diesem Punkt so gut war wie alle anderen auch.

Finn begrüßte mich in der Lobby mit einem Cappuccino. »Du siehst erschöpft aus. Lange Nacht? Was machen wir hier?«

Ich nahm den Kaffee dankbar entgegen. Wir standen vor einem Anschlagbrett voller bunter Flyer und Visitenkarten ortsansässiger Unternehmen, während ich ihn im Schnelldurchgang über meine Unterhaltung mit Alistair Campbell informierte. »Es ist weit hergeholt, doch ich würde gern sehen, was Fuente geschrieben hat.«

Finn schluckte. »Alles? Romane und … anderes Zeugs?«

Ich nickte. »Alles. Romane, Kurzgeschichten, Interviews. Campbell sprach über die Macht, mit Worten zu verletzen. Es ist einen Versuch wert.«

»Jetzt nimmst du also schon Ratschläge von Campbell an? Er hat das deutlichste Mordmotiv von allen, die wir uns angesehen haben«, sagte Finn. Er hielt die rechte Hand hoch und rieb seine Finger gegeneinander. »Am Ende geht es immer nur um Dineros.«

»Ich weiß. Ich wollte ihn noch fragen, was er letzten Freitag gemacht hat, aber ich war so neben der Spur, weil er bei mir zu Hause war. Ich werde ihn gleich mal anrufen.«

Er war nicht da, also hinterließ ich eine weitere Nachricht für ihn in der Tate Lodge Inn.

»Irgendwelche Neuigkeiten von Soren Baker?«

Finn schüttelte den Kopf. »Nichts. Wir haben zwar die Ergebnisse aus dem Labor bekommen, und das Blut passt zu seiner Blutgruppe. Aber das heißt nicht, dass er die ganze Geschichte nicht inszeniert hat. Je länger ich darüber nachdenke, desto wahrscheinlicher erscheint es mir, dass er Fuentes Mörder ist. Doch er könnte inzwischen überall sein. Wenn er ein Flugzeug genommen hat … könnte er auch schon wieder in Australien sein.«

»Er wird auftauchen. Auf die eine oder andere Art.«

Wir gingen zum Informationstresen mitten in der Bibliothek. Eine junge Frau schob einen schwer mit Büchern beladenen Wagen an uns vorbei. »In der Bibliothek sind Speisen und Getränke nicht erlaubt«, flüsterte sie.

Finn zog wie ein Exhibitionist seine Jacke zur Seite und zeigte ihr seine Dienstmarke. »Geht schon klar, Schätzchen, wir werden keine Bücher anfassen.«

Sie blickte finster drein, eilte an uns vorbei und brummelte etwas von mangelndem Respekt heutzutage für das gedruckte Wort.

»Heiliger Strohsack«, sagte ich leise. »Los, komm.«

Wir sahen Tilly Jane Krinkel hinter ihrer großen Infotheke sitzen. Ihr Haar war in einem dunkleren Orangeton gefärbt, als ich es in Erinnerung hatte. Es stand immer noch in Büscheln vom Kopf ab, wie die Schwänzchen von Enten, und heute trug sie einen schwarzen Pullover und ausgeblichene Jeans.

»Tilly. Wie geht es Ihnen?«, fragte ich. »Ich freue mich, Sie wohlauf zu sehen.«

Sie blickte düster zu mir hoch und sagte: »Die Hämorrhoiden sind zurück, aber das kann man nicht ändern. Hallo, junger Mann.«

Finn schaffte es irgendwie, seine Grimasse in ein unbeholfenes Lächeln zu verwandeln. »Hallo, Ms. Krinkel. Schönes Wetter heute, nicht?«

Sie starrte erst Finn durchdringend an, dann mich. »Nächstes Mal lassen Sie den Witzbold zu Hause, Gemma. Was braucht ihr?«

»Alles, was Sie zu Delaware Fuente finden können. Keine Biographien, sondern seine Romane, Kurzgeschichten, Interviews, alles; einen kompletten literarischen Rückblick.«

Tilly stand auf. Sie ging leicht gekrümmt und mit hochgezogenen Schultern und schien in den letzten Monaten mehr Gewicht verloren zu haben, als ihr guttat. »Ich wusste, dass Sie früher oder später vorbeikommen würden. Als ich heute Morgen die Zeitung gesehen habe, habe ich gesagt: ›Also, das ist mal ein Mann, der weiß, wie man stirbt‹. Ich habe schon angefangen, Informationen für Sie zusammenzusuchen.«

Sie setzte sich wieder hin und machte sich einige Notizen. Finn lehnte sich zu mir und raunte in mein Ohr: »Wo ist ihr Papagei? Pauley?«

»Petey«, korrigierte ich ihn leise. Ich zuckte die Achseln. Ich würde nicht fragen, wo der ausgestopfte Papagei war, den sie immer auf der Schulter getragen hatte.

Stattdessen fragte ich: »Tilly? Ist alles in Ordnung? Sie haben sich … verändert.«

Sie winkte ab. »Alles gut. Ich hatte eine doppelte Brustamputation direkt nach Weihnachten. Ich vermisse die Titten kein bisschen, aber ich schwöre, ich habe mich in meinem

Leben noch nie so müde gefühlt. ›Chemo-Gehirn‹ nennen sie es. Aber es ist eher wie ›kein Gehirn‹.«

»Ich kann einen der anderen Bibliothekare fragen …«

Tilly schüttelte den Kopf. »Kommt nicht in die Tüte. Ich habe Fuentes Geschichten geliebt. Wenn das hilft, seinen Mörder zu finden, dann bin ich dabei. Gebt mir ein bisschen Zeit und habt etwas Geduld. In ein paar Stunden habe ich etwas für euch.«

Wir bedankten uns bei ihr. Auf dem Weg hinaus kamen wir wieder an der jungen Frau mit dem Bücherwagen vorbei. Finn hob langsam seinen Kaffeebecher und drehte ihn dann schnell um. Die junge Frau keuchte, da sie nicht wissen konnte, dass der Becher leer war.

Finn grinste, und sie stürmte davon.

»Du bist manchmal so ein Arschloch«, sagte ich.

Er hielt die schwere Eingangstür auf, und wir standen auf den Stufen zum Eingang. Er zuckte mit den Schultern. »Sei mal ein bisschen witzig, Gemma. Ist alles okay. Es ist eine Bibliothek. Sie müssen in unserem Jahrhundert ankommen. Ist ja fast so, als wäre das hier ein Kloster.«

»Wir müssen noch mal mit Roland Five reden.«

»Dem Jungen im Rollstuhl? Wieso?«

Die Luft war kalt, und ich fröstelte. Finn bemerkte es und scheuchte mich hinüber zu seinem Wagen. Wir stiegen ein, und er drehte die Heizung auf. Ich trug lange Unterwäsche, aber sie reichte nicht.

»Aus all diesen Gründen: Alle Fäden – Fuente, Baker, Grimm, selbst Campbell in geringerem Maße – laufen irgendwie bei der Valley Academy zusammen. Und bisher scheint Roland der Einzige zu sein, der überhaupt irgendetwas weiß. Vielleicht sollten wir ihm noch weitere Fragen stellen.«

Finn drehte die Heizung ein wenig zurück. »Ich habe dieses Wetter so satt«, murrte er und fummelte an dem Radio, bis er die Wetterstation fand. Wir lauschten dem Wetterbericht.

»Weitere zwanzig, fünfundzwanzig Zentimeter bis morgen früh um diese Zeit. Wir werden eine Doppelschicht einlegen müssen«, sagte Finn. Er rieb sich die Augen. »Okay, gut, du willst mit Roland reden. Reden wir also mit Roland. Danach fahren wir zurück zum Revier.«

Ich nickte. »Natürlich.«

Während Finn zur Academy fuhr, rief ich dort an, um uns anzukündigen, doch wir mussten umkehren. Roland Five war krank und zu Hause. Die Schule gab mir die Nummer der Mutter.

»Mrs. Five?«, fragte ich, als eine Frauenstimme sich meldete.

Eine Pause, dann: »Nein, hier ist Cassie Gunther. Ich bin schon seit Jahren nicht mehr Mrs. Five, seit meiner Scheidung. Mit wem spreche ich?«

»Mein Name ist Gemma Monroe vom Cedar Valley Police Department. Ich hatte gehofft, für ein paar Minuten vorbeikommen zu können, um mit Roland zu sprechen. Wenn ich richtig informiert bin, ist er heute nicht in der Schule gewesen. Sind Sie zufällig bei ihm?«

Finn bremste ab, um einen Fahrradfahrer vor uns vorbeizulassen. Ich hatte den Kerl noch nicht einmal gesehen, er kam auf der rechten Seite des Suburban aus dem Nichts und zischte dann vorbei, wobei hinter seinen Profilreifen Matsch und Schnee aufspritzten.

»Ich verstehe nicht, steckt Roland in Schwierigkeiten? Was hat er gemacht?«, fragte Cassie Gunther. Sie hörte sich jung an.

»Nein, Roland steckt nicht in Schwierigkeiten. Es wäre einfacher, mit ihm persönlich zu reden. Könnten wir vorbeikommen?«

Cassie seufzte. »Sicher. Ich bin allerdings gerade von einer Nachtschicht im Krankenhaus zurückgekommen und sehr erschöpft.«

Ich versprach, dass wir nicht allzu viel ihrer Zeit in Anspruch nehmen würden, und sie gab mir die Adresse.

Zehn Minuten später waren wir da. Cassie und ihr Sohn lebten an der südlichen Spitze dessen, was wir als das Nordende der Stadt ansahen. Solide Mittelschicht, nicht zu schick, aber deutlich attraktiver als die Trailerparks, die auf der Südseite der Stadt üblich waren.

Als wir in die Einfahrt des bescheidenen Ranch-Hauses einbogen, wandte Finn den Kopf nach links und starrte auf etwas.

»Was ist denn?«

Er parkte und zeigte mit dem Daumen auf einen weißen Toyota 4Runner, der am Bordstein parkte. Er hatte einen Aufkleber mit der Nummer ›26.2‹ darauf und ein Sondernummernschild, auf dem stand ›Brn2Run‹.

»Kennst du den Wagen?«

Finn nickte. Er sah verwirrt aus. »Ja, ich kenne ihn.«

Ich wartete darauf, dass er weitersprach, doch er schwieg, und auf seinem Gesicht lag ein Ausdruck von grimmiger Entschlossenheit. Wir gingen zur Haustür, und ich klopfte. Von irgendwo drinnen hörte ich Schritte.

Finn wischte sich über die Stirn.

»Schwitzt du?«, fragte ich ungläubig. »Bist du nervös?«

Finn schüttelte den Kopf in dem Moment, als sich die Haustür öffnete. Eine Frau erschien vor uns, der vor Überraschung der Mund offen stand. »Phineas?«

Finn atmete einmal tief aus. »Hi, Cass.«

Phineas?

Ich starrte erst ihn an, dann wieder sie. Sie war winzig und sah umwerfend aus, wie eine Puppe, die zum Leben erweckt worden war. Neben ihr wirkte er riesig. Sie trug einen OP-Kittel, und ich seufzte innerlich. Sie sah nicht nur toll aus, sie war auch noch ein Gutmensch. Was hatte sie gesagt, sie sei gerade von der Nachtschicht im Krankenhaus gekommen?

Dann traf mich die Erkenntnis wie ein Blitzschlag. Kein Wunder, dass Finn in letzter Zeit so gut duftete; er war verliebt in Florence Nightingale.

Ich hatte keine Zeit, zu bemerken, dass mich ein leichtes Kitzeln von Eifersucht überkam. Finn beugte sich vor, um Cassie einen Kuss auf die Wange zu geben, während sie gleichzeitig ihre Hand ausstreckte, um mich zu begrüßen.

Das war schräg.

»Oh, hi. Ja, Cassie, ich bin Gemma Monroe, und das hier ist mein Partner. Offensichtlich kennen Sie beide sich bereits, nicht wahr, *Phineas*?«

Cassie lächelte. »Allerdings, das tun wir. Aber ich verstehe nicht ganz, sagten Sie nicht, Sie wollten mit meinem Sohn sprechen?«

Finn ging dazwischen. »Cass, warum hast du mir das nicht erzählt? Über Roland, seinen … Zustand?«

Im Geiste verpasste ich Finn eine Ohrfeige. Er war nicht

gerade der Taktvollste unter der Sonne. Aber Cassie bemerkte es offenbar nicht. Zu meinem Entsetzen schien sie genauso verschossen in ihn zu sein, wie er in sie.

»Ich wollte dich nicht verschrecken! Zu viele Männer, mit denen ich ausgegangen bin, haben sich von mir getrennt, nachdem sie Roland kennengelernt haben. Sie denken, ›Oh, die arme kleine Cassie und ihr behinderter Sohn‹ und halten das nicht aus. Ich hatte solche Sorge, dass du dasselbe denkst«, sagte Cassie. »Und das konnte ich nicht zulassen. Wir haben so viel Spaß zusammen.«

Sie bat uns herein. Das Haus duftete nach Schokokeksen und frischem Kaffee. An den weißen Wänden hingen bunte Zeichnungen und Bilder in schwarzen Rahmen. Ich trat etwas näher heran und erkannte in der unteren rechten Ecke jeweils ein kleines *r*, gefolgt von einer 5.

Cassie bemerkte meinen Blick. Sie lächelte und flüsterte: »Ich rahme seine Bilder, seit er vier Jahre alt war. Er ist so talentiert.«

Ich schaute das Bild genauer an. Es war die Skizze einer Art Tausendfüßler-Kreatur mit einer leicht bekleideten Frau auf dem Rücken, aus dessen Maul der haarige Arm eines Mannes hing.

Das war der Stoff, aus dem Alpträume sind, entschied ich.

»Das hat er gemalt, als er acht war«, sagte sie. »Er konnte heute Nacht nicht richtig schlafen, ist immer wieder aufgewacht. Bestimmt ein Grippevirus, da geht etwas um. Die Betten in unserem Krankenhaus sind voll. Also bitte, sagen Sie mir, warum Sie mit Roland sprechen möchten.«

Ich erklärte kurz, was zwischen Becky Hamilton und Star Knudsen passiert war. Grimm erwähnte ich dabei nicht. Cassie war entsetzt. Ihre dunklen Augen wurden größer und größer, und sie kaute an ihrer Lippe. »Diese armen, armen Mädchen. Natürlich kenne ich sie beide. Es ist eine kleine Schule. Aber was um alles in der Welt hat das mit Roland zu tun?«

»Wir würden ihm gern ein paar Fragen über die Mädchen stellen«, antwortete ich ihr bewusst vage. »Wo ist er?«

Cassie sagte, er sei im Keller. Ich folgte ihr, und Finn blieb ein paar Schritte zurück. Er wirkte nicht wütend, aber man konnte erkennen, dass er auch nicht wirklich glücklich war. Nicht so sehr deswegen, weil Roland Cassies Sohn war, dachte ich bei mir, sondern eher, weil ich Zeugin war, als er es herausgefunden hatte.

Sie führte uns eine Treppe hinunter in einen ausgebauten Keller. Roland lag in der Mitte eines L-förmigen Sofas, sein Rollstuhl lehnte an einem Polsterhocker. Das Licht war schummrig, was ganz gut passte, wenn man wie Roland einen Film, *Kevin – Allein zu Haus*, gucken wollte.

Cassie schaltete eine Stehlampe an. »Roland, Liebling, du kennst die beiden?«

Der junge Mann drückte auf die Pausetaste der Fernbedienung und stöhnte, als er uns sah.

»Hi«, sagte ich und winkte. »Erinnerst du dich an uns?«

Roland nickt. »Leider ja. Warum sind Sie hier? Mom, schalte das Licht aus und geh ins Bett. Du siehst total fertig aus.«

Cassie nickte. »Danke, Liebling, dass du dich immer so um mich sorgst. Ich gehe gleich ins Bett, aber ich möchte erst mal hierbleiben, um zu hören, was die Polizei zu sagen hat. Sie haben ein paar Fragen zu Becky Hamilton und Star Knudsen.«

Wenn man lange genug mit einem Partner zusammenarbeitet, in stressigen Situationen und über viele Stunden hinweg, entwickelt man eine Art Telepathie. Es ist so ähnlich wie bei Ehepartnern, die die Sätze des anderen beenden können. Finn und ich wussten, dass wir aus Roland kein Wort herausbekommen würden, solange seine Mutter im Raum war, und wir wussten beide, dass Cassie ihren Sohn nicht mit zwei Cops allein lassen würde.

Finn legte eine Hand auf Cassies Rücken. Ich beobachtete Roland und nahm daher den Ausdruck wahr, der über sein Gesicht huschte. In Finns einfacher Geste erkannte der Junge direkt das Maß an Intimität.

Es gefiel ihm nicht.

»Cass, lass uns hochgehen«, sagte Finn. Er schob Cassie sanft durch die Kellertür Richtung Treppe. »Alles gut.«

Finns Worte (oder vielleicht seine Hand auf ihrem Rücken) taten ihre Wirkung. Cassie schaute kurz über ihre Schulter zurück zu Roland. »Ich mache dir einen Tee, Liebling.«

Ich blickte ihnen hinterher und fragte mich, wie Roland diese Stufen herunterkam.

»Ich rutsche herunter, auf meinem Hintern. Meine Mom folgt mit dem Stuhl. Es gibt hier unten auch ein Bad, selbst einen Mini-Kühlschrank«, sagte Roland, als hätte er meine Gedanken gelesen, und zeigte auf einen Kühlschrank in der Ecke. Er zuckte die Achseln. »Hier unten ist es schön kühl. Mir ist immer heiß, selbst im Winter. Seit ich gefallen bin. Gesprungen. Egal.«

Im Keller war es kühl, fast schon kalt.

Ich nickte. »Guter Film.«

»›Weißt du, Kevin, die Franzosen sagen dazu *les incompetents*‹«, zitierte Roland mit einem frechen Grinsen.

Ich legte meine Hände um mein Gesicht und machte den

stillen Schrei nach, wie Macaulay Culkin in dem Film, als er sich Aftershave auf die Wangen gespritzt hatte. Das entlockte Roland ein Kichern.

Dann hörte er auf zu lachen. »Warum sind Sie hier? Was ist mit Star und Becky passiert?«

Ich setzte mich neben Roland auf das Sofa und schaute ihn an. »Grimm ist passiert. Er hat Becky dazu gebracht, Star die Haare abzuschneiden. Er hat ihr gedroht, sie sonst als Betrügerin auffliegen zu lassen, und auch ihre ›Arrangements‹ mit einigen eurer Mitschüler.«

Roland holte tief Luft. »Wow. Das ist … das ist ganz schön krank. Ich habe Ihnen doch gesagt, er würde durchdrehen.«

»Ja, hast du. Sag mir noch einmal, was genau du damit meinst?«

Roland schwieg, tief in Gedanken. Er setzte an, etwas zu sagen, stoppte und schien seine Worte dann umzuformulieren.

»Alles, was er bisher getan hat, fand nicht auf einer öffentlichen Bühne statt. Es war persönlich. Die Kids reden zwar alle über ihn, aber die Lehrer und die Erwachsenen hatten keine Ahnung«, sagte Roland. »Würden Sie mir bitte die Cola geben?«

Ich reichte ihm eine halbleere Coladose. Er nahm einen tiefen Zug und gab dann einen ekligen Rülpser von sich. Dann sagte er: »Aber, das jetzt … Das ist das erste Mal, dass auf seine Anweisung ein Schüler einen anderen Schüler verletzt. Das wird jetzt öffentlich. Jeder wird Stars Haare sehen.«

»Ja, das werden sie. Ich habe bereits mit der stellvertretenden Rektorin Moreno gesprochen, und es wird eine interne Ermittlung geben. Warum, glaubst du, dreht er durch? Dieser letzte Zwischenfall, das Haare-Abschneiden … da steckt auch Gewalt dahinter.«

Roland zuckte die Achseln. Er trug ein schwarzes T-Shirt, Schlafanzughosen und rote, puschelige Hausschuhe. Eine Decke lag halb auf seinem Schoß und halb auf dem Boden. Zum ersten Mal fiel mir auf, dass auch im Keller die Wände mit gerahmten Bildern von ihm zugepflastert waren. Ich fragte mich, wie meine Tochter wohl als Teenager werden würde.

»Hast du die hier auch alle gezeichnet?«

Roland verdrehte die Augen. »Jepp. Egal was ich zeichne, meine Mom muss es rahmen und aufhängen. Irgendwann hängen so viele Bilder an den Wänden, dass das ganze Haus unter der Liebe meiner Mutter zusammenbricht.«

Zu meiner Überraschung hatte ich plötzlich einen Kloß im Hals. Ich schluckte ihn herunter und blinzelte die aufsteigenden Tränen fort. »Du hast Glück, Junge, dass du eine Mutter hast, die dich so sehr liebt und die so stolz auf dich ist.«

Roland rülpste wieder. »Vermutlich. Haben Sie keine Mom?«

»Nein, sie ist gestorben, als ich noch klein war; sie und mein Dad. Es war ein Autounfall«, sagte ich. »Ich bin bei meiner Großmutter aufgewachsen.«

Roland wusste nicht, was er dazu sagen sollte, also hielt er seinen Mund.

Ich versuchte es wieder. »Also, warum jetzt? Warum ist es Grimm egal, wenn die Erwachsenen von ihm erfahren?«

Roland drückte auf die Abspieltaste der Fernbedienung, nur um den Film dann eine Sekunde später wieder anzuhalten. Er seufzte und schaute mich mit einem Blick an, als würde er mir gleich das Geheimnis des Universums verraten. »Ich habe es Ihnen doch schon gesagt. Ich glaube, er hat Fuente umgebracht. Ich weiß nicht, wie diese Sache zwischen Becky und Star damit zusammenhängt. Vielleicht hat er sie geplant, bevor er Fuente umgebracht hat. Doch es ist ihm egal, dass die Erwachsenen von ihm wissen, weil sie es sowieso nicht glauben. So wird man zu einem Erwachsenen, Gemma. Ein Erwachsener ist jemand, der nicht mehr an Märchen glaubt.«

Glaubte ich immer noch an Märchen?

»Bist du Grimm, Roland?«, fragte ich.

Er lachte. »Zum Teufel, nein. Sie haben doch meine Mom gesehen. Es würde sie umbringen, wenn ich solchen Scheiß machen würde. Ich bin doch kein Vollidiot, ich will meine Mom nicht umbringen.«

»Woher weißt du dann so viel über ihn? Warum kommst ausgerechnet du zu mir und redest über ihn?«

Roland zuckte wieder mit den Achseln. »Ich höre viel, okay. Wie ich schon sagte, die Kids quasseln ständig. Ich weiß wirklich nicht mehr über Grimm als alle anderen, ich bin nur der Einzige, der mit einem Cop über ihn redet. Ich weiß nicht warum. Wahrscheinlich …«

»Sprich weiter.«

Die Worte kamen Roland sichtlich schwer über die Lippen, und ich hatte den Eindruck, dass ich nun etwas hören würde, was er noch nie jemandem gesagt hatte. »Wahrscheinlich macht es mich nach dem, was ich durchgemacht habe, nach meinem Unfall, traurig, wenn ich sehe, wie anderen wehgetan wird. Wie sie verletzt werden. Gott. Ich höre mich an wie ein Weichei.«

»Nein, tust du nicht. Du hörst dich an wie ein Mensch mit sehr viel Mitgefühl. Kennst du Soren Baker?«

Roland nickte. »Ja … was hat er damit zu tun?«

»Er wird vermisst. Wir können ihn nicht erreichen und haben in seinem Apartment Blut auf dem Boden gefunden.«

»Kein Scheiß? Aber das ergibt keinen Sinn«, sagte Roland. Er veränderte seine Position auf dem Sofa und wickelte die Decke unter seine Beine. »Warum sollte Grimm Baker umbringen? Außer … Grimm ist jetzt hinter Lehrern her.«

»Es gibt noch eine andere Möglichkeit.«

Ich wartete einen Moment, bis Roland selbst darauf kam. »Heilige Scheiße, Sie denken, Mr. Baker ist Grimm? Vielleicht hat er noch jemand anderen in seinem Apartment umgebracht!«

»Momentan wissen wir noch gar nichts mit Sicherheit. Denkst du, er könnte Grimm sein?«

Roland ließ sich verdutzt auf dem Sofa zurückfallen. »Ich denke schon. Wenn er es aber nicht ist, dann glaube ich, dass Grimm Fuente und Mr. Baker umgebracht hat.«

»Okay. Stellen wir uns vor, dass Grimm weder Mr. Baker noch Fuente noch irgendwer sonst ist, den wir kennen. Wie könnte ich ihn zu fassen bekommen?«

Ich wusste nicht, ob Roland mir eine Antwort auf diese ganz spezielle Frage geben konnte, doch vielleicht hätte er ja eine Idee.

Der junge Mann schloss die Augen. Er wirkte ruhig und schwieg so lange, dass ich mich fragte, ob er eingeschlafen war. Als er wieder sprach, war es mit sehr trauriger Stimme.

»Ich weiß nicht, ob Sie das schaffen. Ich weiß nicht, ob ihn irgendwer aufhalten kann. Ich denke, Grimm wird weitermachen und noch sehr vielen Menschen wehtun.«

23. Kapitel

Auf der Fahrt zurück zum Revier redeten wir weder über Cassie, noch über Roland und noch nicht einmal über Grimm. Sobald wir im Wagen saßen, drehte Finn das Radio laut auf, und der Ausdruck auf seinem Gesicht sagte mir, dass er keine Unterhaltung wünschte. Ich fragte mich, was ihm durch den Kopf ging, denn er hatte ja gewusst, dass Cassie Mutter war.

Auf dem Revier ging jeder von uns seiner eigenen Wege, ich zu meinem Schreibtisch und meinen E-Mails, Finn zu seinem Tisch und einem Stapel von Nachrichten. Ich hatte ein Höflichkeits-Update von der Telefongesellschaft bekommen; Fuentes Handy war immer noch nicht eingeschaltet worden, also war das eine Pleite. Von Tilly aus der Bibliothek hatte ich eine E-Mail mit einem großen Anhang bekommen. Bevor ich ihn öffnete, rief ich Moriarty etwas zu.

»Hey, Lou. Wann hat Sam wieder Dienst?«

Moriarty grummelte etwas.

»Wie bitte?«

Er drehte sich um. »Ich sagte, er hat die Schicht morgen Nachmittag. Er kann nicht mit dir tauschen, er hat viel zu tun. Alle versuchen, sich vor der Arbeit zu drücken. Es ist, als hättet ihr Leute noch nie einen Schneesturm erlebt.«

»Ich frage nicht, weil ich tauschen will«, sagte ich leise zu mir selbst. »Ich will nur mit dem Mann reden.«

»Was?«

»Nichts«, rief ich zu Moriarty hinüber. »Lass gut sein.«

Ich öffnete Tillys E-Mail und las die knappen Einleitungssätze, die sie vor die Anhänge gesetzt hatte. Sie schrieb, dass ich in den nächsten ein bis zwei Tagen mehr bekommen würde. Ich holte tief Luft und öffnete die Anhänge. Es war eine Menge Material. Ich wühlte in meiner Schublade nach einer Lesebrille und setzte sie verstohlen auf. Die Verkäuferin in einer der ortsansässigen Geschenkeläden hatte mir empfohlen, sie bei längerem Lesen zu tragen, nachdem ich Schwierigkeiten hatte, die winzigen Preisschilder an einem billigen Anhänger zu lesen. Ich kaufte zwar den Modeschmuck nicht, doch die Verkäuferin war gut und schwatzte mir die Lesebrille auf, noch bevor ich wusste, wie mir geschah.

Langsam schaute ich hoch. Niemand schien die Brille bemerkt zu haben. Ich machte es mir gemütlich und begann zu lesen. Tilly hatte eine Liste von Fuentes Romanen geschickt, und Links zu seinen Kurzgeschichten und Flash Fiction, die online verfügbar waren. Ich notierte mir, was nicht verfügbar war, und sah dann, dass Tilly bereits einige Bücher für mich reserviert hatte. Ich konnte sie in einigen Tagen in der Bücherei abholen.

Drei Stunden später hatte ich sechs Kurzgeschichten gelesen und beendete gerade meine siebte. Ich überflog die letzten paar Sätze und wollte die Seite gerade wieder schließen, als ich in der Fußnote einen bekannten Namen sah.

Lila Conway.

Ich las die Fußnote durch, lehnte mich dann zurück und

kaute am Daumennagel. Das Stück war gut geschrieben, aber total unheimlich. Ein Junge und ein Mädchen, Eddie und Alana, kommen aus derselben armen Nachbarschaft und haben nur einander als Freunde, die Eltern spielen kaum eine Rolle. An Eddies zehntem Geburtstag finden sie einen verlassenen Koffer in einer Gasse hinter ihrer Grundschule. In dem Koffer sind drei Dinge: ein Ausweis, auf dessen Lichtbild das Gesicht abgekratzt ist; ein in Leder gebundenes Notizbuch mit leeren unlinierten Seiten, und ein schmaler, ramponierter Band mit chinesischen Märchen.

Eddie und Alana lesen ganz versunken die Märchen. Jede Geschichte ist ein paar Seiten lang, und während sie lesen, fühlt Alana sich allmählich seltsam. Ihre Haut strafft sich, ihre Knochen schmerzen, und ihre Augäpfel tränen von einem merkwürdigen Druck. Als sie die Märchensammlung halb durchgelesen haben, schaut Eddie auf, und Alana ist verschwunden. Er zuckt mit den Schultern – denn sie ist ein sehr ungestümes Kind – und beginnt mit der nächsten Geschichte. Doch zu seinem Entsetzen ist Alana genau dort, in der Geschichte. Verängstigt winkt sie ihm von den Seiten des Buches zu und sagt tonlos ›Hilf mir!‹, doch es gibt nichts, was er tun könnte. Verzweifelt liest er bis zum Ende, und als er die letzte Seite umblättert, ist sie fort.

Sie ist einfach fort.

Eddie wird selbst ein Schriftsteller, und er verbringt den Rest seines Lebens mit dem Versuch, Alana wieder in sein Leben zu schreiben. Doch am Ende der Geschichte kann er sich nicht daran erinnern, ob sie überhaupt je echt gewesen ist.

Schon wieder ein Märchen. Die schienen mich zu verfolgen.

Die Fußnote bezog sich auf einen Artikel, den Lila Conway geschrieben hatte. Er besagte, sie wäre eine Freundin von Fuente und die Inspiration für das kleine Mädchen in der Geschichte. Tilly war sogar besser, als ich gedacht hatte, denn sie hatte auch Lilas Artikel beigefügt.

Ich las den Artikel durch, und als ich fertig war, hatte ich pochende Kopfschmerzen. Ich ging in den Pausenraum und spülte eine Paracetamol mit einem großen Glas Wasser hinunter. Im Kühlschrank fand ich ein Stück Erdbeer-Käsekuchen, den letzten Rest irgendeines Geburtstagskuchens. Ich verschlang ihn und wünschte dann direkt, ich hätte es nicht getan. Von dem vielen Zucker wurde mir übel.

Lilas Artikel war für eine Zeitung in Denver entstanden, die schon vor Jahren eingestellt worden war. Der Inhalt war ein leidenschaftlicher Appell, Yvette Michaelson – der ›Tochter von Denver‹ – die Ehrenmedaille von Colorado zu verleihen. Der Preis ehrte gebürtige Bürger von Colorado und wurde alle fünf Jahre bei einer besonderen Zeremonie in der Bundeshauptstadt verliehen. In den sechzig Jahren seiner Geschichte war er noch nie einer Frau verliehen worden oder einem Schwarzen.

Yvette Michaelson war nicht nur eine Frau, sondern auch zur Hälfte eine Schwarze.

Lilas Artikel beschrieb Yvettes frühe Anfänge und ihren Kampf gegen ihre Soziale Phobie. Dann erzählte Lila von Yvettes Expeditionen und Reisen mit ihrer geliebten Gefährtin, Louise Ruse, und schließlich von ihrer Solo-Expedition nach Südamerika, nachdem Ruse an Krebs gestorben war. Der Artikel endete mit: *Michaelson kam nie mehr von ihrer letzten tapferen Expedition zurück. Viele mutmaßen, dass sie in der Tat unter den Händen eines Ureinwohnerstammes tief im bolivianischen Urwald gestorben ist. Doch lassen Sie uns damit aufhören, uns auf ihren Tod zu konzentrieren. Ich beschwöre Sie, stattdessen das Leben dieser großartigen Frau wiederaufleben zu lassen und ihr die Unsterblichkeit zu verleihen, die sie verdient, und mit mir Partei zu ergreifen, ihr die Ehrenmedaille von Colorado zu verleihen.*

Der letzte Absatz war zwar berührend, ähnelte jedoch dem Rest des Artikels: schlecht geschrieben, mit merkwürdigen grammatikalischen Satzstrukturen und Endlossätzen. Lila mochte großartig im Recherchieren sein, doch ihre Schreibkünste ließen sehr zu wünschen übrig.

Ich dachte zurück an das Schulprojekt, dass ich über Michaelson geschrieben hatte. Meines Wissens hatte sie nie irgendeine formale Ehrung oder Anerkennung ihrer Errungenschaften erhalten, wenn man von dem Spitznamen ›Die Tochter von Denver‹ absah, der auf seine eigene merkwürdige Art immer noch ein patriarchalisches Gefühl von Eigentum über ihre Leistungen vermittelte. Sie war keine Tochter Denvers, sie war Denver: Pionierin, Forscherin, Grenzbewohnerin, mutig, einzigartig. Eine echte Naturgewalt.

Ich verließ den Pausenraum und ging zurück an meinen Schreibtisch, machte mir noch ein paar Notizen und rekapitulierte, was ich erfahren hatte. Der Artikel war fünfzehn Jahre alt, und doch hatte Conway noch immer knöcheltief in Recherchen über Michaelson gesteckt, als ich sie besucht hatte.

Fuente hatte Romane, Kurzgeschichten und anderes geschrieben. Bei einer seiner Geschichten ging es um ein Mädchen – inspiriert durch seine eigene Jugendfreundin Lila –, die in einer Geschichte verschwindet, und um ihren Kumpel

Eddie, der den Rest seines Lebens versucht, sie mit seinen Geschichten wieder zum Leben zu erwecken.

Was zum Teufel hatte das alles zu bedeuten?

Als ich meine Sachen packte, um Feierabend zu machen, ermahnte ich mich selbst, dass es gar nichts zu bedeuten haben könnte. Ermittlungen fördern routinemäßig einen riesigen Berg an Informationen zutage, von denen das meiste letztendlich unwichtig ist und nur als reines Gerümpel und Ablenkung von den eigentlich wichtigen Sachen existiert.

Kurz bevor ich in den Canyon abbog, erhielt ich eine Textnachricht von Brody, dass wir kein Hundefutter für Seamus mehr hatten. Ich fuhr weiter zum Supermarkt, in dem Wissen, dass er ein Irrenhaus sein würde. Stürme haben die Angewohnheit, alle Leute zum Einkaufen zu scheuchen.

Und ich hatte recht, der Laden war gerammelt voll. Ich fand einen Parkplatz auf der Rückseite des Gebäudes, stapfte Richtung Eingang und stöhnte über jede weitere dreckige Pfütze aus öligem Schneematsch, der gegen meine Hosenbeine spritze. Drinnen war die Hölle los. Drängelnde Kunden schnitten einander mit vollbeladenen Wagen die Wege ab, um verzweifelt die letzte Flasche Milch oder einen einsamen Brotlaib zu ergattern. Ich biss die Zähne zusammen und ging an den Einkaufswagen vorbei, mit der Absicht, nur einen einzigen Artikel zu kaufen.

Ich ging hinüber zu der einzigen Selbstbedienungskasse und wartete geduldig hinter vier weiteren Frauen, die jede nur einen oder zwei Artikel in der Hand hielten. Sie waren Frauen nach meinem Geschmack, und wir lächelten uns selbstgefällig zu, während wir unsere Augen in Richtung der langen Schlangen an den anderen Kassen verdrehten.

Ich betrachtete die Menschenmenge. Ich entdeckte Peggy Greenway, die Englischlehrerin, in der Schlange, aufgebrezelt in einem dunkelblauen Vintage-Mantel mit Pelzbesatz, dazu schwarze Handschuhe und eine kleine schwarze Federkappe. Sie war fast an der Kasse und wartete hinter einer sehr dicken Frau mit einer noch dickeren Tasche.

Zwei Kassen weiter standen Harold Chapman und die stellvertretende Rektorin Justine Moreno in ein Gespräch vertieft. Die ganze verdammte Academy war im Supermarkt, und ich strich mir lässig das Haar aus der Stirn, schaute mich um und fragte mich, ob auch Darren Chase irgendwo in der Nähe stand.

Ein kleiner Aufschrei lenkte meine Aufmerksamkeit wieder auf Peggy Greenway. Ich sah zu, wie sie zurückwich und fast mit dem Mann zusammenstieß, der mit starrer Miene hinter ihr stand. »Bitte, bitte, nehmen Sie ihn weg«, sagte sie. »Ich kann sie nicht ausstehen.«

Ich stellte mich auf die Zehenspitzen, konnte jedoch nicht sehen, mit wem Peggy sprach. Sie klang entsetzt. Die Frau vor mir bemerkte meine Neugier. Sie lehnte sich zurück und erklärte über ihre Schulter hinweg. »Betty Page fleht die Frau vor ihr an. In der Tasche der Lady sitzt ein kleiner Terrier. Das arme Mädchen hat total Schiss davor.«

Die Frau hinter mir stimmte ein: »Das ist Ms. Greenway, meine Tochter hat sie in Englisch. Ich kenne sie gut. Sie hat Todesangst vor Hunden, selbst vor winzigen Kläffern wie dieser Ratte dort.«

Ich schaute zu, wie die dicke Frau mit der Tasche und dem Hund sich entfernte und die Rufe der Kassiererin ignorierte, Hunde seien im Laden noch nie erlaubt gewesen. Peggy sah bleich aus, doch weder die stellvertretende Rektorin Moreno noch Harold Chapman, die wegen des Aufruhrs besorgt aufgetaucht waren, machten Anstalten, sie zu beruhigen.

In meiner Schlange ging es schnell voran, und ich schaffte es, Peggy auf dem Parkplatz einzuholen. Sie knallte gerade die Kofferraumklappe ihres Toyota Corollas zu, als ich sie am Ellenbogen griff.

»Oh, Gemma, haben Sie mich erschreckt«, sagte sie. Ihre Augen waren geweitet, und die kalte Luft hatte ihre blasse Haut leicht rosig gefärbt.

»Tut mir leid, ich wollte nur sicherstellen, dass mit Ihnen alles in Ordnung ist«, erwiderte ich. Ich ließ ihren Ellenbogen los und runzelte die Stirn. »Sie schienen da drinnen ganz verängstigt zu sein.«

Peggy Greenway nickte heftig, und ihre kleine Kappe mit den Federn und dem Netz rutschte einige Zentimeter herunter. »Ich wurde als Kind gebissen. Seitdem habe ich panische Angst vor Hunden. Egal, wie groß sie sind.«

Ich nickte nachdenklich. »Und trotzdem haben Sie meinem Partner und mir erzählt, dass Sie letzten Freitag früh nach Hause gefahren sind, um Ihren geriatrischen Hund April zu füttern? Den alten Malteser?«

Ich beobachtete sie, als ihr klarwurde, dass ich ihre Lüge aufgedeckt hatte. Ihr Blick sank zu Boden, und ihre Wangen wurden dunkelrot.

Erst Soren Baker, jetzt Peggy. Ich hatte es satt, angelogen zu werden.

»Wie wäre es, wenn Sie mir die Wahrheit sagen? Im Rahmen einer Mordermittlung zu lügen ist ein ernstes Vergehen.«

»Oh Gott, Sie können doch nicht ernsthaft annehmen, ich hätte irgendetwas mit dem Tod dieses Mannes zu tun? Ich bin einfach nur nach Hause gefahren, das ist alles. Ganz allein. Und ja, in ein einsames Haus. Ich … ich weiß nicht, warum ich gelogen habe. Vermutlich wollte ich nicht so pathetisch wirken wie Hal Chapman. Ist das nicht verrückt? Ich dachte, wenn ich einen Hund erfände, würde ich weniger wie eine Versagerin dastehen. Die Wahrheit ist, dass ich mir ein Fertiggericht in der Mikrowelle warmgemacht und es mir dann mit einem kräftigen Drink und einem Roman gemütlich gemacht habe«, sagte Peggy. Sie sah mich an und lächelte schwach. »Ich will nicht, dass die Leute denken, ich sei ein Null. Ergibt das Sinn?«

»Natürlich ergibt das Sinn, niemand will als Versager dastehen. Obwohl ich Ihnen ehrlich sagen muss, Peggy, dass niemand ein Versager ist, nur weil er in ein leeres Haus zurückkehrt. Das Problem ist nur, dass Sie mein Vertrauen missbraucht haben. Wie soll ich wissen, ob ich Ihnen jetzt noch glauben kann? Haben Sie mit jemandem gesprochen? Mit einem Nachbarn geschwatzt? Haben Sie sich bei der Polizei wegen Partylärm beschwert?«

Peggy schüttelte den Kopf. »Nein, nein und nein. Bitte, Gemma, ich sage die Wahrheit. Ich wünschte, jemand könnte meine Geschichte bestätigen, aber es gibt niemanden.«

Ich wusste, dass sie log. War sie nicht direkt nach Hause gefahren oder die ganze Nacht allein gewesen? Sie war eine attraktive Frau, und wenn es eines gab, was diese Stadt reichlich hatte, dann waren es ähnlich attraktive und verfügbare Männer. Und Delaware Fuente, obwohl er nicht wirklich attraktiv gewesen war, hätte vielleicht genau jene Welterfahrung und jenen Charme gehabt, denen eine junge Dame wie Peggy Greenway verfallen wäre.

Waren sie in jener Nacht zusammen gewesen? War Fuente ein Mentor und hatte ihr bei ihrem eigenen Schreiben geholfen? War sein Tod das Ergebnis eines Streits zwischen Liebenden?

Bevor wir uns verabschiedeten, fragte ich sie, ob sie irgendeine Idee hätte, wo Soren Baker sein könnte. Peggy war verwirrt und sagte, sie sei sich gar nicht darüber bewusst gewesen, dass er vermisst würde.

»Ich wette, Harold Chapman deckt ihn«, fügte sie hinzu. »Soren und Hal haben eine Vereinbarung; wenn einer von beiden mal blaumachen will, springt der andere für ihn ein. Natürlich haben sie mich nie gefragt; nicht, dass ich mitgemacht hätte. Direktor Silverstein hat ein Auge zugedrückt. Moreno würde ausflippen, wenn sie es wüsste, aber ich will mir nicht die Finger verbrennen und es ihr sagen.«

»Warum würden Sie deswegen Ärger bekommen?«, fragte ich neugierig.

»Weil sie dafür ihre Urlaubstage nutzen müssten. So lauten die Schulregeln. Wenn sie sich nur gegenseitig vertreten, kriegt das keiner mit«, sagte Peggy. Sie schüttelte den Kopf. »Männer.«

Ich blickte ihr hinterher, als sie vom überfüllten Parkplatz fuhr. Ihre Bremslichter flackerten kaum auf, bevor sie Richtung Schule und vermutlich ihrem Zuhause abbog.

In meiner Laufbahn sind mir schon eine Menge Lügner untergekommen, und die, von denen man es nie erwartet hätte, überraschen mich immer noch. Die Gründe für die Lügen sind fast immer genauso schockierend.

Als ich endlich zu Hause ankam, war Brody mit der Zubereitung des Abendessens fast fertig, also spielte ich mit Grace, anstatt ihm zu helfen. Der Ausdruck ›spielen‹ war eigentlich übertrieben. Sie saß in meinen Armen, wurde gestillt und schlief dann ein, während ich ihre Gesichtszüge betrachtete. Sie war wirklich ein wunderschönes Baby. Als Brody mich zum Abendessen rief, legte ich sie zurück in ihre Wiege. Dann setzten wir uns – seit Wochen das erste Mal, so kam es mir vor – gemeinsam an den Esstisch und aßen richtig zu Abend: Spaghetti, einen einfachen grünen Salat, getoastetes Baguette und Wein.

Danach spielten wir eine Partie Cribbage und sahen uns einen Film an. Brody machte ein Feuer im Kamin und schenkte jedem von uns ein zweites Glas Rotwein ein. Der Pinot Noir war leicht und schmeckte nach Sommerkirschen. Der Film war ein vorhersehbarer Justizthriller, doch nach dem zweiten Glas Wein durchaus amüsant. Es fühlte sich gut an, eine Pause von der Arbeit zu machen. Durch den Alkohol und das Feuer wurde mir warm. Ich schloss die Augen einen Moment und entspannte mich.

Als ich aufwachte, hatte ich einen steifen Nacken, und der Fernseher lief immer noch, jetzt allerdings nur noch mit statischem Rauschen. Brody war zur Seite gekippt und schlief tief und fest. Auf seinem Schoß lag zusammengerollt Seamus und wachte auf, als ich meinen Hals und Nacken streckte. Er schenkte mir seinen traurigen Basset-Blick, den er so gut kann.

»Tut mir leid, Kumpel, aber wir können nicht die ganze Nacht hier liegen bleiben«, flüsterte ich. Dann schüttelte ich Brody wach. Er setzte sich mit einem Ruck auf und sagte: »Was ist? Was ist los?«

»Nichts ist los, Liebling. Wir sind alt. Zwei Gläser Pinot, und wir sind beide eingeschlafen. Ich glaube nicht, dass ich mehr als eine halbe Stunde des Films gesehen habe. Lass uns ins Bett gehen.«

Wir tapsten die Treppe hinauf, erst ich, dann Brody und dann Seamus. Ich schaute noch einmal kurz nach Grace in ihrem Kinderzimmer und erinnerte mich dann an Bulls Worte, dass das erst der Anfang unseres gemeinsamen Lebens als Familie sei. Dass wir alle Zeit der Welt hätten, um herauszufinden, wie alles läuft.

Während ich sie betrachtete, schlief sie einfach weiter, bis meine Augenlider so schwer wurden, dass ich sie keine Minute länger offen halten konnte. Ich ging und fragte mich dabei, ob es stimmte, ob wir wirklich alle Zeit der Welt hatten.

Ich hoffte, dass es so war, doch ich wusste, dass Hoffnung und Realität zwei sehr unterschiedliche Dinge waren.

Im Schlafzimmer linste ich aus dem Fenster und fragte mich, ob ich sehen konnte, wie der Schneesturm aufzog. Er hatte uns jedoch noch nicht erreicht, und so kroch ich ins Bett und drückte mich an Brodys warmen, nackten Rücken. Doch er bewegte sich nicht, und kurz darauf rollte ich mich zur Seite und war eine Minute später fest eingeschlafen.

24. Kapitel

Frühmorgens setzte der Schneesturm ein. Ich stand auf der Veranda, in eine schwere Steppdecke gehüllt, und trank eine Tasse heißen Kakao, als der Himmel heller wurde, von Schwarzblau in Indigoblau überging und schließlich in ein zorniges Grau. Die Luft wurde eisig, dann rieselte zuerst feiner, sanfter Schnee herunter, dann wurden dicke, schwere Flocken daraus. Als ich angezogen war und das Haus verlassen wollte, lagen auf den Straßen bereits fünf Zentimeter Schnee.

Während der Fahrt dachte ich darüber nach, wie der Winter die Menschen veränderte. Wenn die Kälte zuschlug, schien der Alkohol großzügiger zu fließen. Wenn die Sonne mehrere Tage nicht zu sehen war, konnte die Depression sich leichter einschleichen und festsetzen. Die Wettervorhersage hatte in den kommenden anderthalb Tagen weitere fünfzig Zentimeter Schnee vorausgesagt. Das bedeutete für uns, die Besoffenen mussten von der Straße geholt, die Obdachlosen in Heimen untergebracht und streitende Ehepaare getrennt werden.

Ich war fast am Revier angekommen, als mir etwas einfiel. Jemand, besser gesagt … jemand, der niemals auf die Idee kommen würde, blauzumachen oder von zu Hause aus zu arbeiten. Jemand, der möglicherweise bei dem einen oder anderen Rätsel, die sich inzwischen auftürmten, Licht ins Dunkel bringen konnte. Ich warf einen Blick in den Rückspiegel, und als ich sah, dass nicht nur vor mir, sondern auch hinter mir alles frei war, trat ich auf die Bremse und bog scharf rechts ab, anstatt zum Revier zu fahren.

Es war ungefähr sechs Monate her, seit ich Dr. Dean Pabst das letzte Mal gesehen hatte. Ich hielt auf dem Parkplatz seines Büros, saß mit geschlossenen Augen im Auto und ließ im Geiste die schrecklichen Träume wiederaufleben, die mich damals zu ihm geführt hatten. Düstere Träume über den Woodsman und die McKenzie-Jungs. Einen Moment lang hatte ich Angst. Was wäre, wenn der Besuch bei Dr. Pabst einen Rückfall auslöste, eine Rückkehr an diese dunklen Orte? Ich hatte so hart an mir gearbeitet, um mich aus diesen Träumen zu befreien, und der Gedanke daran, wieder dorthin zurückzukehren, reichte aus, damit mein Herz erst langsamer schlug und dann dreimal so schnell.

»Schluss damit«, befahl ich mir flüsternd. »Schluss jetzt.«

Ich ging durch die Eingangstür des Bürogebäudes und nahm den Weg, den ich schon ein Dutzend Mal genommen hatte. Als ich das Büro von Dr. Pabst betrat, war jedoch alles anders, und für einen kurzen Augenblick dachte ich, ich hätte mich in der Tür geirrt.

In der Vergangenheit waren die Patienten angewiesen worden, in dem Vorzimmer zu warten, bis uns Dr. Pabst zu unserem Termin hereinholte. Damals standen dort zwei Plastikstühle und ein alter Couchtisch, auf dem die Tageszeitung lag. Manchmal stand ein Wasserspender in der Ecke, manchmal, wenn Pabst die Rechnung nicht bezahlt hatte, nur ein kleiner Baum in einem Topf.

Jetzt gab es eine Empfangsdame, bunte Bilder an den Wänden und Sessel mit Schonbezügen. Der Couchtisch war derselbe, doch neben der Tageszeitung lag nun noch eine Reihe Zeitschriften bereit. Ich freute mich, dass es Pabst offensichtlich gutging, und ich fragte mich, welche Wendung des Schicksals in den letzten sechs Monaten zu dieser positiven Veränderung geführt hatte.

Die Empfangsdame war freundlich und effizient. Sie öffnete den Kalender des Doktors auf ihrem Computer, lächelte triumphierend und sagte, er hätte einen Moment Zeit zum Reden, wenn ich noch zehn Minuten warten würde. Ich setzte mich und nahm mir die Zeitung. Ein Artikel von Missy Matherson nahm ungefähr ein Viertel der Titelseite ein.

Ich begann zu lesen und stöhnte.

»Ist alles in Ordnung?« Die Empfangsdame schaute seitlich an ihrem Computer vorbei und sah mich über ihre Lesebrille hinweg an. »Kann ich Ihnen etwas bringen?«

Ich lehnte dankend ab. »Alles gut. Ignorieren Sie mich einfach.«

In dem Artikel mit der Überschrift ›Unser Recht auf Information‹ ging es darum, wie das Cedar Valley Police Department der Presse – und damit der Öffentlichkeit – entscheidende Informationen über den Mord an dem berühmten Schriftsteller Delaware Fuente vorenthalten hätte. Matherson lamentierte weiter und stellte die Professionalität der Ermittlungen sämtlicher kürzlich zurückliegender Fälle infrage, einschließlich der Morde im letzten Herbst.

Ich schmiss die Zeitung auf den Tisch. Matherson hatte keine Ahnung, wovon sie da redete. Sie war eine drittklassige Reporterin, die die Oberfläche abschöpfte und versuchte, aus

Scheiße Gold zu machen. Sie war meinen Ärger nicht wert, und ich atmete einige Male tief durch, um mich zu beruhigen.

Die Empfangsdame beugte sich vor. »Ich könnte Ihnen Kaffee anbieten?«

»Nein, danke sehr.«

Nach einer weiteren Minute sagte sie: »Dr. Pabst hat jetzt Zeit für Sie.«

* * *

Sein Büro war nicht das Einzige, was sich verändert hatte. Dr. Pabst hatte fünfundzwanzig Kilo abgenommen und trug kein hässliches Toupet mehr. Obwohl er immer noch übergewichtig war, sah Dr. Pabst ohne das Kunsthaar und mit dem schmaleren Gesicht aus wie ein anderer Mensch.

Ich nahm meinen üblichen Platz in dem Sessel ihm gegenüber ein. Von seinem Lehnstuhl hinter dem Schreibtisch aus nickte er mir zu und verschränkte die Hände ineinander.

»Dean«, sagte ich, »Sie sehen großartig aus.«

Er lächelte. »Danke, meine Liebe, aber Sie übertreiben. Ich habe ein paar Pfunde verloren, aber großartig sehe ich noch lange nicht aus. Doch ich *versuche* es. Im April feiere ich meinen siebzigsten Geburtstag. Ich hoffe, auch an meinem Achtzigsten noch da zu sein, doch meine Ärzte und mein Trainer sagen mir, dass es gar nicht erst dazu kommen wird, wenn ich mich nicht endlich ändere.«

Er zeigte auf seinen Kopf und dann seinen Körper. »Es ist merkwürdig, den Zenit zu überschreiten und dann mit dem Kopf voran in das Seniorenalter zu schlittern. Ich fühle mich nicht alt, aber ich bin es. Ich befürchte, dies ist die Welt der jungen Menschen. Erzählen Sie mir, Gemma, haben Sie den Woodsman in letzter Zeit gesehen? Besucht er Sie in Ihren dunkelsten Träumen?«

Bei der Erwähnung des Woodsman lief mir ein kalter Schauer über den Rücken, und ich verneinte. »Es ist Monate her. Ich denke, er ist für immer verschwunden. Zumindest hoffe ich das.«

Pabst nahm seine zu kleine Brille ab und rieb sich den Nasenrücken. »Seien Sie vorsichtig, meine Liebe. Sie sehen müde aus. Sie sind zweifellos wieder auf der Jagd, abgelenkt. Nein, nein, machen Sie sich nicht die Mühe zu protestieren. Ich kann es in Ihren Augen sehen. Sie jagen wieder Monster. Doch Sie müssen daran denken, dass unsere Feinde sich an uns heranschleichen, wenn wir es am wenigsten erwarten. Bleiben Sie auf der Hut. Schreiben Sie noch Tagebuch?«

Darüber lachte ich. »Dean, ich habe ein drei Monate altes Baby zu Hause; einen Freund, der sich nicht sicher ist, was er will; eine Großmutter, die zusehends weiter in die Fänge der Demenz abgleitet; einen toten Autor; einen Lehrer, der vermisst wird; einen Rabbit Man in den Wäldern; und einen Highschool-Tyrannen, der seine Mitschüler mobbt. Und alle, die ich kennenlerne, scheinen entschlossen zu sein, mir ins Gesicht zu lügen. Wann genau, glauben Sie, sollte ich Tagebuch schreiben? Oh, einen Moment, Chief, ich trinke nur kurz einen Tee und schreibe Tagebuch.«

Der Psychiater setzte seine Brille wieder auf und blickte mich streng an. »Sie machen sich über mich lustig. Das sollten Sie nicht tun. Erzählen Sie mir von dem Schultyrannen.«

Ich fand es merkwürdig, dass Dr. Pabst direkt auf Grimm

angesprungen war und nicht auf den Fuente-Fall, doch das war der Arzt in ihm.

Und um ehrlich zu sein, war es auch Grimm, über den ich sprechen wollte.

»Er nennt sich selbst Grimm, mit zwei *m*, wie die Gebrüder Grimm. Er ist auch eine Art Autor. Er tyrannisiert die Schüler, indem er ausgefeilte Situationen erschafft, die einen vagen Bezug zu Märchen haben«, sagte ich. Ich erzählte ihm von Paul Runny, Becky und Star, und dass es weitere gab, deren Geschichten ich noch nicht gehört hatte. Pabst runzelte immer stärker die Stirn.

»Sind Sie sicher, dass er allein arbeitet? Keinen Komplizen hat?«

Soren Baker und Delaware Fuente?

Ich schüttelte langsam den Kopf. »Warum fragen Sie das?«

Dr. Pabst winkte ab. »Aus keinem anderem Grund als dem, dass die ursprünglichen Grimms Brüder waren. Blutsbrüder, die sich sehr, sehr nahe standen. Wussten Sie, dass beide eine Weile Bibliothekare waren? Zu der Zeit wurde ihr Interesse an Volkssagen geweckt, die sie sammelten und anpassten. Doch wir nennen sie Märchen, was ein bisschen Phantasie impliziert, nicht wahr? Eine Volkssage fühlt sich irgendwie bodenständiger an, in der Wahrheit verankert. Die Gesellschaft flieht gern vor der Wahrheit; die Wahrheit langweilt uns oft. Und so nennen wir eine Volkssage ein Märchen, und niemand merkt's.«

Ich zuckte die Achseln. »Davon weiß ich nichts. Ein Bruder oder ein Partner ist sicherlich etwas, über das man nachdenken sollte. Dean, was ist mit der Pathologie eines solchen Menschen? Warum tut er, was er tut?«

Der Doktor lehnte sich in seinem Sessel zurück, schloss die Augen und faltete die Hände über seinem stattlichen Bauch. Er trug ein weißes Anzughemd, rote Hosenträger und eine passende Fliege. Er war brillant, und während ich darauf wartete, dass er etwas sagte, fragte ich mich, welche Höllen er selbst durchlebt hatte. Ich wusste, dass er viel gesehen hatte, schreckliche Dinge auf seinen vielen Reisen. Er hatte in den Neunzigern eine Zeitlang als freiwilliger Helfer in Afrika und Europa gearbeitet; er war in Ländern wie Ruanda und im Kosovo gewesen und arbeitete mit den Überlebenden der Genozide.

Er schwieg sehr lange; irgendwann rutschte ich auf meinem Stuhl hin und her, und bei dem leisen Scheuergeräusch von Stoff auf Stoff begann er endlich zu sprechen. »Nun, da gibt es natürlich zum einen die Frage der Kontrolle. Indem er diese Situationen erschafft – Geschichten, wenn Sie so wollen – wird Grimm zum Meister des Universums. Er kontrolliert das Spiel, die Handlungen. Es scheint so, als ließe er seinen Charakteren den freien Willen, indem sie wählen können, doch das tut er nicht wirklich. Er weiß, welche Wahl sie treffen werden, noch bevor er sie überhaupt involviert. Ihm macht es keinen Spaß, wenn noch Spielraum existiert. Er muss das Ende kennen.«

Ich nickte. Becky Hamilton hätte Star das Haar auf jeden Fall abgeschnitten, da die Alternative – als Betrügerin bloßgestellt zu werden – ihrer Ansicht nach so viel schlimmer war … und doch war es genau das, was passiert war.

Pabst fuhr fort. »Es existieren Gefühle von Unsicherheit, doch die könnten sehr tief verwurzelt sein. An der Oberfläche wird Grimm selbstbewusst und stark erscheinen. Er ist intelligent, klar, und in einer Reihe von Themen sehr versiert. Hm … Sie sagten, das alles passiert an einer Schule?«

»Ja. Der Valley Academy. Wieso?«

»Weil Grimm ziemlich clever ist. Er hat eindeutig die klassischen Geschichten gelesen und versteht die Natur von Volkssagen, wozu sie gedacht sind. Haben Sie über die Möglichkeit nachgedacht, dass Grimm ein Lehrer sein könnte?«, fragte Pabst ruhig. Er lehnte sich vor. »Dieses … Spiel, das er da spielt, ist sehr anspruchsvoll. Ich wäre genau genommen ziemlich überrascht, wenn es ein junger Mensch ist, der diese Straftaten verübt.«

Ich pustete leise Luft durch die Lippen. »Um ehrlich zu sein, ja. Ich habe vermutlich daran gedacht, doch es erscheint so gewalttätig, so düster. Wenn Grimm ein Lehrer ist, muss er schizophren sein; ausreichend freundlich während des Tages, und durchtrieben in der Nacht. Haben Sie schon mal von Lehrern gehört, die so etwas getan haben? Alle Lehrer, die ich kennengelernt habe, waren entweder schulmeisterliche Typen oder büchervernarrte Wissenschaftler. Es macht mich wütend, wenn ich mir vorstelle, dass jemand in dieser Vertrauensposition Kindern so etwas antut.«

Pabst nickte heftig. »Oh, Himmel, ja. Es ist leider wesentlich stärker verbreitet als Sie denken. In meinem Fachgebiet nennt man es ›Lehrer-Schikane‹. Denken Sie an die Macht, den Einfluss, den ein Lehrer in seinen oder ihren täglichen Aktivitäten nehmen kann. Die meisten Lehrer, ich würde sagen die große Mehrheit, gehen mit dieser Macht sanft um. Sie nutzen sie, um ihre Schüler wirksam in Richtung positiver Ergebnisse zu lenken. Wenn man sich jedoch vorstellt, dass so ein Lehrer auf die dunkle Seite der Macht wechselt, wenn man es mal so ausdrückt … Stellen Sie sich dieselbe Macht vor, die als Strafe eingesetzt wird, um einen Schüler herabzuwürdigen oder zu nötigen.«

»Warum? Zu welchem Zweck?«

Pabst lächelte freundlich. »Sie sind die Polizistin, meine Liebe, das ist Ihr Bereich. Vielleicht wurde der Lehrer als Kind schikaniert, oder er lebt in einer missbrauchenden Beziehung. Er könnte sehr unsicher sein, oder ein Narzisst. Ich würde wetten, dass Grimm denkt, er wüsste, was am besten für die Leute ist, die Schüler. Seine Schüler. Er ist derjenige, der helfen kann, er kennt all die Antworten. Wenn er mit einem Partner zusammenarbeitet, könnten sie sich gegeneinander ausspielen, oder mit den Schülern spielen wie mit Schachfiguren.«

Ich dachte einen Moment darüber nach. »Grimm denkt also, er hilft genau dem Schüler, den er tyrannisiert?«

Pabst nickte. »Absolut. Meine Vermutung ist, dass die Rolle als Grimm ihm erlaubt, heimlich das zu tun, was er am liebsten unter aller Augen tun würde. Das ist ein sehr entschlossenes Monster, das Sie da jagen. Er, oder sie, haben sehr rigide Ansichten darüber, wie die Welt laufen sollte. Und wieder, ich wäre nicht überrascht, wenn es zwei wären, die zusammenarbeiten.«

Soren Baker und Delaware Fuente? Baker und Peggy Greenway?

»Denken Sie, jemand wie Grimm könnte auch töten?«

Pabst wirkte verstört. »Ja. Ja, ich bin ziemlich sicher, dass er – oder sie – töten könnte. Obwohl man natürlich sagen muss, dass jeder von uns in bestimmten Situationen töten könnte.«

Ich nickte. »Wenn es zwei sind, könnte einer von ihnen den anderen töten? Eine Partnerschaft, die versagt hat?«

Statt zu antworten, fragte Pabst: »Sie sagten, es werde ein Lehrer vermisst?«

»Ja, ein Englischlehrer namens Soren Baker«, antwortete ich. »Er ist ein Betrüger, ein Hochstapler, und wir haben Blut in seinem Apartment gefunden. Wir können ihn nirgends finden.«

»Und Delaware Fuente ist tot«, sagte Pabst langsam. »Ich würde mich fragen, wie diese beiden dieses Spiel ausgeheckt haben. Wissen Sie, ob die beiden sich kannten? Bevor Fuente in die Stadt kam, meine ich«

»Nein, meines Wissens nicht«, antwortete ich.

»Es ist nicht so weit hergeholt, Gemma«, sagte Pabst. »Ockhams Rasiermesser. Es ist eine wesentlich einfachere Erklärung, wenn dieser Soren Baker beides ist, Fuentes Mörder und Grimm. Denn wenn er es nicht ist, bleiben Ihnen mindestens drei Monster, die Sie jagen müssen: Fuentes Mörder, Grimm und Soren Baker.«

Ich lehnte mich vor. »Da ist noch eine Sache, Dean. Fuentes Mörder hat eine Botschaft in seinem Mund hinterlassen. Es war ein zerknülltes Stück Papier, auf dem stand: ›Das ist erst der Anfang‹. Was kommt Ihnen dabei in den Sinn?«

»Arroganz«, antwortete Pabst ohne zu zögern. »Und seltsamerweise jemand, der ziemlich clever ist. Sehr ähnlich Ihrem Grimm. Geschichten haben Anfänge; Fuente hat in seinem Tod sprichwörtlich seinen eigenen Anfang gegessen. Es ist auch Hohn dabei, ein Versprechen, wenn man so will. Wenn Soren Baker auch umgebracht worden ist …«

Pabst wurde bleich. Er holte tief Luft und fuhr dann fort.

»Wenn Soren Baker ermordet wurde, nun, ich brauche wohl nicht weiterzureden. Ich würde sagen, dass Sie dann letztendlich nach einem Serienmörder suchen. Ich würde diese Schule sehr gut im Auge behalten, Gemma. Diese Schüler könnten in ernster Gefahr sein.«

25. Kapitel

Ich fuhr zurück zum Revier, mit Pabsts Worten als Begleiter. Die Straßen waren nicht so leer, wie ich sie in einem solchen Sturm gern gesehen hätte, doch zumindest fuhren die Autos langsam und schoben sich wie große gebeugte Dinosaurier voran. Als ich parkte, erinnerte man im Radio noch einmal daran, dass die Schulen an diesem Tag und möglicherweise auch am Freitag geschlossen waren.

Ich stieg aus und blickte wieder auf die viktorianischen Häuser auf der gegenüberliegenden Seite des Parkplatzes. Sie waren wunderhübsch, wie aus einem Bild von Norman Rockwell, mit dem hohen Schnee auf ihren Dächern und in den Vorgärten. Ich pausierte kurz und nahm mir einen Moment, um dankbar dafür zu sein, an einem so besonderen Ort zu leben.

»Die Katzen-Lady versucht die ganze Zeit, dich zu erreichen«, sagte Finn statt einer Begrüßung. Moriarty, der an seinem Schreibtisch in der Ecke saß, hob die Hand zu einem halben Winken. Die anderen Tische waren leer, und im Raum herrschte Stille.

Ich verzog das Gesicht. »Katzen-Lady?«

Finn nickte und biss in seinen Müsliriegel. In seinem Mundwinkel bemerkte ich geschmolzene Schokolade. Ich fragte mich, wie lange Moriarty und ich es schaffen würden, ihn nicht darauf hinzuweisen.

»Du weißt schon, Lila Conway, aus der Schule? Warum grinst du?«

Ich presste meine Lippen zusammen und versuchte, das Grinsen abzulegen. »Kein Grund. Ich habe dir doch schon gesagt, dass sie keine Katzen-Lady ist. Sie hat einen Vogel, keine Katzen. Noch nicht einmal einen Katzenkalender.«

Finn zuckte die Achseln. »Vögel, Katzen, alles dasselbe. Sie hat heute morgen zweimal angerufen. Sie wollte mit niemand anderem sprechen als mit dir. Sie klang verstört.«

Ich ließ meine Taschen auf den Schreibtisch fallen und hängte meine Jacke über die Stuhllehne. »Wo sind alle anderen?«

Moriarty lehnte sich auf seinem Stuhl zurück. Er verschränkte seine Füße hinter den Stuhlbeinen, lehnte sich noch weiter nach hinten und wartete trotzig, dass ich etwas sagte. Er würde umkippen, doch ich hielt meinen Mund.

Moriarty machte eine Wischbewegung über seinen Mund, und ich versuchte, ernst zu bleiben.

Kurz darauf sagte er: »Wir sind heute nur in kleiner Besetzung hier. Du betest besser, dass die Leute zu Hause bleiben und sich von den Straßen fernhalten. Ich habe keinen Bock, mir den Arsch abzufrieren, nur weil ich zu irgendeinem Vollidioten rausgerufen werde, der mit seinem beschissenen Escalade in einer Schneewehe steckengeblieben ist.«

»Wir haben heute ganz wunderbare Laune, hm?«

Moriarty grinste und richtete seinen Stuhl mit einem schweren Plumps wieder auf. »Ich hätte mich krankmelden sollen. So wie alle anderen.«

Ich rollte meinen Kopf von einer Seite zur anderen und seufzte. Dann würde es also einer von diesen Tagen werden. Ich schaltete meinen Computer an und machte mir eine Tasse Tee, bevor ich Lila Conway zurückrief.

Ihr Telefon klingelte nur einmal, bevor sie abhob. Sie war außer Atem, als wäre sie gerannt. Sie keuchte, als ich meinen Namen nannte.

»Oh, Gott sei Dank! Ich habe schon die ganze Zeit auf Ihren Anruf gewartet!«, rief Lila. »Wo sind Sie gewesen?«

Beim Klang ihrer Stimme richtete ich mich auf.

»Ich bin gerade erst zur Arbeit gekommen. Was ist denn los? Sie hören sich nicht gut an.«

Sie holte tief Luft. »Er war hier. Der Rabbit Man, ich bin mir ganz sicher. Er war hier.«

»Fuentes Rabbit Man? Sind Sie sicher?« Ich griff mir einen Stift und mein Notizbuch. »Erzählen Sie mir, was passiert ist.«

Lila atmete wieder aus. »Natürlich bin ich sicher, Delawares Beschreibung passte perfekt auf ihn. Der Mann hatte gelbes Haar und große Ohren. Er war letzte Nacht hier. Ich habe vorne im Wohnzimmer gesessen und gelesen, als ich draußen ein Geräusch gehört habe.«

»Was für ein Geräusch?«

»Ich … ich bin nicht sicher, wie ich es beschreiben soll. Sie werden ja denken, ich sei verrückt«, sagte Lila. »Es war, als würde sich ein schweres Tier durch den Wald bewegen, aber anmutig. Gezielt. Sicher und frei von Angst. Ergibt das überhaupt einen Sinn? Meine Güte, ich fasele ja herum wie ein alter Dichter.«

Ich hielt mit dem Schreiben inne. »Könnte es ein Bär gewesen sein? Oder ein Berglöwe?«

»Berglöwen machen kein Geräusch. Zumindest nicht die, die länger leben. Und ich habe noch nie einen Bären gesehen, der so früh aus dem Winterschlaf erwacht wäre. Außerdem habe ich ihnen doch schon gesagt: Ich habe ihn gesehen. Nachdem ich das Geräusch gehört habe, bin ich zum Fenster. Es war spät, draußen schon dunkel, also habe ich das Licht ausgeschaltet und dort am Fenster gestanden und hinausgeschaut. Zunächst war da gar nichts. Nur das Mondlicht, das vom Weiß des Schnees reflektiert wurde und meine Einfahrt mit einem hellen, klaren Licht geflutet hat«, sagte Lila. Ich hörte sie schlucken. »Dann kam aus dem Wald ein Mann.«

»Sind Sie sicher, dass es kein Nachbar gewesen ist?«

Lila klang frustriert. »Nein, es war kein Nachbar! Ich lebe hier seit zwanzig Jahren, und ich weiß, wie meine Nachbarn aussehen, das können Sie mir glauben. Ich habe diesen Mann noch nie im Leben gesehen. Das schwöre ich. Er war … hässlich. Dickes, gelbes Haar – nicht blond – gelb. Seine Ohren standen ab wie die eines Elefanten. Riesig. Und seine Augen … an einem Punkt hat er sich umgedreht und genau in mein Fenster geschaut. Ich könnte schwören, dass er mich direkt angesehen hat. Er war keine fünf Meter weit entfernt. Und dann hat er dagestanden! Mindestens zehn Minuten.«

»Warum haben Sie nicht die Polizei gerufen? Wir hätten sehr schnell einen Streifenwagen zu Ihnen schicken können.«

»Ich hatte Todesangst und konnte ihn doch nicht aus den Augen lassen. Ich dachte, wenn ich es täte, würde er zum Fenster oder zu einer Seitentür gehen und hereinkommen. Dumm, ich weiß. Er wirkte wie ein Dämon«, sagte Lila. Sie holte tief Luft und lachte zitternd. »Ich klinge, als wäre ich total durchgeknallt.«

»Während Sie ihn beobachtet haben, hat er da etwas getan? Irgendeine Form von Drohgebärde? War er bewaffnet?«

»Nein, er hat nur dort gestanden. Ich glaube nicht, dass er bewaffnet war. Er hat nur dort gestanden und mich angestarrt. Und dann ist er zurück in den Wald gegangen. Er ist quasi mit den Bäumen verschmolzen. Wie Bigfoot.«

Ich dachte einen Moment nach. »Was befindet sich hinter Ihrem Haus im Wald? Gibt es da einen Pfad?«

Lila schnaubte frustriert. »Nein. Seit Jahren schreibe ich immer wieder ans Parks Department und bitte sie, mit einem Wanderweg eine Verbindung zwischen Big Dirt Hill und der Gemeinde Greenback zu schaffen. Sie sagen, es würde zu viel kosten. Also steht der Wald undurchdringlich da. Es ist eine Verschwendung unserer natürlichen Ressourcen.«

»Wie ist es mit der Straße, gelangt man aus diesem Wald auf die Hauptstraße?«

Lila dachte einen Moment nach. »Sicher, im Sommer oder Herbst könnte man den Bach überqueren und würde dann irgendwann zur Straße kommen. Aber im Winter muss man sich schon auskennen. Es gibt Senken, in denen der Schnee über einen Meter fünfzig hoch ist. Ein falscher Schritt, und Sie brechen sich das Bein. Keiner würde Ihre Hilfeschreie hören, und in ein paar Stunden wären Sie erfroren.«

»Möchten Sie, dass ich zu Ihnen rauskomme und mich mal umsehe?«

»Um Himmels willen, nein«, erwiderte Lila, »nicht bei diesem Wetter. Davon abgesehen, wird der frische Schnee alle Spuren inzwischen zunichtegemacht haben. Aber darin liegt doch auch etwas Tröstliches, nicht wahr? Ein neuer Anfang, wenn man so will, nach jedem Schneesturm.«

»Das ist ein zauberhafter Gedanke. Und Sie haben diesen Mann nirgendwo sonst gesehen? Hat er vielleicht in der Nähe der Schule herumgelungert oder am Supermarkt?«

»Nein. Da bin ich ganz sicher. Ich habe ihn noch nie zuvor gesehen. Das wüsste ich.«

Lila Conway lebte allein in einem abgeschiedenen Teil der Stadt. Sie war groß und kräftig gebaut, doch ich hätte nicht darauf gewettet, dass sie auch körperlich kräftig war. Sollte jemand sie angreifen oder in ihr Haus eindringen … darüber mochte ich gar nicht nachdenken.

Ich versuchte, ruhig zu klingen, doch ich war sehr besorgt. »Okay. Halten Sie Ihre Fenster und Türen verschlossen, und behalten Sie Ihr Telefon immer in der Nähe. Haben Sie einen Generator, falls heute Nacht der Strom ausfällt?«

»Nein, aber ich habe einen Holzofen und genug Kaminholz, um über den nächsten Monat zu kommen. Ich besitze ein Gewehr, sollte ich das herausholen? Was, wenn dieser Mann, der Rabbit Man, … was, wenn er Del tatsächlich umgebracht hat?«

»Ich weiß nicht, Lila. Welche Verbindung könnte er zu Fuente haben? Welchen Grund könnte er gehabt haben, ihn umzubringen? Und wenn er Ihrem Freund nachgestellt und ihn dann umgebracht hat, warum sollte er jetzt hinter Ihnen her sein? Das ergibt keinen Sinn. Außer …«

Ich verstummte und versuchte, einem Gedankengang zu folgen, den ich noch nicht ganz zu fassen bekam.

»Außer was, Gemma? Sie machen mir Angst«, sagte Lila.

Ich rieb mir mit der freien Hand das rechte Auge. Es fühlte sich so an, als hätte sich eine Wimper am Rand meiner Kontaktlinse verfangen. Am Fenster über meinem Schreibtisch hörte ich, wie der Wind die Zweige einer alten Tanne gegen das Glas drückte.

»Gemma?«

»Gibt es irgendetwas in Ihrer Vergangenheit – Ihrer gemeinsamen Vergangenheit mit Fuente, meine ich –, für das jemand sich möglicherweise rächen will?«, fragte ich.

Finn beobachtete mich von der anderen Seite des Ganges aus. Er hatte zugehört, nickte nun und ermunterte mich, weiterzumachen.

»Ich bin eine Verwaltungsangestellte an einer Highschool und leide unter Sozialer Phobie. Mein Leben ist eine Fußnote in den Annalen der Weltgeschichte. Und in Delawares Leben hat es keine körperliche Gewalt gegeben.«

»Wie ist es mit emotionaler oder verbaler Gewalt?«, fragte ich.

»Wie meinen Sie das?«

»Sie sagten, Fuente hätte nie jemanden körperlich verletzt. Was ist mit emotionaler Gewalt oder Beleidigungen?«

Lila schwieg einen Moment. »Möglicherweise. Das könnte sein. Ich meine, mein Gott, wenn ich darüber nachdenke, habe ich manchmal das Gefühl, als würde ich den Mann überhaupt nicht kennen. Unsere Wege haben sich kaum gekreuzt, seit er Colorado verlassen hatte. Sprichwörtlich. Am Tag unseres Highschool-Abschlusses ist er fortgegangen, und über die Jahre sind wir zwar in Kontakt geblieben, aber wir haben nie etwas gemeinsam *unternommen*.«

Vielleicht wusste Fuentes Mörder das nicht.

Wir beendeten das Gespräch, nachdem Lila versprochen hatte, sich am nächsten Tag kurz bei mir zu melden, oder schon eher, falls etwas passieren sollte.

»Was war denn das?«, wollte Finn wissen.

»Du hast doch den Anruf mitgehört. Der Rabbit Man treibt sich herum. Ich mache mir Sorgen um Lila. Irgendwie gibt es da eine Verbindung zwischen ihr, Fuente und seinem Tod. Wir können sie nur noch nicht erkennen.«

»Ich sage dir, diese verrückte Katzen-Lady war es, mit dem Jagdmesser im Wald«, sagte Finn. »Wie passt Baker dort hinein? Und Grimm?«

»Ich weiß es nicht. Hey, Lou«, rief ich über den Raum hinweg Moriarty zu, »ist dir im Wald je ein Mann mit gelbem Haar und großen Ohren wie die eines Kaninchens begegnet? Vielleicht oben in Greenback Village?«

Moriarty dachte einen Moment nach und schüttelte dann den Kopf. »Nein, ein solcher Typ ist mir noch nie über den Weg gelaufen, wenn ich mich recht entsinne. Greenback Village, hm? Weißt du, da oben in den Wäldern leben ein paar richtig durchgeknallte Überlebenskünstler, die an die Apokalypse glauben. Das eskaliert dann garantiert an dem Tag, an dem ich eigentlich frei haben sollte.«

Ich dachte an die junge Familie mit dem Reh auf dem Autodach, die ich gesehen hatte, als ich durch den Canyon fuhr. Fuentes Blockhütte befand sich in demselben ausgedehnten Waldgebiet, das auch hinter Lila Conways Haus lag. Es gab dort ein Netz an Pfaden und Wegen – einige verborgen, andere bekannt –, Hunderte von Kilometern lang.

Finn stand auf und ging zum Fenster. Er klopfte mit der Fingerspitze an das Glas. »Ich bin vor ein paar Jahren mal zwei von diesen Typen begegnet. Ich habe oben am Bride's Veil gezeltet, ungefähr einen Kilometer vom Wasserfall entfernt. Es wurde schon dunkel, und ich wollte gerade ein Lagerfeuer anzünden. Wie aus dem Nichts sind plötzlich zwei Männer aus dem Wald gekommen. Zuerst dachte ich, es wären Wanderer, doch sie hatten keine Wasserflaschen oder Rucksäcke bei sich. Einer hatte eine dicke Machete an seinem Bein befestigt. Sie waren gut in Form, hatten dichte Bärte und trugen verblichene Armeeklamotten, ihr wisst schon, Tarnhemd und schwarze Hosen. Sie sind ohne ein Wort direkt an mir vorbeigegangen. Sie haben noch nicht einmal Augenkontakt hergestellt. Zuerst dachte ich, ich hätte die ganze Sache geträumt.«

Moriarty drehte sich auf seinem Stuhl hin und her. Das Quietschen der rostigen Schrauben war das einzige Geräusch im Raum. Das Revier hatte gelegentlich etwas von einer Kirche, aber heute wirkte es wie eine Gruft.

»Was hast du gemacht?«, fragte Moriarty. Er drehte sich wieder, und diesmal klang das Geräusch wie Fingernägel, die über eine Tafel kratzen.

Finn verzog das Gesicht. »Sprüh mal WD-40 auf das Ding, Lou. Das hört sich ja an wie eine läufige Katze. Ich habe ein paar Minuten gewartet und bin ihnen dann auf dem Pfad gefolgt. Ich bin weit genug zurückgeblieben, damit sie mich nicht hören oder sehen konnten. Sie haben gar nicht versucht, leise zu sein. Sie haben nicht miteinander geredet, doch sie haben herumgeraschelt, sind auf knackende Äste getreten und durch Blätterhaufen marschiert. Es war Spätherbst, und die Blätter waren total trocken. Einer der beiden muss irgendwann gegen einen Stein getreten sein, weil ich einen dumpfen Aufprall gehört habe, und dann hat einer geflucht. Nach zehn Minuten haben die Geräusche plötzlich aufgehört.«

Ich nahm eine Grapefruitlimonade aus meiner Tasche und öffnete die Dose mit einem Knack. Die Kohlensäure zischte, und der Duft von Zitrusfrüchten stieg mir in die Nase.

»Was meinst du damit, die Geräusche haben aufgehört?«

Finn verließ das Fenster und kehrte zu seinem Stuhl zurück. »Sie haben einfach aufgehört. Ich bin noch zehn Minuten weiter gewandert, weil ich dachte, ich sei vielleicht zu langsam gewesen, doch diese Typen waren weg. Als wären sie nie dagewesen. Einfach … verschwunden.«

»Als wären sie mit dem Wald verschmolzen?«, fragte ich, als mir Lilas Beschreibung wieder einfiel.

Finn schaute gedankenvoll. »Genau.«

»Blödsinn«, hustete Moriarty. »Ist doch Schwachsinn, dass du zwanzig Minuten in dem Wald da gewandert bist, im Dunkeln. Wann war das, September? Oktober? Da oben muss es um die Zeit schon stockduster gewesen sein.«

»Ich schwöre, bei Gott«, sagte Finn. »Es war das erste Wochenende im Oktober, und wir hatten Vollmond. Wenn die Augen sich erst einmal daran gewöhnt haben, reicht das Licht aus.«

»Woher weißt du, dass sie dich nicht entdeckt haben? Vielleicht haben sich die Männer hinter einem Baum versteckt und gewartet, bis du weg bist?«, fragte ich, auch leicht misstrauisch, was diese Geschichte anging. Sie wirkte wie eine Episode aus *Akte X*. »Hattest du zu viel Pfefferminz-Schnaps gesoffen?«

»Ihr zwei könnt glauben, was ihr wollt, das ist mir egal«, sagte Finn. »Ich war stocknüchtern und ich weiß, was ich gesehen habe. In der einen Minute waren sie noch da, in der nächsten waren sie weg.«

Er grinste. »Aber eines sage ich euch: Ich gehe da nicht wieder ohne meine Pistole hin.«

»Ernsthaft? Das finde ich traurig«, sagte ich. »Gerade an einen solchen Ort sollten wir gehen können, ohne unsere Waffen mitzunehmen.«

Moriarty schüttelte den Kopf, sein Gesicht war gerötet. In letzter Zeit war seine Haut ständig gerötet. Vielleicht sah er auch mit all dem weißen Haar röter aus, als er eigentlich war. »Du bist naiv, wenn du denkst, dass es heutzutage noch sichere Orte gibt. Wenn uns die Scheiße um die Ohren fliegt, sind Finn und ich vorbereitet. Und du bist diejenige, die nach der Kavallerie ruft. Ein kleiner Angsthase in einer Welt voller Wölfe.«

Ich stand auf und streckte mich. »Wer hört sich hier jetzt an wie ein Überlebenskünstler, hm? Das hier scheint ein langer Tag zu werden. Findet ihr nicht, wir könnten der Stadt ein paar Dukaten sparen? Ich könnte früher nach Hause gehen.«

»Kommt nicht infrage«, sagte Moriarty. »Wenn jemand nach Hause geht, dann ich. Ich bin dreißig Jahre älter als ihr Kids. Das zählt vielleicht nicht viel, aber für irgendetwas muss es ja gut sein.«

Schneetage sind gut, um Versäumtes nachzuholen, Berichte zu schreiben, Akten zu sortieren und im Büro aufzuräumen. Auf meinem Anrufbeantworter waren drei Nachrichten, jede von einer anderen Lark Company. Ich rief zurück und sprach mit einem Geschäftsführer, einem IT-Vorstand und mit jemandem vom Begleitservice in Kalifornien, einem Generalplaner, was immer das zu bedeuten hatte. Es hatte nichts mit Städteplanung zu tun, so viel war klar. Als ich das letzte Gespräch beendet hatte, war ich davon überzeugt, dass keine der Firmen etwas mit Delaware Fuente zu tun gehabt hatte.

»Lark Co ist eine Sackgasse, Finn«, stöhnte ich. »Es muss ein Code für irgendetwas anderes sein. Wir müssen uns eine richterliche Anordnung besorgen und uns Fuentes Bankkonten ansehen. Vielleicht haben wir Glück und finden heraus, wohin das Geld geflossen ist.«

»Ich glaube nicht, dass es so einfach sein wird«, widersprach Finn. »Als ich am Dienstag mit Choi gesprochen habe, sagte er, er würde über Fuentes Konten alles Material zusammensuchen, das er finden könne. Doch das könnte etwas dauern. Fuente hatte überall Geld angelegt, vermutlich einschließlich Off-Shore-Konten, sagte Choi.«

»Na super.«

Moriarty machte sich irgendwann vor dem Mittag vom Acker. Ich pumpte ab, meldete mich kurz bei Brody, dass alles okay sei, und machte mir dann ein Erdnussbutter-Sandwich mit Marmelade und aß es an meinem Schreibtisch. Ich saß schweigend da und schaute aus dem Fenster nach draußen in das heftige Schneetreiben.

Ich dachte an Lilas Worte, wie nach einem Schneesturm ein neuer Anfang bevorstehe.

Aber der Anfang von was?

Ich erzählte Finn davon, was ich am Tag zuvor gelesen hatte, Zusammenfassungen von Fuentes Büchern und Lila Conways Artikel. Ich schloss mit den Worten: »Alistair Campbell sagte, ich solle Fuentes Worte lesen, aber da ist nichts, zumindest nichts, was einen Mord provozieren könnte. Aber ich habe immer noch eine Menge zu lesen.«

»Möglicherweise ist das Campbells Art, dich abzulenken,

einen Knochen in die eine Richtung zu werfen, damit du nicht in die andere guckst. ›Lesen Sie seine Worte‹? Das hört sich ungeheuer melodramatisch an. Ich traue dem Kerl nicht«, sagte Finn. Er putzte sich die Nase, knüllte das Papiertaschentuch zusammen, zielte auf den Mülleimer und traf perfekt. »Warum lässt du dir überhaupt von Campbell diktieren, was du tust?«

»Tue ich nicht«, erwiderte ich. »Wir müssen das sowieso alles lesen, Finn. Es hilft uns, uns in Fuente einzufühlen.«

»Vermutlich. Ich denke, die Zeit wäre sinnvoller eingesetzt, wenn wir Campbells Hintergrund durchleuchten; seinen, und den von Neil Roget und Turtle.«

Ich wollte gerade antworten, als Sam Birdshead den Raum betrat. Ich hatte ihn seit unserem Streit im Restaurant – wenn man es Streit nennen konnte – nicht mehr gesehen. Er schenkte uns ein halbherziges Lächeln, lehnte seine Krücken gegen seinen Schreibtisch und setzte sich.

»Wie sieht's aus?«, fragte Finn.

Sam zuckte die Achseln und schaltete seinen Computer an. »Geht so. Die Straßen sind glatt, und die Räumfahrzeuge der Stadt kommen nicht hinterher. Hey, seid ihr schon unten in Franks neuer Bar gewesen? Jenna und ich waren dort gestern Abend einen trinken, der Laden war brechend voll. Er hat davon geredet, aus der Bar eine richtige Brauerei zu machen. Stellt euch das vor, Cedar Valleys erstes Brauhaus.«

Bei diesen Worten wurde Finn munter. »Ach, echt? Aber er wird Konkurrenz bekommen. Ich habe gehört, dass gerade erst eine Genehmigung erteilt wurde, im alten Schulgebäude am Ostende der Stadt eine Destille einzurichten. Wie geht es Jenna? Sie ist wirklich süß.«

Sam legte den Kopf zur Seite und kratzte sich an der Schulter. »Es geht ihr gut, aber sie hat Hummeln im Hintern. Ich glaube nicht, dass sie noch viel länger in der Stadt bleiben wird. Wenn die Saison vorbei ist, wird sie im Resort kündigen und nach New York gehen, um dort ihren Master zu machen. Jenna ist zu clever, um hier herumzuhängen. Ich habe ihr schon gesagt, dieses Tal verschluckt einen, wenn man zu lange bleibt.«

Finn murmelte zustimmend.

Ich lehnte mich zurück, hörte den beiden zu und fühlte mich wie das fünfte Rad am Wagen. Ich war eine lange Zeit weg gewesen. Ihre Freundschaft war über die letzten Monate enger geworden.

»Wirst du mit ihr gehen?«

»Nach New York?«, sagte Sam höhnisch. »Himmel, nein. Was soll ich da? Hier ist mein Zuhause, die Berge, die Täler, die Ebenen. Dieses Land liegt mir im Blut. Es liegt seit Hunderten von Jahren im Blut meiner Familie.«

Ich war erleichtert, das zu hören, obwohl ein Teil von mir schreien wollte, dass er gehen solle, weit weg von seinem Großvater und Alistair Campbell.

Ich wurde deutlich: »Denkst du immer noch darüber nach, die Polizei zu verlassen?«

Finn warf mir einen bösen Blick zu.

Sam drehte sich um, wandte mir den Rücken zu und fing an zu tippen. Er rief über die Schulter zurück: »Ich habe dir doch gesagt, Gemma, die Sache ist durch. Sie liegt nicht mehr in meiner Hand. Noch ein paar Wochen, und ich bin hier raus.«

»Einfach so, hm? Das scheint dir ja nicht schwerzufallen.«

Sam drehte sich mit einem Ruck um. »Was genau fällt mir nicht schwer?«

Ich zuckte die Achseln. »Zu gehen. Du hast eine Stimme, Sam. Benutze sie. Du musst nicht gehen. Bleib hier, bei uns. Arbeite mit uns. Du gehörst hierher.«

»Ich gehöre nicht hierher. Das hier ist nicht mein Zuhause, zumindest nicht mein richtiges. Polizist zu werden, war der Traum eines Idioten. Mein ganzes Leben hat mich darauf vorbereitet, bei meinem Großvater zu arbeiten. Der Unfall hat das nur bewiesen«, sagte Sam. Er grinste, und es brach mir das Herz, das alte, vertraute, entspannte Lächeln zu sehen. »Du machst es dir nur noch schwerer, Gemma. Finn findet es in Ordnung, nicht wahr, Finn? Stimmt doch?«

Finn hob seine Hände in einer abwehrenden Geste. Dann sagte er: »Ein Mann muss tun, was ein Mann tun muss.«

»Das ist so typisch«, brummte ich. Mein Computer gab ein Geräusch von sich, und ich wandte mich wieder dem Bildschirm zu, neugierig darauf, was für eine E-Mail ich wohl erhalten hatte. Ich las sie, und noch bevor ich zu Ende gelesen hatte, war ich schon auf den Beinen und zog meine Jacke an.

»Finn«, drängte ich, »es ist Fuentes Handy. Es wurde eingeschaltet, nur für ein paar Minuten, aber es hat der Telefonfirma ausgereicht, um eine Adresse zu ermitteln. Es ist hier in der Gegend, zehn Minuten entfernt. Los, komm!«

Finn verschwendete keine Zeit, schnappte sich seine Jacke, das Handy und die Schlüssel. Es kontrollierte seine Dienstwaffe, während ich meine aus der Schreibtischschublade zog und sie in den Holster an meinem Gürtel gleiten ließ.

»Wie lautet die Adresse?«, rief Sam. Ich las sie ihm vor,

knöpfte dabei meine Jacke zu und stopfte mein langes Haar unter die Mütze.

Sam tippte die Adresse in seinen Computer und las den Namen der Person vor, der das Grundstück gehörte.

Ich blieb wie angewurzelt stehen und starrte Finn an. Er sah genauso besorgt aus, wie ich mich fühlte.

»Sag das noch mal«, flüsterte ich.

Sam drehte sich wieder auf seinem Stuhl um und schaute uns an. »Donald Little. Kennt ihr diesen Kerl?«

26. Kapitel

»Irgendetwas stimmt hier nicht, Finn. Warum wurde das Handy angeschaltet? Und von wem? Ich habe Donald Little kennengelernt, er kam mir nicht wie ein eiskalter Mörder vor«, murmelte ich nachdenklich und hielt mich am Türgriff fest, als Finn eine Kurve etwas zu scharf nahm. »Und schalte bitte einen Gang herunter. Es hilft niemandem, wenn wir einen Unfall bauen.«

»Ich baue keinen Unfall«, murmelte Finn durch zusammengebissene Zähne. »Ich versuche mich hier gerade zu konzentrieren. Die Straßen sind furchtbar. Ich kann bei diesem Scheißschneesturm kaum etwas sehen. Willst du fahren? Bitte, gern.«

Ich schüttelte den Kopf. »Nein, nein, du machst das schon gut.«

Wir hielten vor einem bescheidenen, zweistöckigen Haus mit grünen Zierleisten und weißen Fensterläden. Zugeschneite Blumenkästen säumten die Fenster, und in der Einfahrt stand ein alter schwarzer Mustang neben einem neueren roten Pick-up.

»Sieht so aus, als sei jemand zu Hause«, sagte ich. Wir eilten vom Suburban zur Eingangstür, standen dort einen Moment und schüttelten den Schnee von unseren Jacken. »Wie willst du es angehen? Mit gezogenen Waffen oder ganz cool und gefasst?«

Finn dachte einen Augenblick nach. »Lass uns entspannt reingehen. Aber sei wachsam.«

Er klopfte an die Tür, bis geöffnet wurde. Vor uns stand Donald Little in Jogginghose und Wollpullover, in der einen Hand ein Bier und einen überraschten Ausdruck auf dem Gesicht. Die Überraschung wurde zu Panik, als er sah, dass wir Polizisten waren.

»Was ist los? Geht es um meine Kinder? Sie waren vor ein paar Minuten noch hier. Denny! Joy?«, rief er über die Schulter die Treppe hoch. »Kinder!«

Ich betrat das Haus und legte eine Hand auf seinen Arm. »Mr. Little, es geht nicht um Ihre Kinder. Erinnern Sie sich an mich? Ich bin Gemma Monroe, und das hier ist mein Partner, Finn Nowlin.«

Donald Little nickte, und das Bier in seiner Hand zitterte. »Sind Sie sicher, dass mit meinen Kindern alles in Ordnung ist?«

Ich nickte. »Entschuldigen Sie, wenn wir Sie erschreckt haben. Könnten Sie bitte Ihre Kinder nach unten rufen? Ist noch jemand im Haus, eine Freundin zum Beispiel? Oder ein anderes Familienmitglied?«

Little schüttelte den Kopf. »Nur wir drei. Denny und Joy sind vermutlich oben und sehen fern in ihren Zimmern. Bleiben Sie hier, ich bin gleich zurück.«

Finn fing ihn ab. »Ich muss Sie bitten, in unserem Blickfeld zu bleiben. Rufen Sie sie von der Treppe aus.«

»Was soll das denn alles? Haben Sie beide einen Durchsuchungsbefehl?«, fragte Little. Er stellte das Bier auf einen kleinen Konsolentisch im Flur und rieb sich die Hände. Die Farbe kehrte wieder in seine Wangen zurück. »Nun? Dann lassen Sie mal sehen.«

Ich schluckte. Scheiße. »Wir haben keinen Durchsuchungsbefehl, Mr. Little. Ich befürchte, dazu war keine Zeit. Wir ermitteln im Mordfall von Delaware Fuente. Sein Handy wird vermisst, und heute Abend habe ich von der Telefongesellschaft eine Nachricht erhalten, dass es für ein paar Minuten angeschaltet wurde. Sie haben es zu dieser Adresse hier zurückverfolgt.«

»Das ist ausgeschlossen, was sollte ich mit dem Handy dieses Mannes?«, sprudelte es aus ihm heraus. Doch die Farbe war wieder aus seinem Gesicht gewichen, und das Zittern war in seine Hand zurückgekehrt. Über uns auf der ersten Etage öffneten sich gleichzeitig zwei Türen, und eine Minute später erschienen Denny Little und ein Mädchen am Treppenabsatz, das etwas jünger war als er, aber ähnliche Gesichtszüge hatte.

Donald Little schaute zu beiden hoch und begann zu weinen.

»Dad? Dad! Was ist los?«, fragte das Mädchen. Sie lief die Stufen herunter, mit einem besorgten Ausdruck auf dem Gesicht. Denny schien verwirrt zu sein.

Little schaute seinen Sohn an und sagte: »Es tut mir leid, Dennis. Es tut mir so leid. Ich habe versucht, dich zu schützen.«

Dennis folgte seiner Schwester nach unten, und wir gingen aus dem Flur ins angrenzende Wohnzimmer, wo mehr Platz war. Donald Little brach auf dem Sofa zusammen und legte die Hände vors Gesicht. »Oh, mein Sohn. Mein wunderbarer Sohn. Es tut mir so leid.«

Denny wirkte, als würde er gleich platzen. »Dad, hör auf zu weinen! Was ist hier los?«

Little unterbrach sein Schluchzen, um zu fragen: »Warum hast du das Handy eingeschaltet, Sohn? Warum?«

Aus dem Augenwinkel sah ich, wie Joy ihren Mund kurz öffnete und schnell wieder schloss. Sie setzte sich leise in einen Sessel in der Ecke und zog die Knie an die Brust.

»Was für ein Handy?«, brüllte Denny. »Wovon redest du überhaupt?«

Donald Little schluchzte nur noch mehr und bekam kein Wort heraus.

Ich seufzte und sagte: »Delaware Fuentes Telefon. Es wurde innerhalb der letzten Stunde hier in diesem Haus eingeschaltet.«

»Der tote Kerl? Ich habe sein Telefon nicht. Warum sollte ich sein Handy haben?«, keuchte Denny. »Ich kannte den Kerl kaum. Himmel, Dad, was zum Teufel ist denn hier los?«

In ihrem Sessel führte Joy eine Hand zum Mund und kaute an den Fingernägeln.

Donald Little wischte sich die Augen und atmete ein paarmal tief durch. Als er sich schließlich wieder gefangen hatte, stand er auf und packte seinen Sohn an den Schultern. »Sag ihnen jetzt die Wahrheit, Dennis. Das wird sich viel besser anfühlen als all die Lügen.«

Denny wand sich aus dem Griff seines Vaters und fasste an seine Gesäßtasche.

Finn reagierte schneller als ich und war im Nu bei Denny. »Ganz ruhig, Junge. Was hast du da?«

Denny schüttelte den Kopf. »Verdammt noch mal, ich habe keinen Scheiß gebaut. Es ist mein Handy, sehen Sie? Das einzige Telefon, das ich habe.« Er hielt ein schwarzes iPhone hoch und winkte damit in der Luft.

»Was ist mit dir, Joy? Hast du ein Handy?«, fragte ich freundlich. Das Mädchen schlüpfte aus dem Sessel heraus und warf sich in die Arme ihres Vaters. Überrascht fing er sie auf.

»Joy?«

Sie fing an zu weinen. »Ich wollte nichts Böses tun. Mein Handy ist kaputt. Ich habe es auf den Badezimmerboden fallen gelassen, und auf den blöden Fliesen ist es zersprungen. Ich habe das blaue Handy in deinem Zimmer gefunden, Dad. Ich wollte es mir nur eine Minute ausborgen, um Stacy eine SMS zu schicken. Aber dann habe ich Angst gekriegt und es wieder ausgeschaltet und zurück in deine Schublade gelegt, wo ich es gefunden habe.«

»Mein Gott«, raunte Finn.

Little setzte sich wieder, nahm seine Tochter auf den Schoß und hielt ihr Kinn hoch. »Joy, du darfst niemals wieder meine Schubladen durchsuchen. Die sind privat. Da sind Dinge drin, die deiner Mutter gehört haben, die du haben kannst, wenn du älter bist. Und da sind auch gefährliche Sachen drin aus meiner Zeit bei der Armee.«

»Es tut mir leid, Daddy. Ich mach's nie wieder, versprochen.«

»Na gut, dann bin ich froh, dass das geklärt ist, aber, Donald, das beantwortet immer noch nicht die Frage, wie das Handy dieses Mannes in Ihren Besitz gelangt ist«, sagte Finn.

Little seufzte. »Mein Sohn hat Delaware Fuente getötet.«

»Dad! Was zum Teufel soll das? Spinnst du? Ich habe niemanden ermordet! Wie kannst du das nur von mir denken?«, schrie Denny seinen Vater an.

Joy fing wieder an zu weinen, und Finn und ich machten wie auf Kommando einen Schritt auf Vater und Sohn zu.

»Ich habe dich gesehen! Ich habe gesehen, wie du dich mit Fuente gestritten hast, am Freitagnachmittag auf dem Parkplatz der Academy. Ich war gerade angekommen, meine Schicht fing an, und ihr beide habt euch neben deinem Wagen angeschrien. Ihr habt mich nicht gesehen, und ich wollte mich nicht einmischen. Du hast über die Jahre so viel Ärger gemacht, Denny. Ich dachte, wenn ich etwas sage, mache ich die Situation nur noch schlimmer. Doch ich habe dich gesehen, und schlimmer noch, ich habe gehört, was du zu dem Mann gesagt hast«, fuhr Little unter neuen Tränen fort.

»Wir haben uns gestritten, Dad, nicht gekämpft. Das ist ein Unterschied. Was hast du mich sagen hören?«, fragte Denny. Seine Wut war erneut Verwirrung gewichen.

»Du hast gesagt, und ich zitiere: ›Wenn Sie sich Star noch einmal nähern, weide ich Sie aus wie einen verdammten Fisch‹«, sagte Donald. »Und dann ist Fuente wieder zurück in die Schule gegangen, und du bist in deinen Wagen gestiegen, hast dagesessen und geraucht.«

Denny atmete schwer aus und legte die Hände auf die Augen. Er rieb sie und schüttelte den Kopf. »Ja, okay, das habe ich gesagt. Fuente hat Star ständig genervt. Er hat gedacht, wenn er an sie herankäme, könnte er mich irgendwie retten.«

»Was meinst du mit ›an sie herankommen‹?«, fragte ich.

»Er hat sie nicht in Ruhe gelassen«, erklärte Denny. »Hat ihr ständig erzählt, ich wäre verloren, wenn ich mich nicht ändere. Der Kerl dachte, ich wäre ein harter Typ, der eine

Show abzieht. Er war entsetzt darüber, dass ich – Gott behüte – tatsächlich von der Schule fliege. Star hatte es satt, hatte ihn satt, hatte mich satt, hatte die ganze Sache satt. Egal, sie mag meine dunkle Seite. Es macht sie an.«

Von ihrem Platz auf dem Sofa beobachtete Joy uns mit weit aufgerissenen Augen. Sie hörte vermutlich mehr, als sie sollte, und wir hätten eigentlich alle aufs Revier mitnehmen sollen, doch nun steckten wir mittendrin, und es war zu spät.

»Mr. Little – Donald – von einer Szene auf dem Parkplatz direkt auf Mord zu schließen, ist ziemlich weit hergeholt. Das kann doch nicht alles sein, was Sie gesehen oder gehört haben«, stocherte Finn nach.

Little schüttelte den Kopf. »War es nicht. Später am Abend, viel später, als ich eines der Labors im ersten Stock gereinigt habe, habe ich Lichter von Taschenlampen gesehen, die den Pfad entlanghoppelten. Ich dachte, es wären Kids, die Scheiß bauen. Ich habe mir Sorgen gemacht; bei dem Schneesturm könnte jemand verletzt werden oder erfrieren. Dann dachte ich, dass es vielleicht die Typen sind, die überall in der Schule Graffiti an die Wände sprühen, und ich bin wütend geworden. Also habe ich meine Jacke genommen, Handschuhe und Mütze, und bin raus. Nach ein paar Minuten habe ich Fuente gefunden, tot. Er wurde mit einem Jagdmesser erstochen, genau wie das, das ich dir zum Geburtstag geschenkt habe, mein Sohn. Mir ist deine Drohung eingefallen, und ich habe Panik bekommen. Ich hatte mein Handy nicht bei mir, also habe ich Fuentes genommen, 911 gewählt und mich dann schnell aus dem Staub gemacht.«

»Warum der Anruf?«

Little schaute auf. »Ich bin ein religiöser Mensch, Detective. Ich konnte den armen Mann doch nicht das ganze Wochenende da draußen lassen. Und ich konnte nicht zulassen, dass mein Sohn den Rest seines Lebens im Gefängnis verbringt.«

»Aber Dad, ich habe Fuente nicht umgebracht! Das schwöre ich dir. Das Messer liegt in meinem Auto im Handschuhfach. Star und ich benutzen es zum Holzschnitzen. Ich bringe keine Leute damit um, sondern schnitze damit kleine Eichhörnchen. Für was für einen Psycho hältst du mich denn?«, sagte Dennis.

Er setzte sich neben seine Schwester aufs Sofa und ließ sich zurückfallen, vollkommen fertig. Über ihnen lächelte ein Bild von Jesus Christus milde herab, und ich wunderte mich nicht zum ersten Mal über die Widersprüche, die Religion in manchen Menschen hervorrief.

Donald Little fiel mitten im Wohnzimmer auf die Knie, Erleichterung in den Augen. »Du hast diesen Mann nicht umgebracht? Oh, ich danke dir, Herr. Danke, Jesus. Ich lebe seit Tagen mit dieser schweren Last. Ihr habt ja keine Ahnung, wie diese Vorstellung mich innerlich zerrissen hat.«

Joy und Dennis starrten ihren Vater an. Dennis sprach zuerst. »Ich kann gar nicht glauben, dass du gedacht hast, ich hätte ihn ermordet. Ich bin hier raus. Sobald der Schneesturm sich gelegt hat, ziehe ich zu Star. Ihre Eltern haben gesagt, ich könnte dort wohnen, solange ich einen Job habe und für mich selbst aufkomme. Sie haben noch ein Zimmer im Keller.«

»Mach ihr kein Kind, Denny«, flüsterte Joy. »Dad rastet aus, wenn du sie poppst.«

»Joy! Pass auf, was du sagst«, schalt Donald Little. Er stand mühsam auf, drehte sich zu uns um und wurde sich offenbar bewusst, dass wir immer noch mitten im Zimmer standen. »Ich gehe und hole das Handy.«

»Warum komme ich nicht gleich mit?«, schlug Finn vor. Donald nickte, und die beiden gingen zusammen die Stufen hinauf.

Seine Kinder starrten mich an, und ich starrte zurück. Dann fragte das Mädchen: »Was passiert jetzt mit meinem Dad? Steckt er in Schwierigkeiten? Unsere Mom lebt nicht mehr hier. Bitte nehmen Sie mir nicht meinen Dad weg.«

Ich atmete langsam durch die Nase aus und wusste nicht genau, wie ich antworten sollte. Dennis legte den Arm um seine kleine Schwester und sagte: »Es wird alles gut, Joy. Ich wette, dass Dad ein paar Probleme kriegen wird. Er hätte das Handy nicht nehmen dürfen. Aber anders als ich hat Dad keine Vorstrafen. Es wird bestimmt alles in Ordnung kommen. Sie werden ihn schon nicht in den Knast stecken.«

Ich nickte. Es stimmte, zumindest das meiste davon. Donalds Handlungen würden Konsequenzen haben. Aber … konnte man dem Mann vorwerfen, was er getan hatte?

Hätte ich dasselbe getan, wenn es mein Kind gewesen wäre, das ich meinte, beschützen zu müssen?

»Wir müssten mal dein Messer sehen, Denny.«

Er stand auf, nahm sich eine Jacke aus dem Schrank im Flur. Ich schaute ihm aus dem Fenster hinterher, als er zum Wagen ging, bereit, hinter ihm herzurennen, wenn es so aussah, als wolle er flüchten. In der Zwischenzeit kamen Finn und Donald wieder die Treppe herunter. Finn hielt ein blaues Handy hoch. »Ich hab's.«

»Und Denny holt gerade das Messer«, antwortete ich. Eine Minute später schob der Junge die Tür auf und schüttelte wie ein nasser Hund den Schnee von seiner Jacke.

»Bitte sehr«, sagte er und reichte mir das Messer. Es war der Mordwaffe sehr ähnlich, aber nicht identisch. »Müssen Sie es behalten?«

»Nein«, sagte ich und gab es zurück. »Hört sich so an, als bräuchtest du es dringender als wir. Eichhörnchen, hm?«

Denny grinste. »Star mag sie. Sie hat eine ganze Sammlung. Ich habe eine Eichhörnchen-Mütze für sie gefunden, während ihr Haar nachwächst.«

»Ist mit ihr alles in Ordnung?«

Er nickte. »Sie sieht ziemlich cool aus, wie Charlize Theron im neuen *Mad Max*. Aber sie ist immer noch sauer. Ich denke, es dauert noch eine Weile, bis sie und Becky wieder miteinander reden.«

»Das kann man ihr nicht verübeln. Schreckliche Sache«, sagte ich. Finn und Donald gingen etwas weiter den Flur hinunter, bis sie außer Hörweite waren, und ich wusste, dass Finn Donald erklärte, was als Nächstes geschah. Es würde einige Anklagepunkte geben, wie schwerwiegend sie wären, blieb abzuwarten.

Der Mann tat mir leid.

Da ich gerade mit Denny sprach, könnte ich ebenso gut das Beste daraus machen. »Hör mal, Denny, was weißt du eigentlich über Grimm?«

Denny zuckte die Achseln. »Er ist ein mieses Drecksschwein. Wenn ich sicher wüsste, wer es ist, würde ich ihm in den Arsch treten. Nicht nur wegen Star, auch wegen der anderen.«

»Was meinst du damit, wenn du sicher wüsstest? Heißt das, du hast eine Ahnung, wer es sein könnte?«

Denny nahm das Messer von einer Hand in die andere. »Ich habe ein paar Ideen. Aber nichts, was ich schon beweisen könnte.«

Diese Gelegenheit hatte ich vielleicht nie wieder. »Es ist ein Lehrer, oder? Ist es Soren Baker? Er hat Zugang zu den Schülern und könnte vieles wissen.«

Denny schaute überrascht. »Mr. Baker? Sie machen Witze, oder? Grimm ist kein Lehrer, niemals. Ein paar von den Dingen, die Grimm weiß … nein, Sie irren sich.«

Verwirrt sagte ich: »Wer, glaubst du denn, ist Grimm? Ach komm, du bist von der Schule geflogen. Du hast keinen Grund, irgendwen zu decken.«

Er schaute Joy an, die immer noch still auf ihrem Platz auf dem Sofa saß und mit großen Augen alles verfolgte, was in ihrem Zuhause geschah. Dann beugte er sich zu mir vor, dicht genug, dass ich sein fruchtiges Aftershave und das Zimtkaugummi riechen konnte. Das Messer war gefährlich nahe an meinem Gesicht, und ich trat einen Schritt zurück. Denny schien meine plötzliche Vorsicht nicht zu bemerken.

»Ich decke niemanden«, sagte er. »Mögen Sie Rätsel? Was hat zwei Räder, zeichnet gern und verbringt seine Zeit damit, durch die Schule zu fahren, alles zu sehen, wird aber selbst von niemandem gesehen?«

Er lehnte sich wieder zurück und verschränkte die Arme. »Beantworten Sie das, und Sie haben Ihren Grimm.«

27. Kapitel

Ich griff im Dunkeln nach dem Telefon, verfehlte es und warf es zu Boden. Ich fluchte, lehnte mich über die Bettkante und tastete mit der Hand den Boden ab, bis ich es fand.

Eine unbekannte Telefonnummer.

»Hallo?«

»Gemma?« Die Frauenstimme kam mir bekannt vor, doch ich konnte sie nicht einordnen. »Gemma Monroe? Es tut mir leid, dass ich so spät … so früh anrufe. Ich hatte Nachtschicht, mein Dienstplan ist gerade etwas durcheinander. Tut mir leid.«

»Wer ist das, Liebling?«, murmelte Brody von seiner Seite des Bettes aus. »Es ist mitten in der Nacht.«

Im Zimmer war es kalt, und ich flüsterte »Bleiben Sie einen Moment dran« ins Telefon und zog mir dann schnell Hausschuhe und einen Bademantel über. Ich ging nach unten, mit Seamus auf den Fersen. Er ließ sich neben mir auf das Sofa plumpsen, und ich hatte Mühe, einen klaren Kopf zu bekommen. Ich war gegen Mitternacht ins Bett gegangen, im Anschluss an einen emotionalen Abend, an dem wir Donald Little wegen Behinderung der Staatsgewalt festgenommen und seine Kinder vorübergehend bei Verwandten in Vail untergebracht hatten.

Ich rieb mir die Augen und linste auf mein Telefon. Es war vier Uhr morgens. Das konnte nichts Gutes bedeuten.

»Wer spricht da?«

»Gemma, hier ist Cassie. Cassie Gunther. Rolands Mutter?«

Die *mich* anrief? Um vier Uhr morgens?

Sie sprach weiter und klang ängstlich. »Gemma? Sind Sie noch da?«

»Ja, hi. Ich bin hier. Cassie, was ist denn? Was ist los?«

»Es geht um Roland. Er … hat etwas angestellt«, sagte sie.

»Was ist passiert?«

Eine Pause. Dann sagte sie: »Es wäre viel einfacher, es Ihnen zu zeigen. Könnten Sie herüberkommen? Ich weiß, es ist noch schrecklich früh. Ich habe Kaffee, Eier. Ich habe auch Speck. Kommen Sie? Bitte.«

Ich dachte einen Moment nach. »Warum rufen Sie nicht Finn an. Er wohnt in der Stadt und könnte in einer Viertelstunde bei Ihnen sein.«

»Nein, Roland hat explizit nach Ihnen gefragt. Er ist … kein Fan von Finn, wie es scheint«, entgegnete Cassie. Sie klang traurig. »Also, kommen Sie?«

Neben mir drehte Seamus sich um. Er legte eine Pfote auf meinen Oberschenkel, als wolle er sagen, ich solle bleiben. Ich dachte an unser Schlafzimmer mit einem warmen Bett, und an das Baby, das im Raum nebenan schlief und seine Mutter brauchte.

Es fühlte sich so an, als würde mich im Moment jeder brauchen.

»Ja, ich komme. Geben Sie mir dreißig, vierzig Minuten.

Ich brauche extra knusprigen Speck und Kaffee, sehr starken Kaffee.«

* * *

Meine Scheinwerfer schnitten eine lange Scharte in die morgendliche Dunkelheit und enthüllten eine Welt aus weißem Schnee und dunklem Morgen, Licht und Schatten. Ich war seit langer Zeit nicht mehr so früh auf der Straße gewesen. Selbst die DJs schliefen noch; das Lokalradio spielte Musik aus der Konserve. Ich wechselte zum CD-Laufwerk und ließ mich den ganzen Weg bis zu Cassie Gunthers Haus von den Dire Straits wachhalten.

»Ziemlich heftiger Schneesturm, was?«, sagte sie beim Öffnen der Tür. Sie hatte eine Tasse Kaffee in der Hand, trug einen dunkelblauen OP-Kittel mit einem pinkfarbenen, langärmeligen Hemd darunter, und sah gleichzeitig müde und verängstigt aus.

Ich nickte und nahm die Tasse Kaffee entgegen. »Das kann man laut sagen. Ich sehne mich nach dem Sommer. Kommen Sie ursprünglich aus dieser Gegend?«

Cassie verneinte. »New York, über Deutschland, Japan und South Carolina bis hierher. Ich war ein Armee-Mädchen. Mein Vater war Rechtsoffizier, Anwalt beim Militär. Ich bin mit meinem Exmann hergezogen.«

»Rolands Vater?«

»Nein. Als ich das letzte Mal von ihm gehört habe, war Rolands Vater irgendwo in Texas. Fred war Soldat an einem der Stützpunkte. Ich war sechzehn. Er war achtzehn. Keine tolle Situation«, sagte Cassie. »Mein Exmann Harry hat Roland adoptiert. Er war ein guter Mensch. Ist ein guter Mensch, wollte ich sagen. Es war einfach nur keine gute Ehe. Er lebt in Denver und sieht Roland ein paarmal im Monat. Er ist derjenige, der Rolands Schulgeld bezahlt. Bei meinem Einkommen könnte ich mir die Academy niemals leisten.«

»Verstehe. Also, warum bin ich hier?«

Cassie bat mich, ihr zu folgen. Sie führte mich zu einem Zimmer im hinteren Teil des Hauses. Es war Rolands Schlafzimmer. Er saß in seinem Rollstuhl an einem Schreibtisch in der Ecke des Raumes und starrte aus einem Fenster, das keine Vorhänge hatte. Sein Gesicht wurde von einer undeutlichen Reflexion des Glases eingefangen, ein Gesicht ohne Substanz, ein Geist.

Ich dachte an das, was Denny Little mir am Tag zuvor erzählt hatte, und fragte mich, warum es bei Ermittlungen letztendlich ständig darum ging, wer log und wer nicht.

War ich blind gewesen? Hatte ich Grimm die ganze Zeit vor der Nase gehabt?

Roland trug blaue Jogginghosen und ein gelbes T-Shirt. Sein Haar war verwuschelt, und er sah aus, als hätte er die ganze Nacht nicht geschlafen. Er musste nach seinem Vater kommen, denn ich sah nur wenig von Cassies perfektem Puppengesicht in seinen Zügen. Er war jung – jung und müde.

»Roland?«

Ich betrat das Zimmer. Er drehte den Kopf und lächelte. »Ich habe Ihren Ratschlag befolgt.«

»Welchen Ratschlag?«

Er sah Cassie an. »Mom, kannst du gehen und Frühstück machen? Du hast das alles schon gesehen. Ich hab's geschafft.«

In Cassies Augen stiegen Tränen auf, die sie langsam wegwischte. »Ich bin stolz auf dich, mein Sohn. Wie immer.«

Dann ging sie und schloss die Tür hinter sich. Roland und ich waren allein.

»Märchen basieren fast immer auf Moral«, sagte er, »auf dem Erteilen von Lehren. Und ich habe habe mich gefragt: Was, wenn Grimm uns die ganze Zeit eine Lehre zu erteilen versucht? Und dann habe ich überlegt, wer sonst noch Lehren erteilt. Also habe ich etwas gemacht, was ich schon des Öfteren gemacht habe, aber diesmal bin ich weiter gegangen als je zuvor.«

Er zeigte auf seinen Computer. Der Bildschirm war eingeschaltet, doch alles, was ich sah, war ein schwarzes Fenster mit einer Reihe von Befehlen in Weiß.

»Was ist das da auf dem Bildschirm, Roland?«

Er grinste. Er gab etwas in den Computer ein, und die Internetseite der Schule öffnete sich. Roland tippte wieder etwas, und eine andere Seite erschien auf dem Bildschirm.

»Ich habe mich in das Netzwerk der Academy gehackt. Fragen Sie nicht nach Details, Sie würden den Code, die Programmiersprache sowieso nicht verstehen. Und machen Sie sich auch nicht die Mühe, mich zu belehren. Ich weiß, dass es illegal ist, darum bin ich auch nie so weit gegangen. Aber wie ich schon sagte, ich habe nachgedacht und im Hintergrund ein bisschen herumgeschnüffelt. Ich wollte sehen, wer Zugang zu was hat, welche Ordner wo gespeichert werden, solche Sachen.«

In der Zimmerecke stand ein Stuhl, überhäuft mit Schulsachen und schmutzigen Klamotten. Ich schob alles auf den Boden und zog den Stuhl hinüber zum Computer.

Die Magie des Internets lag außerhalb meines Kompetenzbereiches, und Roland zeigte mir eine geheime Welt. Ich stellte den Stuhl neben seinen Rollstuhl und nahm Platz, gebanntes Publikum, bestehend aus einer Person.

»Ist das das ›Dark Web‹?«, fragte ich.

Roland verdrehte die Augen. »Himmel, nein. Seien Sie einfach nur still und warten Sie eine Sekunde.«

»Die Spannung bringt mich fast um. Was hast du gefunden? Und danach will ich, dass du das nie wieder tust. Das hier ist schlimm, ziemlich schlimm. Kannst du von hier aus Noten und Akten manipulieren?«, fragte ich. Die ganze Sache machte mich nervös.

Roland schüttelte erst den Kopf, aber nickte dann verlegen. »Vermutlich könnte ich es, aber das würde mehr Arbeit erfordern. Ich müsste einen Weg finden, meine Spur zu verwischen, wenn ich tatsächlich etwas ändern wollte. Im Moment sehe ich mich nur um. Wenn jemand wirklich danach suchen würde, könnte er sehen, dass ich hier war, aber der IT-Typ an der Schule ist eine Pfeife. Der gibt sich nie große Mühe. Dieses System zu umgehen war ein Witz.«

»Okay. Und?«

»Fast fertig«, sagte Roland. »So, ich hab's. Da, sehen Sie es?«

Ich starrte auf den Computerbildschirm. Es gab eine Reihe von Dateien und Ordnern. Ich konnte nichts Ungewöhnliches entdecken. »Ich weiß nicht, wonach ich Ausschau halten soll, Roland.«

Er zeigte auf eine Datei, die als ›Wilhelm, Jacob‹ benannt war. Es war eine aus einer Serie von Dateien unter der Überschrift ›Zwölfte Klasse‹.

Ich zuckte die Achseln. »Gibt es einen Zwölftklässler namens Jacob Wilhelm?«

Roland schüttelte den Kopf. »Nein. Gibt es nicht. Es gab jedoch zwei Brüder namens Jacob Grimm und Wilhelm Grimm, die vor zweihundert Jahren in Deutschland gelebt haben. Und sie haben Geschichten aufgeschrieben.«

»Öffne die Datei.«

»Kann ich nicht. Sie ist passwortgeschützt. Ich habe versucht, es zu umgehen, aber alle Versuche gingen daneben.«

Ich lehnte mich zurück und atmete schwer aus. »Also, was sagt uns das?«

Roland lehnte sich auch zurück. Er drehte sich herum, so dass er mich ansehen konnte.

»Ich bin auf dem Admin-Level. Es gibt ungefähr zehn Leute, die Zugang zu diesen Dateien haben«, sagte er. Er fing an, sie an seinen Fingern aufzuzählen: »Der System-Administrator, der Direktor, seine Stellvertreterin, der Verwaltungs-Koordinator und vielleicht drei oder vier ältere Lehrer. Der Rest des Personals, die anderen Lehrer, die Englischlehrer, haben diesen Zugang nicht, nicht auf diesem Level. Zumindest bin ich mir da ziemlich sicher. Dann ist da noch etwas anderes. Auch jemand namens Kaspersky hat Zugang. Ich habe noch nie von ihm gehört.«

»Kaspersky Security ist die private Sicherheitsfirma, die die Sicherheitsleute auf dem Campus stellt. Warum sollten sie Zugang zu diesen Dateien haben?«, fragte ich. »Könnte diese Wilhelm-Datei auch etwas anderes sein? Wäre Grimm dumm genug, belastende Beweismittel im Schulnetzwerk zu speichern? Das kann ich mir nicht vorstellen. Vielleicht ist die Datei eines von diesen … wie heißen die noch … Trojaner? Ein Virus? Vielleicht hat Grimm die Datei dort als Falle platziert?«

Roland ließ den Kopf hängen und stöhnte. »Bitte, bitte, besuchen Sie einen Kurs in Internet-Sicherheit. Sie hören sich ja an wie meine Mom. Es ist kein Virus. Es ist eine Datei, und sie liegt einfach da, und jemand aus den oberen Rängen der Schule hat sie dort gespeichert.«

»Okay. Sagen wir, Direktor Silverstein ist Grimm. Könnte dann, sagen wir, seine Stellvertreterin Moreno die Datei öffnen? Und dann würde sie was sehen? Eine Liste von Opfern? Grimms nächsten heimtückischen Plan?«

Roland verneinte. »Vergessen Sie nicht das Passwort. Selbst, wenn die Datei dort gespeichert ist, wird sie geschützt.«

»Aber dieser IT-Typ, der System-Administrator, der könnte doch das Passwort umgehen, oder?«

Roland sah skeptisch aus. »Möglicherweise, ja. In der Theorie und in der Praxis, so sind diese Dinger in der Regel aufgebaut. Aber ich würde darauf wetten, dass der Eigentümer dieser Datei selbst dem System-Typen irgendeine Art Schlüssel geben muss, um sie zu öffnen, wie bei einem Schließfach bei der Bank. Wegen der Vertraulichkeit dieser Schülerakten.«

»Das ergibt Sinn. Scheiße. Also ist Grimm vermutlich ein Lehrer.«

Roland nickte. Er wirkte geknickt. »Ich denke schon. Ich wollte es nicht glauben. Sie sind alle ziemlich nett. Ich meine, ein paar von ihnen sind ganz schön streng, und sie können hart sein, aber Grimm ist einfach grausam. Und was noch schlimmer ist – es bedeutet, dass ein Lehrer Fuente getötet haben muss. Und vielleicht sogar Mr. Baker.«

Ich erzählte Roland von meiner Unterhaltung mir Dr. Pabst. Er wurde ganz aufgeregt. »Ja, genau. Das kann ich nachvollziehen. Grimm denkt, er biegt das Schlechte in der Welt wieder gerade. Aber in Wirklichkeit ist er in seinem Innersten wahrscheinlich echt verängstigt und unsicher, und das ist seine Art, sein Umfeld zu kontrollieren.«

»Genau.« Ich nickte.

Roland lehnte sich zur Seite und schaltete seinen Computer aus. »Mann, ich bin so froh, wenn wir diesen Kerl endlich schnappen. Also habe ich meiner Mom von Grimm erzählt. Ich musste es tun. Sie hat Sie erst angerufen, nachdem ich ihr alles erzählt habe. Sie ist ganz schön beunruhigt. Was meinen Sie, was los ist, wenn sie herausfindet, dass Grimm ein Lehrer ist? Warten Sie kurz, ich muss nur mal pinkeln.«

Er verließ das Zimmer. Ich stand auf und gähnte. Rolands Zimmer war ungefähr so, wie man es von einem typischen amerikanischen Teenager erwarten würde. An der Wand hingen Poster von berühmten Bands – Coldplay, Pearl Jam, Nirvana. Ich summte ein paar Zeilen von »Smells Like Teen Spirit« und lächelte. Über seinem Bett hing ein Skateboard, und ich ließ einen Finger der Länge nach darüber gleiten und wich dann vor dem Staub zurück, der mich zum Niesen brachte. Es war ein Skateboard, das nicht mehr gefahren werden würde, zumindest nicht von Roland Five.

An der gegenüberliegenden Wand befand sich ein eingebautes Bücherregal. Ich ging hinüber und las die Titel durch, neugierig, welchen Buchgeschmack Roland hatte. Stephen King … die Harry Potter-Serie … Keine Vampir-Liebesgeschichten für Teenager, stellte ich erfreut fest. Ein dicker Band erregte meine Aufmerksamkeit, weil er alt aussah, während alle anderen Bücher neu waren. Das Buch war in dickes blaues Leder gebunden. Auf dem Rücken stand kein Titel. Ich zog den Band aus dem Regal und schlug die Titelseite auf.

Mir blieb kurz die Luft weg.

Die gesammelten Märchen der Brüder Grimm.

Aus dem Flur hörte ich die Toilettenspülung.

Das ist nur Zufall, sagte ich mir. Die meisten Kinder haben irgendwelche Märchenbücher. Meine Hände zitterten, als ich den Band durchblätterte. Diverse Kapitel waren mit schmalen, pinkfarbenen Post-its markiert.

Ich hörte einen quietschenden Wasserhahn, fließendes Wasser, dann eine Tür, die sich öffnete, und Räder, die auf dem Holzboden heranrollten. Ich schob das Buch rasch zurück ins Regal und kehrte zu meinem Platz zurück. Als Roland wieder hereinkam, war ich an meinem Handy und checkte meine E-Mails.

»Fertig?«, fragte er, gerade als Cassie aus der Küche rief: »Frühstück! Kommt essen!«

Ich nickte und setzte ein strahlendes Lächeln auf. Doch mir war der Appetit vergangen.

28. Kapitel

Als ich auf dem Revier ankam, war es acht Uhr morgens, und ich fühlte mich so müde, als hätte ich bereits einen ganzen Arbeitstag hinter mir. Bevor ich Cassie und Roland verlassen hatte, hatte ich es geschafft, zwei Scheiben Speck und ein gebratenes Ei hinunterzuwürgen, während ich mit den Gedanken meilenweit weg war. Cassie war jemand, der gern viel redete, und bemerkte es nicht, oder es war ihr egal, dass ich mich nicht richtig an der Unterhaltung beteiligte.

Frag ihn doch einfach, sagte ich mir. Er wird Nachforschungen betreiben, was die Märchen der Brüder Grimm angeht, genau wie er auf der Internetseite der Academy recherchiert. Doch ich brachte die Worte nicht über die Lippen. Vielleicht fürchtete ich mich vor seiner Antwort. Vielleicht fürchtete ich mich davor, was die Frage anrichten könnte. Das hier war dünnes Eis. Mein Partner war der Freund von Rolands Mom.

Da war noch etwas. Ich wusste nicht warum, aber dieser Junge vertraute mir und war auf seine eigene, verschrobene Art irgendwie liebenswert. Aber er war auch intelligent. Hatte Denny Little recht? Könnte Roland mich die ganze Zeit an der Nase herumgeführt haben? Mich hinhalten, zappeln lassen, wie bei einem makabren Spiel? Und wie lautete die

Schlussfolgerung, wenn Grimm tatsächlich Fuentes Mörder war? Ich konnte mir nicht vorstellen, dass Roland körperlich dazu in der Lage sein sollte, jemanden umzubringen. Aber was, wenn er einen Komplizen hatte …

Warum zögerte ich so, Denny zu glauben?

Ich kannte den Grund, doch ich hasste es, ihn zuzugeben. Roland tat mir leid. Er würde den Rest seines Lebens im Rollstuhl sitzen. Der Unfall hatte auch seelische Narben hinterlassen, genau wie bei Sam Birdshead. Und genau wie Sam, wollte ich Roland beschützen, anstatt mich ihm mit demselben grundlegenden Misstrauen zu nähern, das ich von Berufs wegen jedem entgegenbrachte.

Im Büro war es warm und laut. Ich warf die Jacke und meine Tasche auf meinen Schreibtisch und machte mich auf die Suche nach den anderen. Zwischen dem Pausenraum und dem Konferenzraum wurde ich von Chavez aufgehalten, der einen Becher Kaffee in der einen und ein Klemmbrett in der anderen Hand hielt. Als er mich sah, blieb er stehen und sagte: »Wo waren Sie?«

»Zu Hause. Und jetzt bin ich hier. Um genau zu sein, bin ich sogar recht früh dran. Was ist los?«

Chavez bedeutete mir mit einem Ruck seines Kopfes, ihm zu folgen. »Es gab einen weiteren Mord.«

Mein Gott. *Das ist erst der Anfang …*

Ich folgte dem Polizeichef in den Konferenzraum. Finn und ein paar andere waren da und hatten sich um eine Reihe von Farbfotos versammelt, die auf dem Tisch ausgebreitet waren. Ich zog eines zu mir heran und schob es dann entsetzt wieder fort.

»Wahrscheinlich ein Baseballschläger«, raunte Finn. »Wenn

er nicht in seinem eigenen Auto gefunden worden wäre, hätte es eventuell Wochen gedauert, bis wir ihn identifiziert hätten.«

Ich zwang mich, einen weiteren Blick auf das Bild zu werfen. Der zerschlagene Kopf des Mannes war eine Masse aus Blut, Fleisch und Knochen. Das Opfer lag zusammengerollt im Kofferraum einer Limousine, an den Händen und Füßen gefesselt; auf seiner nackten Brust war ein einzelnes Wort eingeritzt.

»›Lobo‹«, flüsterte ich. »Wolf.«

Ich hatte schon Wölfe gesehen, allerdings nicht hier in Colorado, sondern weiter im Norden in Yellowstone, während einer Skitour. Ich war allein gewesen. Brody hatte gut hundert Meter hinter mir eine lose Bindung an seinem Ski repariert. Er hatte mir gesagt, ich solle schon vorfahren, er käme nach. Ich fuhr ein paar Minuten weiter, hielt dann an und wartete in einem besonders dichten Waldstück neben einem Wegweiser. Vor uns lag eine Gabelung, und ich wusste nicht, ob Brody den Weg zurückfahren wollte, den wir gekommen waren, oder die andere Strecke ausprobieren wollte.

Es war kurz vor der Dämmerung, als der erste Wolf auftauchte. Später war ich der Meinung, dass es der Leitwolf gewesen sein musste, denn er war fast zweimal so groß wie seine Nachkommen. Sein Fell war tiefschwarz, und zuerst dachte ich, dass es sich nur um einen Schatten handelte. Er machte lange, leise Schritte im Schnee und bewegte sich mit der Würde und Anmut eines Geschöpfes, das keine Furcht kennt.

Der Wolf kam aus dem Wald, überquerte den Weg, den Blick auf mich gerichtet, und verschwand dann ohne ein Geräusch wieder zwischen den Bäumen. Seine Augen leuchteten wie durch ein inneres Glühen, das sie gelb und unergründlich erscheinen ließ. In diesen Augen lag eine geheime Welt des Wissens, eine geteilte Existenz mit all seinen Vorvätern, die Hunderttausende von Jahren zurückreichte.

Dies war sein Land, sagten seine Augen mir.

Dann erschien der Rest des Rudels, insgesamt noch acht weitere Tiere. Sie beachteten mich nicht, obwohl ich hätte schwören können, dass mein rasendes Herz in dem Augenblick lauter war als alles andere. Erst als Brody kam, fing ich an zu zittern. Wir maßen die Fährte des Leitwolfes aus, und Brody schätzte ihn auf fünfundvierzig bis fünfundfünfzig Kilo. Im Park wimmelte es in jenem Jahr vor Elchen, und diese Wölfe hatten reichlich Futter.

Finn knuffte meine Schulter. Der Chief starrte mich an.

»Was? Ich bin hier. Wer ist er?«

»Es ist Soren Baker, Gemma«, sagte Finn. »Es ist sein Wagen. Sein Führerschein steckt im Portemonnaie und sein Handy in der Hosentasche.«

»Oh, nein«, hauchte ich.

»Ja. Eine Hundebesitzerin, die schon sehr früh unterwegs war, hat den Wagen gemeldet, der am Beginn eines Wanderweges in Avondale stand. Er war nicht auf dem Parkplatz abgestellt, sondern stand zwischen den Bäumen, und die Lady fand das so unheimlich, dass sie das Avondale Police Department informiert hat. Sie haben gesehen, dass der Wagen zu der Suchmeldung von Soren passte, die ich herausgegeben hatte. Na ja, und den Rest der Geschichte kennst du. Sie haben uns vor einer Stunde angerufen«, sagte Finn.

Chief Chavez fügte hinzu: »Dieses eingeritzte ›Lobo‹ ist das

Markenzeichen einer Rockerbande in Arizona. Die ›Crazy Wolves‹. Ich denke, Bakers Vergangenheit hat ihn schlussendlich eingeholt.«

»Vergeltung? Ein Auftragsmord?«, fragte ich. »Warum hier? Warum jetzt?«

»Du hast doch die Akten gesehen«, sagte Finn. »Er hatte einen anderen Namen angenommen. Vielleicht haben die Wolves so lange gebraucht, um ihn zu finden. Sie haben vielleicht nie aufgehört, nach ihm zu suchen. Männer wie die Wolves finden es nicht witzig, wenn sie um Tausende von Dollar beschissen werden.«

Chief Chavez nahm eines der Fotos auf und legte es angewidert wieder hin. »Was ist bloß aus dieser Welt geworden? Es gab schon immer Gewalt, aber so etwas … so etwas passiert hier nicht. Nicht in unserem Tal. Also, Avondale übernimmt die Ermittlungen. Wir helfen, wenn wir gebraucht werden, aber sie haben die Leitung. Sie alle konzentrieren sich auf den Fall Fuente. Ich nehme an, dass wir Baker als Verdächtigen ausschließen können.«

»Ich weiß nicht«, sagte ich. »Baker könnte immer noch Fuentes Mörder sein. Es könnte alles nur ein entsetzlicher Zufall sein, dass er jetzt auch umgebracht wurde.«

»Wo sind die Beweise? Sie haben im Fuente-Fall nichts gegen Baker in der Hand«, sagte Chavez.

»Nun, was ist, wenn es kein Auftragsmord der Rockerbande war? Wenn Baker von derselben Person ermordet worden ist wie Fuente?«, fragte Finn. Er hob beruhigend die Hände, als er die Miene des Polizeichefs sah. »Ich spiele hier nur des Teufels Advokaten, Chief. Ich weiß, es ist eine andere Art von Mord. Wir haben keine Botschaft auf einem Zettel gefunden. Es war ein unglaublich persönlicher, brutaler Mord. Das hier waren keine ein oder zwei tödlichen Schläge, hier wurde wieder und immer wieder zugeschlagen. Es muss rasende Wut gewesen sein.«

»Fuentes Mord verlief anders. Es war ein kalkulierter tödlicher Stich. Fuente ist mit jemandem in diesen Wald gegangen. Das hat Donald Little bestätigt«, fügte ich hinzu. »Wir wissen durch das Blut in seinem Apartment, dass Soren Baker dort angegriffen wurde und dann vermutlich woanders hingebracht und dort ermordet wurde.«

»Wie Sie schon sagen, zwei komplett unterschiedliche Mordarten. Alles sagt mir, dass Sie es mit zwei Tätern zu tun haben und nicht mit einem schizophrenen Killer«, sagte Chief Chavez. Er ging zur Stirnseite des Raumes und listete die Unterschiede auf dem Whiteboard auf.

»Campbell.«

Chavez und Finn sahen mich merkwürdig an. »Wie bitte?«, fragte Finn.

»Campbell«, sagte ich nachdrücklich. »Was, wenn Campbell und Baker etwas miteinander zu tun hatten? Campbell hat eine ganze Meute von Schlägertypen. Einer von ihnen bringt Fuente wegen der Erbschaft der Immobilie in New Jersey um, und ein anderer ermordet Baker aus irgendwelchen Gründen, die wir noch nicht kennen.«

»Und das eingeritzte ›Lobo‹?«, fragte Finn skeptisch.

»Ach, komm! Black Hound Construction? Hounds, Hunde, Wölfe? Praktisch das gleiche Tier?«

»Weißt du«, sagte Finn, »meine Oma war aus Irland. Durch sie ist meine Familie mit keltischer Mythologie groß geworden. Einiges davon ist echt gruselig, und ich hatte danach wochenlang Alpträume. Der Black Hound, der schwarze Hund, wird oft mit dem Teufel assoziiert. Er wird als Bote oder Omen des Todes angesehen. Scheint passend, wenn man sich einige von Campbells Männern ansieht. Wölfe, Hunde … Ex-Sträflinge … im Herzen sind sie alle Raubtiere.«

»Ja? Und manchmal ist ein schwarzer Hund nur ein verdammtes Haustier. Ihr zwei habt wohl den Verstand verloren. Mir gefällt zwar die Wahl von Alistair Campbells Angestellten nicht, aber der Mann hat nichts Illegales getan. Was ist denn mit ›Im Zweifel für den Angeklagten‹?«, fragte Chavez. Er fügte auf dem Whiteboard noch ein paar Unterschiede zwischen den Morden hinzu. Die Fundorte der Leichen, die fehlende Botschaft in Bakers Fall, der anonyme Anrufer, der uns auf Fuentes Tod hingewiesen hat.

»Vergessen Sie nicht, Chief, dass der anonyme Anruf nur deswegen getätigt wurde, weil Donald Little ein schlechtes Gewissen hatte. Wenn er Fuentes Leiche nicht gefunden hätte, wäre sie erst am Montag entdeckt worden. Möglicherweise auch erst Dienstag, wenn niemand den Pfad genommen hätte, um zum Unterricht zu gehen. Genau wie Soren Baker, war Fuente im Wald versteckt«, sagte ich. »Es war nie gewollt, dass er so schnell gefunden wird.«

»Und wie Fuente, hat Baker eine Verbindung zur Academy«, fügte Finn hinzu. »Zum Teufel noch mal. Wir kommen einfach nicht von dieser Schule weg.«

Ich erzählte Finn und Chavez von meinen frühen Morgenstunden bei Roland Five und seiner Mutter Cassie. Wenn Finn sauer darüber war, dass sie mich angerufen hatte und nicht ihn, so zeigte er es zumindest nicht. Ich erzählte ihnen von dem Buch der Brüder Grimm in Rolands Zimmer und der

Vermutung von Dennis Little, dass Roland in Wirklichkeit Grimm sei.

»Dann bringen Sie ihn zur offiziellen Vernehmung her, Gemma. Warum haben Sie das noch nicht gemacht?«, fragte Chavez. Er zupfte seine Krawatte gerade und rückte seinen Gürtel zurecht. »Sie können doch gut mit Jugendlichen, besser als jeder andere hier.«

Ich nickte. Der Chief hatte recht; es war an der Zeit, Roland herzuholen und ihm einige ernste Fragen zu stellen. »Das werde ich, versprochen. Doch zunächst sollten Finn und ich uns mit Campbell unterhalten. Danach informiere ich die stellvertretende Rektorin Moreno über Bakers Tod. Was für eine Woche für die arme Frau.«

Als wir den Raum verließen, gab uns Chavez noch einen letzten Rat mit auf den Weg. »Seien Sie vorsichtig, alle beide. Wenn die Crazy Wolves in der Stadt sind, steht uns eine heftige Zeit bevor.«

19. Kapitel

Die Tate Lodge war ein weitläufiges Anwesen und stand als Kulturdenkmal auf der Liste des National Register of Historic Places. In den dreißiger Jahren, bevor die Residenz von einem japanischen Geschäftsmann gekauft und in ein Hotel umgewandelt wurde, war es das Privathaus eines der letzten Silberbarone von Cedar Valley. Während sich das Anwesen in seinem Besitz befand, hatte es eine Anzahl ungewöhnlicher Todesfälle gegeben. Eine Frau war von einem vierstöckigen Türmchen gefallen, eine andere war in einer fast leeren Badewanne ertrunken. Ein Baumpfleger verblutete, nachdem eine unhandliche Kettensäge ihm den Arm abgeschnitten hatte, und ein extrem allergischer Gärtner stolperte in ein Hornissennest. Es gab noch weitere, banalere Todesfälle, deren Details nicht in Form morbider Geschichten überdauert hatten.

Über die Jahre waren ausreichend Besuchern dort Geister begegnet – sie hatten sonderbare Gestalten in Weiß gesehen oder herzerweichendes Stöhnen gehört, das aus den Wänden zu sickern schien –, dass eine beliebte Fernsehshow, *Seekers of the Dead*, dort eine Episode filmte.

Die Gerüchte und Tuscheleien über seltsame Erscheinungen und grässliche Geräusche in den dunkelsten Stunden der Nacht rissen jedoch nicht ab. Es war ein unheimlicher Ort für einen Besuch, egal zu welcher Tageszeit oder wie hell die Sonne schien.

In der großen Lobby blieben wir kurz stehen und zogen unsere Jacken aus. Eine lächelnde attraktive Concierge nahm sie uns ab und erzählte uns, dass sie Alistair Campbell zehn Minuten zuvor gesehen hätte, wie er die Treppe heruntergekommen und Richtung Bar gegangen war.

»Das Essen im Restaurant ist so lala, aber der Barkeeper macht einen klasse Espresso. Manchmal hat er auch Biscotti«, flüsterte sie mit einem Zwinkern. »Mr. Campbell beginnt gern seinen Tag dort.«

Finn und ich bedankten uns bei ihr und gingen an der Prunktreppe vorbei. Über die Jahre hatte die Berührung tausender Hände das Geländer blankpoliert.

»Glaubst du an Geister?«

Ich nickte.

Finn wirkte überrascht. »Das hätte ich nicht gedacht.«

»Warum nicht?« Ich zuckte die Achseln. »Ich glaube, dass diejenigen sich irren, die zu wissen glauben, was da draußen alles ist. Wir leben in einer geheimnisvollen Welt, Finn. Wir sind nichts als Atome und Moleküle, die herumlaufen, als gehöre uns der Planet. Wer sagt, dass es nicht auch Geister um uns herum gibt? Was passiert nach dem Tod mit all der Energie?«

Er schaute mich von der Seite an und sagte mit einem Anflug von Lachen in der Stimme: »Ich vermute, für einige Leute ist das eine substanzielle Frage.«

Ich stöhnte. »Du vergisst, dass ich mit einem Wissenschaftler im selben Bett schlafe. Ich bin immun gegen Nerd-Anspielungen.«

Wir fanden Campbell in der Bar der Tate Lodge, wo er alleine saß, an einem Espresso nippte und die Tageszeitung überflog. Im Kamin an der gegenüberliegenden Wand tanzten rote und gelbe Flammen zu einer unhörbaren Musik. Türkische Teppiche mit Stickereien in sattem Dunkelrot und Indigoblau lagen auf dem frisch polierten, glänzenden Holzboden. Der Raum war warm und gemütlich; von den Wänden aus beobachteten uns die Augen von Männern, deren Namen ich nicht kannte, die auf ihren Portraits für alle Ewigkeit erstarrt waren.

»Das ist ja eine Freude. Wie komme ich zu der Ehre?«, fragte Campbell. Er faltete die Zeitung und benutzte sie, um zum Fenster zu zeigen. »Es ist früh, und noch dazu an einem so scheußlichen Tag. Bitte sagen Sie mir, dass dieser Schnee irgendwann aufhört.«

Ich nickte. »Noch weitere fünf, vielleicht auch sechs Wochen. Dann bekommen wir ungefähr eine Woche Sonnenschein. Doch danach kehrt der Schnee zurück. Das jetzt ist nichts dagegen. Warten Sie bis April, wenn der Frühlingsschnee kommt, der wie eine nasse Wolldecke ist, schwer und störrisch, und Ihre Seele sich so nach Wärme sehnt, dass Sie fast alles für ein bisschen Hitze geben würden.«

Campbell schürzte die Lippen und legte seine Zeitung auf den Tresen. »Haben Sie je Zeit im Norden verbracht, sagen wir, in Kanada oder Alaska?«

Finn und ich verneinten.

Campbell fuhr fort. »Ich war mal sechs Monate in Fairbanks, Alaska, in den späten Achtzigern. Es existiert die irrige Meinung, dass es dort oben im Winter vierundzwanzig Stunden dunkel ist. Das stimmt nicht. Selbst um die Wintersonnenwende hatten wir immer noch vier Stunden echtes Tageslicht. Was mir aber wirklich zu schaffen machte, und darüber redet nie jemand, ist der Eisnebel. Wenn die Temperatur unter dreißig Grad sinkt, rollt eine Welle winziger Eiskristalle heran, die sich in der Luft bilden. Die Bäume werden zu Geistern. Die Stadt ist nicht mehr zu erkennen. Sie wissen nicht, was das Wort *kalt* bedeutet, wenn Sie nie in einem Eisnebel standen, sich im Kreis gedreht haben und keine verdammte Ahnung hatten, wo oben und unten ist. Das ist ein schreckliches Gefühl, wenn man nicht mehr weiß, wie man nach Hause kommen soll.«

»Wir sind nicht hier, um über das Wetter zu reden«, sagte Finn.

»Bitte, ich bin ganz Ohr«, sagte Campbell. Er schaute uns an mit einem freundlichen Lächeln auf dem Gesicht. Sein Blick jedoch war kalt und scharf.

»Es gab einen weiteren Toten. Soren Baker. Er war Englischlehrer an der Highschool und kam ursprünglich aus Australien. Kannten Sie ihn? In einem früheren Leben trug er auch den Namen Simon Cook«, sagte Finn.

»Baker, Baker … ich glaube nicht, dass ich je das Vergnügen hatte. Sie sagen, er sei auch ein Lehrer an der Schule gewesen? Ich bin überrascht, dass Sie jetzt nicht dort sind und die Leute befragen, die ihn gekannt haben. Warum verschwenden Sie hier Ihre Zeit?«, wollte Campbell wissen.

»Weil Sie, Mr. Campbell, bislang das stärkste Motiv von allen haben, um Delaware Fuente umzubringen«, sagte ich.

»Ich brauche das Geld nicht. Ich habe Ihnen doch schon gesagt, dass ich die Immobilie direkt verkaufen werde, sobald sie in meinen Händen ist«, entgegnete Campbell. Er nahm einen weiteren Schluck von seinem Espresso und verzog unmutig das Gesicht. »Verdammt, jetzt ist der Kaffee kalt.«

»Warum heuern Sie Ex-Häftlinge an? Sie kommen mir nicht vor wie jemand mit einem besonders großen Herzen«, sagte Finn.

Campbell schob seinen Kaffee zur Seite und wischte sich den Mund mit einer Serviette ab. »Sie verstehen meine Anteilnahme gegenüber diesen Menschen nicht. Sie sehen in meinen Männern nur Schläger und Kriminelle. Ich sehe gebrochene Kreaturen, die so lange ohne Liebe und Fürsorge gelebt haben, dass sie physisch mit Hautausschlag reagieren, wenn sie sie schließlich erleben. Es dauert ein Leben lang, um Vertrauen aufzubauen und nur einen Augenblick, um es zu zerstören. Ich habe meine Jugend in Pflegefamilien und Kinderheimen verbracht und die schlimmsten Dinge gesehen, die Menschen einander im Namen der Disziplin antun. Ersparen Sie mir Ihr Urteil und bewahren Sie es für die auf, die es nötig haben. Also, war es das jetzt?«

»Haben Sie Fuente umgebracht?«

»Habe ich nicht«, sagte Campbell. Er kratzte sich am Kinn. Etwas wie Bedauern huschte über sein Gesicht und war gleich wieder fort. »Ich habe Freitagabend in der Gesellschaft von Mayor Cabot und ein paar ihrer Getreuen verbracht. Ein wunderbarer Haufen korrupter Typen. Ich sage Ihnen, die bleibt nicht lange Bürgermeisterin. Ich war mit ihnen von neunzehn Uhr bis Mitternacht hier in der Bar. Es gibt ein Dutzend Leute, die das bestätigen können.«

»Warum haben Sie mir das nicht vorher gesagt?«, fragte ich. »Als Sie bei mir zu Hause waren, zum Beispiel?«

Campbell lächelte. »Sie haben nie gefragt, Ms. Monroe. Sagen Sie, haben Sie Fuentes Worte gelesen, so wie ich vorgeschlagen habe?«

»Ja. Bisher habe ich nichts von Bedeutung gefunden.«

»Nun, dann lag ich vermutlich falsch«, sagte Campbell. Er breitete die Arme aus und fügte hinzu: »Verzeihen Sie mir.«

»Sie wollten damit doch auf etwas hinaus.«

Campbell schüttelte langsam den Kopf. »Nur ein offensichtlicher Irrglaube, dass die besten Schriftsteller etwas von ihrer Seele in ihren Werken zurücklassen. Ich hatte angenommen, dass darin eine Antwort läge, wenn ein Mann ermordet wird.«

»Wissen Sie, wer Fuente ermordet hat?«, fragte Finn.

Camphell machte eine Pause. »Nein, ich denke nicht.«

Finn und ich warfen uns einen Blick zu. Campbell bemerkte ihn und lächelte traurig. »Ihre Liste der Verdächtigen ist auch meine Liste, befürchte ich. Ich bin weder naiv, noch dumm. Ich weiß, dass meine Männer zu großer Gewalt fähig sind. Ich weiß, dass ein paar von ihnen – Roget, Turtle – von dem Deal wussten, den ich mit Fuente gemacht hatte. Diese Männer kämpfen gegen ihre Triebe an und fechten stille, innere Kämpfe mit sich aus, die wir uns nur in unseren schlimmsten Träumen ausmalen können. Sie sind hier, oben auf ihren Zimmern, und könnten Ihre Fragen beantworten. Aber Sie müssen verstehen, dass das alte Wunden wieder aufreißen würde, Wunden, die ich gepflegt habe und die dadurch fast verheilt sind. Wissen Sie, was passiert, wenn man eine Narbe wieder aufreißt? Darunter liegt rohes, empfindliches Gewebe.«

»Worauf wollen Sie hinaus? Wenn ich mir Psychologie reinziehen will, dann kann ich mir auch eine Doku anschauen«, sagte Finn. Er ging zum Kamin und fächelte mit den Händen vor den tanzenden Flammen. »Sie langweilen mich, Mr. Campbell. Ich glaube, Sie halten sich für den Heiland unter diesen Männern. Doch Sie sind nichts weiter als ein Rädelsführer. Sie umgeben sich mit Gefolgsleuten, gestörten Männern, die sich einreihen und mit wedelndem Schwanz Ihrer Spur aus Bockmist folgen.«

Campbell trank sein Getränk aus und steckte sorgsam eine Zehn-Dollar-Note unter den Porzellanteller. Er stand auf, und als er durch die Tür der Bar ging, wurde er langsamer und beugte sich zu mir herüber. Sein Atem kitzelte an den feinen, weichen Haaren neben meinem Ohr. »Ich mag Sie, Ms. Monroe. Sie besitzen eine innere Stärke, die mir bei so jungen Menschen wie Ihnen selten begegnet ist. Ich bin kein schlechter Mensch. Sie möchten das glauben, weil es für Sie einfacher ist, aber Sie tun sich schwer damit. Und lassen Sie den Bauerntrottel zu Hause, wenn Sie mich das nächste Mal besuchen.«

30. Kapitel

Es gab Fäden, die diese Fälle – Fuente, Baker, Grimm und den Rabbit Man – miteinander verbanden, doch sie waren für mich so unsichtbar wie Radiowellen. Der Glückskeks bei Luigi's hatte mir klare und einfache Anweisungen gegeben: *Seien Sie auf der Hut, kommende Ereignisse werfen ihre Schatten voraus.*

Welchen Schatten hatte ich übersehen? Welches Ereignis raste ungesehen und unbemerkt auf mich zu?

Ich ließ Finn, der die Black Hounds befragen wollte, in der Tate Lounge zurück und fuhr zur Academy, um die stellvertretende Rektorin Moreno über den Tod von Soren Baker zu informieren.

Ich fand Moreno in ihrem Büro. Sie wirkte überrascht, mich zu sehen, hatte jedoch eine Lücke in ihrem Terminkalender. Wie beim letzten Mal kochte sie einen Kaffee und bat mich, Platz zu nehmen. Sie hatte frisch gewelltes Haar, und ich machte ihr ein Kompliment deswegen. Sie dankte mir und erzählte etwas darüber, dass sie in dieser Jahreszeit immer ein Gefühl von Rastlosigkeit überkomme.

Überrascht sagte ich: »Ich habe im Winter immer genau das gegenteilige Gefühl. Ich empfinde den Schnee und die Kälte als erdend. Für mich beginnt die Rastlosigkeit mit dem

Ende des Sommers, wenn die Nächte kälter werden und die Tage kürzer. Ich verspüre dann immer den Drang, alles einzupacken und nach Hawaii zu ziehen. Ich würde dann am liebsten das ganze Jahr dem Sonnenschein hinterherjagen.

Sie nickte. »Das Gefühl kenne ich auch. Meine Rastlosigkeit hängt weniger vom Wetter ab, sondern eher von den Feiertagen, denke ich. Diese Zeit zwischen Weihnachten und Ostern kann so trostlos und lang sein. Und kommen Sie mir nicht mit dem Valentinstag oder St. Patty's Day. Ich rede von den echten Feiertagen, um die sich Familientraditionen gebildet haben.«

»Da gebe ich Ihnen recht. Das war ein ganz schön heftiger Sturm, stimmt's?«

Sie nickte. »Direktor Silverstein und ich haben erwogen, die Schule heute wieder zu schließen, doch gestern war seit Schulbeginn im September schon der fünfte Schneetag für diese Kinder. Jeder Tag, an dem wir die Schule schließen, muss irgendwo wieder in den Lehrplan hineingequetscht werden. Was hätten Sie getan?«

Überrascht über diese Frage zuckte ich mit den Schultern. »Ich weiß nicht. Vermutlich hätte ich sie geschlossen. Ich hätte wohl das Risiko eines Verkehrsunfalls gegen einen weiteren Tag Algebra und Diskussion über Frösche abgewogen. Aber es ist nicht wirklich mein Fachgebiet.«

»Natürlich nicht«, sagte Moreno. Hinter ihr klingelte die Kaffeemaschine. »Entschuldigen Sie mich.«

Sie schenkte zwei Tassen Kaffee ein und reichte mir eine davon. »Sie sind eine vernünftige Person und eine junge Mutter. Wollen Sie nicht, dass Ihr Kind sicher *und* gebildet ist?«

»Ja, natürlich. Ich meinte nur … Meine Schulzeit liegt schon lange hinter mir, Ms. Moreno. Ich sehe die Kids hier und in der Stadt, und sie gehören zu einer komplett anderen Spezies als die, mit denen ich aufgewachsen bin. Also fühle ich mich nicht qualifiziert genug, um ihr Lerntempo zu beurteilen.«

»Das ist verständlich.«

Sie rückte das gerahmte Bild ihrer Tochter zurecht und schaute dann mich an. »Worüber wollten Sie mit mir reden?«

Ich holte tief Luft. »Soren Baker ist tot. Jemand hat ihn irgendwann in den letzten beiden Tagen umgebracht und seine Leiche in Avondale zurückgelassen. Es tut mir so leid.«

Moreno keuchte, ihre Finger wanderten zu ihrem Mund und dann wieder zurück auf ihren Schoß. Sie starrte mich schockiert an und brachte kein Wort heraus.

»Ich weiß, dass das schreckliche Neuigkeiten sind, Ms. Moreno. Ich muss Ihnen außerdem erzählen, dass Baker eine sehr dunkle Vergangenheit hatte. Er wurde in Arizona wegen einer Reihe von Vergehen gesucht, von denen einige ziemlich gewalttätig waren. Wir glauben, dass er Ihren Background-Check umgehen konnte, indem er einen falschen Namen und eine falsche Sozialversicherungsnummer benutzt hat. Wir glauben auch, dass seine Vergangenheit ihn möglicherweise eingeholt hat; es scheint so, als wäre er von einer Rockerbande umgebracht worden«, sagte ich. »Hatte er hier in seiner Schulakte eine Liste von Angehörigen, von Notfallkontakten?«

»Oh, ich kann das gar nicht glauben«, sagte Moreno langsam, und ihre Augen füllte sich mit Tränen »Ich glaube, er hat eine Mutter oder Tante in Melbourne. Das ist ja schrecklich.

Das wird furchtbar niederschmetternd für die Kinder sein. Fuente war schon schlimm, aber Soren? Soren war schon eine ganze Weile bei uns. Er ist sehr beliebt.«

»Wir helfen Ihnen, wo immer wir können. Ms. Moreno, da ist noch eine Sache, die ich mit Ihnen besprechen muss. Es geht um Grimm. Sind Sie mit Ihrer internen Ermittlung vorangekommen?«

Sie holte tief Luft und schüttelte den Kopf. »Nein, um ehrlich zu sein, bin ich noch nicht dazu gekommen, es anzustoßen. Ich weiß, dass ein solcher Schultyrann bei uns erste Priorität haben sollte, aber mit Fuentes Mord, und nun das hier … wir werden uns darum kümmern, wenn es passt.«

So sanft ich konnte sagte ich: »Ich habe mit einem Psychologen gesprochen. Er hat mir ein grobes psychologisches Profil von Grimm zusammengestellt. Er benutzte Worte wie *clever*, *versiert* und *anspruchsvoll*. Klingt das für Sie nach einem Highschool-Schüler?«

Es war klar, worauf ich hinauswollte. Moreno stand auf und strich ihre Jacke glatt. Sie wischte sich die Tränen aus den Augen. »Was wollen Sie damit sagen?«

»Grimm könnte ein Lehrer sein.«

Sie schüttelte den Kopf. »Nein, das glaube ich nicht. Keiner meiner Lehrer. Dass einer von ihnen so etwas hinter meinem Rücken macht, ist ausgeschlossen.«

»Bitte, setzen Sie sich. Haben Sie so viel Kontrolle über ihr Verhalten und ihr Benehmen?«

Moreno setzte sich wieder. »Davon gehe ich aus. Was hat dieser Psychologe noch über Grimm gesagt?«

Ich rief mir die Worte von Pabst in Erinnerung. »Grimm ist rigide, beherrschend, doch er versteckt es gut. Er ist unsicher und bringt sein Umfeld gern unter seine Kontrolle. Genau genommen denkt er wahrscheinlich, dass er den Kids durch seine Schikane sogar hilft – natürlich sieht er es selbst nicht als Schikane –, denn Grimm glaubt, er wüsste es am besten. Grimm denkt, er brächte den Kindern bei, was Konsequenzen bedeuteten. Er würde sie auf die Realität vorbereiten.«

Ich hörte, wie jemand den kleinen Empfangsbereich, der an Morenos Büro grenzte, betrat und Schubladen öffnete. Eine junge Frau erschien im Türrahmen von Morenos Büro und entschuldigte sich, als sie mich sah. Moreno winkte ab und sagte ihr, dass sie in einer Minute bei ihr sei.

Die stellvertretende Schulleiterin biss sich auf die Lippe und warf einen Blick auf ihre Uhr. »Ich bin gleich zurück, Detective, ich muss meiner Sekretärin ein paar Nachrichten weiterleiten. Sie ist wegen des Wetters heute später gekommen.«

Moreno verschwand. Ich hörte sie die Worte »Suspendierung« und »Jahreszeugnis« sagen. Nach einem Blick auf meine eigene Uhr seufzte ich tief und spürte, wie die Luft meine Lungen füllte. Ich hielt sie einen Moment an, entspannte mich dann langsam und atmete allen Stress und die Anspannung aus. Es war eine Technik, die ich bei einem lange zurückliegenden Yoga-Kurs gelernt hatte.

Moreno und die Sekretärin unterhielten sich weiter.

Ich wippte mit meinem übergeschlagenen Bein und schaute mich im Büro um. Moreno hatte ihre Diplome an der Wand umgehängt. Sie hingen absolut gerade, die Kanten der Rahmen nur wenige Zentimeter voneinander entfernt. Neben den zwei Masterabschlüssen in Erziehungswissenschaften und Betriebswirtschaft hatte sie noch einen Bachelorabschluss in neueren Fremdsprachen …

Neuere Fremdsprachen … ich zog mein Handy aus meiner Handtasche und suchte kurz im Internet. Es stellte sich heraus, dass der Bachelorabschluss mindestens zwei Fremdsprachen erforderte, sowie einen Auslandsaufenthalt.

Fremdsprachen. Auslandsaufenthalt.

Hinter mir kam Moreno wieder zurück ins Büro. Sie blieb einen Augenblick stehen, als messe sie die Temperatur im Raum, und schloss dann sanft die Tür hinter sich. »Tut mir leid. Annette ist wunderbar, nur manchmal sehr vergesslich. Aber wir haben alles geklärt.«

Ich zeigte mit dem Kinn auf die Bürowand. »Haben Sie Zeit im Ausland verbracht?«

Moreno lächelte. »Ja, ich war in der zehnten Klasse in Italien und in der elften in Deutschland. Das waren meine beiden Sprachen, Italienisch und Deutsch. Ich habe mich auch in Französisch versucht, doch ich habe die Aussprache nie perfekt hinbekommen. *C'est la vie.*«

»Sie sind es, oder?«

Moreno schaute mich fragend an. »Wovon reden Sie?«

»Grimm. Sie sind Grimm. Die Jacob-Wilhelm-Datei ist Ihre.«

»Woher zum Teufel wissen Sie von …« Moreno verstummte. Sie setzte sich an den Schreibtisch und nippte an ihrem Kaffee. Ich sah, wie ihre Hände zitterten, als sie die Tasse hielt. »Wie ich schon sagte, werde ich mit den Mitgliedern unseres Kollegiums über diese Angelegenheit reden. Wir werden der Sache auf den Grund gehen.«

Ich schüttelte den Kopf. »Sie sind eine Missbrauchstäterin. Ihnen wurden das Leben und die Zukunft dieser Kinder anvertraut, und Sie sitzen hier und spielen Gott. Sie verwickeln die Kinder in diese verdrehten Märchen und ziehen dann die Fäden wie eine Marionettenspielerin. Wie konnten Sie nur?«

Bei meinen Worten erbleichte Moreno.

»Ich hatte nie vor, dass es außer Kontrolle gerät«, flüsterte sie. »Ich dachte ... ich dachte, ich würde ihnen helfen. Sie haben keine Vorstellung, wie es ist, mit diesen Kindern zusammen zu sein, Tag für Tag. Egal, was Sie machen, sie könnten aus der Tür gehen und der nächste Amokläufer von Aurora sein, oder der nächste Charles Manson. Sie wollen über Verantwortung reden? Sie haben ja keine Ahnung, was das Wort überhaupt bedeutet.«

»Sie sind keine Erziehungsberechtigte dieser Kinder, das sind ihre Eltern. Sie haben im Verlauf der Tat Menschen verletzt. Star, Becky – sie sind traumatisiert. Paul Runny spricht nicht mehr. Wer weiß, wie viele weitere Schüler Sie brutal schikaniert haben? Und ersparen Sie mir den Schwachsinn, dass es Ihre Aufgabe sei, Menschen so etwas anzutun«, sagte ich und zeigte auf das gerahmte Foto von Morenos Tochter. »Wie heißt sie noch gleich – Diane? Diana? Würden Sie wollen, dass jemand Diana schikaniert?«

»Natürlich nicht. Doch wenn sie sich nicht benimmt, die falschen Entscheidungen fällt ... dann, ja, dann denke ich, würde ich wollen, dass jemand einschreitet. Jemand, der sich kümmert und der intelligent genug ist, um sich darüber bewusst zu sein, dass seine Rolle im Leben vielleicht genau die ist, diese Kids wieder auf die Spur zu bringen!«, sagte Moreno. Sie warf die Hände in die Luft. »Wir verwandeln uns in eine Gesellschaft von ichbezogenen, handybesessenen, hirnlosen Idioten. Augenblicke, Ereignisse – sie zählen erst dann, wenn sie gepostet wurden, damit die ganze Welt sie sehen und ›liken‹ kann. Diese Kids wissen kaum, wie man eine Unterhaltung führt. Ich habe Angst um unsere Zukunft.«

»Die habe ich auch, aber das gibt Ihnen nicht das Recht, so etwas zu tun.«

»Wer wird ihnen denn dann helfen? Sie? Ihre Eltern? Ich denke kaum. Diese Kinder posten ihre Taten auf Instagram und Facebook, als wären es Dinge, auf die man stolz sein könnte. Aber versuchen Sie mal, sie zu bestrafen, das wagen Sie gar nicht! Diese Helikopter-Eltern … wenn Klein-Johnny keine Medaille für seine Teilnahme erhält, oder Susie weinend nach Hause kommt, weil, Gott behüte, ein Lehrer sie für etwas zur Verantwortung gezogen hat … wissen Sie, wie viele Anrufe ich jeden Tag deswegen erhalte? Dutzende. In den Augen dieser Eltern sind die *Gefühle* ihrer Kinder wichtiger als deren Handlungen«, sagte sie.

»Und die Zeichnungen des Sensenmannes? War das auch Ihr Werk?«

Sie nickte und rieb sich die Augen. »Ja. Ich wollte ein Markenzeichen, etwas Unheilvolles.«

»Was haben Sie also gemacht, ihnen auf Facebook nachgestellt und herausgefunden, wen Sie bestrafen?«

Moreno schüttelte den Kopf. »Ich habe Schüler, die mit ihren Anliegen und Sorgen zu mir kommen. Ich schaue mir die Sache an, und wenn etwas dran ist, gehe ich dem nach. So einfach ist das.«

»Wären die Konsequenzen nicht effektiver, wenn sie sich natürlich aus den Handlungen der Schüler ergäben? Sie hätten die Beweise für Beckys Betrug in Stanford melden können, und sie wäre abgelehnt worden. Warum sollte sie Stars Haar abschneiden?«, fragte ich.

»Warum sollte Becky die Einzige sein, der eine Lehre fürs Leben erteilt wurde? Wenn zehn bis fünfzig Kinder davon etwas mitnehmen, warum nicht?«, entgegnete Moreno.

Ich schüttelte den Kopf. Die schiere Absurdität ihrer Argumente haute mich um. Sie hatte Wahnstörungen. Moreno sah den Blick in meinen Augen und ließ den Kopf hängen. »Was passiert jetzt?«

»Fangen wir damit an, dass Sie hier fertig sind. Sie reichen innerhalb der nächsten Stunde bei Direktor Silverstein Ihre Kündigung ein, mit sofortiger Wirkung. Dann fahren Sie hinunter aufs Revier und zeigen sich selbst wegen Machtmissbrauchs an. Ich werde diese Kinder nicht weiter traumatisieren, indem ich Sie hier mit Handschellen herausführe. Auf dem Weg zum Revier werden Sie vielleicht einen Therapeuten kontaktieren wollen.«

Neue Tränen liefen über Morenos Gesicht. Sie milderten die Härte ihres geschäftsmäßigen Anzugs, doch auf mich hatten sie keine Wirkung.

»Was werde ich tun? Ich habe mein Leben diesen Kindern gewidmet. Sie sind meine ganze Welt.«

Ich stand auf und nahm das Foto ihrer Tochter. Ich schob es zu Moreno hinüber und tippte darauf. »Ich an Ihrer Stelle würde anfangen, lange und ernsthaft über dieses Kind nachzudenken. Sie und ich, wir haben noch nicht einmal die Hälfte unseres Lebens auf dieser Erde hinter uns. Was für eine Mutter soll Diana kennenlernen? Wollen Sie etwas von Bedeutung hinterlassen? Fangen Sie mit ihr an. Das sind Sie ihr schuldig. Das sind Sie all diesen Kindern schuldig.«

31. Kapitel

Bevor ich vom Parkplatz der Highschool fuhr, schickte ich Roland eine SMS: *Grimm ist erledigt. Du musst dir keine Sorgen mehr machen.*

Seine Antwort kam postwendend: *Wer?*

Ich schüttelte den Kopf und schrieb zurück: *Spielt keine Rolle. Es ist vorbei.*

Zurück auf dem Revier warteten Notizen und Nachrichten auf mich, einschließlich einer von Bucky Shepherd, meinem Kontakt bei der Cyber-Einheit des Denver Police Department. Sie hatten, wie versprochen, Fuentes Laptop Priorität eingeräumt, und Bucky hatte Fuentes Passwörter umgangen. Danach hatte er sich die Dateien lange und gründlich angesehen, oder vielmehr das Fehlen derselben. Buckys Nachricht war kurz und prägnant – auf dem Laptop waren keine weiteren Dateien oder Dokumente gespeichert als die, die ich bereits gesehen hatte.

Mit anderen Worten gab es keine Spur von Memoiren oder einem anderen Dokument, an dem gearbeitet worden war.

Doch nicht nur das: Abgesehen von meinem Ein- und Ausschalten des Computers war das Gerät seit Wochen nicht benutzt worden. Wenn Fuente etwas geschrieben hatte, dann hatte er dazu nicht diesen Computer benutzt.

Ich lehnte mich zurück und dachte darüber nach.

Ich dachte über einen Schriftsteller nach, der nicht schreibt.

Fuente war nach Cedar Valley gekommen, weil er eine Pause von seinem Alltagsleben an der Ostküste brauchte. Er kam mit der Absicht, an seinen Memoiren zu arbeiten und einige Gastvorlesungen zu halten. Stattdessen hatte er nichts geschrieben und wurde an genau der Schule ermordet, an der er unterrichtet hatte.

Und woher wussten wir überhaupt, mit welcher Absicht Fuente in die Stadt gekommen war? Ich sah in meine Aufzeichnungen und stellte fest, dass es Lila Conway gewesen war, die die Memoiren zuerst erwähnt hatte. Hatte Brad Choi, Fuentes Agent, irgendetwas darüber gesagt? Ich rief mir das Telefonat in Erinnerung. Mir fiel nichts zu dem Thema ein.

Moriarty kam herüber und ließ eine Aktenmappe auf meinen Schreibtisch fallen. »Vom Doc. Es ist der Abschlussbericht von Fuentes Obduktion. Sie ist vorbeigekommen, aber du warst nicht hier.«

»Danke.«

Ich las mir Dr. Ravi Hussens Bericht durch. Sie nahm ihre Pflichten als Gerichtsmedizinerin sehr ernst und sah sich als die finale Hüterin der Toten. Sie musste mir bereits schwören, dass sie meine Obduktion durchführen würde, sollte mir das Unglück widerfahren, frühzeitig und unter unnatürlichen Umständen ums Leben zu kommen.

Die Einzelheiten seines Todes hatten sich nicht geändert. Man hatte Fuente mit einem Jagdmesser in den Unterleib gestochen. Doch während ich den Bericht las, fielen mir wieder einige Dinge auf, die fehl am Platz wirkten. Der Mann trug keine Mütze, keine Handschuhe und keine Jacke, als hätte er nicht erwartet, bei einem Schneesturm überhaupt draußen zu sein.

Ich wählte Lila Conways Privatnummer, doch dann fiel mir ein, dass sie sehr wahrscheinlich in der Schule war und arbeitete. Die Sekretärin teilte mir mit, dass Lila sich einen weiteren Tag krankgemeldet hatte. Ich fragte, ob es jemanden gäbe, der sich mit Büros und Arbeitsplätzen an der Schule auskannte. Die Sekretärin war von meiner Bitte hörbar verwirrt, doch sagte, sie könnte meinen Anruf zu jemandem durchstellen, der mir vielleicht helfen könnte. Ich wartete geduldig, während sie mich verband.

»Hier spricht Darren Chase. Wie kann ich Ihnen helfen?«

Ich schloss die Augen. Die Stimme des Basketball-Coaches war wie Sirup, sein starker Louisiana-Akzent ließ seine Worte weich klingen und mich an Palmenblätter denken, die sanft in einer tropischen Brise schaukelten. Ich konnte die salzige Luft quasi riechen und spürte die feuchte Brise auf meinen Wangen, die plötzlich sehr warm waren.

»Hallo?«, fragte er wieder und riss mich aus meinen Gedanken.

»Darren, hi, hier ist Gemma. Gemma Monroe. Hat man Sie an der Academy auch mit der Zuteilung von Büros beauftragt?«

Er lachte. »Mich nicht. Aber Jeff, der Sportlehrer, den ich vertrete, hat ein Komitee geleitet, das eine Bewertung der Räumlichkeiten durchführt. Ich habe meine Hilfe angeboten, damit es vorangeht. Wir schauen uns alles an, von Ergonomie bis Feng Shui. Sehen Sie sich nach einem neuen Arbeitsplatz um?«

»Nein, momentan nicht. Aber ich habe gehört, dass Delaware Fuente – John Firestone – an der Schule einen Arbeitsplatz hatte. Stimmt das?«

Ich drückte die Daumen, dass er mir darüber Informationen geben konnte.

Ich hatte Glück.

»Ja, sicher. John hatte eine kleine Ecke für sich oben auf dem Dachboden. Man kann kaum aufrecht stehen, doch es gibt einen kleinen Schreibtisch, und man hat einen großartigen Blick über die Felder.«

»Danke, Darren. Ich komme heute Abend vorbei und sehe mir das mal an. Um wieviel Uhr wird die Eingangspforte geschlossen?«

»Warten Sie kurz«, sagte er. »Ich bin nur drei Minuten von dem Büro entfernt. Ich schaue, ob sich dort irgendetwas befindet. Soweit ich weiß, hat er es abends, wenn er ging, leer geräumt und alles mit nach Hause genommen. Ich rufe Sie gleich zurück.«

Bevor ich protestieren oder ihn bitten konnte, keinen möglichen Tatort zu zerstören, hatte Darren Chase bereits aufgelegt. Ich biss mir auf die Lippen. Na gut. Ich würde hier sitzen bleiben und warten. Ich schaute mir meinen E-Mail-Posteingang an, las die restlichen Nachrichten und markierte die von Bucky Shepherd in Denver, um der Sache mit den fehlenden Memoiren nachzugehen. Die meisten E-Mails waren Routine; unter anderem ein Dankesschreiben für eine kleine Spende an eine Wohltätigkeitsorganisation.

Außerdem hatte ich drei Nachrichten von Missy Matherson auf dem Anrufbeantworter, von denen eine hitziger klang als die letzte. Die dritte Nachricht nahm Bezug auf »vorsätzliches Zurückhalten von Informationen durch das Cedar Valley Police Department«, und ich merkte, wie mein Blut zu kochen begann. Die Abwägung zwischen dem Recht der Öffentlichkeit auf Information und der Diskretion einer laufenden Ermittlung, war immer ein heikler Balanceakt, und Missy Matherson wurde für meinen Geschmack langsam zu forsch.

Das Telefon klingelte zweimal, bevor sie an den Apparat ging.

»Missy, Gemma Monroe hier. Haben Sie einen Stock im Hintern oder was?«

»Nein, habe ich nicht, und das ist ein widerliches Bild. Ich hoffe einfach nur auf ein Update, wie alle anderen auch«, sagte Missy. »Stehen die Morde an Soren Baker und Delaware Fuente miteinander in Verbindung? Hat es ein Serienmörder auf Lehrer abgesehen? Oder ist das erst der Anfang? Sind die Kinder sicher?«

»Kein Kommentar. Missy, Sie wissen, dass Sie das Büro für öffentliche Informationen unseres Departments direkt anrufen können, richtig? Hat man Ihnen das in der Ausbildung beigebracht?«

»Witzig, eine Komikerin und Polizistin in einem. Sie sollten auf Tournee gehen. Die Leute haben Angst, Gemma. Es gab zwei Morde innerhalb kurzer Zeit, und Ihr nettes ›Kein Kommentar‹ lässt mich annehmen, dass sie alle einen Scheißdreck wissen. Es gibt Gerüchte, dass Mayor Cabot bald eine Bürgerversammlung abhalten wird. Wollen Sie wissen, welchen Umsatz die Waffengeschäfte in den letzten Tagen gemacht haben?«

Im Hintergrund hörte ich stetiges Tippen, und ich fragte mich, was sie schrieb. »Und ich bin sicher, dass nichts von dieser Panik irgendetwas mit Ihren Artikeln zu tun hat. Sie sind eine Panikmacherin, Missy. Soren Baker wurde in Avondale getötet, nicht in Cedar Valley. Rufen Sie dort an, wenn Sie Informationen haben wollen.«

»Panikmacherin? Oh, Süße, man hat mich schon viel Schlimmeres genannt.« Missy lachte. »In Ordnung, Sie wollen nicht mitspielen? Dann nicht. Ich habe andere Quellen, die mehr als willens sind, mir das zu geben, was ich haben will. Das hier war nur ein Gespräch aus Höflichkeit, Gemma. Nichts weiter.«

Sie legte auf, und fast unmittelbar danach klingelte mein Telefon.

»Hi, ich bin's, Darren. Ich habe auf dem Dachboden nachgesehen, und dort hängt ein schwerer Parka, aus dessen Tasche so etwas wie Handschuhe gucken. Wenn ich mich recht erinnere, habe ich Fuente genau diese Jacke tragen sehen. Außerdem stehen da noch ein Regenschirm und Schneestiefel unter dem Schreibtisch. Das ist alles, keine Papiere, kein Kalender, noch nicht einmal ein Stift. Ich habe nichts angefasst.«

Ich stieß erleichtert die Luft aus. »Darren, Sie schickt mir der Himmel. Ich bin in ein paar Minuten bei Ihnen.«

»Perfekt«, sagte er. »Ich warte vor der McKinley Hall auf Sie und bringe Sie auf den Dachboden. Wir halten ihn den größten Teil der Zeit verschlossen. Na, habe ich das gut gemacht?«

»Ja, sehr gut.«

»Was bekomme ich dafür?«

Ich hielt inne, mein Gesicht fühlte sich warm an. »Was meinen Sie damit?«

»Sie wissen doch, bekomme ich eine Belohnung oder so was? Wie zum Beispiel ein Abendessen mit meiner Lieblingspolizistin?«, fragte Darren. Er lachte über mein Schweigen und wurde dann ernst. »Ich hatte nie die Gelegenheit, Ihnen für das zu danken, was Sie letzten Herbst getan haben. Sie haben ein schmerzvolles Kapitel im Leben vieler Menschen geschlossen. Ein Drink und ein Happen zu Essen sind das Mindeste, was ich tun kann.«

Es war eine reizende Geste, und das sagte ich ihm auch. Ich verschob es auf ein anderes Mal, doch ich versprach, mich bei ihm zu melden, sobald bei mir wieder Ruhe eingekehrt war. Es war die Art von Versprechen, die man in der Hoffnung macht, sie nie einlösen zu müssen.

Darren Chase bedeutete nichts als Ärger.

Ich fuhr zur Schule und merkte dabei, wie die Müdigkeit in meine Knochen und Muskeln kroch. Durch Cassies frühmorgendlichen Anruf war ich seit Tagesanbruch wach. Ich fühlte mich, als wäre ich in den vergangenen zehn Stunden fünfzehnmal durch die Stadt gefahren. Ich beschloss, am Abend direkt ins Bett zu gehen, nachdem ich Grace gestillt und Brody einen Begrüßungskuss gegeben hatte.

Der Parkplatz der Academy hatte sich geleert. Es standen nur noch eine Handvoll Wagen da und ein paar Schüler, die sich laut unterhielten und lachten. Ich parkte in der Nähe des Eingangs und holte einen Spurensicherungskoffer aus dem Auto.

Darren hatte Wort gehalten und wartete auf den Stufen der McKinley Hall auf mich, lehnte am Geländer und sah zu, wie aus dem Nachmittag langsam Abenddämmerung wurde. Er war nicht allein. Neben ihm stand Bowie Childs und säuberte sich mit einem Taschenmesser die Fingernägel.

»Na, wenn das kein schöner Besuch ist«, sagte Childs. »Zurück auf der Suche nach mehr Beweisen, Nancy Drew?«

Darren verlagerte unbehaglich sein Gewicht von einem Fuß auf den anderen und stieß sich dann vom Geländer ab. »Gemma, ich nehme an, Sie kennen Bowie.«

Ich nickte. »Ja, ich hatte bereits das Vergnügen.«

Childs klappte sein Taschenmesser zusammen und steckte es in seine Jacke. »Wissen Sie, Sie müssen sich jedes Mal bei mir melden, wenn Sie auf den Campus kommen. Das sind die neuen Regeln. Kommen direkt von Kaspersky. Das hier ist letztendlich eine Privatschule; Privatgelände.«

»Ich bin nur hier, weil ich jemanden besuchen will«, sagte ich, streckte mich und blickte Bowie direkt in die Augen. »Einen alten Freund.«

»Ach, ich mache nur Quatsch. Die Polizei ist hier immer willkommen. Sind ja keine Fremde, hab ich recht, Ma'am?«, sagte Childs. Er entfernte sich mit einem Grinsen über die Schulter, drehte sich dann um und ging den Fußweg hinunter.

»Tut mir leid«, sagte Darren. »Bowie hat so eine komische Art, immer dann aufzutauchen, wenn man es am wenigsten erwartet. Er hat auch schon für die Cedar Valley Highschool gearbeitet, Gelegenheitsjobs hier und da. Ich glaube allerdings, dass er gefeuert wurde. Also, folgen Sie mir. Ich habe nicht oft die Chance, in unserer schönen Stadt die Kriminalität zu bekämpfen. Die meiste Zeit versuche ich nur, meine Basketballspieler davon abzuhalten, sich gegenseitig zu verprügeln.«

Er führte mich den Flur hinunter zu einer Treppe in der Nähe der Sekretariate. Die Lichter waren ausgeschaltet, und ich fragte mich, ob Justine Moreno direkt nach unserem Gespräch gegangen war, oder ob sie noch eine Weile dort gesessen und über ihre Taten nachgedacht hatte, und darüber gerätselt hatte, wie sie überhaupt dazu gekommen war, solche furchtbaren Dinge zu tun.

Darren und ich stiegen die Stufen in den ersten Stock hinauf, wo er auf eine geschlossene Tür mit der Aufschrift ›Zutritt verboten‹ zeigte. Ich hob die Augenbrauen, und er grinste.

»Keine Sorge, ich habe einen Schlüssel. Dies ist der einzige Weg hinein und hinaus. Wir haben einen Haufen Müll dort oben auf dem Dachboden, alte Turnmatten, kaputte Stühle und Tische, Kreidetafeln, die seit den siebziger Jahren nicht mehr benutzt wurden. Sie werden sehen, irgendwie hatte er es geschafft, sich ein kleines Kämmerchen zusammenzustellen. Es ist eher wie ein Versteck«, sagte Darren. Er schloss die Tür auf und ließ mich vorgehen. »Ladies first.«

Ich stieg die steilen Stufen hinauf, mir deutlich darüber bewusst, dass ich am Po immer noch die letzten zwei Schwangerschaftskilos mit mir herumschleppte, und dass Darren jetzt, wo er hinter mir ging, diese zwei Kilos sehr genau betrachten konnte. »Unternimmt Bowie Childs auch innerhalb der Schulgebäude Kontrollgänge? Oder überwacht er nur das Gelände?«

»Er kommt auch herein«, sagte Darren. »Er schaut gern mal in die Klassenräume und klaut sich Snacks aus der Cafeteria. Ich habe das Gefühl, dass er immer gern Cop geworden wäre. Er redet seit Tagen nur noch über diesen Mord. Fuente hier, Fuente da. Es ist fast so, als versuche er den Fall selbst zu lösen, aber der arme Kerl ist nicht die hellste Kerze auf der Torte, wenn Sie wissen, was ich meine.«

»Ich weiß genau, was Sie meinen.« Wir waren schon halb

oben, als ich innehielt. Darren stieß fast gegen mich und blieb dann auch stehen. »Was ist?«

»Ich habe etwas gehört.« Ich stieg noch eine Stufe höher und blieb dann wieder stehen.

»Da«, flüsterte ich. »Haben Sie gehört?«

Von irgendwo über uns auf dem Dachboden kamen wieder Geräusche, ein lautes Stöhnen, gefolgt von einem kurzen Schrei.

Ich zeigte hoch und flüsterte: »Da oben weint jemand.«

Darren nickte. »Vielleicht ein Schüler?«, sagte er. »Wer auch immer es ist, sollte nicht da oben sein. Es ist nicht sicher. Man bekommt fast schon Tetanus, wenn man nur die Luft einatmet.«

»Darren, zwei Ihrer Kollegen sind innerhalb einer Woche umgebracht worden. Tetanus ist das Letzte, um was ich mir in dieser Schule Sorgen mache.«

Wir gingen schnell die letzten Stufen hoch und hielten oben wieder inne, um zu horchen. Wieder hörten wir das Geräusch, nur war der Schrei diesmal lauter, intensiver, als hätte jemand große Schmerzen. Ich folgte dem Geräusch, vorbei an Fuentes Kämmerchen, und um die Ecke einer großen Bühnenrequisite in Form einer Windmühle.

Der Raum lag im Halbdunkel. Durch die hoch liegenden Dachfenster drang nur ein schwacher Lichtschein herein. Ich brauchte eine Minute, um zu begreifen, was ich sah: Zwei nackte, miteinander ringende Gestalten, die kurze Schreie ausstießen und eine sich wiegende blaue Turnmatte, von der Staub aufwirbelte.

»Oh, Scheiße«, sagte ich, als der Mann und die Frau sich hastig mit ihrer Kleidung bedeckten. Ich sah ihre Gesichter, keuchte und lachte fast vor Erleichterung, dass wir nicht mitten in einen Mord geplatzt waren. »Tja, hallo. Wir haben nicht erwartet, Sie hier zu finden.«

»Was zum Teufel …«, hauchte Darren. Er legte eine Hand auf meine Schulter und zog mich zurück, um den beiden etwas Privatsphäre zu geben. »Heiliger Himmel.«

»Allerdings. Wussten Sie davon?«

Darren schüttelte den Kopf. »Nein, und ich hätte sie letztes Jahr fast gefragt, ob sie mit mir ausgeht. Dieses Bild werde ich nie wieder aus dem Kopf bekommen.«

Dann fing er an zu lachen. Schließlich gab er auf und ließ sich in einen Stuhl plumpsen, der zu klein für ihn war. Unter seinem Gewicht krachte er zur Seite, und Darren blieb auf dem Boden liegen und lachte weiter, bis ihm die Tränen kamen.

»Hören Sie auf, das ist ja peinlich. Für uns und für sie«, sagte ich. »Ernsthaft, reißen Sie sich zusammen!«

Hinter uns erklang eine weibliche Flüsterstimme. »Entschuldigung, aber waren Sie das, Coach Chase und Gemma Monroe? Was machen Sie hier oben?«

Eine Männerstimme fügte hinzu: »Sie können zurückkommen. Wir sind jetzt angezogen. Und Darren, wir können dich lachen hören. Hörst du bitte auf? Ich bekomme sonst noch Komplexe.«

Darren stand vom Boden auf und wischte sich die Augen. Er flüsterte eine Entschuldigung und brauchte einen Moment, um sich zu fangen. Dann gesellten wir uns zu Harold Chapman und Peggy Greenway auf der anderen Seite der Tafel.

* * *

»Wir sind seit zwei Monaten zusammen. Es kam so überraschend. Wir haben uns immer gehasst. Hal ist so ein Modernist, und ich sehe darin keinen Sinn, wenn man erst einmal die Klassiker durchgenommen hat«, erklärte Peggy Greenway.

»Keiner von uns beiden hätte das erwartet«, sagte Harold Chapman. »Es ist auf einer Weihnachtsparty passiert. In der einen Minute standen wir noch an der Bar, und in der nächsten war es so, als hätte uns jemand in ein Märchen geworfen. Das Licht schien plötzlich weicher zu werden, die Musik wurde leiser und unsere Hände berührten sich.«

»Hal hat unglaublich maskuline Hände«, sagte Peggy mit einem Nicken und nahm seine Hände in ihre. Ihr Make-up war verschmiert, und sie wirkte sanfter, weniger intensiv als bei unseren letzten Treffen.

»Und nun können wir nicht mehr voneinander lassen. Ich habe ihr letzte Woche einen Antrag gemacht. Dies ist die beste Beziehung, die ich je hatte. Und Margaret ist die schönste Frau, die ich je gesehen habe«, sagte Harold. »Aber wir müssen es geheim halten. Silverstein und Moreno mögen keine Büroromanzen. Sie würden nie zulassen, dass wir hier beide weiter arbeiten.«

»Und ich nehme an, dass Sie letzten Freitagabend zusammen waren? Als Fuente ermordet wurde?«, fragte ich freundlich. Sie beide zusammen zu sehen, wie süß sie zusammen waren, reichte fast aus, um ihnen alle Lügen zu verzeihen, die sie erzählt hatten.

Beide nickten. »Meine Mutter ist diejenige mit dem alten Malteser«, sagte Peggy. »Wie Sie letztens gesehen haben, kann ich Hunde nicht ausstehen. Es tut mir so leid, dass wir gelogen haben. Wir haben beide das Erstbeste gesagt, was uns in den Sinn gekommen ist. Wir konnten Ihnen doch nicht erzählen, dass wir zusammen sind. Das durften wir nicht riskieren. Wir mussten diese Scharade aufrechterhalten, dass wir uns beide hassen. Und um ehrlich zu sein, war das fast wie ein Vorspiel. Wir werden wahrscheinlich noch die nächsten zwanzig Jahre so tun, als würden wir uns hassen.«

Ich nickte. »Ich verstehe. Ich denke, das tut Coach Chase auch, nicht wahr?«

Auf der anderen Seite des Raumes nickte Darren eifrig.

»An irgendeinem Punkt, besser zu früh als zu spät, sollten Sie Direktor Silverstein davon erzählen«, sagte ich. »Das meine ich ernst. Besser, er hört es von Ihnen, als wenn er es selbst herausfindet. Da Sie ja heiraten wollen, lässt er Sie vielleicht hier weiter unterrichten.«

Peggy und Harold nickten.

Nachdem sie gegangen waren und Darren einen weiteren Lachkrampf hinter sich gebracht hatte, besahen wir uns Fuentes Büro. Wir fanden eine Jacke, Handschuhe, ein Paar Stiefel und einen Regenschirm. Hinter ein paar staubigen Lehrbüchern standen versteckt eine halbleere Flasche Whiskey, ein paar Dosen Ginger Ale und eine neuere Ausgabe des *Time Magazine*. Außerdem lag dort die Plastikfolie eines Sandwiches, wie man sie sich in einem Automaten kaufen konnte.

Ich hielt die Plastikfolie hoch, und Darren nickte. »Die verkaufen sie unten in der Cafeteria«, sagte er. »Schmecken schrecklich, aber der Hunger zwingt es rein.«

Ich dachte laut. »Lila Conway setzt dich morgens hier ab. Du unterrichtest deine Klasse und bist gegen Mittag fertig.

Wenn du die Schule verlässt, hast du deine Wintersachen an, weil du vorhast, hinterher nach Hause zu gehen. Richtig? Oder du kommst hier hoch und verbringst hier den Nachmittag? Warum? Triffst du dich mit jemandem?«

»Fuente wurde doch erst später am Abend umgebracht, oder?«, fragte Darren. Er kniete sich hin, nahm Fuentes Stiefel und schaute auf die Sohlen.

»Korrekt. Was machen Sie da?«

Darren zuckte die Achseln. »Ich weiß nicht, nach Indizien suchen? Die Zeit kann ziemlich lang werden, wenn man nur hier herumsitzt, trinkt und eine beschissene Ausgabe der *Time* liest.«

»Da gebe ich Ihnen recht. Okay, ich nehme das ganze Zeug hier mit, und dann kümmern Sie sich darum, dass an der Zugangstür das Schloss ausgetauscht wird. Gnade uns Gott, wenn ein armer Schüler hier zufällig hochkommt, nur um Hal und Margaret zu sehen, wie sie *Romeo und Julia* spielen.«

»Das ist morbid.«

Ich schlug ihm sanft auf die Schulter. »Den Sex, nicht die Sterbeszene.«

Auf dem Parkplatz verabschiedeten wir uns. Ich hatte erwartet, Childs Pick-up oder einen anderen Wagen von Kaspersky Security zu sehen, doch der Parkplatz war leer.

Die Vorstellung, dass da draußen ein Mörder frei herumlief und Bowie Childs der Einzige zwischen ihm und den Schülern war, machte mich nervös.

Dann beruhigte ich mich damit, dass Bowie Childs immerhin besser war als nichts, und dass wir unsererseits unser Bestes gaben, um den Mörder zu schnappen.

Ich fuhr hundemüde den Canyon hoch und versuchte, positiv zu denken.

Während der Fahrt hörte ich mir zwei Nachrichten von Finn an. Im Zusammenhang mit dem Mord an Baker waren zwei Männer in Utah festgenommen worden. Sie belasteten sich gegenseitig und gaben einander die Schuld, doch verrieten gemeinsam genug Details, dass die Polizei von Avondale davon überzeugt war, dass die Mörder gefasst waren. Ich war froh zu hören, dass ein weiteres loses Ende geklärt war.

Zwischen dem Mord an Soren Baker und dem an Fuente bestand kein Zusammenhang.

Alistair Campbell hatte für die Mordnacht ein Alibi. Finn hatte es sich von dem Barkeeper der Tate Lodge und Mayor Cabots Mitarbeitern bestätigen lassen.

Und Justine Moreno war Grimm.

Die Frage war, ob sie auch Fuentes Mörderin war. Ich konnte mir beim besten Willen kein Mordmotiv vorstellen. Vielleicht hatte sie seine wahre Identität herausgefunden, und aus Wut darüber, angelogen worden zu sein, hatte sie ihn ermordet?

Aber es war Lila, die gelogen hatte. Es war Lila, die Fuentes wahre Identität beschützt hatte.

Moreno war zusammengebrochen, als ich sie damit konfrontiert hatte, Grimm zu sein. Ich hatte mich zwar schon früher geirrt, aber ich konnte mir einfach nicht vorstellen, dass Moreno Fuente umgebracht hatte.

Mir fiel noch etwas anderes ein: So süß Peggy und Hal waren, war da immer noch die Tatsache, dass sie mich beide angelogen hatten.

Peggy und Hal.

Liebende mit einem Geheimnis, das sie verzweifelt zu schützen versuchen. Partner, die sich genau in dem Bereich vergnügt hatten, den Fuente sich als kleines Büro ausgesucht hatte.

Das ist erst der Anfang …

Die Botschaft in Fuentes Mund spukte durch meine Gedanken. Sie schien ein Versprechen des Mörders zu sein … und doch gab es keine weiteren Morde.

Peggy war eine Möchtegernautorin, und das erste Mal, als wir sie getroffen hatten, hatte sie Fuentes Mord als etwas bezeichnet, das aus einem Kriminalroman stammen könnte. Wenn sie und Hal Komplizen wären, die Fuente gemeinsam umgebracht hätten, *weil* er ihr Geheimnis entdeckt hätte, ergäbe es einen Sinn, dass keine weiteren Morde geschehen waren. Er wäre aus einem sehr konkreten Grund umgebracht worden.

Ich schüttelte mich. Mit der Theorie stimmte zu viel nicht. Peggy und Hal hatten ein Verhältnis. Ihr Geheimnis, das aus Sicht der Schule anstößig sein mochte, war nicht genug, um jemanden umzubringen.

Ich hörte mir Finns zweite Nachricht an. Er hatte mit allen Black Hounds gesprochen, und die meisten von ihnen hatten ein Alibi. Alle, bis auf Turtle und Neil Roget. Beide behaupteten, sie hätten sich schon früh zurückgezogen, ferngesehen und den Zimmerservice genutzt. Das Hotel bestätigte die Lieferungen des Zimmerservices, doch beiden Männern wurde ihr Abendessen gegen achtzehn Uhr geliefert. Das hätte ihnen noch reichlich Zeit gelassen, um die Tate Lodge zu verlassen, Fuente umzubringen und zurückzukehren, ohne dass es jemand mitbekam.

Ich wäre am liebsten umgedreht, zurück aufs Revier gefahren und hätte die Vergangenheit von Roget und Turtle unter die Lupe genommen. Ich wollte ihre Vorstrafenregister sehen und verstehen, ob sie einfach nur schlechte Menschen waren, oder Mörder.

Doch ich fuhr weiter Richtung Zuhause. Ich brauchte Schlaf. Schlaf und Zeit mit meiner Familie. Wenn es eine Sache gab, die ich gelernt hatte, dann war es die, dass man manchmal einen frischen Blick auf alles brauchte. Wenn man sich für ein paar Stunden oder ein paar Tage von etwas Beunruhigendem distanzierte, fing der Kopf an, in alle möglichen verrückten Richtungen zu arbeiten. Bilder wurden schärfer, Puzzleteile passten plötzlich zusammen, und Antworten regneten vom Himmel. Was extrem kompliziert erschien, entpuppte sich als viel einfacher, als man sich je hätte vorstellen können.

Zumindest hoffte ich, dass das alles passierte.

32. Kapitel

Als wir am Samstag aufwachten, schien die Sonne, und der Neuschnee, der blaue Himmel und die frische Luft lockten uns aus dem Haus. Statt zur Lasagne verabredeten wir uns mit Bull und Julia zu einem vormittäglichen Kaffee und Pie im *Four and Twenty Blackbirds* Café.

Ich zog Grace ihre Pandabär-Mütze an und packte sie dick ein, so dass nur noch ihre rosigen Wangen, die perfekte kleine Nase und ihre blaubeerfarbenen Augen herausguckten. Ich gab ihr einen Kuss auf die Nasenspitze, und sie lächelte.

»Lass uns gehen, Liebling!«, rief Brody nach oben. »Auf mich wartet ein reserviertes Stück Apple-Pie. Sollen wir Seamus mitnehmen?«

»Klar«, antwortete ich, mit Grace auf der einen Hüfte und einer Wickeltasche über der Schulter. »Er freut sich bestimmt, wenn er mal rauskommt.«

Wir stopften alles in Brodys Wagen, da in den Reifen meines Autos etwas zu wenig Luft war. Nachdem alle angeschnallt waren, fuhren wir den Berg hinunter und sangen dabei die Songs eines alten John-Denver-Albums mit. Ich sang etwas leiser, weil mir einfiel, wie Finn meinen Gesang mit einer läufigen Katze verglichen hatte. Ich beobachtete Brody aus dem Augenwinkel, ob er eine Reaktion zeigte, doch er wirkte glückselig, froh, aus dem Haus zu kommen, und genoss die Fahrt. Auf dem Rücksitz brabbelte Grace vor sich hin.

Selbst Seamus gab ein paar Töne von sich, jedoch vom falschen Ende seines Körpers. Brody ließ sofort alle Fenster herunter.

»Entschuldige, Gracie«, murmelte ich nach hinten. Das arme Kind saß direkt neben Seamus und bekam den Großteil des Gestanks ab.

»Himmel, was gibst du dem Hund, Gem?«

»Nichts. Du bist derjenige, der ihn die meiste Zeit füttert.«

Auf dem kleinen Parkplatz neben dem Café fanden wir direkt eine Parklücke. Brody nahm Grace, während ich Seamus an die Leine nahm. Wir hatten Glück, es war immer noch früh und das Café halb leer.

Brody entdeckte Bull und Julia im hinteren Teil, in der Nähe eines lodernden Kaminfeuers, beide mit einer Zeitschrift vor sich auf dem Tisch.

Seamus musste erst den Hund der Cafébesitzer begrüßen, bevor wir uns zum Rest der Familie gesellen konnten.

Am Tisch küsste ich Bull und Julia. Julia war wie aus dem Ei gepellt, und Bull sah in seinem Tweed-Sakko und dunkler Jeans sehr adrett aus.

»Wir haben für alle Cappuccino bestellt und Wasser für Seamus«, sagte Julia feierlich. »Nun, was möchtest du für einen Kuchen? Brody nimmt den gewürzten Apple-Pie.«

Debbie Carol nahm unsere Bestellung entgegen. Gemeinsam mit ihrem Mann Ron betrieb sie das *Four and Twenty Blackbirds* Café, sowie den angrenzenden Buchladen *No Rhyme or Reason*. Sie waren ein süßes Pärchen, beide Anfang sechzig, die in ihrem ersten Leben Notfallärzte in New York gewesen waren. Ron backte hinten in der Küche die Pies, und Debbie bediente vorne die Kunden.

Wir schwatzten ein paar Minuten mit Debbie, dann ging sie, und Brody und ich erzählten Julia und Bull abwechselnd, wie Grace sich in letzter Zeit entwickelt hatte.

»Ich sage dir, sie ist ein Genie. Das klügste Baby, das ich je gesehen habe«, sagte Bull. »Ist nicht böse gemeint, Gemma. Ich habe dich ja als Baby nicht erlebt, und natürlich bist auch du ziemlich intelligent ... und du auch, Brody. Aber die hier, die ist etwas Besonderes. Man sieht schon genau, wie sie mein Gesicht verfolgt.«

»Hör auf zu plappern, Liebling. Erzähl den Kindern von dem seltsamen Mann, dem wir gestern im Supermarkt begegnet sind«, sagte Julia. Sie klopfte meinem Großvater auf den Arm. »Es war so ein merkwürdiger Mensch. Aber er hat gut ausgesehen.«

»Was für ein Mann?«, fragte ich, abgelenkt davon, dass Debbie vier Teller mit köstlich aussehenden Kuchen vor unsere Nasen stellte. Ich hatte frisch geschlagene Sahne zu meinem Birnen-Pie bekommen, während Bull und Brody sich für hausgemachtes Vanilleeis entschieden hatten. Ich versuchte heimlich, mir ein kleines Stück von Bulls Pie zu mopsen, doch ich war zu langsam, und er wehrte meinen Löffel mit seinem ab.

»Zisch ab, du kleines Pie klauendes Monster. Wir waren gestern bei Whole Foods und haben Lachs gekauft. Deine Großmutter findet, dass der Fisch auf dem Markt nicht mehr gut riecht. Also zahlen wir zehn Dollar mehr und kaufen ihn im Supermarkt. Wie auch immer, wir stehen also in der

Schlange, und dieser Mann hinter uns fängt an zu summen. Natürlich erkenne ich die Melodie, sie ist aus *Evita*. Den Film habe ich sicher schon ein Dutzend Mal gesehen. Also drehen wir uns um und fangen an mit ihm zu plaudern. Ich habe ihm ein Foto von Grace gezeigt, als er danach fragte«, sagte Bull. Er nahm einen Bissen Schokoladencreme-Torte.

»Warum hat er gefragt, ob er ein Bild von Grace sehen kann?«, fragte ich. »Das ist seltsam.«

Julia, die den Mund voll Kuchen hatte, schüttelte den Kopf und sagte: »Nein, es ergab sich aus dem Gespräch. Wir haben über Kinder geredet, und der Mann sagte, er vermisse seine Tochter.«

»Oh.«

Bull fuhr fort. »Dann passierte etwas wirklich Ungewöhnliches. Der Mann hielt das Bild von Grace hoch und zitierte Shelley.«

Mir gefror das Blut in den Adern, und ich hielt mit dem Löffel auf halbem Weg zum Mund inne. »Was meinst du damit, er habe Shelley *zitiert*?«

Bull zuckte die Achseln. »Genau das. Der Mann hat ihr Foto hochgehalten, gegrinst und gesagt: ›Das Ebenbild deiner Mutter Schönheit‹, und dann ist er gegangen.«

»Wie hat er ausgesehen? Julia, du sagtest, er habe gut ausgesehen?«

»Oh, ja. Er sah aus wie ein Filmstar von früher, wie Clark Gable oder Rock Hudson. Aber er hatte auch etwas Schreckliches an sich. Ich wünschte, Bull hätte ihm Grace' Bild nicht in die Hand gegeben«, sagte Julia. »Ich muss das Bild bestimmt zehnmal mit meinem Pullover abgewischt haben, um es von ihm zu säubern.«

Neil Roget.

»Das war gestern?«, fragte ich.

Bull und Julia nickten und sahen jetzt beide besorgt aus. »Was ist? Kennst du ihn?«

Ich nickte und rang mit mir, wie viel ich ihnen erzählen sollte, als ich bemerkte, dass Brody so weiß wie ein Laken geworden war. Er starrte mich an und sagte mit leiser Stimme: »Ich glaube, derselbe Mann war gestern bei unserem Haus. Er sagte, er arbeite bei einer Immobiliengesellschaft und sie sähen sich die Nachbarschaft genauer an. Ich habe ihn unsere Toilette benutzen lassen. Was geht hier vor sich, Gemma?«

Er blickte mich prüfend an, als ich in Erwägung zog zu lügen, und wandte sich enttäuscht ab. Ich seufzte. »Sein Name lautet Neil Roget. Er ist ein Ex-Sträfling, der für Alistair Campbell arbeitet. Erinnerst du dich, wie ich dir ausgeredet habe, für Campbell zu arbeiten? Also, da hast du es. Die ganze Truppe besteht aus Typen wie Roget. Er ist ein Black Hound.«

»Ein Ex-Sträfling, sagtest du?«, fragte Bull. »Hört sich für mich wie ein Mann an, der eine zweite Chance braucht.«

»Das ist Blödsinn, Bull, und das weißt du«, sagte ich.

Ich lehnte mich zurück, der Appetit war mir vergangen. Hatte Campbell Roget auf mich und meine Familie angesetzt, um mir damit heimzuzahlen, dass Brody sein Jobangebot abgelehnt hatte? Oder ging es um etwas anderes?

»Du glaubst also nicht, dass ein Mensch sich ändern kann?«, fragte Bull. »Das kaufe ich dir nicht ab. Das kannst du unmöglich glauben.«

»Natürlich glaube ich, dass ein Mann – oder eine Frau – sich ändern kann. Ich könnte in meinem Beruf nicht überleben, wenn ich nicht auch ein bisschen Vertrauen und Hoffnung hätte, natürlich nur zusammen mit meinen Handschellen und meiner Waffe. Aber bei diesen Typen – Kerle wie Neil Roget und Turtle, noch so ein reizender Handlanger von Campbell – stimmte schon seit der Geburt etwas nicht im Kopf, und es fehlt etwas im Herzen. Du willst mir doch nicht etwa erzählen, dass aus einem abgebrühten Verbrecher in ein paar Jahren unter Alistair Campbells Anleitung eine gute Seele wird? Ich sage dir, das erste Mal, als ich Campbell getroffen habe, hatte ich das Gefühl, dass Würmer unter meiner Haut entlangkrochen.«

»Gemma, wenn jemand etwas über solche Typen weiß, dann bin ich es«, entgegnete Bull. »Tatsache ist, dass die meisten auf Bewährung freigelassenen Häftlinge dieses Bundesstaates innerhalb eines Jahres wieder hinter Gittern sitzen. Colorado hat eine hohe Rückfallrate, und nichts wird das ändern, außer einer besseren Erziehung, Bildung und die Angst vor Gefängnisstrafen.«

»Und Gebete, stimmt's?«, sagte ich mit einem Lächeln.

»Verflixt richtig. Auch Gebete.«

Julia aß ihren Kuchen auf und richtete sich auf. »Wo ist Laura? Ich will nach Hause. Was für ein Restaurant lässt es überhaupt zu, dass man Hunde mit hereinbringt?«

Bull nahm noch einen Schluck Cappuccino. »Wir gehen in ein paar Minuten. Gemma, diese Sache gefällt mir gar nicht. Dieser Kerl, Neil Roget, stellt deiner Familie nach. Das war kein Zufall, dass er bei euch zu Hause aufgetaucht ist oder im selben Laden war wie Julia und ich. Noch beunruhigender ist allerdings die Tatsache, dass er will, dass du es mitbekommst.«

Der Teller knallte mit einem scharfen Krachen auf den Boden, und Julia stand auf. Wir zuckten alle zusammen, einschließlich Seamus, und Grace verzog das Gesicht. »Ich will *jetzt* nach Hause gehen. Bring. Mich. Nach. Hause.«

Bull stand auf und schaufelte sich den letzten Bissen seines Pies in den Mund, wobei sein Schnauzer an den Ecken zuckte. »Tut mir leid, Kinder, ich muss diese Lady nach Hause bringen. Julia, zieh deinen Mantel an.«

Meine Großmutter salutierte. »Aye, aye, Captain.« Dann schlüpfte sie in ihren Mantel, nahm ihre Handtasche und verließ das Café. Bull folgte ihr und winkte uns noch kurz zum Abschied zu.

Brody und ich sahen uns an. »Was war das denn?«

»Wenigstens ist der Pie lecker«, sagte ich.

Grace ließ ein Stofftier fallen, und ich bückte mich und hob es auf.

»Muss ich mir Gedanken machen?«, fragte Brody.

»Ich weiß nicht. Roget arbeitet für Campbell. Ich glaube nicht, dass er wirklich eine Bedrohung für uns darstellt. Ich habe allerdings den Eindruck, dass Roget aus irgendeinem Grund von der Idee besessen ist, dass ich mich unwohl fühlen soll«, antwortete ich. »Vielleicht ist das seine Art zu flirten. Ich werde mit ihm reden.«

»Nicht allein.«

»Nein, ich nehme Finn mit.« Grace quengelte in ihrem Sitz. »Sollen wir nach Hause fahren?«

»Ja«, sagte Brody. »Ich mache uns ein gebratenes Hähnchen zum Abendessen. Hört sich das gut an?«

»Ja, absolut. Haben wir Kartoffeln und alles für einen Salat?«

»Ich denke schon. Wenn nicht, holen wir etwas aus der

Tiefkühltruhe«, sagte Brody. Er hob Grace auf den Arm und nahm sie mit zum Tresen, um zu bezahlen.

Brody hatte meine Worte ohne weitere Diskussion akzeptiert, und das war etwas, was ich sehr an ihm schätzte. Er vertraute darauf, dass ich wusste, wie ich meinen Job erledigte und für die Sicherheit unserer Familie sorgte. Es kam ihm nicht in den Sinn, meine Fähigkeiten infrage zu stellen, nur weil ich eine Frau war; oder selbst loszugehen, um Neil Roget zu finden und ihm die Meinung zu geigen.

Die Wahrheit war jedoch, dass ich beunruhigt war. Roget hatte sich die Zeit genommen, herauszufinden, wer meine Großeltern waren und wo ich wohnte, obwohl Campbell ihm das hätte sagen können. Und nicht nur das, er war außerdem Bull und Julia gefolgt, hatte ihnen nachgestellt und auf den richtigen Moment gewartet, um sie abzufangen und sie in ein Gespräch zu verwickeln.

Wie lange hatte er sie schon beobachtet? Wie lange hatte er unser Haus schon beobachtet? War er jetzt dort? Je länger ich darüber nachdachte, desto wütender wurde ich ... doch ich behielt diesen Ärger für mich, hielt ihn vor Brody zurück und ließ nicht zu, dass Grace ihn spürte.

Roget und ich mussten uns dringend unterhalten. Aber das konnte bis Montag warten. Das Wochenende gehörte meiner Familie.

* * *

Am Sonntag machten wir eine lange Wanderung am Waldrand entlang. Das Wetter war warm genug, um Grace in einem Tragetuch an meiner Brust mitzunehmen. Wir ließen Seamus von der Leine, und er war ein braver Junge und entfernte sich nicht zu weit von uns. Überall um uns herum hörte man die Geräusche von schmelzendem Schnee, begleitet von Vogelgesang, und es fühlte sich so an, als stünde der Frühling unmittelbar bevor. Der Schnee war hell und blendete, und Brody und ich trugen Sonnenbrillen.

Wieder zu Hause, legten wir Grace zum Schlafen hin, zogen unsere verschwitzten Klamotten aus, gingen zusammen duschen und genossen die Nähe. Danach zogen wir uns Joggingklamotten und Hausschuhe an und aßen eine Art Picknick mit Äpfeln, Crackern und Käse vor einem lodernden Kaminfeuer. Brody öffnete eine Flasche Cabernet und seinen Laptop, während ich es mir mit dem neuen Roman von James Lee Burke gemütlich machte und ins ferne Louisiana abschweifte.

Es fühlte sich eigenartig an, an einem Sonntagnachmittag schon Wein zu trinken, und längst überfällig. Die Bewegung zusammen mit dem Wein hatte mich müde gemacht. Ich schlief ein und träumte von einem Puzzle. Die Puzzleteile waren weiß und grau und hatten scharfe Kanten wie die Kristalle von Eisnebel. Sie bewegten sich, ölig, glitten vom Tisch und fielen zu Boden, eines nach dem anderen. Es war ein frustrierender Traum.

Als ich aufwachte, mit verklebten Augen und verwirrt, dämmerte es bereits. Das Wochenende war vergangen wie im Traum.

»Du hast tief geschlafen, Liebling«, sagte Brody. Er beugte sich vor und küsste mich. »Das Abendessen ist fast fertig, falls du hungrig bist.«

Ich stand auf und streckte mich. »Ich sterbe fast vor Hunger. Ich hatte einen wirklich seltsamen Traum. Ich habe gepuzzelt. Wann hast du mich das letzte Mal puzzeln gesehen? Die Teile sind immer wieder auf den Boden gefallen, außer Reichweite.«

Brody zuckte die Achseln. »Ehrlich gesagt, denke ich, manchmal interpretieren wir mehr in Träume hinein, als wir sollten. Warum die Dinge komplizierter machen, als sie sind? Es war nur ein Traum.«

Er küsste mich lange und langsam, gab mir dann einen Klaps auf den Po und sagte mir, ich solle mich zum Abendessen fertigmachen.

Ich ging ins Badezimmer, wusch meine Hände und starrte in den Spiegel. »Ist es das, was du tust, Gemma? Bist du so sehr damit beschäftigt alles komplizierter zu machen als es ist, dass du den Wald vor lauter Bäumen nicht mehr siehst? Du hast alle Teile. Setze sie zusammen und schau, was für ein Bild dabei herauskommt.«

Die Frau im Spiegel starrte mich nur schweigend an.

33. Kapitel

Am Montagmorgen rief ich als Erstes in der Tate Lodge an und bat, zu Neil Rogets Zimmer durchgestellt zu werden. Ich betete, dass er das Hotel noch nicht für den Tag verlassen hatte, und ausnahmsweise hatte ich mal Glück. Nach dem dritten Klingeln nahm er ab.

»Mr. Roget? Hier ist Gemma Monroe vom Cedar Valley Police Department.«

Er antwortete nur langsam, und der Tonlage seiner Stimme entnahm ich, dass er immer noch im Bett lag. »Guten Morgen, Schöne.«

»Lassen Sie das. Das hier ist kein privates Telefonat, und Sie können mich mit Detective ansprechen. Ich weiß nicht, was für ein Spiel Sie da spielen, aber ich will, dass Sie unverzüglich damit aufhören. Wenn mir zu Ohren kommt, dass Sie sich meiner Familie erneut genähert haben, werde ich Sie wegen Belästigung festnehmen. Ist das klar?«, fragte ich mit tiefer Stimme und gewählten Worten.

Er lachte ins Telefon. Ich hörte, wie die Bettlaken raschelten und der Fernseher eingeschaltet wurde. »Haben Sie die Nachrichten gesehen? Heute Abend schneit es schon wieder. Uns gefällt diese Stadt, Detective. Sie haben eine Menge … unberührtes Land hier. Mr. Campbell sieht hier großes Potential«, sagte Roget. Er gähnte. »Ja, wir mögen diese Stadt wirklich.«

»Sie haben meine Frage nicht beantwortet, Mr. Roget«, sagte ich. »Habe ich mich klar ausgedrückt?«

Nun klang er gelangweilt. »Ja, Detective Monroe. Sie haben sich sehr klar ausgedrückt. Ich kann Sie mir jetzt ganz genau vorstellen, so klar waren Sie. Und ich spiele kein Spiel. Ich finde Sie einfach nur faszinierend. Ich möchte nur den Ort und die Landschaft kennenlernen. Ich versuche nicht, Ihnen Angst einzujagen. Aber es hört sich so an, als hätte ich das getan.«

»Ich habe keine Angst. Ich bin stinksauer. Hat Campbell Sie darauf angesetzt? Meinen Großeltern nachzustellen oder in mein Haus zu kommen?«

Roget lachte wieder. »Wir sind kein Rudel Hunde, das Anweisungen von seinem Herren erhält. Merken Sie sich das, Süße, ich fälle meine eigenen Entscheidungen, genau wie jeder andere große Junge.«

Ohne ein weiteres Wort legte ich auf. Ich wusste nicht, ob Roget log und Campbell ihn tatsächlich auf mich und meine Familie angesetzt hatte, oder ob Roget abtrünnig geworden war. Doch letztendlich spielte der Grund für sein Verhalten keine Rolle. Wenn er sich uns noch einmal näherte, würde ich mein Versprechen wahr machen.

Rogets Worte blieben mir im Kopf haften.

Natürlich gab es bei uns eine Menge nicht erschlossenes Land, doch der Großteil waren geschützte Freiflächen, geschützter Wald oder State Parks. Das erschlossene Bauland reichte gerade aus. Jeder in der Stadt wusste das. Deswegen waren die großen Bauunternehmer weggeblieben oder zufrieden damit, auf privaten Grundstücken riesige Einfamilienhäuser zu bauen und die Stadt selbst so zu lassen, wie sie war.

Campbell verschwendete hier seine Zeit. Woanders konnte man viel, viel mehr Geld machen. Und egal, was er sagte: Campbell war ein Geschäftsmann, durch und durch ein cleverer Geschäftsmann.

»Was machst du hier, Campbell? Was machen du und die Black Hounds hier wirklich?«, flüsterte ich. Was immer auch der Grund sein mochte, Campbell hatte versucht, Brody mit hineinzuziehen, genau wie Sam.

Da war noch etwas, doch ich konnte es noch nicht greifen.

Finn und ich verbrachten den Rest des Tages damit, uns die Finanzunterlagen anzusehen, die Fuentes Agent Brad Choi uns zugeschickt hatte. Es war eine weitere Sackgasse. Fuente hatte überall Konten, und wie es aussah, war das Geld, das er an Lark Co überwies, im Vergleich zu den Tantiemen, die er für seine Bücher erhielt, nur Peanuts.

An irgendeinem Punkt beschlossen wir, es gut sein zu lassen. Ich öffnete meine Schreibtischschublade, um mir einen Snack herauszuholen, und entdeckte dabei einen Empfangsschein aus der Kriminaltechnik.

Fuentes Handy.

Der Empfangsschein erinnerte mich daran, dass ich mir in einer freien Minute das Handy mal genauer ansehen wollte. Ich ging in die Kriminaltechnik und händigte Furby den Empfangsschein aus, der mir im Gegenzug dafür Fuentes Handy gab.

Zurück am Schreibtisch zog ich Latexhandschuhe an.

Ich schaltete das Handy an, und nach einer Weile leuchtete

der Bildschirm auf. Ich fand die Liste der Anrufe und ging sie durch. Lilas Nummer tauchte oft auf, als eingehender sowie als ausgehender Anruf. Es tauchten noch ein paar andere Nummern auf, die ich wiedererkannte, die der Highschool und die von Brad Chois Handy. Die restlichen waren eine Mischung von Nummern aus Colorado, New York, New Jersey und Kalifornien. Aus einer Laune heraus scrollte ich durch seine Kontakte und hielt in der Mitte des Alphabets an, doch fand keinen Hinweis auf Lark Co. Eine weitere Sackgasse.

»Finn, hast du nicht auch das Gefühl, dass wir auf einen Mörder warten, der nicht mehr zuschlagen wird?«

Er schaute mich vom Türrahmen aus an, wo er sich gerade streckte. »Etwas genauer, bitte.«

»Wir denken die ganze Zeit, dass der Zettel in Fuentes Mund von einem Serienmörder stammt. Wir warten seitdem, dass der Mörder wieder zuschlägt, nur … nur scheint es mir, als würden wir möglicherweise ziemlich lange warten.« Ich stand auf und streckte meine eigenen Beine, zog erst den einen, dann den anderen Fuß zum Po und spürte, wie meine Muskeln sich entspannten. Ich musste langsam wieder in Form kommen. Drei Monate Mutterschaftsurlaub hatten meiner Fitness geschadet.

»Ich kann dir immer noch nicht folgen«, sagte Finn. Er kam zu meinem Schreibtisch.

»Damit will ich sagen, dass der Zettel möglicherweise eine Ablenkung war. Erinnerst du dich an unseren ersten Gedanken, als wir die Leiche gefunden haben? Wie persönlich es wirkte, und wie zufällig der Tatort zu sein schien?«

Finn nickte. »Mhm.«

»Deckt sich das mit irgendeinem Serienmörder, von dem

du je gehört hast? Es ist über eine Woche her, und da passiert nichts. Keine weiteren Morde – abgesehen von Baker, aber es gibt keine Verbindung zu Fuente – keine Drohungen, keine Vermissten oder Angriffe. Entweder haben wir einen sehr geduldigen Serienmörder oder überhaupt keinen. Und wir sind die ganze Zeit auf dem Holzpfad«, sagte ich.

»Holzweg.«

»Wie auch immer. Wir stecken in einem Kaninchenbau fest. Wir müssen zu dem Grund zurückkehren, warum Fuente überhaupt in Cedar Valley war: um seine Memoiren zu schreiben, um seine eigene Geschichte zu Papier zu bringen.«

»Und du denkst, jemandem gefällt diese Geschichte nicht. Und deswegen können wir seine Memoiren nicht finden«, sagte Finn. Er ging zu seinem Schreibtisch und suchte nach etwas. Er fand es und hielt ein Stück Papier mit Gekritzel hoch.

»Meine Notizen«, sagte er. »Dieser Rabbit Man … was, wenn er zusammen mit Lila und Fuente aufgewachsen ist. Du hast gesagt, sie hat den Rabbit Man draußen vor ihrem Haus gesehen. Vielleicht hat er ein paar ungelöste Probleme zu klären, die vor Jahren passiert sind. Vielleicht war Lila nicht immer schüchtern, oder Fuente war nicht immer nur der Teddybär. Du hast doch gesehen, was wir gerade mit Grimm durchgemacht haben; vielleicht haben sie den Rabbit Man schikaniert.«

»Ich werde sie anrufen.« Ich versuchte es zweimal unter Lilas Privatnummer und im Büro, doch sie hob nicht ab. Ich dachte über Finns Worte nach, und mir wurde mulmig zumute.

»Ich fahre zu ihr nach Hause. Kommst du mit?«

Finn warf einen Blick auf seine Uhr. »Es ist schon nach sechs. Ich habe Cassie gesagt, ich käme vorbei, sie macht Hackbraten. Ich kann das absagen …«

Ich schüttelte den Kopf. »Nein, sag nicht ab. Es ist bestimmt alles in Ordnung. Ich will sie ein bisschen in die Mangel nehmen, was den Rabbit Man angeht und ihre gemeinsame Schulzeit mit Fuente. Du könntest da auf etwas gestoßen sein.«

»Bist du sicher? Hackbraten ist nicht gerade mein Lieblingsessen.«

»Noch ein Grund mehr, hinzugehen. Es wird Cassie glücklich machen. Frag einfach nach Ketchup und ertränk den Braten damit.«

Als ich in Lilas Einfahrt einbog, war es bereits kalt und dunkel. Ich schaltete den Motor ab und starrte auf das Häuschen, einmal mehr entzückt darüber, dass es aussah wie aus dem Bilderbuch. Wie beim letzten Mal schlängelte sich grauer Rauch aus dem Schornstein in den Himmel. Ihr Pick-up parkte dort, wo ich ihn auch zuvor gesehen hatte, doch nach der dicken Schicht Schnee zu urteilen, die ihn bedeckte, war er seit einigen Tagen nicht bewegt worden.

Ich beobachtete das Haus und wartete darauf, ob Lila herauskommen würde, weil sie das Geräusch meines Wagens oder das Knirschen der Reifen gehört hatte. Doch niemand kam zur Tür, und mir wurde wieder bewusst, wie isoliert das Leben war, das Lila hier für sich erschaffen hatte.

Nicht isoliert, korrigierte ich mich selbst. Friedlich.

Der Wald war still und ruhig, als ich zum Haus ging.

Vor der Haustür lag eine neue Fußmatte. Sie war braun mit rauen Fasern, die den Schmutz auffangen sollten. In der Mitte waren zwei Rotkardinale abgebildet, deren Federn fröhlich leuchteten. Als Kind hatte ich mal gesehen, wie ein Kardinal sein eigenes Spiegelbild in der Fensterscheibe attackierte. Der Vogel war wie besessen, verrückt vor Wut, und er machte mir Angst. Meine Großmutter erklärte mir, dass die Kardinäle im Frühling ihr Brutrevier sehr heftig verteidigten. Dieser Vogel hatte sein eigenes Spiegelbild für einen Konkurrenten gehalten.

Ich fand das passend. Es brauchte Mut und ein bisschen Verrücktheit, um aus dem Winter in den Frühling zu wechseln, einen Schritt nach vorn zu machen und nach Monaten der Kälte wieder der Sonne entgegenzutreten. Man sieht es an den Tieren, wenn sie aus dem Winterschlaf erwachen, wie vorsichtig und ängstlich sie sind.

Ich hatte mich geirrt. Lila hatte doch gehört, wie ich in die Einfahrt eingebogen war. Sie öffnete die Tür und schreckte mich aus meiner Melancholie, noch bevor ich klopfen konnte. Sie wirkte überrascht, mich zu sehen. »Guten Abend, Gemma. Was machen Sie denn hier?«

»Ich habe noch ein paar Fragen wegen Delaware Fuente. Haben Sie ein paar Minuten? Ich hatte versucht, anzurufen, doch niemand ist an den Apparat gegangen. Da habe ich mir Sorgen gemacht.«

Sie nickte. Ihre Haare waren zusammengebunden, und sie trug kein Make-up. Im Schein der Außenlampe leuchteten ihre Augen. »Das tut mir leid. Ich muss den Klingelton ausgestellt haben. Mir geht es gut. Kommen Sie doch bitte herein. Ich habe gerade am Kamin gesessen und gelesen, einen frühen Krimi von Agatha Christie. Haben Sie viel von ihr gelesen?«

Ich verneinte.

»Anders als im wahren Leben, geht es bei Krimis nie um den Mörder oder das Opfer, und noch nicht mal um den Detektiv. Am Ende geht es nur um ein Puzzle. Und der Spaß beim Krimilesen kommt vom Rätsel innerhalb des Rätsels. Wenn Sie das Rätsel noch vor dem Detektiv gelöst haben, macht es viel mehr Spaß«, fuhr sie fort. »Tee?«

»Gern.«

Sie summte, als sie mir in der Küche eine Tasse Tee einschenkte und wir uns dann ins angrenzende Wohnzimmer setzten. Kojak schaukelte sanft in seinem Käfig hin und her und brabbelte vor sich hin. Der Kamm des großen weißen Vogels bewegte sich im Tandem zu seinem wippenden Kopf. Hinter ihm an der Wand hingen Bilder von Vögeln, die ich schon mal gesehen hatte, und Poster von diversen Entdeckern und Abenteurern.

Nachdem wir uns gesetzt hatten, fragte sie: »Also, was für Fragen haben Sie für mich?«

Ich wollte nach den Memoiren und dem Rabbit Man fragen, dann kam mir jedoch etwas anderes in den Sinn, auf das ich immer noch keine Antwort hatte. Ich zog mein Handy aus der Tasche und blätterte durch die Bilder, bis ich das Foto fand, was ich von dem Bild auf Fuentes Computer gemacht hatte, mit ihm und dem jungen Mann.

»Wissen Sie, wer das ist?«, fragte ich und hielt das Handy so, dass sie das Bild sehen konnte.

Sie schaute es lange an und schüttelte dann langsam den Kopf. »Ich habe ihn noch nie im Leben gesehen. Aber wer immer es ist, er hat Del offenbar sehr glücklich gemacht. Er hat in Jersey mit einer örtlichen Jugendgruppe gearbeitet. Es war ein YMCA oder Big Brother Camp. Vielleicht ist es einer von diesen Jungs?«

Ich nickte. Konnte es so einfach sein?

»Er mochte Kinder, oder?«

Lila nickte. »Ja, ich denke schon. Ich glaube, ihm gefielen ihre Unschuld und ihre Offenheit für das Leben. Nicht auf eine perverse Art. Das muss man heutzutage ja immer dazu sagen. Wenn ein älterer Mann sich mehr als üblich für Kinder interessiert, wird er direkt verdächtigt. Wir leben in traurigen Zeiten.«

»Lila, Sie haben doch erwähnt, dass Delaware Fuente Sie ursprünglich kontaktiert hatte, weil er einen ruhigen Ort suchte, an dem er seine Memoiren schreiben konnte«, sagte ich.

Sie nickte wieder. »Ja, das stimmt. Er sagte, sein Leben an der Ostküste sei ihm momentan zu laut. Er erinnerte sich an die stillen Winter in Colorado und fragte sich, ob ich einen friedlichen Ort kennen würde, wo er etwas Zeit verbringen und schreiben könnte. Und natürlich habe ich Cedar Valley vorgeschlagen. Er fand die Idee großartig. Außerdem war er ganz begeistert davon, an der Schule eine Reihe Gastvorlesungen zu halten.«

»Allerdings verkleidet«, sagte ich.

Wieder nickte sie. »Ja, er wollte nicht erkannt werden. Er sagte, das würde ihn von seiner Mission ablenken. Darin war er eisern.«

Ich setzte meine Tasse Tee ab. »Die Sache ist die, Lila: Wir können keine Hinweise darauf finden, dass Fuente an irgendeinem Projekt gearbeitet hat, schon gar nicht an so einem bedeutenden wie seinen Memoiren.«

Das Lächeln verschwand aus Lilas Gesicht, und sie sah irritiert aus. »Das verstehe ich nicht.«

»Ich auch nicht, um ehrlich zu sein. Wir haben seinen Laptop sogar zu einer Spezialeinheit nach Denver geschickt, und sie haben rein gar nichts gefunden«, erklärte ich. »Ich kann auch keine handgeschriebenen Unterlagen finden oder Notizen oder Rechercheunterlagen. Finden Sie das nicht merkwürdig?«

Lila erhob sich und ging im Zimmer auf und ab. »Jedes Mal, wenn ich mit Del gesprochen habe, war er so begeistert über die Fortschritte, die er gemacht hatte. Er hat mir immer all diese Geschichten erzählt, an die er sich aus unserer Kindheit erinnerte und von seinen frühen Jahren in New York. Und das war alles gelogen?«

»Könnte er handschriftlich an seinen Memoiren gearbeitet haben?«

»Vermutlich«, sagte Lila.

»Lila, der Rabbit Man – sind Sie sicher, dass Sie ihn noch nie zuvor gesehen haben? Jemand könnte Fuentes Memoiren gestohlen haben. Sie könnten ein Motiv für seinen Tod sein. Es könnte etwas dringestanden haben, von dem der Mörder nicht wollte, dass es ans Licht kommt.«

»Ich habe Ihnen doch schon gesagt, dass ich diesen Mann noch nie zuvor gesehen habe.« Ihr Gesicht verdunkelte sich. »Vielleicht hat Del darauf gebaut, dass jemand anderes seine Memoiren für ihn schreibt.«

»Was meinen Sie damit?«

Lila schüttelte den Kopf. »Ich weiß nicht genau. Del war immer mehr an dem Ergebnis als an dem Prozess interessiert. Ich bin müde, Gemma.«

Ich war auch müde, und besorgt. Ich dachte zwar nicht, dass Lila mich anlog, aber in ihren Augen hatte sich seit meinem letzten Besuch etwas verändert.

Ich stand auf. »Dürfte ich Ihre Toilette benutzen?«

»Selbstverständlich. Sie ist den Flur hinunter, letzte Tür rechts.«

Ich ging durch den Flur, blieb dann stehen und lauschte. Dem Geräusch von polternden Töpfen und Pfannen zufolge nahm ich an, dass Lila in die Küche zurückgekehrt war. Ich warf einen Blick hinter die letzte Tür rechts und sah das Übliche – eine Toilette, ein Waschbecken und eine Badewanne. Leise öffnete ich noch ein paar weitere Türen, die zu einer Abstellkammer, einer Garage und einem kleinen Gästezimmer führten. Alles wirkte ganz normal, doch ich betrat das Gästezimmer, schloss die Tür hinter mir und schaltete das Licht an.

Ich wusste nicht, wonach ich suchte, doch mein Blick fiel auf eine kleine gerahmte Zeichnung, die auf einer Kommode lag. Ich durchquerte das Zimmer und nahm sie in die Hand. Es war eine Bleistiftzeichnung mit einer Widmung von Del an Lila und den Worten: »Versteck deine Karotten«.

Ich schluckte schwer. Es war die Zeichnung eines großen Mannes mit gigantischen Ohren, wenigen Haaren und übergroßen Hasenzähnen. Der Mann linste hinunter zu einer Gruppe kleiner Kaninchen. Sie saßen in einer Gemüsekiste, und der Mann war riesig im Vergleich zu den Kaninchen und dem Gemüse.

Der Rabbit Man …

34. Kapitel

Das Haus war still, zu still, und ich war schon zu lange fort. Ich legte die Zeichnung wieder hin, schlüpfte aus dem Zimmer, überquerte schnell den Flur und betrat das Badezimmer. Ich betätigte die Toilettenspülung, ließ den Wasserhahn eine Weile laufen und tupfte meine feuchte Stirn dann mit einem Handtuch ab.

»Alles okay?«, fragte Lila, als ich ins Wohnzimmer zurückkehrte.

Ich nickte.

Ich brauchte eine Minute, die ich nicht hatte.

Lila hatte eine Skizze des Mannes, von dem sie behauptet hatte, dass er Fuente nachgestellt habe und bei ihrem Haus gewesen sei. Ich ging durchs Wohnzimmer und versuchte, meine Gedanken zu sortieren. Lila betrachtete mich, einen eigenartigen Ausdruck auf dem Gesicht. Kojak plauderte leise in seinem Käfig vor sich hin.

Eine kleine, fein gearbeitete Figur eines Vogels auf dem Kaminsims fiel mir ins Auge, und ich ging hinüber, um Zeit zu schinden.

»Die ist wunderschön«, sagte ich und hielt den Keramikvogel hoch. Er war nur wenige Zentimeter groß und handbemalt. Das kleine Ding war gefleckt, mit einer hellgelben Brust und einem charakteristischen V unter der Kehle. »Was ist es, ein Gelbbrust-Waldsänger?«

Lila war beeindruckt. »Nicht schlecht geraten. Sie kennen sich mit Vögeln aus.«

Ich schüttelte den Kopf und lächelte. »Nicht wirklich, aber meine Großmutter kannte sich aus. Kennt. Einiges von dem, was sie erzählt hat, ist haften geblieben.«

»Nun, ich bin nicht überrascht, dass Sie diesen kleinen Burschen nicht kennen. Wir hören sie mehr, als wir sie sehen«, sagte Lila und nahm mir den Vogel aus der Hand. Sie pfiff die vertraute Melodie des Vogelgesangs, drehte ihn dann um und zeigte mir die Unterseite. Der Sockel war unbemalt, und in die rohe Keramikoberfläche waren die Initialen ›J. C.‹ geritzt.

»Meine Großmutter Jocelyn Conway war Künstlerin. Sie hat diesen Vogel für mich gearbeitet, als ich noch ein Kind war. Es ist eine Wiesenlerche. Als sich herausstellte, dass ich unter Schüchternheit und Beklemmungen litt, machte sie ihn, gab ihn mir und sagte mir, ich solle anstreben, eine kleine Lerche zu sein und all meinen Sorgen davonzufliegen.«

Lerche. *Lark*. Das englische Wort für Lerche war Lark. Ich schluckte schwer und trat einen Schritt zurück.

Lila bemerkte meine Unruhe nicht. Sie sagte: »Und von diesem Tag an nannte meine Familie mich Lark.« Sie lächelte traurig. »Ich habe Del meinen Spitznamen verraten, und er gefiel ihm sehr.«

Ich war so dumm gewesen.

Ich hatte mich von Soren Baker, Alistair Campbell und seinen Black Hounds ablenken lassen, und von Roland Five und Grimm. Ich hatte vergessen, wer wirklich tief im Wald lebte, tief in den Schatten, abgeriegelt in ihrem Häuschen. Lila setzte die kleine Wiesenlerche zurück auf den Kaminsims und sah mich an. Meine Augen müssen irgendetwas verraten haben, denn plötzlich wich alle Farbe aus ihrem Gesicht.

»Woher wissen Sie es?«

Ich machte einen Schritt zur Seite und entfernte mich von dem schweren Steinkamin mit seinen verschiedenen Objekten darauf und dem eisernen Schürhaken.

»Es war nicht nur eine Sache, Lila. Sie haben eine Zeichnung des Rabbit Man in Ihrem Gästezimmer. Fuente hat ein Dokument namens Lark Co auf seinem Computer. Ich dachte immer, es bedeutete Lark Company oder Lark Corporation, doch es bezieht sich auf Sie, nicht wahr? Lark, Colorado?«

Sie nickte.

»Warum hat Fuente Sie jeden Monat bezahlt, Lila? Was hatten Sie gegen ihn in der Hand?«

Sie ging zum Vogelkäfig hinüber und steckte einen Finger durch die Gitterstäbe. Kojak berührte sie sanft mit seinem Schnabel.

Lila schaute mich mit einem hinterlistigen Lächeln an. »Vielleicht hat er nur einer alten Freundin geholfen. Wussten Sie, dass mein Gehalt in den letzten drei Jahren eingefroren wurde? Budgetkürzungen. Justine Moreno hat versprochen, weiter für Gehaltserhöhungen zu kämpfen, doch sie bekommt nicht immer ihren Willen.«

»Diese Zahlungen reichen viel weiter zurück als nur drei Jahre, Lila«, entgegnete ich. »Ist es der Junge auf dem Foto? War das eine Lüge? Haben Sie und Delaware Fuente ein gemeinsames Kind?«

Bei diesen Worten lachte sie, und dieses Lachen war das

Schlimmste von allem, denn es hörte sich an wie von jemandem, der dabei war, durchzudrehen.

»Vermutlich könnte man sagen, dass wir ein gemeinsames Kind hatten, Gemma. Oder eher, viele Kinder«, sagte Lila.

Sie lachte noch mehr.

»Wo sind sie?«

Sie lachte wieder und schüttelte den Kopf. »Oh, wir halten die Kinder gebunden, unfähig zu wachsen oder sich zu verändern, wenn wir sie erst einmal hervorgebracht haben.«

Sie zeigte hinter mich, und ich erinnerte mich, eine geschlossene Tür gesehen zu haben. Blanker Horror überkam mich. Führte die Tür zu einer Treppe, hinunter in den Keller, oder hoch auf den Dachboden? War dies wirklich ein Hexenhaus mit Kindern, die man weggesperrt hatte?

Dann drehte ich mich um und begriff plötzlich alles.

In dem Bücherregal, in ordentlicher, alphabetischer Reihenfolge, standen Reihe für Reihe Delaware Fuentes Romane. Wörter und Sätze, die sich nicht veränderten, die für immer auf den Seiten erstarrt waren.

Ich drehte mich zu Lila um. »Sie haben ihm bei diesen Büchern geholfen?«

»Nein«, sagte sie. »Ich habe ihm nicht geholfen.«

»Was dann?«

Lila lächelte. »Ich habe sie alle selbst geschrieben. Alle Bücher, jedes einzelne Wort.«

»Das verstehe ich nicht.«

»Del konnte nicht schreiben. Doch seine Träume waren so groß und meine so klein. Er hat meine erste Geschichte gelesen, eigentlich ziemlich schlecht, und hat sich in sie verliebt. Del hat gebettelt, ich solle es veröffentlichen, doch ich konnte nicht. Ich war vor Angst wie erstarrt. Hinter meinem Rücken hat er es dann unter seinem eigenen Namen bei einem Agenten eingereicht. Den Rest kennen Sie. Oh, ich war so wütend, als ich es herausgefunden habe, wütend und schwindelig vor Glück und Stolz, alles gleichzeitig. Del war clever, er fütterte dieses winzige Stück Stolz, fütterte es, bis es größer wurde als die Wut. Ich schrieb, und er veröffentlichte. Ich war das Wort, und er war das Gesicht dazu, was über viele Jahre gut funktioniert hat«, sagte Lila.

»Aber ich habe gelesen, was Sie geschrieben haben! Einen Artikel, in dem es darum ging, Yvette Michaelson eine Ehrung zuteilwerden zu lassen. Ihr Schreibstil war … grässlich.«

»Alles nur Show. Del hatte furchtbare Angst, dass wir aufflögen, wenn jemand mitbekäme, wie ich wirklich schreibe«, sagte Lila.

Sie entfernte sich von Kojak und nahm ihre Tasse Tee auf. Sie nippte daran und stellte sie dann wieder ab.

Ich war schockiert. »Wieso sind Sie so einfach davongekommen? Warum hat niemand herausgefunden, dass Fuente nicht der echte Autor war?«

Lila fuchtelte mit den Händen in der Luft. »Magie. Die Leute sehen nur, was sie sehen wollen. Del hat ihnen nie Anlass gegeben, seine Geschichte anzuzweifeln. Über die Jahre hat er genug über das Handwerk des Schreibens gelernt, um problemlos darüber zu sprechen oder zu schreiben. Die Leute haben es nicht nur nicht bezweifelt, sie haben ihm aus der Hand gefressen. Interviews, Artikel, soziale Medien … Del bediente alle Kanäle, und die Fans haben es geliebt. Sohn armer Einwanderer macht seinen Traum wahr. Wenn die gewusst hätten …«

Es war unfassbar. Wenn es stimmte, würde es die Literaturwelt in ihren Grundfesten erschüttern. Fuentes Legende würde sterben. Conway würde über Nacht berühmt werden.

»Wollte er Sie nicht weiterbezahlen? Haben Sie ihn deswegen umgebracht, wegen des Geldes?«

Lila sah verletzt aus. »Ich dachte, Sie würden mich verstehen, Gemma. Wie können Sie so etwas denken?«

»Na ja, Sie haben ihn umgebracht. Sie müssen einen Grund gehabt haben. Was ist passiert?«

Sie dachte einen Moment nach und nickte dann. »Ich werde es Ihnen erzählen, damit Sie verstehen, warum ich getan habe, was ich tat. Dann werden Sie sehen, dass ich nicht anders konnte.«

Ich wartete.

Im Zimmer wurde es kühler, das Feuer war kurz davor zu erlöschen. Lila nahm den Schürhaken und stocherte darin herum. Die Kohle und Glut erwachten zu neuem Leben, brannten wieder, und die Flammen gaben erneut Wärme ab. Lila behielt den Schürhaken in der Hand, und ich ließ sie nicht aus den Augen.

»Del wollte mir das eine wegnehmen, was mir mehr bedeutet als alles andere. Ich habe darum gebeten, fünf Minuten in der strahlenden Sonne zu stehen, und er hat es mir verweigert; und das nach allem, was ich für ihn getan habe. Können Sie sich vorstellen, wie sich das angefühlt hat?«

»Ich verstehe nicht ganz …«

Lila trank ihren Tee aus und klopfte mit dem Schürhaken auf den Holzboden. Bei dem dumpfen Ton zuckte ich zusammen.

»Es war mein Meisterwerk. Yvette Michaelsons Biographie, erzählt aus der Sicht einer Frau, die sie liebt und versteht. Beim Schreiben dieser Geschichte fühlte ich mich lebendig, mächtig, auf eine Weise, wie ich mich beim Schreiben dieser blöden Romane nie gefühlt habe. Del hat meine Macht gesehen, und sie hat ihm Angst gemacht. Er sagte, das Buch würde nie unter meinem Namen veröffentlicht werden. Er sagte, es sei von einer solchen Größe, solcher Schönheit, dass niemand glauben würde, dass ich es geschrieben hätte. Del bestand darauf, dass nur er selbst es veröffentlichen könnte«, sagte Lila; ihre Worte sprudelten schnell und zornig aus ihr heraus. »Ich stand total unter Schock. Er hat dagesessen, genau da in dem Sessel, und hat diese Worte zu mir gesagt, und ich habe gemerkt, wie das Blut in mir zu kochen begann.«

»Sie müssen sehr wütend gewesen sein.«

Lila tigerte im Raum auf und ab, wobei sie bei jedem Schritt mit dem Schürhaken auf den Boden tippte, als wäre es ein Gehstock. »Wut beschreibt noch nicht einmal ansatzweise, was ich gefühlt habe. Mein ganzes Leben lang haben Beklemmung und Angst alle anderen Gefühle überschattet. Es hat alles beeinflusst, alles, was ich je getan habe, wo ich lebe, wo ich arbeite. Ich habe keine Freunde oder Liebesbeziehungen. Ich finde Frieden in der Einsamkeit. Hier draußen in meiner privaten Ecke der Welt, finde ich Frieden. Ich hatte akzeptiert, dass ich allein sein würde, bis Yvette etwas in mir veränderte.«

Ich hasste es, auf das Offensichtliche hinzuweisen. »Lila, Yvette ist tot. Sie kennen Sie nur durch Geschichten, Erzählungen, Legenden.«

Darüber lächelte Lila. »Haben Sie sich noch nie in ein Gemälde, ein Lied oder einen Roman verliebt?«

Ich dachte darüber nach. »Ich vermute, ich habe einige Kunstwerke sehr gemocht, aber ich habe mich noch nie in eines verliebt.«

»Dann tun Sie mir leid. Es ist die vollkommenste, reinste Form der Liebe. Yvette Michaelson stand für Perfektion. Für sie war ich bereit, aus dem Schatten zu treten und der Welt meine Liebe zu zeigen – sie ihr zu erklären. Meine Verehrung«, sagte Lila. »Sie war mein Zwilling, meine Inspiration, meine Heldin, mein Nordstern.«

Ich brauchte einen Moment.

Ich war in einem Häuschen tief im Wald und führte eine philosophische Unterhaltung über das Wesen der Liebe mit einer Mörderin.

»Also haben Sie miteinander gekämpft, und Sie haben ihn einfach so umgebracht?«

Lila verzog das Gesicht. »Es war nicht geplant. Noch war es einfach. Wir hatten wochenlang nur das eine Thema, haben ständig im Kreis geredet. Del ist tatsächlich mit der Absicht hergekommen, seine Memoiren zu schreiben und Gastvorlesungen zu halten. An dem ersten Abend nach seiner Ankunft kam er auf einen Drink herüber. Ich war so ... ich habe gestrahlt. Ich hatte das Manuskript fertig, und Del hat immer gemerkt, wenn ich ein Projekt beendet hatte. Er wusste, dass es eine neue Geschichte gab, und ich habe mich geweigert, sie mit ihm zu teilen. Ich habe ihm gesagt, ich würde an einem Roman für ihn arbeiten, den er zu seinem erwarteten Termin veröffentlichen konnte, doch dass dieses andere, besondere Projekt mir allein gehöre.«

Sie holte tief Luft und fuhr fort. »Er war unerbittlich. Eines Abends kam ich nach Hause, und er war hier, saß seelenruhig in meinem verdammten Wohnzimmer. Er hatte meinen Schreibtisch auseinandergenommen, hatte das Manuskript gefunden und es fast zu Ende gelesen. Er war begeistert und auf Anhieb eifersüchtig. Er wollte es für sich selbst. Del sagte, es wäre wie eine Erweckung für seine Karriere, eine Chance, der Welt zu zeigen, dass er nicht nur Romane, sondern auch Sachbücher schreiben könne.«

Lila schloss die Augen und erinnerte sich. »Ich war wütend, und es tat so weh. Ich hatte das Gefühl, in meinem eigenen Zuhause angegriffen worden zu sein. Doch ich habe es gut verborgen, habe ihm nie gezeigt, wie sehr er mich verletzt hatte. Ich habe ihn gebeten, dass wir uns am nächsten Abend nach dem Unterricht in der Schule treffen sollten. Ich hatte keine Ahnung, dass der Schneesturm so stark werden würde. Ich sagte ihm, ich hätte während meiner Recherchen ein geheimes Tagebuch entdeckt. Ich sagte, er könne ihre Geschichte erzählen, wenn er einwilligte, ihr Tagebuch zu lesen und das in ihr zu sehen, was ich in ihr sah. Erst dann würde er sie ganz verstehen, sagte ich ihm.«

»Warum in der Highschool? Warum haben Sie sich nicht hier getroffen oder in Fuentes Blockhütte?«

Sie öffnete die Augen und ich sah Tränen darin. »Ich konnte den Gedanken nicht ertragen, dass er je wieder in diesem Haus wäre, zwischen all meinen Dingen, in meiner heiligsten Ecke der Welt. Unsere Freundschaft hatte sich in eine Krankheit verwandelt. Die Highschool war ein naheliegender Ort, um sich zu treffen. Wir waren ja beide ohnehin dort.«

»Jemanden umzubringen ist keine einfache Sache, Lila.«

»Wie ich schon erwähnte«, sagte Lila, »war es weder geplant, noch einfach. Wir waren in meinem Büro, als ich ihm das Tagebuch zu lesen gab. Er las die Abschnitte, die ich markiert hatte, und dann lachte er. Er lachte mir ins Gesicht. Er lachte mich aus und sagte, nun wäre es seine Geschichte, die er erzählen würde, wie er wollte. Ich bin durchgedreht, so wütend war ich. Ich schnappte mir das Tagebuch aus seiner Hand und rannte weg. Er ist mir hinterhergelaufen, dieser dämliche Kerl, ohne Jacke und Mütze. Auf dem Weg nach draußen griff ich mir eine Taschenlampe. Ich wusste, dass ich das Gebäude verlassen musste, schnell weg von ihm. Doch er musste sich in einem anderen Büro auch eine Lampe geholt haben, denn ehe ich mich's versah, verfolgte er mich mit einem Ausdruck im Gesicht, als wolle er mich umbringen.«

Sie hielt inne, atmete zitternd tief ein und fuhr dann fort. »Ich kannte das Gelände besser als er, also entschied ich, ihn auf dem Pfad zu überrumpeln. Ich schaltete die Lampe aus und zog mein altes Jagdmesser aus meiner Handtasche. Ich wollte ihm Angst machen. Er sollte versprechen, mich für immer in Ruhe zu lassen. Doch er stürzte sich auf mich, und das Messer landete in seinem Bauch. Er ist schnell gestorben. Ich stand unter Schock und war davon überzeugt, dass niemand mir glauben würde, dass alles ein schrecklicher Unfall war. Also riss ich eine leere Seite aus dem Tagebuch und schrieb eine Botschaft, die ich in seinen Mund gestopft habe. Ich hoffte, dass das reichen würde, um den Verdacht von mir abzulenken.«

Sie hatte natürlich recht gehabt. Genau das hatte der Zettel bewirkt. »Was war mit dem Rabbit Man? Haben Sie sich den auch ausgedacht? Basierte er auf Fuentes Zeichnung?«

Lila nickte. »Es gibt keinen Rabbit Man. Zumindest keinen echten Rabbit Man. Er war ein eingebildeter Freund aus der

Zeit, als Del noch klein war. Del sagte, der Rabbit Man habe ihn vor einer einsamen Kindheit bewahrt. Nachdem Del und ich uns kennengelernt und angefreundet hatten, wurde der Rabbit Man nicht mehr gebraucht. Er verblasste und lebte nur noch in Geschichten weiter, die Del erzählte. Er erwachte wieder zum Leben, als ich jemanden brauchte, der Del angeblich nachstellte.«

»Sie haben Ihren einzigen Freund ermordet«, sagte ich. »Ihren besten Freund.«

Lila schüttelte den Kopf. »Nein, Gemma. Ich habe meinen schlimmsten Feind umgebracht.«

Sie trat auf mich zu und hob dabei den Schürhaken. Ich befahl ihr stehen zu bleiben und wollte meine Waffe ziehen, doch ich war zu langsam, und Lila ließ den Schürhaken auf meinen Arm krachen, mit der Spitze zuerst. Ich schrie auf, als er meine Haut durchbohrte und meine rechte Hand taub wurde. Verzweifelt versuchte ich, meine Waffe mit der linken Hand aus dem Holster zu ziehen.

»Stopp!«, brüllte ich. »Stopp, oder ich schieße, Lila, das schwöre ich bei Gott!«

Doch sie hörte nicht auf, und mit der nächsten Bewegung hob sie den Schürhaken über die Schulter und schlug mir damit auf den Kopf.

Um mich herum wurde alles dunkel.

* * *

Als ich wieder zu mir kam, bemerkte ich zuerst einen Brandgeruch. Ich versuchte, mich aufzusetzen, und stöhnte, als mich eine Welle der Übelkeit überkam. Dann überrollte mich

Panik, als mir klarwurde, dass sich der Raum langsam mit dichtem, grauen Rauch füllte. Durch den Schmerz hindurch schob ich mich auf die Knie. Der Rauch nahm zu, und ich begann zu husten. Dann tränten meine Augen, und Angst ergriff mich.

Denk nach. Denk nach. Du warst im Wohnzimmer. Die Haustür ist gleich dort drüben.

Irgendwo im Haus platzte ein Fenster. Gütiger Himmel, das ganze Haus musste in Flammen stehen. Hatte Lila es angesteckt? Hatte sie mich bewusstlos geschlagen und dann ihr eigenes Haus in Brand gesteckt, um ihr Verbrechen zu vertuschen?

Ich musste raus.

Blind krabbelte ich vorwärts, den einen Arm vorgestreckt. Meine Hand berührte ein Bein, lang und aus Holz. Ich tastete und begriff, dass es der Küchentisch war.

Sie hat dich in die Küche gezogen.

Ich stellte mir den Raum vor. Der Tisch stand hinten in der Ecke, hinter der Kücheninsel und den Geräten.

Verdammt, ich kroch in die falsche Richtung. Ein weiterer Hustenanfall schüttelte mich, und ich weinte wegen der Schmerzen in meinem Kopf, der aufsteigenden Panik in meiner Brust und dem Rauch.

Ich würde hier sterben.

Der Gedanke nahm mir das letzte bisschen Luft, das in meinen Lungen verblieben war, und meine Stirn berührte den Boden. Es gab nichts mehr zu tun. Hinter mir krachte ein Balken herunter, und ich hörte, wie mehr Glas explodierte. Ich versuchte, den Kopf zu heben, doch es fühlte sich an, als wäre er aus Blei und mein Nacken aus Federn, und so sehr ich es auch versuchte, hatte ich nicht mehr die Kraft, mich zu bewegen.

Ich war noch nicht bereit zu sterben, doch ich akzeptierte, dass diese Entscheidung nicht mehr in meinen Händen lag. Ein seltsamer Frieden legte sich über mich, und ich dachte an Grace, an Brody und an meine Großeltern. Sie waren nicht hier bei mir, und das bedeutete, sie waren in Sicherheit, und das war alles, was zählte.

Ich betete, dass ich bald ohnmächtig werden würde, bevor die Flammen mich erreichten.

Ich wollte nicht leiden.

Das Nächste, was ich merkte, war, wie jemand an meiner Hüfte zerrte und mich hochhob, und dann wurde ich getragen. Ich konnte kaum die Augen offen halten, doch ich erhaschte einen Blick auf geschwärzte Wände und wilde Flammen. Die Tapete rollte sich, als sie brannte, und löste sich in breiten Streifen von der Wand.

Dann war ich draußen, und die eisige Luft brannte in meinen Lungen und auf meinem Gesicht in einer ganz neuen Weise. Über das fürchterliche Geräusch des brennenden Hauses hinweg, erfüllten die hohen, blechernen Töne von Sirenen die Luft.

Mein Retter legte mich behutsam in den Schnee, und für den Bruchteil eines Augenblicks schwebte ein Gesicht über meinem. Das Gesicht war unscharf wie die Ränder eines Traums, und sein goldenes Haar erschien wie ein Heiligenschein.

Dann war er fort, und ich wurde wieder ohnmächtig.

35. Kapitel

»Wir vermissen dich«, sagte Brody nur. Ich vermisste ihn auch, und Grace und Seamus.

Ich vermisste mein Zuhause.

Das Baby schlief gerade, und ich sehnte mich danach, sie im Arm zu halten. Die Ärzte sagten jedoch, es dauere noch ein paar Tage, bevor sie mich entlassen würden, und ich fühlte mich noch zu schwach, um sie auf den Arm zu nehmen.

Alles in allem hätten meine Verletzungen viel schlimmer sein können. Ich hatte von dem Schlag auf den Hinterkopf eine Gehirnerschütterung davongetragen, und mein Rachen hatte durch das Einatmen des Rauches etwas gelitten. Glücklicherweise hatte das Feuer selbst mich nicht erreicht. Meine Hände waren im Kampf mit Lila verletzt worden, und ich konnte zu meiner Sammlung eine weitere Narbe hinzufügen, einen geraden, schmalen Schnitt auf meinem Unterarm, wo sie mich mit dem Schürhaken angegriffen hatte. Außerdem hatte ich ein blaues Auge und ein paar Kratzer auf der Wange.

»Ich kann es kaum erwarten, hier rauszukommen.«

Nach Brodys und Grace' Besuch schlief ich eine Weile. Ein Klopfen weckte mich, und als ich die Augen öffnete, sah ich Finn mit einem Blumenstrauß und einem Bündel Zeitschriften im Türrahmen stehen.

»Hey, Kleine.«

»Selbst hey. Das wäre nicht nötig gewesen.«

Finn grinste. »Keine Sorge. Die Blumen sind vom Chief und die Zeitschriften von den Jungs.«

Er kam herein und nickte beeindruckt. »Das ist ein ziemliches Veilchen, Gem. Du siehst aus wie ein alter Haudegen.«

Ich dankte Finn für die Blumen, die Zeitschriften und das Kompliment. Er wirkte verlegen, und ich wusste, dass es kein Privatbesuch war.

»Lila?«

»Sie haben sie heute Morgen gefunden. Sie war im Keller – da hat sie auch den Brand gelegt – und ist dann entweder dort unten geblieben oder wurde eingeschlossen. Es ist nicht mehr viel von ihr übrig.«

Ich erinnerte mich an die Leidenschaft in ihren Augen, als sie über Yvette Michaelson redete, und an die glühende Wut, wenn sie über Delaware Fuente sprach.

»Ich glaube nicht, dass sie sterben wollte.«

Finn hob eine Schulter. »Ich kannte sie nicht gut genug, um das zu beurteilen.«

Ich schloss die Augen. »Ich glaube, niemand hat sie wirklich gekannt.«

»Chief Chavez und ich sind heute Morgen zu ihrem Haus gefahren. Es ist nur noch ein Haufen Schutt, Gemma. Abgesehen von ein paar Bildern und Kleinzeug ist kaum etwas übriggeblieben. Du hast unglaubliches Glück gehabt, dass du noch rechtzeitig herausgekrochen bist«, fuhr Finn fort. »Es sieht so aus, als wäre das ganze Ding direkt hinter dir zusammengebrochen.«

Meine Augen öffneten sich. »Aber ich bin nicht herausgekrochen. Der Rabbit Man hat mich gerettet.«

Finn sah mich argwöhnisch an. Er setzte sich auf die Bettkante und legte eine Hand auf mein Schienbein. Durch die dünne Krankenhausdecke spürte ich die Wärme seiner Berührung und war dankbar für diesen menschlichen Kontakt. Es war ein weiterer Beweis dafür, dass ich überlebt hatte.

Wieder einmal hatte ich überlebt.

»Da war niemand sonst, Gemma«, sagte er leise. »Die Ärzte sagen, so etwas könnte passieren. Gehirnerschütterungen können das Hirn austricksen. Du hast dich selbst aus diesem Haus herausgeholt. Die Feuerwehr hat dich im Schnee gefunden, dich und niemand anderen. Du hast es bis zur Haustür geschafft und bist dann auf Knien und Händen zurückgekrabbelt, um die Tür eines Vogelkäfigs im Wohnzimmer zu öffnen, damit der verdammte Vogel hinausfliegen konnte, und dann bis du weit genug von dem Haus und der Gefahrenzone weggekrochen, bevor du ohnmächtig wurdest.«

»Aber …«

Ich erinnerte mich daran, wie ich auf dem Steinfußboden der Küche lag, nach Luft schnappte und mit mir rang, die Energie aufzubringen, um mich zu erheben und in Bewegung zu setzen, um dort rauszukommen. Ich hatte aufgegeben und mein Schicksal in die Hände des Universums gelegt.

Oder doch nicht?

Hatte ich die Kraft in mir gehabt, mich aufzuraffen und um mein Leben zu kämpfen?

Ich konnte es mir nicht vorstellen. Ich glaubte nicht, dass ich diese Art von Stärke besaß.

Jemand hatte mich aus Lila Conways brennendem Haus getragen, hat mich in den Schnee gelegt, in sicherer Entfernung von den Flammen und spritzenden Funken. Mein Retter verschwand in den Wäldern wie jemand, der sehr vertraut mit ihnen ist, ihre geheimen Pfade und versteckten Höhlen kennt.

»Du hast gesagt, Kojak wurde auch gerettet? Der Vogel?«

Finn nickte. »Der Käfig ist ein großer verschlungener Haufen Metallstangen, doch die Tür war offen, und bisher haben wir noch kein Grillhähnchen gefunden.«

Ich lehnte mich zurück. »Lila sagte, sie hätte sich den Rabbit Man ausgedacht. Sie besitzt – besaß, weil sie vermutlich in Flammen aufgegangen ist – eine Zeichnung, die Fuente vor Jahren von einem Mann gemacht hatte, der aussah wie ein Kaninchen, mit einem witzigen Spruch darauf. Diese Zeichnung war die Grundlage für den Mann, der Fuente angeblich an seiner Blockhütte nachgestellt hatte. Das hat sie zugegeben.«

»Na also, da hast du es«, sagte Finn. »Du hast mit Lila über diesen Typen geredet und ihn dann als deinen Retter phantasiert. Aber du allein warst es, Gemma. Du hast dich selbst gerettet.«

Ich wusste, was passiert war. Ich wusste, dass ich den Rabbit Man eines Tages wiedersehen würde. Wenn er wirklich dort oben gewesen war, in den Wäldern, würde ich ihn wiedersehen. Der Rabbit Man war echt. Ich wusste nicht, wie Fuente ihn hatte zeichnen können, und ich wusste nicht, wie es dazu gekommen war, dass er mich gerettet hatte, doch er hatte es getan.

Noch mehr Magie, noch mehr Rätsel, in einer Welt, die bereits voll davon war.

Ich verdankte dem Rabbit Man mein Leben.

Finn rutschte auf seinem Platz hin und her.

»Was?«

»Es wird dir nicht gefallen.«

»Sag's mir trotzdem«, sagte ich.

»Sam ist gegangen«, sagte Finn. Er schüttelte langsam den Kopf.

»Was meinst du damit?«

Finn nahm die Hand von meinem Schienbein, stand auf und ging zum Fenster. »Ich hasse Krankenhäuser. Die Aussicht ist immer schrecklich. Und niemand ist je wegen etwas Gutem hier. Sam hat seinen Schreibtisch geleert und bei Chavez seine Kündigung eingereicht. Fristlos. Ich habe ungefähr eine Minute mit ihm gesprochen, bevor er gegangen ist. Der arme Junge sah aus, als würde er gleich losheulen.«

Ich konnte es kaum glauben. »Was macht er denn jetzt?«

»Genau wie er gesagt hat. Er wird jetzt für Campbell arbeiten. Sam ist jetzt ein Black Hound. Sein Großvater hat ihn in beides verwickelt, in die Familiengeschäfte und die von Campbell«, sagte Finn. »Sam hatte eigentlich nie eine echte Chance.«

Ich stöhnte. »Himmel. Bring mich hier raus. Ich werde mit ihm reden und ihn zur Vernunft bringen.«

Finn wandte sich vom Fenster ab und schaute mich wieder an. »Wir haben es alle versucht, selbst Moriarty. Aber Sam ist in schlimmer Verfassung. Er ist übel dran. Ich weiß nicht, ob wir bei dem Zustand, in dem er sich befindet, überhaupt wollen, dass er bei uns arbeitet.«

Die ganze Bedeutung von Finns Worten sickerte langsam ein.

»Also steckt Campbell hier sein Terrain ab? Ich hatte gehofft, ihm würde klar werden, dass Cedar Valley für ihn und seine Truppe nicht der geeignete Ort wäre.«

Finn nickte. »Sie bleiben hier. Campbell hat gestern ein Gebot für ein Haus im Norden der Stadt abgegeben. Es gibt Gerüchte, dass Campbell etwas in den Bergen vorhat. Möglicherweise ist es eine unentdeckte Goldader. Vielleicht Silber. Die Black Hounds werden versuchen, überall in unserem Tal ihre Markierungen zu hinterlassen. Aber das werden wir nicht zulassen, oder?«

Er kam zurück zum Bett. Zu meiner Verblüffung beugte er sich herunter und gab mir einen behutsamen Kuss auf die Wange. Er roch nicht nach Cassie Gunthers parfümierter Lotion. Er duftete nach Aftershave und Kaffee.

Er roch nach Finn. Was das zu bedeuten hatte, wusste ich nicht.

Ich blickte ihm hinterher, als er aus dem Zimmer ging. Im Türrahmen sagte er, ohne sich umzudrehen: »Wir brauchen dich bald wieder zu Hause, Gemma. Ich habe so das Gefühl, dass das ein langer Frühling wird.«

36. Kapitel

Frischer Schnee hatte die Ruine von Lila Conways Haus bestäubt wie Puderzucker auf einem kaputten Lebkuchenhäuschen. Die Luft roch nach verkohltem Holz und verbrannten Dämmstoffen. Ich hatte bei der Stadt nachgefragt. In ein paar Wochen würde eine Truppe kommen und den Schutt wegräumen. Sie wollten den Keller auffüllen und Erde mit Grassamen über die Reste des Fundaments kippen.

Wenn es Frühling wurde, wäre der Schauplatz von Lilas Tod nichts weiter als ein großer Fleck Erde, durch die sich winzige Pflanzen vorarbeiten würden. Bis zum Sommer würde genug Gras gewachsen sein, um dem Ort ein Gefühl von Hoffnung zu geben, und im Herbst würde es so aussehen, als hätte nie jemand dort gelebt. Der Boden war gut, und es gab viel Licht. Das Grundstück würde wieder zu Wald werden, und die Bäume würden noch weiter vorwärts schieben und sich das zurückholen, was den Wäldern einst genommen worden war.

Wie schnell und leicht all die Momente eines Lebens weggewischt werden konnten, war jedoch ein beunruhigender Gedanke. Wenn man sich nicht an uns erinnerte, nachdem wir gestorben waren, waren wir dann je hier? Ich dachte an Lilas Bemerkung über den Schnee und den Neuanfang, der darauf unweigerlich folgte.

Vielleicht ging dabei jedoch auch immer etwas verloren.

Vorsichtig lief ich am Rande des Schutts entlang und vermied Boden, der verbrannt aussah oder kurz davor stand, zusammenzubrechen. Aus meiner Jackentasche holte ich eine kleine Plastikdose mit Vogelfutter und gehackten Früchten. Kojak hatte nicht so gewirkt, als sei er wählerisch, doch ich wollte ihm ein kleine Auswahl dalassen, falls er noch am Leben war. Ich hoffte es, doch er war ein Tropenvogel aus feuchtwarmen Gefilden, und das hier war ein kaltes, trockenes Land.

Derselbe Schnee, bei dem ich Frieden fand, bedeutete für ein Tier wie Kojak den sicheren Tod.

Der Wald lag still da, und mehr als einmal blieb ich stehen und schaute hinüber in das Dickicht der Bäume und hoffte, den Rabbit Man zu sehen.

Ich fühlte mich in seiner Schuld.

Doch er war nicht gekommen, und ich stieg über den Schutt. Was ich dort suchte, wusste ich nicht. Lila Conway hatte Delaware Fuente umgebracht und auch versucht, mich zu töten. Ich sollte sie hassen. Stattdessen hatte ich nur Mitleid. Mir schien, dass ihr Leben nur aus großer Einsamkeit, Furcht und Lügen bestanden hatte.

Lila Conway war eine der am meisten gefeierten Schriftstellerinnen der Welt, von der nie jemand erfahren würde. Sie und Delaware Fuente waren die einzigen beiden Menschen, die die Wahrheit kannten, und jegliche Beweise waren mit Lila zu Asche verbrannt. Sie hatten ihr Geheimnis beide mit ins Grab genommen.

»Was für eine Tragödie«, flüsterte ich und versetzte einem Stück zerbrochener und verbrannter Keramik einen Tritt. Es zerbröselte unter meinem Fuß, und mir kamen die Tränen. »Was für ein Verlust.«

Plötzlich sah ich, wie mitten im Schutt etwas glitzerte. Ich bückte mich und schob den Schutt zur Seite. Es war das gerahmte Poster von Yvette Michaelson. Abgesehen von einer verbrannten Ecke und etwas zerbrochenem Glas, war es unbeschädigt.

Ich zog das Poster aus seinem Rahmen, und die Glasscherben fielen herunter. Dann hielt ich das Bild mit ausgestreckten Armen vor mich und blickte Yvette in die Augen. Hätte ich mich in diese Frau verlieben können?

In einem anderen Leben, möglicherweise.

Ich blickte ihr in die Augen und sah eine tiefe Rastlosigkeit. Außerdem war da noch etwas, ein Hinweis auf noch tiefere Geheimnisse. Ich spürte, wie ich ihrem Zauber verfiel, und begann mich zu fragen, ob ich nicht auch versuchen sollte, mehr über sie herauszufinden …

Ich rollte das Poster auf und klemmte es mir unter den Arm. Es schien mir von Bedeutung zu sein, ein neues Zuhause für sie zu finden. Yvettes Biographie, die Lila geschrieben hatte, mochte in Flammen aufgegangen sein, doch Yvettes Geschichte war noch nicht abgeschlossen. Der Rest davon, die unbeantworteten Fragen über ihr Leben und ihren Tod, waren irgendwo da draußen, und es lag etwas Friedliches darin, sich vorzustellen, dass sie das gefunden hatte, wonach sie gesucht hatte, Tausende Meilen weit fort von Zuhause, im Urwald Südamerikas.

Es zeugte von Mut, alles was man kannte hinter sich zu lassen, um den Menschen zu finden, zu dem man einmal werden könnte.

Ich würde das Poster auf dem Revier über meinen Schreibtisch hängen. Wenn Finn recht hatte und es ein langer Frühling werden würde, dann brauchte ich sämtliche Schutzengel, die ich kriegen konnte.

Als ich zu meinem Wagen ging, brach etwas mit viel Lärm aus den Wipfeln der Bäume und flog in den Wald hinter mir. Ich drehte mich um und sah einen großen weißen Vogel in den Himmel aufsteigen, dessen gelber Kamm wie eine Krone aus in Gold getauchten Federn leuchtete. Ich rieb mir die Augen, denn das war sicher nur meine Phantasie, doch der Vogel stieg weiter hoch in die Luft auf. Ich blickte ihm hinterher, bis er nur noch ein Fleck am Horizont war. Kojak folgte einem Urinstinkt, einer Wanderkarte, die tief in seiner Psyche eingebettet war und die ihn in wärmere, südlichere Gebiete trieb.

»Wie ein Phönix aus der Asche«, flüsterte ich. Ein großer Frieden legte sich wie eine Decke über mich, und ich dachte bei mir, dass es wirklich für alles eine richtige Jahreszeit gab. Ich hoffte, der Vogel würde weiter gen Süden fliegen. Irgendwo gab es für ihn ein Zuhause unter seinesgleichen.

Letzten Endes ist es doch das, was wirklich zählt, nicht wahr?

DANKSAGUNGEN

Der erste große Dank geht an meinen geduldigen und liebenden Ehemann Chris. Pam Ahear und Elizabeth Lacks, eure kritischen Blicke und unterstützenden Worte waren, wie immer, von unschätzbarem Wert. Und ein Dank an die Leser, die sich eine weitere Gemma-Geschichte gewünscht haben. Ich hoffe, sie gefällt euch.

Emily Littlejohn
Die Totenflüsterin
Kriminalroman
400 Seiten. Broschur
ISBN 978-3-7466-3364-0
Auch als E-Book erhältlich

Der tote Clown von Cedar Valley

Cedar Valley, Colorado, ist ein kleiner idyllischer Skiort. Ausgerechnet hier wird in einem Wanderzirkus ein Clown ermordet. Die schwangere Polizistin Gemma Monroe nimmt sich der Sache an, die gleich eine unerhörte Wendung erfährt: Der Tote ist der Sohn des Bürgermeisters, der vor drei Jahren in einen reißenden Fluss stürzte und für tot erklärt worden war. Je intensiver Gemma ermittelt, desto rätselhafter wird die Angelegenheit. Bis sie erfährt, dass der Tote sich vor seinem Verschwinden mit einem dreißig Jahre alten Mordfall beschäftigt hat.

Eine Heldin wie aus dem Film »Fargo« – hochintelligent und menschlich

Regelmäßige Informationen erhalten Sie über unseren Newsletter. Jetzt anmelden unter: www.aufbau-verlag.de/newsletter

atb aufbau taschenbuch